相信阅读，勇于想象

U0353001

罪物猎手

付强 著

2

北京理工大学出版社
BEIJING INSTITUTE OF TECHNOLOGY PRESS

版权专有 侵权必究

图书在版编目（CIP）数据

罪物猎手. 2 / 付强著. -- 北京 : 北京理工大学出
版社, 2024.1
ISBN 978-7-5763-3092-2

Ⅰ. ①罪… Ⅱ. ①付… Ⅲ. ①幻想小说－中国－当代
Ⅳ. ①I247.5

中国国家版本馆CIP数据核字（2023）第213721号

责任编辑： 徐艳君　　　　**文案编辑：** 徐艳君
责任校对： 刘亚男　　　　**责任印制：** 施胜娟

出版发行 / 北京理工大学出版社有限责任公司
社　　址 / 北京市丰台区四合庄路 6 号
邮　　编 / 100070
电　　话 / （010）68944451（大众售后服务热线）
　　　　　　（010）68912824（大众售后服务热线）
网　　址 / http://www.bitpress.com.cn

版 印 次 / 2024年1月第1版第1次印刷
印　　刷 / 三河市华骏印务包装有限公司
开　　本 / 880 mm × 1230 mm　1/32
印　　张 / 15.5
字　　数 / 392千字
定　　价 / 58.00元

图书出现印装质量问题，请拨打售后服务热线，负责调换

目　录

第一章　肖申克

1.

肖申克监狱生存法则第一条：不想失去的东西，一定要时刻放在眼皮底下。

井上拓也趴在黑漆漆的洞穴中，艰难地挥下右手中的钢锤，混凝土块上的裂痕又延伸出几毫米。头灯发出刺刺啦啦的响声，奶黄色的灯光忽闪了起来。他忙用空闲的左手拍拍灯罩，亮光不情不愿地安定了下来。

井上拓也松了口气，挥动钢锤继续眼前的作业。混凝土的碎屑渐渐被剥落下来，他捡起碎屑揣进衣兜，深吸一口气，继续向前。

又忙碌了一阵，井上拓也的体感时间已是凌晨。如果不能在起床铃响之前睡上两三个小时，第二天怕是会没精打采，甚至会引起狱警的怀疑。

井上拓也自背包中掏出摄像头，用铁架固定好，又通过指尖注入了些许电量——这是他身为"罪人"的能力，能够操控的电量并不大，但加上他丰富的理工科知识，便成了控制电子设备和撬开锁具的利器。他曾借助这个能力在"柠黄"吃香喝辣，直到被"兰"组织捉住，因为盗窃数额过大丢入了"肖申克"监狱。

摄像头工作了起来，井上拓也反复检查了剩余电量，确保其能够坚持到明晚。之后他慢慢地退出了洞穴，又为沿途布置的其他6枚摄像头重新注入了电量。这些摄像头是他从A区关押的一个叫作"特斯拉"的罪物AI那里换来的，为此他支付了506年的刑期。

如果少了这些摄像头的"观测"，井上拓也费尽心思挖出的洞穴将进入"既在又不在"的量子态，他的越狱行动将成为无稽之谈。

出了洞穴，井上拓也麻利地扒下沾满灰尘的工作服塞进床下，用大理石板挡住洞口，又将洗漱台挪回到大理石板前方。之后，他用能力增大了大理石板与墙面之间的范德瓦耳斯力，使其结合更加紧密，看上去就像从未被撬开过一样。

完成了最后的工作，井上拓也胡乱冲了一把头，躺回到了床上。他抽出藏在枕头下的PDA，屏幕上显示出6枚摄像头捕捉到的画面，整条通道一览无余，就连入口处的景象也被一枚塞在墙缝里的摄像头照得一清二楚。

井上拓也松了口气，这次越狱他已经进行了7年之久，距离成功只有一步之遥了，绝对容不得半点闪失。

门外传来了狱警的皮靴声，井上拓也立即将PDA塞进枕头下，装出睡觉的样子。不一会儿，强光手电的光顺着窗口打了进来，在屋子里扫了一圈，又跟着脚步声一起去了别处。井上拓也十分厌恶狱警走路的踏踏音，这种声音每每都能将他带回那一晚。特别是狄安娜，这女人似乎早就在怀疑他，每次走到他门前都会多停留一会儿。

井上拓也再次爬了起来，用一块黑布遮住了房间里的监视摄像头。几秒钟后，眼前的景色渐渐模糊起来，由于缺少了观测者，井上拓也本人进入了"既在又不在"的量子态。他迅速按下衣兜里的遥控按钮，眼前的景色再次清晰起来，皮靴声和水磨石地面一并消失不见，取而代之的是月光和高空凉爽的夜风。

这里是C区监房最高层的空房，井上拓也在一次偶然的机会下发现，并将一台收音机藏在了这里。如此一来，他只需在进入量子态后启动藏在身上的无线电波发射器，就有一定的概率被这里的收音机"观测"到，从而突破空间限制移动到此处。

今天运气不错。井上拓也满意地闭上眼睛，进入了梦乡。

◇

肖申克监狱生存法则第二条：如无必要，不要进行任何交易。

起床铃响了起来，井上拓也不情愿地睁开了眼睛。他再次回到了潮闷的C区一层，正值盛夏，四处是发霉的气味。

讨厌的皮靴声再次响起，一头金发的狱警狄安娜来到井上拓也的监房前，用警棍敲敲栏杆，瞥见房主已经醒来，便转身去了它处。看着狄安娜远去的背景，井上拓也不禁想起那条传闻：她曾经是"幽红"的警察，因为某个事件，干掉了议事厅三分之一的高层。狄安娜自愿当狱警并非为了减少刑期，而是原本做警察的习惯。

肖申克监狱里的生活十分单调，除去三餐外的时间都可以自由活动，晚上回监房睡觉。尽管比起一般意义的监狱来自由许多，但这也意味着安全性很难得到保障，毕竟这里关押的全是罪人或有自主意识的罪物。

井上拓也起床穿好囚衣，对着镜子故意将头发弄乱些，又戴上宽大的黑边眼镜。之后，他关好监房的大门，低着头向餐厅走去。

餐厅距离C区牢房很近，步行只有10分钟的距离——当然，这是就初始位置而言。不过在白天观测者众多，建筑这种大型物体也不会到处乱跑。进入餐厅，井上拓也排队领取到了今天的早餐：稀粥、蛋白质棒，还有几根咸菜条。难以下咽，却也足够填饱肚子。餐厅里也有煎蛋等更加美味的食物供应，但无一不要花费刑期换购，半年起跳，上不封顶。

在这座监狱里，刑期是唯一合法的货币。犯人能够以承担更多刑期为代价得到更好的生活条件，又或者代替别人承担刑期换取自己想要的东西。当犯人承担的刑期超越了其自然寿命时，将无法利用刑期交易，但受到惩罚时刑期却会继续累加。

井上拓也目前的刑期是673年，他不清楚自己的自然寿命有多久，但目前为止还可以自由交易。

井上拓也看准一个安静的角落坐了过去。他在餐桌上竖起一面小镜子，这样一来既可以躲避别人的视线，又能让自己时刻处于观测之下而不至于进入量子态。完成准备工作后，井上拓也安静但迅速地往嘴里塞起了食物。

餐厅里十分吵闹，关押犯们扯着嗓子大声说话，不时传来各种语言的咒骂声、摔餐盘的乒乓声，以及狱警的叫喊声。井上拓也绷紧了神经，一心一意地快速用餐。

可就在他将最后一根蛋白质棒送到嘴边的时候，一名青年男子自顾自地坐到了他的对面。那人个子不高，亚洲人，胸前三棱锥形状的挂坠格外显眼。井上拓也记得这个人，他在A区，几个月前刚刚被关进来。

"嗨，井上拓也，对吧？"那人开门见山地打了招呼，"我叫罗星，幸会。"

井上拓也的心提到了嗓子眼，A区是仅次于S区的恐怖地带，惹上那里的人，只有死路一条。

"……你好。"井上拓也艰难地挤出两个音节。

"进来多久了？"罗星一面吃一面问道，井上拓也注意到他的餐盘里有牛奶、培根肉和五六种不同口味的面包，全部加在一起少说要20年的刑期。

"十……十三年。"井上拓也支吾道。

"在我6岁那年啊，还真是够久了。"罗星说着咬了一口椰蓉吐司，井上拓也不由得吞了吞口水，他已经太久没有触碰过如此美味的了。罗星继续说道："不提这个。我有件事需要你帮忙，事成之后会支付你650年的刑期。你看怎么样？"

井上拓也心头一颤，如果这家伙真的拿走了650年，那意味着他只要再撑上20多年，就可以出狱了！但他并不会因此而冲动，一来这家伙的底细还没有摸清楚，存在空手套白狼的可能；二来越狱计划就要成功了，他可不想节外生枝。

"我之所以找上你，是因为你有可以操控电磁的能力。"罗星继续游说道，"在这里电磁能力很少见，大部分都在为城市服务。"

"对不起。"井上拓也用最简短的话语拒绝了对方的邀请。他胆战心惊地注视着罗星的反应，可没承想对方却是一副满不在乎的样子，只是耸了耸肩，继续用餐。井上拓也松了口气，他想走开，又怕惹怒了对方，只得如坐针毡地继续留在原处。

几分钟后，罗星结束了用餐。他擦擦嘴角，对井上拓也说道："给你两个忠告吧。第一，你早晚会来找我，到时可就卖不到这个价了。"

井上拓也低着头不吭声，罗星继续说道：

"第二，你这么小声说话，是担心有人用'声音'的能力针对你吗？"

井上拓也吃了一惊，他进监狱后很少说话，一方面是因为与生俱来的社恐，另一方面确实是担心身边有能力是"声音"的罪人。

"快改掉这个习惯吧，否则你今晚就会后悔。"

留下一句莫名其妙的话之后，罗星拍了拍井上拓也的肩膀，端起餐盘走开了。

◇

肖申克监狱生存法则第三条：绝对不要试图接近S区，以及那里的任何人。

有惊无险的早餐过后，井上拓也瞅准了人多的时候，径直来到了运动场。犯人们按照帮派三五成群地聚在一起，几名狱警手持防暴枪站在角落。

肖申克内原本并没有"狱警"这样一个组织，而是在一位叫作夏岚的犯人倡导下成立的，并且得到了肖申克的许可。成为狱警不仅可以减少刑期、获得进入某些区域的特权，最重要的是可以搬去狱警的寝室，可谓美差；但成为狱警后会面对无数条条框框的束缚，一旦被发现违规更是会得到双倍的惩罚，加上成为狱警条件苛刻，实际上愿意干的人并不多。

井上拓也来到一个角落，顺着裤管丢下了几粒混凝土渣。他必须分几次甚至几十次丢弃，这样才不会引起怀疑。

作业十分顺利，很快井上拓也便完成了五次丢弃。这一次他看准了篮球场一带，汉尼斯一伙人正在那里打球。井上拓也曾经帮汉尼斯修好收音机，因此不会被他们为难。

走到篮球场外，井上拓也刚好撞上汉尼斯飞身灌篮。场下响起稀稀拉拉的掌声，汉尼斯单臂在篮筐上吊着，看到井上拓也走来，开心地打了招呼。井上拓也挥挥手，算是回应。与此同时，他将最后几粒渣滓丢在了排水渠中。

"你在干什么？"

几乎同一时间，井上拓也听到了一个声音，很清脆，像是孩子。他的血液瞬间凝固了，颤巍巍地转过头去，只看到一名七八岁上下的女孩正抬头看着他，刘海下方闪亮的眼睛似乎看透了一切。

井上拓也强迫自己冷静下来，他指了指场上的汉尼斯，说道："那边，我的朋友，在打球。"

女孩没有追问，她背着手看向篮球场，对井上拓也说道："当心一些，你所在乎的事情，今晚会遇到大变故。"

井上拓也一惊，他想起罗星刚刚说过类似的事情。今晚到底会发生什么？难道有人发现自己准备越狱，向监狱方举报了吗？犹豫再三，他鼓起勇气问道：

"有什么建议吗？"

"多说点话吧。"

话音刚落，场上的球滚到了小女孩的身边。她双手抱住球，凝视着篮球老旧的纹理，一动不动地呆立着。

"嗨！小妹妹，麻烦把球扔过来！"场上的人高呼着，可小女孩岿然不动。

井上拓也紧张了起来。孩子在这座监狱里属于绝对弱势的群体，如果汉尼斯那群人要为难，这个孩子很可能不是挨上两拳那么简单。

果不其然，看到小女孩没有反应，刚才呼喊的那个人气呼呼地走了过来。可还没等他再次开口，汉尼斯便一把拉住了伙伴，神情紧张地对他耳语了几句。井上拓也不清楚汉尼斯说了什么，可同伴听过后立刻没了锐气，瞳孔不由自主地收缩，双腿甚至颤抖了起来。

小女孩依旧一言不发，她举起篮球，摆出了一个投篮姿势——

篮球在空中画出一道完美的弧线，不偏不倚地落入了几十米开外的篮筐。

那一瞬间，一条信息划过了井上拓也的脑海：几个月前，有一名女孩同罗星一起被关了进来。她叫作"兰兰"，被关押在S区。

◇

肖申克监狱生存法则第四条：要合理地利用规则。

井上拓也的一天都是在惶恐中度过的。好不容易挨到晚饭，他拖拖拉拉地走在人群最后，准备直接回监房去，开始今天的作业。

就在这时，一只粗糙的手搭在了他的肩上。井上拓也回过头去，一名长着浓密胡须，身材肥胖的犹太人正微笑看着他。此人叫作阿摩耶，据说曾将一个小教会的干部全部屠杀。

阿摩耶张开手掌，里面躺着几块井上拓也丢掉的混凝土渣。他用力地捏了捏井上拓也瘦弱的肩膀，笑道："有时间吗？我们谈谈。"

几分钟后，两人来到了运动场的角落。

阿摩耶伸出五根手指，说道："50年。我要价很良心，如果告到狄安娜那里去，起码给你加上80年的刑期。"

"我……不知道你在说什么。"井上拓也答道。

"小子，知道我的能力是什么吗？"阿摩耶看着天空，月亮已升上了地平线，"是时间。我能够回溯一段时间前的影像，如果我想，甚至可以让狄安娜看清楚你撒尿时的模样。"

井上拓也眼看四周无人，一言不发地闭上眼睛，试图让阿摩耶进入量子态。可是阿摩耶却将粗壮的手臂搭在了他的肩膀上，说道："小子，你倒是熟悉这儿的玩法。我可是一直盯着你呢，你哪儿都别想去。"说罢，他用力捶了井上拓也胸口两拳："明天一早，我要你的答复。"

◇

肖申克监狱生存法则第五条：最好乖乖等到刑期结束，因为越狱的成功率是0。

回到监房时，井上拓也已是心乱如麻。阿摩耶是B区的犯人，凭着自己这点三脚猫的功夫对付不来。又或者答应罗星的要求，从他那里寻求保护？

思来想去，井上拓也横下一条心：哪怕冒着风险，今晚也要完成越狱！

夜已深，狱警的巡逻也过了三轮。井上拓也小心翼翼地移开了洗漱台和大理石板，钻进了辛苦耕耘7年的洞穴。这一次除了钢锤，他还带了一把冲击钻。这东西同样是从罪物AI那里买来的，之所以一直没有用它，是因为井上拓也担心噪声太大被人发现。

白天的闷热带来了强对流天气，窗外雷雨交加，正好能够帮助掩盖冲击钻的噪声。井上拓也将PDA摆在一旁，通过洞穴外的摄像机观察着天空，每当亮起一道闪电，他便会用能力为冲击钻注入电量。

又一次闪电过后，井上拓也的钻头穿透了墙壁。他挥起钢锤将龟裂的石板敲开，外面是密密麻麻的管路。

他成功了！

接下来，他只需要关掉所有的摄像头，让洞穴不再被"观测"，它便会回归"既在又不在"的量子态。即便有朝一日被人发现，那时的他也已经改名换姓，在"柠黄"的海边一边喝红酒一边晒着太阳了。

井上拓也取出最后一枚摄像头对准了自己，以防在这最后的时刻因为缺少观测者而进入量子态。看看时间，已经过了零点，暴风雨停了下来，四下里静悄悄的。不由自主地，井上拓也感到一阵寒意，他回想起了罗星和兰兰的警告，今晚究竟会发生什么？

还没等他想清楚，眼前的景色蓦地模糊了起来。

量子态？

为什么？自己明明正在被"观测"啊！井上拓也一下子慌了，他必须尽快让自己被"观测"到，否则很可能去狱警的房间、禁闭室，甚至S区，最坏的情况下会永远消失不见。

但要怎么做？

就在这时，他想起了那两个人的忠告：

"多说点话吧。"

井上拓也挣扎着从喉咙里挤出一句话："救……救救我！"

"啊，终于捕捉到了。"

四周的混沌刹那间消失，井上拓也发现自己来到了不知何处的房间。罗星坐在皮沙发里，兰兰双手托腮趴在床上，两人不约而同地看向了他。

2.

法拉推开监狱接待室的门，里面空间不大，只有一身藏蓝色西装的男人坐在办公桌前，胸口打着一丝不苟的领结。看到法拉进来，他抬头说道：

"欢迎来到肖申克，请问您需要探望还是收监？"

"……不好意思，我来探望朋友。"法拉顿了两秒，答道。

"请告诉我编号和姓名。"男人礼貌地问道。

"R-1025，罗星。"法拉答道。

"请问，您想要探望哪个时间段的罗星先生呢？"

法拉一怔："你说什么？"

男人操着富有磁性的嗓音解释道："罗星先生的刑期是2 737年，探望300年之内的他，只需要5个图灵币；之后每增加100年，需要多加10个图灵币。"

法拉很好奇300年后的罗星会是什么样子，但她还是答道："我要探望现在这个时间点……也就是外网纪元257年10月9日的罗星。"

男人微微点头，对着面前的计算机噼里啪啦输入了一通，之后站起微微欠身道：

"请跟我来。"

跟随着男人的脚步，法拉穿过了狭长的走廊，路程长到她一度怀疑是否来到了监狱之外。走廊尽头是一扇厚重的双开门，男人走上前的瞬间，门自动开启了，仿佛列队欢迎的卫兵。

房间内很亮堂，却看不到灯具，似乎天花板和墙面都在发光。男人示意法拉坐在一张皮椅上，面前是一面巨大的防爆玻璃墙，对面空荡荡的。

"请问您想要喝些什么？"男人欠身问道，"我们这边准备了不同口味的咖啡，不喜欢的话还有橙汁。"

"不必了。"法拉尽管拒绝了饮品，还是非常配合的拿出手机，支付了3个图灵币。男人心领神会地点点头，他将手掌放置在玻璃墙上，顷刻间，对面闪烁出金色的马赛克和条纹，又逐渐汇聚成人形。突然出现在此处的罗星看看法拉，又看看自己，憨笑着挥挥手臂。

"探望时间为3小时，其间请不要停止交谈5秒以上。"男人叮嘱道。

"为什么？"法拉忍不住问道。

"在你要求探望的时间段中，监狱内进行'观测'判定的物理量是机械波。谈话是产生可观测机械波最简单的方式。其间如果您有任何需求，请随时呼唤我。"男人说罢微微鞠了一躬，静静地退了出去。

◇

男人走后，法拉与罗星大眼瞪小眼地对视了几秒，不约而同地笑了起来。

笑过后，法拉问道："看样子，你在里面过得还不错？"

"老实讲，这辈子伙食都没有这么好过。"罗星似是满足地摸摸肚子。法拉想起了同伴一直以来的贫穷，只得无奈地摇摇头。

"龙舌兰小姐情况怎样？"法拉问道。

罗星叹气道："如你所见，她的记忆大部分时间都处在不完整的状态。为此，她虚拟出了一个叫'兰兰'的副人格，还把身体改变成了小女孩的样子。'兰兰'当然没有了操控映射的能力，只是一名不稳定的催眠能力者。"

"她那副样子，会招惹到不怀好意的家伙吧？"法拉无奈道。

"恰恰相反，所有人都对她敬而远之。要知道，小女孩并不是她真正的样子，而是通过催眠能力让我们'认知'到的模样。只要她愿意，完全可以让不同人看到不同的形象，甚至是异形。"罗星双手交叉抵住额头，"真正头疼的是，每隔一段时间她就会恢复原本的记忆和能力，虽然每次只有不到1分钟……"

罗星没有继续说下去，法拉却也能够感受到他的辛苦。即便是没有成为弥赛亚的龙舌兰小姐，也能把他们折腾得死去活来。

"人找到了吗？"法拉换了个话题。

弥赛亚事件之后，罗星等人主动接受了"幽红"的拘捕，并以反人类罪被投入了肖申克监狱。原本他们即便不依靠城市也能生存下去，之所以这样做，是因为肖申克监狱中藏着他们要找的人。

罗星摇头道："他不在S区。我们都想错了，哥本哈根并不是将肖申克作为了庇护所，那家伙与这所监狱，本就是共生关系。"

法拉挑挑眉毛，问道："他的能力也是'观测'吗？"

战胜龙舌兰后，众人就未来何去何从进行了一番讨论。最终，他们确立了一个共同目标，那就是消灭外网，为人类文明夺回未来。

想要消灭外网，首先要掌握足够的信息。为此，在外网生存最久的机车斯特拉提供了线索。它有一位朋友，在外网降临之初就被感染成了罪人。那人的知识十分丰富，对外网的了解也足够深入，但他的性格却像斯特拉一样胆小怕事，把自己关在了一个足够安全的地方，每天过着死宅的生活。

那位朋友，就是曾为罗星提供过"柠黄"黑市信息的哥本哈根。而他的藏身之处，正是肖申克监狱。

"我第一次见到他，是通过网络视频通话。"罗星回忆着第一次去往"柠黄"之前的事情，"他明明隔着网络挥刀，却斩断了我的衣扣。"

"所见即所得。"法拉总结道，"他可以通过观测，让两个原本无关的物理过程产生联系。"

罗星点点头，继续说道："拥有同样能力的罪人和世界级罪物在一起，经历了一次又一次的'涌现'，却从来没有试图进化成弥赛亚。你觉得是为什么？"

当初龙舌兰为了找到能够与自己一同进化的莱丝，可是费尽了周折。

法拉想了想，答道："最简单的想法，是进化成弥赛亚反而不利于生存。外网降临至今发生过这么多次涌现，却从没有一个弥赛亚留下来。它们或者离开了地球，或者……"法拉顿了顿，"出于某种原因，被消灭了。"

如果弥赛亚个个都拥有"映射"一般的力量，法拉还真想不出有谁能对付他们。

"没错，我也是这么想的。哥本哈根与肖申克依靠彼此，维持在不进化为弥赛亚的边界上。这样一来，便没有任何存在能够威胁到他们。"罗星应道，"不过我们做再多假设也没用，还是要先把那家伙找出来。"

"你有计划了吗？"法拉问道。

"兰兰的能力还不够稳定，只靠我俩肯定没戏。"罗星叹了口气，"我需要一个团队。"

法拉扑哧一声笑了出来，道："什么团队，那叫团伙！"

罗星干咳两声，尴尬道："总之，我已经物色到几个人物，正在想办法拉拢。"

"不谈这个。我和队长准备去一趟'苍灰'。"法拉转换了话题。她并不清楚这里的谈话会否被监狱监听，总之在探望时还是少谈论越狱的话题比较好。

"乔亚·韦克在那里出现了吗？"罗星问道。

法拉点头道："这一次，我绝对不会放过他。他逍遥太久，该还债了。"

罗星低头陷入了沉默，法拉也在默默地等待着。半晌，他说道："注意安全，不要勉强。"

法拉笑着点点头："放心吧，这次月影也会一起。'苍灰'是她的故乡，能省去不少事情。"

"骆非呢？"罗星记起这小子对月影一见钟情，一直在追求对方。

"哈哈，他认为月影回去有危险，正在闹别扭呢。"法拉笑道，"再来说说吧，这座监狱究竟是怎么回事？"

罗星想了想，说道："比起说明来，不如示范一下。我会安静几秒钟，你看好了。"

说着，罗星闭上嘴，默默地一动不动。法拉紧盯着面前的同伴，在心中默数着。当计数到达5时，面前的罗星蓦地模糊了，法拉吃了一惊，噌地站了起来。

"看到了吧？"

罗星的声音响了起来，法拉寻声看去，罗星再次出现在对面的座位上，仿佛从未离开过。

罗星解释道："这座监狱的能力，是'观测'。量子力学的哥本哈根学派倡导观测的重要性，却没有给出观测确切的定义。为了搞懂肖申克监狱的运作原理，我将'观测'拆解为三个要素——"他伸出三根手指，"其一，观测什么。我们通常说看到、听到、摸到，其物理本质分别是接收到可见光波段的电磁波、捕捉20赫兹到2万赫兹的机械波，以及对神经突触产生了电刺激。作为罪物，哥本哈根不可能针对人类的感官去设计观测对象，它的观测对象，是物理过程。如果物理过程被'观测'到，则成为确定的经典态，反之则是不确定的量子态。例如，我刚才没有发出可以被你观测的机械波，因为缺少了观测者，所以进入了'既在这里又不在这里'的量子态。但之后我把握好时机，在消失前说了话，我发出的机械波被你观测到之后，就回归了'在这里'的经典态。"

"成为那个所谓的'量子态'，是什么感觉？"法拉忍不住问道。

"首先是所有的感官都会变得模糊，时间长些会渐渐失去意识，直到你再次被观测。如果时间拖得太久，你的波函数会弥散到整个监狱区域，想再被观测近乎不可能。在肖申克的历史上，共有132人因为缺少观测者而消失。"

"你明明活着，却没有观测者能够证明你活着。简直就像是薛定谔的猫，既死又活。"法拉总结道。

罗星嗯了一声，继续解释道："在之前一年半的时间里，肖申克监狱里进行'观测'判定的物理量是'电磁波'，对人的感官而言就是视觉。不过最近换成了机械波，通常需要用听觉来观测。犯人们为了维持自我，几乎每个人都栓了铃铛。"

法拉将双臂挽在胸前，说道："我懂了。另外两个要素呢？"

"第二，是谁来观测。这也是量子力学中老生常谈的问题了：观测者一定是人吗？动物可以吗？器材可以吗？"罗星顿了几秒，继续说道："就我的测试结果而言，在这里人和设备都可以被视为'观测者'，动物却不行。

"说到这里，已经涉及了第三个要素，那就是怎样观测。最简单的观测当然是通过感官，但如果通过设备观测，是否与设备的检出限有关？举个例子，目前进行'观测'判定的物理量是机械波，而所有活人都是有心跳的，只是心跳在体外激发的机械波振幅太小，很难被探查。但如果有一台灵敏度足够高的设备，是否就可以让所有人时时刻刻都处在被'观测'中呢？"

法拉低着头思考了片刻，答道："听了你的描述，我有个想法。要成为一名合格的'观测者'，就必须被肖申克认定为'犯人'。对设备而言，只有最终结果能够被'观测者'识别，'观测'行为才会被判定为有效。"

罗星眼睛一亮，若有所思地说道："原来如此……关押在这里的犯人们才是关键！"

法拉半仰在座椅里，叹气道："让犯人们彼此'观测'，说不定才是肖申克的本意。"

"没错。法拉，你真是太棒了！"罗星的语气激动了起来。

法拉哼了一声，嘴角以微不可查的幅度轻轻上扬。"还有什么需要我帮忙的吗？"她问道。

罗星凑了上来，隔着防爆玻璃小声说道："告诉斯特拉，我一定会出去，让他在外面等我！"

3.

井上拓也双手插兜，低头走在B区监房的走廊里。叮当的铃声渐渐靠近，前些天向他提出"交易"的阿摩耶正迎面走来。井上拓也吸了口气，用手指擦擦鼻子，装作若无其事地走过阿摩耶近旁。擦肩而过的瞬间，阿摩耶手腕上的铜铃反射出一道亮光，晃得井上拓也挤了挤眼睛。

自从肖申克的观测对象转变为"机械波"后，几乎每一名犯人都随身携带了铜铃，以确保自己随时处于被观测的状态；狱警们则在建筑物的各个角落安装了聒噪的蜂鸣器，通过声波的反射确保建筑物不会消失。井上拓也十分讨厌这些嘈杂的声音，唯一的好消息是他花7年时间挖的洞穴早已消失不见，阿摩耶也就没了威胁他的筹码。

转过两个转角，井上拓也来到了目标的位置。抬头看看，一枚白色的摄像头赫然悬挂在墙角上，好似公鸡高昂的头颅。

井上拓也的心脏怦怦地跳着，一方面担心被狱警看到产生怀疑，另一方面也害怕B区的犯人过来找碴儿。他用手指反复摩挲着衣兜中U盘模样的罪物，按照罗星的指示同时为它和摄像头注入了电脉冲信号。

井上拓也使用的U盘罪物同样来自"特斯拉"，类型是信息，功能是复制半径2米范围内所有存储设备中的信息。当问及换取如此神奇的罪物花费了多少刑期时，罗星只是微笑着伸出两只手指，井上拓也并不清楚其单位是"百年"还是"千年"。

时间缓慢流逝，担惊受怕的井上拓也忍不住小声咕哝了一句："这个疯子，到底想干什么？"

"你不需要知道。这是为了你好。"

耳边突然响起罗星的声音，吓得井上拓也打了个冷战。他方才想起自己随身带着监听器，这是他不需要系铃铛也能随时被"观测"的原因。

又过了一些时间，信息的拷贝还是没有完成。井上拓也急得直想跺脚，这已经是他第十三次执行拷贝任务了，每一次都能吓出心脏病来。

突然间，井上拓也听到了狱警的皮靴声。寻声望去，狄安娜正从长廊的另一端走来，身后跟着两名下属。看到井上拓也，狄安娜加快步子走上前来，问道：

"井上拓也？"

井上拓也匆忙点头："是，是……"

在井上拓也的预想里，狄安娜一定会质问他为什么会来B区，最坏的情况下罪物会被发现并没收，而他本人则会被丢去禁闭室，再加上几十年的刑期。可狄安娜却只是指了指走廊的另一端，说道：

"'刽子手'刚刚在B区出现，又多了一名受害者。"

井上拓也顺着狄安娜指示的方向看去，远处有一间监房敞着门，几名狱警用血淋淋的床单裹着尸体抬了出去。他方才想起，近期监狱里出现了一名神秘的凶手，会莫名其妙地出现在受害者的监房里，将其杀害后又悄无踪迹地消失。受害者的死状十分诡异，通常看不到外伤，却无一例外地出现了全身粉碎性骨折。

"小心点。"狄安娜拍了拍井上拓也的肩膀，走回同事身旁。

◇

"嗯……还是不行。"

罗星的房间里，兰兰只是将井上拓也辛苦拿回的U盘在指尖捏了两秒，便丢去了一旁。

"你，再去搞一些回来。"在沙发上跷着腿的罗星对井上拓也撇撇嘴，又撕开了一包薯条。

井上拓也强忍下怒火，吞吞吐吐地问道："那……还要去哪儿搞？"

罗星将薯条丢到一边，扯过一张监狱的地图查看着。地图上打了13个红色的叉，全都是井上拓也拷贝过摄像头存储的地方。

"好麻烦啊，该去的地方都去过了……"罗星挠头自言自语着，突然，他开心地指向了监狱的东北角，"我知道了，这里还没有去过！"

那是一栋孤零零的建筑，其上标注三个大字：

禁闭室。

◇

晚饭时的餐厅嘈杂异常，尽管大声说话就可以保证自己被观测，但很多犯人压根懒得摘掉铜铃，于是喧哗声、谩骂声和铜铃声交织在了一起，组合成一曲诡异的混响。

鲍尔坐在餐厅的一角，一面啃着鸡腿，一面环视着人群，不屑地撇撇嘴。他已经很久没有"狩猎"了，最近狱警看得紧，又出现了神秘的"刽子手"，搞得他十分憋闷。鲍尔的刑期早已超越了寿命上限，但想到会被丢去恐怖的禁闭室，他也不得不犹豫。

就在这时，一名脸生的青年端着餐盘坐到了他的对面，胸前金字塔形状的挂坠很是扎眼。

"鲍尔·萨博。"青年径直叫出了男人的姓名。鲍尔将不速之客上下打量了一遍，勉强合他的口味，如果年龄再小上几岁就完美了。他挑眉看着对方，没有作声。青年自顾自地继续说道："你的能力是操控温度，害过很多人，目前的刑期是17 648年。"

鲍尔哼了一声，半笑道："立刻去给我拿一份牛排，晚上9点来我的刑房，否则，天知道你身上哪块肉会突然烧起来。"

青年挽着双臂，摆出一副沉思样。

"嗯……这你可难住我了。"他说道。

"怎么？"

鲍尔被青年着三不着两的话搞蒙了，正当他想着怎么给对方一点小小的惩戒时，突然感到双腿之间一阵火烧火燎的疼痛，他还没来得及反应，一股火苗腾地蹿了起来，险些燎到他的额头。

"啊——"鲍尔发出一声惨叫，从座椅上跌落下来，捂着燃烧的胯下来回打着滚。

"你说的'燃烧'，是这里吗？"青年若无其事地看着痛苦翻滚的鲍尔，摆了摆食指，"还是这里？"

话音未落，鲍尔的左眼也蹿出一股火苗，他痛得用力打挺，头重重地磕在桌角上，淌下一股鲜血。

四周的犯人们围了上来，远处的狱警拨开人群跑了过来。青年依然不为所动地打了个响指，说道："都不对吗？那一定是这里。"

刹那间，鲍尔猛烈地咳嗽起来，一股烈焰从他的口中喷涌而出。剧烈的痛感使得他意识模糊，他用力屏住呼吸，扼住淌血的喉咙。

"罗星！你在干什么！"

狄安娜带头冲了进来，将罗星的双手反剪在身后，戴上了手铐。罗星十分顺从，并没有做出任何反抗。

"他曾经这样害死十几个孩子，我只是想将同样方法在他身上试试罢了。"罗星云淡风轻地说道。

"他做了什么，监狱会做出判罚！跟我去禁闭室！"狄安娜喝道，语调中却没了戾气。

罗星耸耸肩，跟在狄安娜的身后向外走去。

倒在地上的鲍尔挣扎着保持住最后一丝意识，他十分清楚，自己这次就算活下来，今后的日子也将惨不忍睹。但即便赌上最后一口气，他也决不能让那个叫罗星的家伙好过。

鲍尔默默地发动了能力，在他的眼中，罗星的身体成了红蓝拼接的色块，那代表了他身体的温度分布。很容易地，鲍尔在罗星的胸腔中捕捉到了跳动的心脏。他缓慢地抬起手臂，准备让这颗心脏燃烧起来——

几乎在同一瞬间，人群中冲出一个男人，他拿起餐盘照着鲍尔的脑袋拍了下来，鲍尔脑袋一歪倒向一旁，男人又不依不饶地对着他的胸口猛踩。

狱警冲上来架住了男人，鲍尔在生命的最后一刻，只听到了那个男人的名字，一个十分陌生的名字：

井上拓也。

◇

"你也是第一次被关进来？"

"很遗憾，是的。"

"你还真是个听话的好孩子。"

"我可没能耐烧了鲍尔，还是猥琐着活下去更好。"

"那你这次怎么冲动了？"

"要你管！"

井上拓也十分后悔自己的行为，不是因为给了鲍尔最后一击，而是因此不得不和罗星关在一起。自从认识这个家伙之后，井上拓也一天说的话比过去一年都多。

之前，井上拓也也听闻过禁闭室的恐怖，但真的进入其中后，方才感受到待在其中的折磨。禁闭室是物理学意义上的"黑体"，其中没有任何光线，声波不会发生反射，除去脚下的地面外，你甚至无法探查到墙壁位于何处。虽然身旁的罗星很烦，但如果没有他在，井上拓也一个人关在这里肯定会疯掉。

井上拓也一言不发地坐着，由于墙面没有了反射，自己的心跳和骨头摩擦的声音异常清晰。即便在禁闭室，也必须遵循肖申克的观测原理，通过这种方式观测到了自己，真不知算是幸运还是不幸。

沉默几分钟后，井上拓也再次开口道："我……曾目睹那个家伙烧死了三个孩子。第一个是在操场上，一个男孩。那家伙的能力发动很快，狱警赶来时一切都已经晚了。可即便他们赶上了，又能有什么办法呢？那群家伙只会做两件事，那就是关禁闭室和加刑期。"

在禁闭室中，尽管说话声音还能被听到，但由于少了反射，音调听上去十分诡异。井上拓也顿了顿，继续说道："第二个孩子同样是个男孩，整个头被烧焦了，经鉴定是左眼自燃。笨蛋狱警找不到证据，甚至没能给鲍尔加刑期，只是口头警告完事。但明眼人都知道，除了他还会是谁呢？"

"第三个孩子……"

"好啦。"罗星打断了他，"你憎恨那个家伙，同时也憎恨没能阻止他的自己。今天挺身而出，同时了却了两桩心愿。好事。"

认识几天的时间里，井上拓也还是第一次从罗星那里听到夸奖。更可恶的是，这个混蛋全说对了。

"你是怎么被关进来的？"罗星冷不丁问道。

井上拓也撇撇嘴，尽管没人能看到。他叹气道："我在'柠黄'骗吃骗喝，那几台破电脑看不惯我。"

"盗取的金额有多大？"罗星追问。

"记不清了，大概几百万吧，也可能有千万。"井上拓也一面说着，将双臂枕在脑后仰躺在了地上。

"现在是你进来的第十三年，对吧。"

"你到底想说什么？"

罗星突然沉默了，搞得井上拓也焦躁万分。就在井上拓也已经不指望他再次开口时，罗星却说出了一句让井上拓也惊讶万分的话：

"可是，在四座城市有记载的历史中，从来没有发生过百万图灵币以上的盗窃案。超级人工智能可不是吃素的。"

◇

井上拓也醒来时，习惯性地睁开眼睛，周围却依然一片漆黑，心跳顿时慢了两拍。自从罗星给出提示以来，他一直在设想自己的记忆被篡改的可能性，不知不觉就睡着了。

井上拓也摸索着站了起来，小心翼翼地问道："罗星，你在吗？"

"怎么，一个人待着害怕吗？"

远处传来罗星的回应，井上拓也立刻后悔开口叫了他。不知位于何处的罗星干笑两声，继续说道："我已经把这里的墙壁摸了个大概，很快就能找出摄像头的位置了。"

井上拓也一惊，问道："这里有墙壁？"

"当然有了，不然你进来时看到的外壳是什么？"罗星反问。

"可是……"

"禁闭室本身是一个混合型罪物。它既是电磁波和机械波的绝对黑体，同时又是边界空间的环路……这么说你听不懂吧，我来示范一下。"

罗星话音刚落，井上拓也便感到有什么东西砸了右脸。他匆忙摸着将那东西捡了起来，从触感判断，是罗星经常戴的挂坠。

"我向右丢的，却从左边打中了你。这意味着你一旦穿过最右侧的墙壁，就会从最左侧的墙壁穿越出来。加上这里没有视觉，就造成了空间无限的错觉。明白了吗？"

明白你个大头鬼……井上拓也正想吐槽两句，却突然意识到一个更重要的问题："向右丢……你的意思是，你在这里看得到？"

"我没说过吗？从进入这个房间的那一刻起，我就能看到。"远处的罗星若无其事地说道，"电磁波和机械波的黑体，又不会没有熵。"

"你从没说过关于自己的任何事，我甚至不知道罗星这个名字是不是真的！"井上拓也终于忍不住咆哮了出来。

之后，井上拓也又花了一些时间，才搞明白所谓的"熵视野"是什么。他一度想要借助自己的能力开启"电磁视野"，但失败了，大概是自己的能力太弱了吧。

"不应该啊……我和法拉刚刚拥有能力，就可以开启视野的。"罗星自言自语着，但很快便放弃了思考。"找到摄像头了，你过来。"他说道。

井上拓也还没想好怎么摸到罗星的位置，罗星在后边便一把拎住他的衣领，像拎小鸡一样把他扯了过去。之后，井上拓也乖乖地按照罗星指示的方向发射了电磁脉冲信号，衣兜里的U盘罪物开始了工作。

"咳咳……"井上拓也揉着勒痛的脖子，"多问一句，这个房间是电磁波的黑体，摄像头捕捉不到影像的。你确定自己没找错？"

"笨蛋，墙壁是黑体，你又不是。只要你还没凉到绝对零度，就有红外线辐射出来，就可以被传感器捕捉。"

井上拓也耸耸肩，被这个家伙鄙视惯了，也不差这一次。

不知过了多久，U盘结束了工作。其间罗星对这个小小的罪物赞不绝口，还起了个名字叫"朗科"。

"好了，我们该回去了。"罗星舒展着臂膀，胳膊肘险些打到井上拓也。

"你有办法离开？"

"办法多得是啊，例如让我们失去观测进入量子态，再从外面被观测到；又或者让兰兰将这里的空间映射到……这个还是算了。"罗星语速飞快地解释道，"不过我准备用最简单粗暴的那种。"

"什么？"

"让禁闭室失去观测。"

当晚，这座贯穿了肖申克监狱整个历史的禁闭室，在众目睽睽下消失了。消失的地基处站着两个人，一人双手插兜拽拽地站着，另一人目瞪口呆地看着他。

根据狱警事后的记录，叫作罗星的犯人"只是"捕捉了禁闭室墙壁反射的机械波，又为其制作出一个相位相差180度、其他参数完全相同的机械波而已。有一种东西的原理和他做的事情类似——降噪耳机。

4.

罗星跷着腿坐在监房的沙发上，他的床照旧被来自S区的不速之客霸占着，那个人此刻正用指尖拈着来之不易的U盘，单眼对着灯光端详。

禁闭室被破坏后，狱警不得不把罗星押回监房，又在门口贴上了"禁止出入"的封条，就算作是关禁闭。但对于秉持着"罗星的房间最舒服"理念的兰兰而言，贴封条与否，都不构成问题。

拿到U盘后，兰兰已经一动不动地瞅了5分钟。突然间，她打了个喷嚏，于是扯过罗星丢在床上的夹克，擦了擦鼻子。

"还没搞定吗？"罗星忍不住问道。

"闭嘴！"兰兰立刻怼了回来。罗星对着自己的嘴唇做了个拉拉链的动作，继续窝在沙发里。

战战兢兢站在一旁的井上拓也悄悄凑了过来，小声问道："我一直很好奇，兰兰小姐到底在干吗？"

井上拓也原本是要被关在C区监房的，但罗星强烈要求将这家伙关在一起。狱警考虑到将C区犯人关在A区也是一种惩戒，便答应了他。

罗星挠挠头，低声答道："在这所监狱里，摄像头能捕捉到每一个角落，对吧？"

井上拓也用力地点头。

"而肖申克从旧时代起就存在了，换言之，只要将所有摄像头里的信息拼凑起来，就还原了这所监狱300年的历史……"

"50年。"兰兰突然插了进来，罗星真不知这种细如蚊虫的声音她是怎样听到的。"你以为这些破设备能存储三个世纪的信息吗？"

"……总之，通过拼凑历史，就能揪出我们要找的人。"罗星说完，就像完成了任务一般，若无其事地将双臂枕在脑后。

在井上拓也的认知里，兰兰在做的事情有个学名，叫大数据分析。旧时代很常见的技术，但现在只有四台超级人工智能可以进行，真不知这个看上去不到10岁的孩子怎么能做到。然而，此刻他却从罗星的话语中发现了一个更加重要的问题："等等，你说……找人？"

"嗯，你已经入伙了，让你知道也无妨。"

"你们……不是准备越狱？"

"我有说过要越狱吗？"

就在这时，兰兰将U盘丢在一旁，哼了一声，说道："还是不行。我唯一能知道的是，在近50年的时间里，哥本哈根的变装超过了30次。"

罗星仿佛泄了气的皮球一般，咕哝道："那接下来该怎么办？"

兰兰一个鲤鱼打挺下了床，光脚走到摊开的监狱地图旁，用记号笔标出了三个红叉，又分别写上了几个数字。

"这三个点的影像，需要的时间段我写下来了。"她用食指用力敲击着桌面，"不需要太长，有5分钟左右就行。"

罗星盯着精确到分钟的时间跨度，不禁皱紧了眉头。即便最近的时间点，也间隔了147年。

◇

阿摩耶今晚的心情很糟。

自从上午在操场撞上那个面容阴沉的小姑娘后，一整天就没有遇到过好事。先是莫名其妙地与汉尼斯一伙人起了冲突，险些被狱警捉住；

吃饭时又在蛋白质棒里吃出了一只完整的蟑螂，险些将一天的伙食全吐出来；怏怏地回到监房后，单人床居然塌了一角，狱警说过两天才能修好，于是不得不打地铺。

好不容易挨到熄灯，阿摩耶掏出珍藏已久的香烟点燃，用力地吸上一口，心情顿时好了许多。他自言自语地骂了几句，扯开被子准备躺下。

突然间，阿摩耶听到吱扭的声响，细微，却清晰。凉意顺着脖颈蹿了上来，他颤巍巍地转过头去，监房的门不知何时开启了，冷冰冰的金属门板在风中摇晃。

阿摩耶一下子跳了起来，就在他正对面靠窗的位置，一位不速之客正站在月光下，犀利的眼神透过鹰嘴面具的间隙盯着他。

一个名字瞬间闪过阿摩耶的脑海——

刽子手！

陌生人自腰间取出两把四寸长的蝴蝶刀，套在指尖转动着。月光射在刀锋上，反射出冷冽的光。

阿摩耶的身体下意识地行动了，他猛地俯下身子，一道弧光擦着他的头皮划了过来，在混凝土墙壁上留下一道深痕。

借着对方收招的间隙，阿摩耶跌跌撞撞地跑出监房。他的第一反应是呼叫狱警，可不管怎样用力地拍打报警器，警铃就是毫无反应。他扯开嗓子呼叫，却发不出一丝声音。

想来也是，如果这么简单就能呼叫狱警，之前那几位就不会惨死了！

阿摩耶当即放弃了呼救，上气不接下气地向着走廊尽头跑去。刽子手的身影和刀光在身后交错闪过，不时传来物品被破坏的声音。

转过一个拐角，阿摩耶体力不支地瘫在了地上，肺里火烧一般的灼热。他原本就疏于锻炼，只是没想到会以这样的方式迎来报应。

刽子手的脚步声越来越近，不似狱警的皮靴一般响亮，却更加瘆人。阿摩耶快速地在胸口画着十字，向着早已遗忘多年的神灵祈祷着。

刽子手已近在咫尺，阿摩耶甚至已经看见刀锋反射出的冷光。

就在这时，一只有力的手突然抓紧了他的臂膀，拉着他紧赶两步，藏在了消防栓右侧的工具间里。这个房间平日里都上着锁，今晚却奇迹般地打开了。

神秘的帮手在身后用力捂住阿摩耶的嘴防止出声，而遇袭的犹太人也顺从地点点头，表示愿意配合。

过了一会儿，追踪者的脚步声越来越远，眼睛适应了黑暗的阿摩耶也终于看清了帮他的人——来自C区的老熟人，井上拓也。

井上拓也轻轻推开门，对着阿摩耶摆出个"嘘"的手势，又拉着他向B区出口跑去。冲出一段距离后，远处的刽子手发现了这边的行踪，轻飘飘地从高处跃下，极速缩短着距离。

终于跑到了B区出口，井上拓也飞速按下一串数字，密码锁居然开启了。两个人气喘吁吁地跑到了操场上，刽子手的身影紧随其后。

转过一个拐角后，阿摩耶猛地停下脚步。

"你在干什么？快跑啊！"井上拓也喘着大气，怒喝道。

"不，我不跑了。"阿摩耶深吸两口气，直起腰来。在他的身后，刽子手已亮出了明晃晃的刀刃。

"你想死吗？！"

井上拓也想要拉对方离开，阿摩耶却站稳脚步，甩开了他的手。眼前，刽子手的刀刃高高挥下——

然后停在了阿摩耶面前几个毫米的位置。

"你们的演技太差了。"阿摩耶用两根手指捏住刀尖，将刀从自己面前缓缓移开，"我原本以为真的遭到了袭击，但是，井上拓也，从你出现的那一刻起，我就知道一切不过是个骗局。"

阿摩耶来回扫视着刽子手和井上拓也，继续说道："首先，刽子手杀人，从来不会给对方逃跑的机会，可这一次他却主动破坏了我的房门。

"其次，这一路上的怪事太多了。我和警铃都发不出声音，这是怎么做到的？如果能做到这一点，直接让我失去观测不就好了，为什么还要费力用刀子杀？你为什么会恰到好处地出现在我逃跑的线路上？工具间的门以及B区的大门，你又是怎么打开的？

　　"最后也是最重要的，你此刻应当在A区被关禁闭，为什么会跑来B区救我？

　　"你的出现，解释了所有的问题。既然你出现在这里，那就意味着同你关在一起的，A区那个叫罗星的犯人，一定也离开了监房。他能够令禁闭室失去声音的观测，证明他可以控制震动。这样的人想要让我或者警铃发不出声音，又或者弄坏一两个门锁，简直易如反掌。于是，他伪装成刽子手袭击我，你等在路上扮演救世主的角色。一旦我在你的帮助下得救，就不得不对你言听计从了。"

　　罗星举着刀子，低声问道："不怕我真的砍了你？"

　　阿摩耶冷笑道："你们演这一出，一定是有求于我，毕竟这座监狱里有时间能力的犯人，除了我都关在S区。如果砍了我还能办成事儿，请便吧。"

　　罗星瞪了阿摩耶几秒，随即扯下面具，踢了踢蹲在地上的井上拓也："走吧，演砸了。"

　　"可是……"

　　"可是个屁！还不是怪你太笨！"罗星照着井上拓也的屁股又是一脚。

　　阿摩耶看着打打骂骂走远的两人，终于开心了几分。他掸了掸身上的土，准备回监房。

　　就在这时，远处有一名狱警走来。阿摩耶小声啐了一口，心想今天的霉运怎么还没结束。不过夜里被狱警抓到外出也不是什么大事，房间里还有打斗留下的痕迹，只要把责任一股脑推给刽子手，想必不会受处罚。至于罗星和井上拓也，阿摩耶暂时还不准备卖给狱警，一来狱警也拿罗星没办法，二来留下个人情，将来也是自保的筹码。

　　狱警越走越近，阿摩耶举起双手，示意自己没有逃跑的意图。可凝视着狱警鬼魅般的脚步，他突然想到，一般情况下狱警在深夜遇到外出的囚犯，第一时间一定会叫喊。

刽子手总是能够在被害人毫无察觉的情况下进入现场，又悄无声息地离开。如果这不是依靠什么能力，而是伪装成为狱警，大摇大摆地出入现场呢？

意识到这一事实后，阿摩耶当即开始飞奔。此刻他只剩下了一线生机，那就是还没有走远的罗星和井上拓也。

"救……救命啊！"阿摩耶大喊着，身后的刽子手却仿佛幽灵一般，迅速缩短着距离。

还没走远的罗星看到阿摩耶，先是皱皱眉头，随即骂了一句："我的个乖乖……"

下一秒钟，阿摩耶只感到眼前一黑，刽子手的刀锋在身体下方几毫米处划过，耳边响起尖锐的破风声。再次睁开眼睛时，罗星已经拎着他和井上拓也，站在了操场边缘的树梢上。

"你怎么招惹到的他？"罗星问道。

"还不是你们闹得动静太大了！"阿摩耶抱怨道，可他突然感觉到，罗星揪住自己的力道松了几分，于是匆忙抱住对方的腰，大喊着："我什么都答应你们，救救我吧！"

说话期间，刽子手已经轻盈地跃上了一旁的树梢，随时准备发动攻击。罗星"切"了一声，对阿摩耶说道："闭上嘴，别出声。"

阿摩耶匆忙捂住口鼻，连喘气的声音都不敢发出。几秒钟后，他发觉眼前的景物模糊起来，继而意识也跟着模糊。

下一秒钟，他们重重地摔在了地面上。阿摩耶睁眼一看，这里是A区的监房，早上撞到的小女孩此刻正坐在床头吃着雪糕，两条小腿来回摆动着。

罗星利用能力让大家失去了观测，又通过身上的手机与这里通信，通过兰兰远程观测声音实现了空间移动。绝处逢生的阿摩耶站起身来，对着罗星说道：

"我欠你一次。"

将阿摩耶送出A区后，罗星与兰兰和井上拓也一一击掌庆贺。

阿摩耶的警惕心很强，设一个局很难骗到，于是他们设了个局中局。

早上，兰兰先是设法撞上了阿摩耶，在四目相对的瞬间，对他施加了催眠。尽管兰兰控制映射的能力很不稳定并且有诸多限制，但她的催眠能力可是实打实的。即便做不到直接洗脑，也能通过暗示让对方看到各种幻觉。

阿摩耶在这一天的时间里，遇见汉尼斯时的心浮气躁、蛋白质棒里的蟑螂，都是拜兰兰的暗示所赐。至于坏掉的床角，则是罗星的杰作。

之后发生的事情，正如阿摩耶猜测的一般。当罗星与井上拓也离开的时候，阿摩耶尽管理性上放松了，对"刽子手"的恐惧却刻在了潜意识里。于是，兰兰最后的催眠发动了，阿摩耶在幻觉里看到了刽子手。

至于狱警的装扮、鬼魅的步伐，都是阿摩耶的大脑认为"刽子手应当这样"而已。罗星和井上拓也压根看不到幻觉中的刽子手，只是在配合他演戏罢了。

这就叫，我预判了你预判了我的预判。

5.

"这个位置，是在垃圾处理厂。"

"放心，不会让你刨垃圾堆的。"

"难道要我爬垃圾山？"

"下面，排水渠里。我会想办法带你下去。"

"好吧。再说第二个位置，这儿可是S区。"

"别担心，兰兰的房间就在那边。"

"……可这最后一个位置，就算杀了我，也进不去。"

"别这么说，事在人为嘛。"

阿摩耶用力地拍着桌子，对着罗星吼道："这里是狱警们的寝室，肖申克戒备最严的地方，你让我怎么'为'？"

罗星皱紧眉头，他看看体重超过90千克、烫发打着耳钉的阿摩耶，又看看嗑了一地瓜子皮的兰兰，最终把视线停在井上拓也身上。他俯下身子，握紧井上拓也的手，说道："只能靠你了。"

井上拓也一愣："你要我干什么？"

"泡到狄安娜，然后带着阿摩耶进到她的寝室里。"

"你为什么自己不去？"

"我有女朋友了。"

◇

罗星蹲在井上拓也监房的地面上，一动不动地注视着马桶。房间主人此刻正站在门前紧张地盯着外面，视线牢牢锁定在身穿蓝色制服、脚踩长靴的狱警狄安娜身上。自从被罗星拜托发展关系以来，每当看到狄安娜，井上拓也总会有一种异样的感觉。

"还没好吗？他们马上要巡视到这里了！"

罗星并没有理会聒噪的同伴，他开启着熵视野，马桶里的水与瓷质外壳呈现出了不同的色彩。按下冲水键，闪着蓝色冷光的水流顺着管道流入地下，穿过C区监房的地基，汇入更大的管道，之后便消失不见。

"不行啊……"罗星自言自语地咕哝着。

井上拓也凑了过来，问道："还是找不到主排水渠？"

"我的房间在A区，胖子在B区，加上兰兰的S区和你的C区，所有的排水管道都没有连接到主排水渠。那么排出的废水去了哪里呢？"罗星挽着双臂，若有所思。

井上拓也又看了外面一眼，语速飞快地说道："我想，这是肖申克防止越狱的一项机制。宽度足够人类通行的主排水渠是独立的，所有的废物排入地下后，失去观测进入量子态，再通过特殊的方法在主排水渠对其观测，便实现了废物的跨空间转移。"

罗星瞪大眼睛，嘴巴半张着，半晌才说出一句话："没想到啊，你居然想到了这一层。"

"你可能忘了，但我可是整整计划了7年的越狱。另外！"井上拓也焦躁地摆着手臂，"你快点消失，狱警马上就到这里了！"

话音未落，井上拓也便听到了敲门声。回头一看，狄安娜已经推开了房门，她指挥同事们去了其他的房间，自己则独自走进井上拓也的监房。

"例行检查，请配合。"狄安娜平淡地说道。

"对不起！请听我解释！"井上拓也立即鞠躬90度，大声说道，"他是……"

"谁？"狄安娜挑了挑眉。井上拓也再次回头，罗星早已不见了踪影。

终于松了一口气后，井上拓也向狄安娜解释说从禁闭室出来后总会神志不清，有时会说胡话。狄安娜并没有追问，只是拿警棍敲打着墙面、地砖，检查有没有藏匿违禁品，或者准备越狱。

某一瞬间，狄安娜背对着井上拓也俯下了身子。看到女狱警热辣的身材，井上拓也的心顿时提到了嗓子眼，那种异样的感觉膨胀到了极限。

"有什么事吗？"狄安娜似乎听到了井上拓也沉重的呼吸声，问道。

"没……没什么。"井上拓也抹了一把额头的汗水。

突然间，不知何处吹来了一阵风，监房的铁门砰地关上了。狄安娜直起身来皱皱眉头，走到门前拉动把手，铁门却纹丝不动。

"坏了吗？怎么这么巧？"狄安娜一面说着，一面打开步话机，准备呼叫同事。

就在这时，一股眩晕感袭击了井上拓也，抬头看看，狄安娜也捂着额头靠到了墙边。井上拓也熟悉这种感觉，在短短几天的时间里，这已经是他第三次经历"失去观测"了。

能做到这点的只有一个人，那就是躲在暗处的混账罗星。而他这样做的目的，井上拓也也能猜个八九不离十。

几秒钟后，井上拓也的视线也模糊了起来。不知过了过久，意识猛然间清醒，可眼前却一片漆黑，耳中鼓噪着心跳声和骨骼摩擦的声音。

"井上拓也，你在那里吗？"

不远处传来了狄安娜的声音，不似平日一般清脆，带着几分干涩和尖锐。

"啊，我在。"井上拓也匆忙答道。

"看来我们运气不太好。"从脚步声判断，狄安娜在摸索着寻找井上拓也的位置。

"啊……嗯。"

井上拓也设想了许多情况，但他无论如何也没有想到，为了拉进自己和狄安娜的关系，混账罗星居然将他们一起丢进了禁闭室。

"没错，那群条子人手不够，监狱的后勤管理，全在我这边。"汉尼斯啃了一大口罗星用刑期换来的鸡腿，又唆了唆手指上的油。

"具体说说？"罗星为对方递上一听啤酒。

汉尼斯大手一挥，指着餐厅里的食物说道："你觉得肖申克会自己生产食物吗？当然不会。你们吃的、喝的，全是用图灵币从城市那边换来的。每次送来食物，都是我负责对接入库。"他猛地凑到罗星面前，伸出三根手指，小声说道："东西虽多，油水却不好捞，每月只有这个数。"罗星点点头。汉尼斯继续压低音量说："那群人如果不听话，我就会在质检时让他们的食材变质，讹上一把。"

汉尼斯的能力类型是时间，可以让被接触的物体变成过去或者未来的状态。这能力听上去很强，但发动的条件却相当苛刻：接触过程中两者必须保持一动不动，每次让被接触物品前进或倒退一年，都需要花上一个小时，中途被打断则会恢复原样。正是因此，明明是个时间能力者，汉尼斯的评级却只有C。

"还有吗？"罗星追问。汉尼斯抬眼看看他，罗星立即识趣地递上一块比萨。

"肖申克喜欢玩观测，坏了东西却不懂修。这里面的瓶瓶罐罐，一旦坏了，同样需要从城市采购。这个买卖的周期很长，半年只有一次。不过……"他饶有深意地看了罗星一眼，"20天后就有一次，你明白我什么意思。"

"还有吗？"

罗星的追问让汉尼斯小小吃了一惊，他原本以为这个家伙贿赂自己无非为了捞点油水，却没承想对方胃口这么大。面对这个肯下血本的金主，斟酌再三，汉尼斯小声说道："为了维持这里的规则，不时需要从外面带入罪物。这事儿我自己做不了主，你需要再去找条子的老大夏岚……"

罗星盯着汉尼斯的眼睛，径直问道："我问你，监狱里的垃圾和废水怎么处理？"

"嗨，我还以为你想问什么呢。"汉尼斯顿时放松了，原来这是个外行，抢不到自己的金饭碗。他又啃了一口鸡腿，说道："这些都是S区的方舟在管理。那家伙在这里关了将近300年，是肖申克最信任的犯人之一。"

"也就是说，你碰不到？"

汉尼斯并没有注意到罗星紧绷的表情，撇撇嘴说道："想都别想。肖申克最不想看到的，就是有人越狱。"

话音刚落，汉尼斯突然感到一只有力的手抓住了他的后脑，继而脸被猛地按进了比萨盘子里。

"今晚吃的照样给我买两份，晚上送过来。"罗星杀气腾腾地低声说道，"否则，送你去见鲍尔！"

◇

井上拓也十指交叉握在胸前，不住地踮着脚。左肩传来温软的触感，狄安娜此刻正贴紧他坐在一起。在这个没有一丝光线、又无法通过声波反射判断距离的空间里，触觉是感受对方的最佳方式。

"没办法联系同事吗？"井上拓也尽量保持着冷静，问道。面对狄安娜，他的情绪很复杂，既有畏惧，还藏着躁动。

"步话机的信号传不出去，只能等他们发现我失踪了。"狄安娜答道。两人相处时，她的态度也不似平日那般冷冰冰。"狱警确实掌握着一些特权，但远没有你们想象的那么多。"

"这样啊。呃……他们会找来禁闭室吗？毕竟这里昨天才恢复正常。"井上拓也一面说着，恨不得用脚趾在地上抠出个洞来，没话找话实在是太尴尬了。

可狄安娜却毫不在意地答道："哪儿都找不到我的话，会来吧。"

几句话说完，两人陷入了沉默。就在井上拓也拼命地思考该说些什么时，狄安娜却先开口了：

"井上拓也，你要不要也应聘狱警？"

井上拓也一惊："为什么？"

"我觉得你很适合这个职位，我们又缺人。"

"哦，我会考虑的。"

又是尴尬的沉默，井上拓也早已在心里把罗星的十八代祖宗都问候了一个遍。

"你……"

"我……"

两人居然同时开口了。狄安娜咯咯笑了两声，说道："你先讲吧。"

"不好意思……"井上拓也挠挠头，尽管对方看不见，"我是想问，你当初为什么要做狱警？"

"你认为呢？"狄安娜不答反问。

"大家都在说，因为你之前当过警察，职业习惯使然。"

"也有这方面的因素吧，但主要不是因为这个。"

"那是为什么？"脱口而出后，井上拓也惊讶于自己居然会揪着这个问题不放。

狄安娜没有出声。正当井上拓也准备为自己的多嘴道歉时，她却突然开口道："为了报恩吧。"

"哦，这样啊。"

"下面该我提问了。"狄安娜干咳两声，说道："井上拓也，你好像总是很怕我，为什么？"

听到这个问题，井上拓也愣了两秒，问道："必须回答吗？"

"礼尚往来嘛。"

井上拓也轻叹一口气，说道："准确地讲，我并不是怕你，而是害怕皮靴的声音。"

"哦？"

"那是在我入狱后不久的一个夜里。"井上拓也开始诉说藏了许久的秘密，"初来乍到，我没能嗅出空气中危险的味道。就在我刚刚入睡的时候，外面想起了叫喊声，囚犯们暴动了。不是囚犯和狱警之间，而是来自'苍灰'和'柠黄'的囚犯起了冲突。认清现状后，我关紧房门，裹着被子藏了起来，生怕被卷进去遇到危险。可是……"

他顿了几秒，继续说道："几分钟后，我的房门就被狱警踹开了。我已经忘了那人对我说了什么，只记得自己开始拼命地奔跑，可皮靴声却总是如影随形，摆脱不掉。终于，我跑到了一间屋子里，看到有人被铐在了墙壁上。我试图去救那个人，后脑却挨了一棍，之后皮靴声又响了起来……"

井上拓也下意识地摸了摸后脑，苦笑道："大概是因为大脑受到了冲击吧，那晚的记忆有些缺失，却唯独对皮靴声留下了不好的印象。"

讲完了自己的故事，井上拓也并没有等到狄安娜的回应，反而听见了拉链被拉开的声音。

"你……在干什么？"井上拓也狐疑地问道。

"既然你不喜欢，离开前这段时间，我就打赤脚好了。"狄安娜笑了笑，拎着皮靴放在一旁。

无数的话语一瞬间涌到了井上拓也的嘴边，可他思来想去，也没搞懂这种时候应当说些什么。正当他头痛时，身边的狄安娜小声说了一句：

"谢谢。"

"谢什么？"

"没什么。"

罗星猫在狭窄的通风管道里，掀起换气口的盖板丢到一旁。蒸腾的热气顺着风道喷涌而来，透过氤氲的水雾，能瞥见几幅满是筋肉的躯体扭动着。他匆忙扯回盖板，对着身后的阿摩耶说道：

"走。"

"这儿是什么地方？"

"澡堂。"

阿摩耶在喉咙里咕哝两声，跟着罗星继续匍匐前行。

指定地点和排水系统管理员方舟都在S区，罗星本想借由兰兰通过修改映射建立起的通道前往，可那个通道是一次性的不说，还只能兰兰自己使用。这下罗星可犯难了，S区戒备森严，里面关押的犯人各个都不好惹，贸然闯进去无异于自寻死路。正当头痛之际，兰兰却给出了意想不到的方案——

顺着通风管道，爬过去。

"搞错了吧，这东西又不是下水道，没有连在一起。"罗星吐槽道。

兰兰举起手臂，用食指在空中画了个圈："为了防止犯人越狱，通风管道每经过一段，就会设置一个失去观测的区域。整个监狱中所有这样的区域连在了一起，构成一张网络。"

罗星立即领悟了其中的奥妙："也就是说，只要反复通过失去观测区域，就会被随机地传送去任何地方的通风管道。"

兰兰"嗯哼"了一声，再次回到了零食的世界。

于是乎，罗星带着阿摩耶钻进了满是灰尘和蟑螂的管道，艰难地爬行了4个小时。他们去过监房、厕所、浴室、锅炉房，最恶心的却是后厨。罗星宁愿自己永远也没见过后厨的卫生条件，那会让他在吃东西时想到老鼠和蟑螂。

又一次尝试失败了，这次出现在管道下方的是仓库，未加工的食材堆积成山。

"我想下去拿些备着。"阿摩耶说道，"忙了这么久，总要有点赚头。"

罗星没有理会他，而是随手摸过一个石子，顺着通风口丢了下去。几道锐利的激光划过，石子刹那间被切成了粉末，继而警铃大作。

"你以为肖申克是傻子吗？"罗星骂了一句，继续前进。阿摩耶吓出了一身冷汗，匆忙跟了上来。只要通过失去观测区域，他们就会被传送去别的地方，不用担心被捉住。

又过了两个小时，两人还是没有到达S区，经过的地点却已经出现了重复。

"我累了，休息一下吧。"阿摩耶提议。

"躺下睡会儿吧，我放哨。"罗星答道。

"就在这儿？"

"不然呢？"

阿摩耶悻悻地扭动着肥硕的身躯，好不容易找到个舒服的姿势，长舒一口气。休息片刻后，他说道："说不定S区的管道根本没连在一起，我们爬再久也是白费劲。"

"不，既然兰兰说了，那就肯定能通过去。"罗星想都没想地答道。

"这么信任她？"

"胜过信我自己。"

又过了一会儿，挽着双臂思考的罗星突然问道："咱们来过这儿吗？"

阿摩耶瞥了一眼通风口下方，一名身材瘦削的中年男子在呼呼大睡，右手时不时摸着裤裆。他答道："来过。尼科夫的房间。"

罗星继续问道："还记得多久前来过吗？"

"稍等。"阿摩耶说罢，用右手的食指抵住太阳穴，闭上了眼睛。几秒钟后，罗星看到另一个自己从远方爬了过来，后面跟着阿摩耶肥硕的身躯。两人的影像穿越了罗星的身体，消失在远方。这还是罗星第一次看到阿摩耶发动能力，不由得啧啧嘴。

"1小时23分前。"

罗星闭上眼睛，默默地开启了内网视野。肖申克里并没有内网，外网浓度也屏蔽到了罪人们不会进一步变异的程度，罗星的内网视野经兰兰改造后，成了与她沟通的专用通道。

罗星遇到智力上的困难办法只有一种，那就是找外援。肖申克监狱里联系不上法拉，但他还能求助于兰兰。

听过罗星的描述后，兰兰只说了5个字：

"莫比乌斯带。"

"厉害啊……"罗星顿时领悟了各种奥妙，自言自语道。

"你在说什么？"阿摩耶听到动静，问道。

"继续走，然后记下我们路过的区域。"罗星招了招手。

"等等！"

"又怎么了？"

"裤子被螺丝挂住了，帮我一下……"

狱警推开禁闭室的房门时，尽管射入的光线刺得眼睛胀痛，井上拓也还是贪婪地注视着夕阳，生怕这来之不易的光源在不经意间跑掉。

两人走出禁闭室后，狄安娜向同事们解释了一番，狱警们也就没有再为难井上拓也。临走前，狄安娜对井上拓也微笑道："不久后会有一次狱警的招聘，我愿意做你的推荐人，期待能和你成为同事。"

看着狄安娜的身影渐渐远去，井上拓也握紧拳头，深吸一口气——

然后飞奔了起来。

几分钟后，他已经来到了A区的监房。推开罗星的房门，那个家伙果然不在，只有兰兰坐在床沿，指尖夹着薯片。

"兰兰……有件事拜托你！"井上拓也扶着门框，气喘吁吁地说道，"之前拿回的影像，能放映出来吗？"

兰兰皱眉道："放映？你当我是投影仪吗？"

井上拓也咬着嘴唇，下定决心后，用力地说道："有件事情我无论如何都想要搞清楚，拜托了！"

说罢，他按照记忆中老家的风俗，深深地鞠了一躬。和狄安娜聊过后，他确信自己丢失的那段记忆里隐藏着关键信息，例如过去的他很可能和狄安娜认识。

兰兰看了看弓着身子的男人，叹气道："做不到就是做不到。不过你想看的话，也不是没有办法。"

井上拓也抬起头来，兰兰继续说道："我可以催眠你，将影像直接投影到你的大脑里。但丑话说在前面，如果你的大脑因此而爆掉，不要恨我。"

井上拓也顿时开心了起来，对着兰兰千恩万谢。兰兰骂着让他安静下来后，又指挥他写下了自己想要看的地点和时间。

"还需要我做什么准备吗？"井上拓也盯着兰兰问道，后者只是将他写的纸条扫了一眼，便丢去了一旁。

"不用了。"

兰兰说罢，双手握住井上拓也的两鬓，与他四目相对。下一瞬间，井上拓也感到身体下方出现了一个巨大的黑色旋涡，不由分说地将他吸了进去。

◇

不知又在通风管道里爬了多久，通风口透进的光线从自然光变成了白炽光，重复的地点也渐渐多了起来。终于，阿摩耶气喘吁吁地说道：

"老大……我真的不行了，要不改天再爬？"

"改天就前功尽弃了。"

"我们到底在干什么？"

"S区的通风管道，在莫比乌斯带的另一个面上。"罗星解释道，"想要去往莫比乌斯带的另一面，就必须先把第一面走完。"

阿摩耶听得似懂非懂，问道："还差多少能走完？"

"猜测要把所有场景经历两遍，也可能是更多。"

"杀了我吧！"听过罗星的解释后，阿摩耶身子一软瘫在了原地。罗星叹了口气，突然间，阿摩耶感到自己的身子飘了起来，继而如同气球一般，跟着罗星向前飘去。

"太神奇了，这是你的能力？"阿摩耶惊讶地看着自己的双手。

"别乱动，控制起来很费精力的！"罗星吼了一声，随即向前方飞去。

阿摩耶放弃爬行后，两人的速度反而加快了。再次路过后厨时，阿摩耶瞥了一眼正在把碎肉渣和蟑螂一起塞进原料口的料理设备，开口道：

"老大，你信教吗？"

"不信。"

"为什么？"

"传说里的那些神还不如外网厉害，信他们作甚。"

阿摩耶哈哈笑了两声，继续说道："你可能想不到，我原本是个神职人员。"

罗星笑道："这还不好猜？你胸口一直挂着六芒星，没见你用过，却也舍不得摘。"

"我的家乡是一个罪人们聚集而成的小镇，时间久了，居民们便发展出了一种宗教，原型是什么已经记不清了。六芒星中间画了太阳，象征着驱散阴霾、重见光明。那儿的人们能力大多是电磁，但不是井上拓也那种。他们甚至放不出一个电火花，却能在微观尺度上操控部分化学键。于是，小镇靠着这个能力发展出了精细化工，通过和城市交易赚取图灵币。而我的能力对生产毫无用处，便做了神职人员。

"我们镇上也是有人工智能的，尽管不能把外网浓度屏蔽到安全线以下，却也可以延长人类发狂、变异的时间。老大我再问你，你认为宗教的作用是什么？"

罗星想了想，答道："处理一些科学解决不了的问题吧，例如死后意识是否存在，归宿在哪里……不对，外网降临后，这个问题已经有了定论。"

阿摩耶"嗯"了一声："人类靠理性和逻辑理解世界，除此之外的部分，宗教都可以处理。总之，镇上的人们坚信，有了信仰后，可以进一步延缓甚至阻止外网对精神的侵蚀。

"有一天，镇上来了个叫杰兰特的青年，和你差不多的年纪，在'幽红'做系统工程师。他自称在寻求降低屏蔽外网成本的方法，目标是让城市外的罪人们也能过上好日子。了解过我们的宗教后，他决定留下来研究宗教对人脑的影响，从而优化屏蔽算法，提高效率。"

"恐怕不可能吧？"罗星插言道，"啊，刚路过的是哪里？"

"B区老K的房间，味儿比厕所还冲。我最初也觉得没戏，但杰兰特热情洋溢地为我讲解过一番后，我决定帮这个年轻人一把。镇上每隔一段时间就会有人发狂死去，我的任务就是征得家属的同意后，由杰兰特解剖死者的大脑来研究。事实上，镇上的罪人们大多没有家属，我们的研究十分顺利。

"不知杰兰特是真的搞懂人们脑袋里那坨东西了，还是他本人是个计算机天才，总之，经他优化后的屏蔽算法，效率确实提高了。人们渐渐改变了对杰兰特的看法，原本的反对者也软化了态度，甚至有人主动提出了帮忙。

"一切都在向好的方向发展，直到有一天，杰兰特对我说，他看到了幻觉。这可不是什么好兆头，外网对他的侵蚀已经达到了临界点，接下来他要么变异成罪人，要么渐渐发狂死去。我建议杰兰特尽早回城市里疗养，他却为了继续研究而拒绝了。

"杰兰特的病情随着时间逐渐恶化，最初还是头晕和幻觉，渐渐变得走路不稳，到最后甚至说不出话了。教宗告诉我他已经没救了，最好的方法就是尽快帮助他结束生命。我被说动了，获得我的同意后，教会在一个晚上派人去往了他的房间，用绳索结束了他的痛苦。

"少了杰兰特的小镇并没有什么变化，人们也渐渐地忘了这个外来者。但有件事情却在我的心里挥之不去，我目睹过成百上千发狂而死的人，没有一个在临死前会出现杰兰特这种不能动、不能说话的症状。

"我终于忍不住了，某天趁着教会的干部们外出，我重现了杰兰特出现症状前后的影像。你猜我看到什么了？二甲基汞。那群家伙通过控制化学键的能力，合成了少量这种神经毒素。每当有死者被送来教会进行仪式，他们都会放一点进到尸体里。二甲基汞能穿过乳胶手套侵蚀皮肤，杰兰特解剖尸体久了，自然就积累了足够中毒的剂量。至于动机，那群家伙担心有朝一日杰兰特真的找到了足够优秀的算法，教会将会失去存在的意义。"

"可笑。"罗星听过后，给出了简短但恰如其分的评价。

"是吧，我也这么觉得。知道我怎么做的吗？"阿摩耶刻意提高了音量，"那群干部做祈祷的房间在镇子的边缘，我利用从杰兰特那里学来的一点计算机知识，调节了人工智能的屏蔽范围，将那间屋子暴露在了外网中。之后，我找来了一台破旧的收音机，藏在了那间房子的神像里。那群家伙原本就都是罪人，对外网并不敏感，因此毫无察觉。直到有一天，收音机觉醒成了罪物，能力类型是压强，他们在一瞬间被压成了肉饼。"

讲过自己的过去后，阿摩耶顿时感到轻松了许多，于是对罗星说道："老大，我好像又可以了，放我下来吧。"

"留点力气吧，马上就要用到你了。"罗星指了指通风口下方，从未见过的走廊出现在了视野中。

"我们到S区了。"

6.

13年前，6月8日深夜。

井上拓也的意识飘浮在半空，俯视着一片沉寂的C区监房。他惊叹于兰兰的能力，看到的景色并非出自摄像头的单一视角，而是将整座肖申克拼接了起来，他甚至可以控制视角的游移。

几分钟后，细微的金属碰撞声打破了寂静。仔细听去，密密麻麻的微弱声响仿佛雨声一般，却恰到好处地维持在了不会触发警报的边界。

突然间，外面传来尖锐的哨响。所有的房门几乎在同一时间被踹开了，犯人们一拥而出，他们挥舞着不知何处搞来的刀棒，向着一早就确定好的目标冲去。

井上拓也十分清楚，C区的冲突只是小打小闹，真正的战场在B区和A区。来自"柠黄"和"苍灰"的犯人们积怨已久，都恨不得对方从此消失。但此刻他并没有心情去看热闹，而是控制着视角，慢慢向自己的监房移去。

很快，242的门牌号出现在视野里。房门敞开着，有两个人倒在地上揪住对方打成了一团。

井上拓也一眼便认出了其中一个是段蒙，就住在隔壁监房，人还不错；但另一名身材瘦削的黑人却十分脸生，井上拓也并没有遇见过。他们为什么会在这里打架？房间的主人，也就是13年前的自己去了哪里？

渐渐地，段蒙占了上风。他骑在对方身上，对着头一记老拳打了下去，那黑人的头一歪，身体松弛下去。井上拓也此刻只是个"视角"，没办法去确认死活；不过他记起段蒙的刑期是个相当可观的数字，想必同这次打死了人有关。

井上拓也回想了一下，自己此刻应当已经被狱警叫走了，于是离开了C区，去往狱警的寝室。

　　理所当然地，那边也乱了套。狱警的力量并无法阻止大规模的犯人暴动，他们派出了大部分人去维持治安，几名核心成员则起身前往S区的深处，据说那里有着可以同肖申克直接对话的设备。

　　井上拓也找了一圈，也没能见到过去的自己。他刻意留意了每一名狱警，却唯独没有看见狄安娜的身影。井上拓也一下子没了目标，尽管知道自己的记忆出了差错，但没想到错得这么离谱。

　　井上拓也试着呼叫兰兰，却毫无回应。无奈之下，他开始在肖申克里游荡。B区和A区早就乱成了一团，操场上到处是打斗的身影，餐厅更是成了必争之地。地面和墙壁上涂满了血迹，躯体七扭八歪地倒在地上，有些痛苦地呻吟着，有些已经没了呼吸。维持秩序的狱警也没能幸免，井上拓也在几分钟内就看到两名狱警被担架抬走，额头渗着血迹。

　　只有S区一如既往的平静，没有谁有胆量跑去那边闹事。

　　将监狱转了一圈后，井上拓也的视线锁定在了操场的角落，禁闭室孤零零地立在那里。井上拓也控制着视角走了过去，穿过墙壁，来到了禁闭室内部。

　　不同于外部，禁闭室使用的是红外摄像机。透过模糊的影像，井上拓也看到有人被铐在墙上，却看不清容貌。

　　井上拓也静静地等在这里，过些时间，过去的自己就会来到，一切也就真相大白了。被关禁闭的犯人显然没有罗星那么淡定，不停扭动着身体，不时开口大叫。可惜摄像头并没有收音装置，井上拓也看到的影像都是默片，自然也不清楚那人说了什么。

　　又过了些时候，禁闭室的门猛地打开了。逆着强光手电的照明，井上拓也瞥见一名陌生的狱警站在门前，大口喘着粗气。

　　咦？

　　来的不应该是自己吗？这人是谁？

井上拓也也回过头去，光线打在了被铐住的犯人身上。那人嘴角挂着血迹，身上满是伤痕，眼中却闪着锐利的光，就像是一只受伤的孤狼。井上拓也瞪大了眼睛，寒毛直立——

被铐在那里的人，是狄安娜。

◇

S区的走廊十分安静，尽管这里只关押着7名犯人，却是肖申克最危险的地方。阿摩耶弓着身子藏在罗星后面，时不时紧张地四处张望。

他们先是找到了兰兰指定的摄像头，阿摩耶发动能力重现了影像，罗星再用摄像机记录下来，回去供兰兰分析。影像中只有几个人匆匆走过的画面，罗星从头看到尾也没发现玄机。其间有几次阿摩耶紧张到肚子痛，罗星不得不发动能力，强行阻止了同伴肠道的痉挛。

"老大，肚子确实不痛了，但如果我想去厕所怎么办？"阿摩耶捂着肚子小声说道。

"我可以帮你把直肠打个死结。"罗星瞥了他一眼，说道。

接下来的任务是寻找下水道的管理员方舟。S区监房的门牌下写着名字，很容易辨别。距离两人最近的是7号监房，门牌上面写着"龙舌兰"三个大字，只是房间主人早就用催眠能力将自己变成了小女孩，此刻正大字展开躺在罗星的床上打鼾。

没走多远，"方舟"的字样便出现在了两人的视野中。罗星回头瞅了阿摩耶一眼，对方立即后退两步。罗星叹了口气，上前敲敲房门，没人应答。于是他开启熵视野，控制着锁芯弹了开来。

推开房门的瞬间，罗星不由得吹了声口哨。阿摩耶从罗星的身后探出头来，看到的景象令他瞪大了眼睛——

房门的对面，是一条一模一样的走廊。

"怕是遇到空间能力者了。"罗星说道。

"老大，怎么办？"阿摩耶焦急地问道。

"他只是将门内和门外的空间彼此相连，监房还好好地留在那里。"罗星笑了笑，"如果不是这所监狱，我还真拿空间能力者没什么办法。"

阿摩耶回想起罗星把禁闭室搞没的光辉战绩，当即明白了他想要做什么。

"我要让整个S区失去观测。"

罗星开启了熵视野，这一次他不再聚焦于眼前，而是向着四周更加广阔的空间看去。自从与弥赛亚一战后，他运用外网的算力控制熵的能力得到了进一步提升，熵视野不再限于向微观聚焦，同样可以向着更加宏观的区域拓展。

很快地，S区的每一面墙壁、每一根钢筋、每一片瓦砾的图像都刻入了他的脑海。但即便视线透过了墙壁，罗星也只在两个房间内看到了人影，其他五个房间的囚犯不知所踪，又或者他们有办法在熵视野中屏蔽自己。

罗星屏住呼吸，开始为建筑物的每一个反射面叠加机械波。与对付禁闭室的办法一样，只要观察周围环境的机械波，再为其叠加上相位相反、其余参数都相同的机械波，建筑物就会成为机械波的"黑体"。

藏在罗星身后的阿摩耶突然感到自己的心跳声清晰了起来，四周环境的白噪声音消失不见，取而代之的是耳廓内血流的声音。

"老大，这是……"阿摩耶刚一开口，却发现自己的音色变得单薄而干涩，这是因为墙壁无法形成有效的反射，说话声无法得到回音的增强。罗星立即摆出一个"嘘"的手势，示意同伴闭嘴。

几秒钟后，雪白的外墙渐渐变得模糊，仿佛被一层灰色的浓雾笼罩。失去观测后，建筑物渐次进入了量子态。罗星之所以将影响范围扩散至整个S区，是因为除了让方舟避无可避，他还试图借此试探其他几名犯人，看必要时能否收归己用。

灰雾渐渐弥散至1号监房，那里关押着一名叫"巴汀"的犯人。突然间，罗星察觉到附近的机械波改变了频率；他匆忙跟着变换了反向声波的频率，对方也立即做出改变。

罗星的额头淌下汗滴，反向声波频率的改变速度超过了每秒1 000次，大脑的负担已十分沉重。终于，当改变速度达到每秒3 600次的时候，罗星放弃了对反向声波的控制，对方也很配合地停止动作。

巴汀有着能够操控频率的能力，这样的能力罗星还是第一次遇见。

2号监房中看不到人影，可灰雾弥散到附近，却仿佛遇上了风口一般地躲了过去。

"老大，这2号房是怎么回事？"阿摩耶也发现了异常，"遇上能力和你相同的人了吗？"

"恐怕不是。"罗星简短地答道。在熵视野中，2号监房墙壁与周围空间有着明显的边界，其两旁的熵流动并不连续。可能性有很多种，罗星倾向于最简单的解答：2号监房处在不同的时间段。这样一来，监房与周围空间并没有达到热平衡，其所处时间段用作判定的物理过程也不是机械波，自然不会失去观测。

如果能够拉拢到拥有时间能力的犯人，将给罗星的计划带来很大帮助。

3号监房的情况与1号类似，但周边的机械波并非单纯地改变了频率，振幅、相位等都有了复杂的改变。罗星简单尝试后便放弃了控制，向对方示意并没有恶意。

灰雾终于弥散到了方舟所在的4号房，罗星和阿摩耶不约而同地屏住了呼吸，等待着对方的回应。

时间缓慢地流逝，心跳声仿佛滴答的钟表一般，不安但规律地躁动着。终于，背后传来了一个男人的声音：

"停手吧，我只是为了自我保护，还请两位理解。"

两人寻声望去，一名身材高大、穿着一身正装打了领结的男人不知何时出现在了走廊中，微笑着微微欠身。

"欢迎二位，我是方舟。"

◇

井上拓也猛地醒了过来，兰兰正坐在床边，双手托腮看着他。井上拓也看看兰兰，又看看自己的双臂，大口喘息着。许久后，他的心跳平息了下来，低着头问兰兰道："你都知道了？"

"并不完全。"兰兰答道。

"不能告诉我？"

"还不到时候。"

"有什么忠告吗？"

"别去找。"

井上拓也沉默了几秒，下床拎起外套，只留下一句"谢谢"，便离开了罗星的监房。他从未感到自己的步子如此坚定过，很快地，他便来到了狱警办公的区域。值班的狱警将井上拓也上下打量了一番，认出他就是刚刚与狄安娜一同被关进禁闭室的C区犯人。

"有什么事吗？"狱警问道。

"我想应聘狱警。"

◇

"也就是说，你们想要去肖申克的主排水渠，所以找到了我，对吗？"

方舟将两人让进自己的监房，又熟练地冲了热茶。罗星从未想过，居然有人会将一整套茶具搬进监狱里。

"不知会不会给你带来麻烦，如果你愿意交易，我可以用刑期支付。"罗星抿了口暗红色的普洱，浓厚的香气立即灌满了口鼻。

方舟笑了笑，他打了个响指，手中顿时出现了一只托盘，上面盛放着堆叠整齐的苹果派。"我的刑期，可以与地质年代媲美。"他说道。

阿摩耶听到这话，被热茶呛了一口，不住地咳嗽。罗星不为所动地说道："没有办法逃出去吗？"

"肖申克诞生至今，越狱的成功率是零。"方舟淡淡地说道。

罗星换了个姿势，直视着方舟的双眼，说道："我有个提议，你帮我这一次，我把你带出去。你看怎么样？"

方舟盯着罗星看了两秒，抿了口茶，应道："还有个条件。2号监房的卢清，帮我找到她。"

◇

夜里，罗星躺在床上，端详着玻璃瓶中闪着蓝光的液体。方舟的能力虽然可以凭空移动物体，但如果建立了联系，成功率会更高。建立联系最简单的方法，就是喝下他提供的特殊药品。

罗星通过熵视野看了好久，也没发现有什么问题。问兰兰，她也只是说，不过是一些纳米颗粒罢了。

想到自己曾经用地球的命运去同三个世界级罪物赌博，罗星自嘲般地笑了笑，之后打开瓶口，将闪光的液体一饮而尽。

他翻了个身，睡在一旁的兰兰呼吸均匀而平稳。罗星盯着窗外的月光，开始思考井上拓也的问题。

最初拉井上拓也入伙，除了想要利用他的能力，罗星还猜测他同哥本哈根之间有着某种联系，甚至可能就是哥本哈根本人。为此，他盗取了每一枚摄像头的监控录像，重现了肖申克的历史。然而一番努力下来，兰兰得出的结论却是"有着密切联系，但并非本人"。更麻烦的是，井上拓也自己什么也想不起来。

将井上拓也与狄安娜一同关进禁闭室、引导他观看过去的影像，也都是罗星的策略之一。果不其然，井上拓也决定更进一步地去寻找自己的过去。

思来想去，也没个更好的办法。罗星仰在床上长叹一口气，很快进入了梦乡。

半夜里，兰兰揉着睡眼醒来，瞥见一名一袭黑衣的入侵者正站在罗星的床头，目光透过泛着冷光的面罩盯着两人，仿佛地底爬出的怨灵一般。兰兰与入侵者对视了几秒，对方转过身去，在一阵浓雾的包围下隐去了身影。

◇

第二天傍晚，四个人再次聚在了罗星的房间里。

在狄安娜的推荐下，井上拓也成功被录取为狱警。他并没有因此忘记这边的事，上任第一天便找了个茬将阿摩耶押进了狱警的寝室，趁着四下无人，录制好了兰兰需要的影像。

排水渠那边也很顺利，喝下药剂后，方舟按照约定的时间将罗星和阿摩耶传送去了深埋地下的主排水渠。

下面的空间比想象中更大，没有一丝光线。阿摩耶抱怨这种地方怎么可能有人过来，可当再现出的影像至少出现了20个人时，他也不得不惊叹于兰兰的神机妙算。

于是乎，完成任务的三人，此刻正在眼巴巴地盯着兰兰，等待着这名神奇的女孩还能再给出怎样惊世骇俗的信息。

"明白了。"兰兰放下摄像机的存储，平淡地说道："有两个关键的时间点，一个是142年前，也就是外网纪元133年的8月4日；另一个是24年后。你必须自己去一趟。"

"穿越时间？这怎么能做到啊！"井上拓也感慨道。

"S区2号房的卢清有穿越时间的能力，不过……不知道她现在人在哪里。"阿摩耶补充道。

罗星抬起头，问兰兰道："你能预测出S区的卢清在哪里吗？"

"24年后的时间点，你有可能遇到她。"兰兰答道。

罗星站起身来，耸耸肩膀，说道："好吧，那我去趟24年后。"

"老大，你准备怎么去？"阿摩耶问道。

"南河三。"罗星说出了一颗恒星的名字，"也就是小犬座阿尔法星，它距离地球有12光年。我化作量子态向南河三发射，到达后再被反射回来，正好是24年。"

7.

罗星做了一个漫长的梦。

梦里，妈妈带着他和妹妹躺在草地上，仰望着星空。罗伊只有4岁，却已经抱着妈妈的大部头专业书在啃了，刚过完6岁生日的罗星却还认不全书里的符号。

"那是什么？"罗星指着划过夜空的一道亮线，问道。

"韧致辐射，来自同步轨道粒子加速器。"妈妈笑道，"它在旧时代叫SOHC①，曾经是人类通过更高等级文明的阶梯。不过现在大家更喜欢用另一个名字叫它，W-001。"

6岁的罗星对世界级罪物的能力并没有实感，只知道那不是什么好东西，于是说道："我不喜欢它。我想把它打下来。"

"目前并没有证据显示W-001产生了自我意识，因此它的存在并不一定是坏事。"一旁的罗伊插了进来，"至少，它的存在证明了，外网

---

① Synchronous Orbit Hadron Collider（同步轨道强子对撞机）的缩写。

影响力延伸到了同步轨道。"

妈妈抱起罗伊，问道："知道同步轨道离我们有多远吗？"

"35 900千米！"罗伊举起小手大声答道，妈妈用力地揉了揉她的头。

罗星仰躺在地面上，沉默片刻后，问道："妈妈，你一直在研究外网吧？"

"是啊。"

"想要有朝一日打败它吗？"

"不能吧。妈妈应该做不到。"

"那你为什么还要研究它呢？"

面对孩子"十万个为什么"的提问，妈妈笑了笑，反问道："你有非常讨厌的人吗？"

罗星立即答道："我最讨厌胖子！他一天到晚缠着法拉，烦死了。"

"如果有一天，胖子被外网感染了，发狂死掉了……"妈妈话还没说完，怀里的罗伊便被吓哭了，她连忙道歉，不停地安抚着女儿的情绪。

可罗星却认真地思考了起来，少顷，答道："那样的话……还是算了吧。"

"是吧。"妈妈揽住罗星的肩膀，"这个世界上有我们喜欢的人，也有我们讨厌的人。同样地，所有人类作为一个整体，可能渺小也可能伟大，可能前途光明也可能无可救药，但无论如何，它不应当在一个不可抗外力的压迫下，如此扭曲地走向灭亡。"

妈妈仰望着星空，说出了那句令罗星至今记忆犹新的话："我想给人类文明一个它本应有的结局。"

星空飞速旋转起来，眨眼间，罗星已经是十几岁的样子，身边的人也变成了银蛇。两人用同样的姿势仰卧在草坪上，仰望着同样的星空。

"队长，你活着的目标是什么？给手下报仇吗？"罗星冷不丁问道。

银蛇咧嘴一笑："怎么，欠债太多，不想活了？"

"好奇而已。"

银蛇盯着他看了几秒，又将视线投回星空，说道："报仇也是目的之一吧。一定要讲的话，我想给自己找一个死的地方，以及死的理由。"

罗星转过头去，二宝躺在了他的另一边，头上打着绷带，嘴角挂着幸福的笑容。

"二宝，如果抛开那些宏大的目标，你这么拼命，为了什么？"罗星问道。

"这还用说，为了活得像个人样呗！"二宝想都不想地答道。

"如果活不到那天呢？"

"那就得死得像个人样！"

罗星抬起头来，龙舌兰不知何时站在了他的面前，温柔地俯视着他的脸。

"知道我为什么要变成弥赛亚吗？"龙舌兰问道。

"因为不服气吧。怎样活着，怎样去死，你都要自己决定，即便对方是外网也不行。"罗星答道。

龙舌兰笑了笑，继续问道："那你知不知道，我现在为什么帮你？"

罗星皱着眉想了几秒，摇摇头。龙舌兰将指尖点在他的额头上，说道："因为我想看看，比我更执拗的你，最后会是怎么个死法。"

肖申克监狱生存法则第零条：你可以化作量子态离开监狱，但只有在监狱内再次被观测，才能恢复原样。无论观测判定物理量如何变化，此规则固定不变。

罗星感到自己正在下坠。

并非梦中那种一脚踩空的感觉，而是自很高很高的空中跌落，一直落向了深不见底的空洞。凛冽的气流刮削着皮肤，尖锐的风声宛如恶魔的呓语。

终于，在遥不可及的远方出现了一束光。罗星几乎是下意识地伸出手去，如同饥渴的婴孩一般，贪婪地想要将那束光吸入体内——

下一瞬间，罗星猛地坐起身来，眼前的景象清晰起来。四周是冰冷的金属外壳，他被困在了一个诡异的密闭空间里，只有一扇圆形的窗口可以窥见外面。

恢复意识的瞬间，罗星感到胸口难以名状的憋闷，他用力吸气，却没有一丝气流进入鼻腔。他尽量控制着自己冷静下来，开启熵视野，用力冲开了四周的金属腔体。随着刺耳的金属撕裂声，外界的气流冲了进来，罗星的呼吸终于恢复了正常。

"我的角分辨光电子能谱！"外面传来了女人的尖叫声，夹杂着哭腔，"分子泵的扇叶肯定碎了，钛升华泵还在，高压关闭得很及时，射线源你要挺住啊……"

罗星从破碎的残渣中爬了起来，看到一名穿着白大褂的女性正盯着屏幕快速地敲击键盘，一头短发乱蓬蓬的。他走上前去，尽可能装出一副友善的样子，问道："你好，请问这儿是什么地方？"

听到这句话，女性的脖子如同发条般一顿一顿地转了过来，继而后退几步跌坐在木桌上，手指颤抖着指向罗星，发出一声响彻天际的哀号：

"啊……人人人人……！"

几分钟后，终于恢复冷静的女性与罗星隔桌而坐，手里笨拙地捣鼓着一套茶具。

"那啥……水溢出来了。"罗星提醒道。

"你在说什么？啊……烫烫烫烫！"女性用力地摆动着烫到的食指，又不小心打翻了茶壶。罗星掐着眉心，两鬓一阵阵刺痛。

不知过了多久，女性终于再次坐到了罗星对面。

"对不起！"她深深地低下头，以至于额头险些磕到桌子上，罗星匆忙操控熵撑住了她的脑袋，以免再次发生意外。

罗星干咳两声，说道："我想问一下，我是怎么出现在这里的？"

女性的双眼左右摇摆了几次，抖抖肩膀，开口道："我捕捉到一个微弱的电磁波信号，还以为是什么罕见的宇宙射线，想要测测它的色散关系，于是就……"

怪不得对方看到自己吓成这样。罗星点点头，继续问道："这里是肖申克吗？"

"是的。"

"现在的时间是？"

"外网纪元299年3月1日17时4分。"女性精确地报了时。

听到这个数字，罗星长舒一口气。通过来往南河三穿越24年，他做到了。

"多谢。我想打听一下朋友们的情况，你知道龙舌兰吗？她喜欢自称'兰兰'。"罗星原本认为，24年后会是由兰兰对他进行观测，没承想却撞上个冒失鬼。

对方摇头。

"阿摩耶呢？"

再摇头。

"狄安娜？"

再再摇头。

"夏岚？"

再再再摇头。"抱歉，我平日里一直宅着做研究，遇上您之前，我已经124天没有和活人说过话了。"女性有些难为情地说道。

"那你肯定也不知道井上拓也吧。"

"啊，这个认识，他毕竟是典狱长嘛。"

罗星闻言，一句在嘴边的话生生噎了回去。虽然有些不可思议，但他好歹找到了两个时代的连接点。可就在这时，他突然感到意识一阵模糊——

量子态？可自己一直在被看、被听啊！

迷惑之际，罗星听到了女性的声音："你失去观测了，别慌，转一转眼珠！"

罗星闻言，匆忙转动了眼球，下一瞬间，意识的模糊感消失了，周围的景物也恢复了清晰。他稍微平复了几秒，问道："现在进行观测判定的物理量是什么？"

"角动量。"女性答道，"每个房间的床下都装上了旋转装置，以便睡觉时被观测。"

罗星想到对方总是在摇摆视线，原来是这个原因。他正了正姿势，说道："一直忘了自我介绍，我叫罗星，请问你怎么称呼？"

女性捋了捋蓬乱的头发，笑道："很高兴认识你，我叫卢清。"

◇

外网纪元275年7月13日。

井上拓也推开会议室的门，8名狱警正围坐在木桌旁，叽叽喳喳地讨论着什么。见他进来，领队夏岚微微点头，狄安娜则向他微笑致意。

井上拓也摘下丁零作响的铃铛，坐在了木桌的最末位。夏岚说："我们正在讨论刽子手的事。情况你了解吗？"

井上拓也顿了几秒，面前的狱警领队令他十分紧张。正是因为夏岚，肖申克才有了"狱警"这个组织。

"我来介绍一下吧。"狄安娜主动替井上拓也做了回答，"刽子手出现在大约一周前，目前已有7人遇害。据目击者称，此人行动时穿黑衣戴着面具，能够在众目睽睽下自监房消失不见。"

夏岚看了井上拓也一眼，问道："你有什么看法吗？"

井上拓也想了想，答道："我猜想，他逃脱现场的方法，是让自己失去观测进入量子态。"

夏岚眼睛一亮："继续说下去。"

"观测判定物理量从光切换为声音，也是在一周前。刽子手大概拥有控制声音或者震动的能力，从而随心所欲地失去观测进入量子态。"井上拓也刻意回避了罗星控制熵的能力。

"你说的情况我们已经排查过了。"一名叫汤姆森的黑人狱警说道，"肖申克中有8名犯人的能力是声音，可他们都有不在场证明。"

"想要失去观测，能力未必是声音或震动。"狄安娜开口道，"例如S区的巴汀，他可以将将机械波的频率红移或蓝移到人类的感知范围之外，同样能够不被我们观测到。"

"巴汀为什么要做这么无聊的事情？"汤姆森反问。

"我只是举个例子。"狄安娜不温不火地应道。

从两人的一问一答中，井上拓也嗅出了火药味，想必狱警内部针对此事有较大分歧。他思索了片刻，再次举手道："我们可以调取监控录像，通过大数据分析锁定目标。"

"大数据分析？谁来做？"说话的狱警名叫弗朗西斯科·什么·什么·什么，墨西哥裔，名字长长一大串，井上拓也记不住，索性称呼他弗朗西。

夏岚补充道："你刚来可能还不熟悉。我们的身份虽然是狱警，但本质上还是犯人。除了肖申克批准的物资交换，我们并没有使用图灵币的权限，更没办法跟超级人工智能交易。"

"不能向肖申克申请权限吗？"井上拓也问道。

"你觉得监狱会关心犯人的死活吗？"弗朗西反问。

"我们既然选择成为维持秩序的狱警，就必须自己想办法解决。"夏岚总结道。

井上拓也握了握拳，抬起头来，说道："我知道一个人，说不定能帮上忙。"

10分钟后，井上拓也来到了A区罗星的寝室。即便罗星不在了，兰兰还是坚持留在这里。

"这是人命关天的大事，请务必帮忙！"井上拓也双手合十，标准地90度鞠躬。

兰兰双腿岔开靠在皮制床背上，用小指挖着耳朵，说道："人命？进来这里的，谁有资格说这个词？你在'柠黄'偷图灵币时，有没有想过多少人会因为你饿死？"

"拜托了！"井上拓也继续维持着鞠躬的姿势，大声说道。

兰兰切了一声，正当井上拓也准备挨上一巴掌时，房门被轻轻推开了，领队夏岚神色严峻地走了进来，径直来到小女孩面前。井上拓也的心提到了嗓子眼，下一瞬间——

"'兰'组织前护卫队长夏岚，参见首领！"

夏岚单膝跪下，对着兰兰深深低下了头。

兰兰瞥了他一眼："你是谁？"

"不管您记不记得我，我永远是您的护卫，此生不渝！"夏岚答道。

兰兰哼笑一声："即便我要你不当狱警了？"

夏岚站起身来，回头对井上拓也说道："井上拓也，你去餐厅一趟，把我还能使用的刑期全部兑换成零食，我记得还有240多年。"

说罢，他麻利地解开制服的衣扣，丢到井上拓也手中："回去告诉狄安娜，从今天起，她就是领队。"

"没完没了的，烦不烦啊……"兰兰撑着膝盖站起身来，麻利地跳下床。她瞄了夏岚一眼，说道："有个条件。让我和肖申克对话，就帮你们这一次。"

◇

外网纪元299年3月1日。

"就是这里。"卢清将罗星带到一扇宽大的木门前，指了指写着"典狱长"三个字的门牌，"我可以回去了吗？"

罗星一把抓住试图溜走的卢清的手腕，按响了门铃。外网纪元275年的肖申克并没有"典狱长"这样一个职务，罗星很想看看井上拓也会变成什么鬼样子。

片刻后，一名中年男子打开了房门。24年后，井上拓也的头发白了一些，蓄了胡子，衬衫的领口一直扯开到前胸。看到罗星，他皱皱眉，问道：

"请问你是……"

罗星径自走进了典狱长的办公室，笑道："摄像头，禁闭室，忘了？"

井上拓也将躲躲藏藏的卢清让进屋子，又将罗星上下打量了一遍，说道："抱歉，我确实没有关于你的记忆。"

罗星上前一步揪住井上拓也的衣领，瞪着他，一字一句地说道："听着，我跨越了24年的时间来到这里，不是为了跟你扯皮。我要的是哥本哈根的线索，至于你当不当典狱长，我压根就懒得管。"

井上拓也直视着罗星眼中的怒火，一言不发。

"你刚才说，来自24年前？井上7年前才来到这里，不可能认得你啊！"卢清说。

罗星渐渐松开了揪住井上拓也的力道，卢清继续说道："还有你说的哥本哈根，应当是在旧时代就住进来的那位吧？"

罗星皱眉道："你知道他？"

"当然知道，24年前，他成了弥赛亚。"

几分钟后，三人围坐在了茶几旁。卢清反复转动着眼球，井上拓也则轻微地摇摆座椅。罗星实在不想学他们的样子，便以最小幅度摇起了头，以便自己的角动量被观测到。

在刚刚的对话中，罗星了解到24年的时间内世界发生了很大的变化。肖申克虽然还履行着监狱的职能，却也是难得的避难所，甚至有人花图灵币请求住进来。一来二去，为了方便管理，狱警组织进一步升级成为管理层，还诞生了典狱长这样的职务。

"我不认为你在说谎，但我的记忆与你的经历确实有很大出入。"井上拓也抿了一口茶，"在进入这里以前，我与肖申克唯一的交集，是代表城市将一名犯人押来这里。那是42年前的事情了。"

罗星上下打量着井上拓也，他的外表不过三四十岁的样子，大概是罪人的能力增进了寿命吧。罗星想了想，问道："还记得当时犯人的名字吗？"

"鲍尔。"

听到了一个熟悉的名字，但罗星一时还无法将信息串联起来。井上拓也看着罗星，字正腔圆地说道："罗星先生，我会在C区为你安排一个房间，你要的哥本哈根的资料，我也会尽量帮你整理。但相应地，我希望你帮我做一件事情。"

"啊，我也觉得罗星先生很合适！"卢清跟着说道。

"什么事？"罗星心里清楚，他别无选择。

"最近监狱里出现了一名'刽子手'，把他揪出来。"

◇

外网纪元275年7月13日。

在夏岚的带领下，井上拓也一行护送着兰兰来到了S区监房。井上拓也还是第一次进到S区，紧张地张望着四周，不时打个冷战。

"放心，S区的犯人很安分的，除非你惹到他们。"狄安娜在身后安慰道，"更何况，你每天都同S区犯人在一起啊！"

井上拓也看了看走在前面的兰兰，小女孩神色平静，仿佛在自家后花园散步一般。

绕过一层的7个监房，众人来到了地下一层。夏岚走到一扇铁门前，对着密码锁输入了一串数字，之后推开门继续前进。没走多远，又出现了一扇一模一样的铁门，这次是狄安娜上前输入了密码。

通过肖申克核心房间的路上共有7道这样的门，7名狱警分别保管密码。如果无法输入正确的密码，门后的空间就会变成漫长的迷宫，据说总长度达到了一光年。

终于通过了最后一道门，走廊的尽头孤零零地立着一间看上去很普通的监房。推门进入后，各类光盘和手办整整齐齐地排列在壁橱里，占满了整个墙壁。

没等夏岚介绍，兰兰便径自来到房屋正中的木桌前，将手掌放在一尊不起眼的招财猫雕像上。汤姆森上前想要说些什么，被夏岚拦了回去。

片刻后，兰兰拿开了手，转过头来。

"结束了？"夏岚问道。

"嗯。"

就在这时，留守一层的弗朗西跑了下来，气喘吁吁地叫道："报告队长！刚才……刽子手出现在了S区，有遇害者！"

夏岚眉头一紧："谁？"

"2号监房，卢清。"

8.

外网纪元299年3月1日。

行走在监狱里，罗星看到每一名犯人都在一面走路一面转圈，以便自己的角动量被观测到，其场面之壮观堪比大型舞会现场。仔细观察，建筑物也在以不同的角速度缓慢旋转着，不时有砖块自屋顶掉落，砸得泥土飞溅。

"很久之前，肖申克曾经使用角动量做判定。"井上拓也一面走一面解释着，"人们想尽办法在地基上安装了旋转装置，这才保住了监狱没被自己毁掉。能完成这种工程，我猜那时有能控制重力的罪人在。"

在井上拓也的带领下，三人来到了餐厅的地下。B1层是原材料储存的仓库，几台大型的蛋白质棒制作机轰鸣着。

"之前负责采购的家伙中饱私囊，犯人们吃到的蛋白质，有一半来自蟑螂和老鼠。"井上拓也说道，"我惩治了那几个家伙，至少保证大家吃到了优质蛋白。"

B2层是一间大型厨房，没有一名厨师，烤箱、蒸箱、微波炉、智能炉灶等烹饪设备却一应俱全。

"那些用刑期换来的美食，就是在这里制作的。"井上拓也继续介绍道，"全是罪物，肖申克为了凑齐这些东西花了不少心思。"

卢清小心翼翼地问道："这些罪物的类型是什么？还真想不到哪个物理量能用来烹饪。"

井上拓也回头看了她一眼，答道："不尽相同。那台烤箱能控制熵，从分子层面分解并重构食材。如果拿到黑市去，售价肯定高到吓人。"

罗星暗中发笑，这才是名副其实的"分子料理"。

井上拓也指了指其他的罪物，说道："这几台控制的是时间或者空间，原理是连接到有这些食品的时间、地点，把东西偷过来。"

"那……肖申克要我们的刑期做什么？"卢清继续问道。

"它要的并不是刑期，而是你们在那段时间内的自由意志。"井上拓也答道，"这些自由比特，会按照庞加莱回归转化为肖申克的算力，就好像W-002对抗涌现一样。"

一番探讨后，三人终于来到了地下三层。下最后一级台阶时，地面突然发生了旋转，卢清一个趔趄摔倒了，罗星立即扶起了她。

"抱歉……建筑物时不时需要旋转还真不适应。"卢清掸了掸身上的土。

"这儿是什么地方？"罗星问道。

井上拓也打开照明，光线倾泻而下，照亮了地上的几只袋子。井上拓也解释道："以前是一间空仓库，现在暂时当停尸房用。"

之后，井上拓也自角落搬来一张桌子，又打开一只停尸袋，吃力地抱着尸体放在桌面上。

"到目前为止，狱警还没有与刽子手面对面遭遇过，甚至连他是否真的存在都没有定论。"井上拓也解释道，"但出现了7名死者却是板上钉钉的事实，并且他们之间有一个共同的特征，那就是很难找到死因。带你们来这里，是想让你们帮忙做一下尸检。"

罗星走到尸体跟前，从头到脚打量着。死者是一名四五十岁的男子，大腿和腹部出现了浮肿，嘴角和鼻子上挂着红色泡沫，据此判断死亡时间大致在10天前。尸体的表面没有物理伤害，于是罗星开启了熵视野向体内看去，检查了许久也没发现内脏损伤。

"我来吧。"卢清走上前来，示意罗星后退。之后，她向着井上拓也伸出一只手："刀，最好还有锯子。"

"……烹饪用的可以吗？"

"凑合吧。"

几分钟后，井上拓也从B2层搬来了一箱厨具。卢清挑了一把切刺身用的柳刃，拿在手里掂了掂，随即回到了尸体面前。她一面扯开尸体的衣服，一面对罗星和井上拓也说道："觉得不舒服就闭上眼睛。"

之后，卢清在尸体正面切开了一个Y形切口，打着手电一个个检查脏器。暗红的血浆在她的白大褂上溅了一片，卢清却只是淡淡地表示完事后丢掉就好。

"突然性心梗。"几分钟后，卢清给了结论，"不清楚死者生前的身体状态，也无法排除外力干扰。"

说罢，她看了看一脸木讷的罗星和井上拓也，问道："你们怎么这副表情？"

"不……只是觉得很神奇。"罗星支吾道，"你胆子那么小，解剖尸体却……"

"活人才可怕，死了以后，在我眼里不过是一堆脂肪和蛋白质罢了。"卢清取来纸巾擦了擦刀，"抱歉，我不会缝合。"

"啊，我来吧。"

之后，罗星操控熵，对尸体切口两侧的皮肤组织进行了接合。之后，他主动将解剖完的尸体收了回去，清理了桌台，又放上了另一具。

第二名死者的内脏没有检查出问题，需要检查头部。卢清从耳垂附近下刀，熟练地切开了头皮；但因为没有称手的工具，在锯开颅骨时遇到了困难。罗星立即出手相助，操控着熵轻易令颅骨分离。

"……你这能力用来干坏事的话，肯定是天下第一大混蛋。"卢清给出了恰到好处的评价。

果不其然，第二名死者的大脑检查出了损伤，整个大脑似乎被强大的外力挤压过，可颅骨和头皮却没有任何损伤。

紧接着，第三名死者是脑干，第四名是肝脏，伤口都不大，却一击致命，并且在表皮没有留下痕迹。

"这下子麻烦了。"井上拓也手扶着下巴，眉头紧皱，"凶手能够直接攻击内脏，我猜是个空间能力者。这样一来，即便他不出现在现场，也能作案。"

"还有个办法，我们可以回到已经发生过的凶案现场。"卢清应道，"别忘了，我可是S级的时间能力者。"

◇

外网纪元275年7月15日。

井上拓也躺在陌生的监房里，凝视着天花板上的龟裂。

两天前，兰兰刚刚结束同肖申克核心的对话，便出现了新的死者。众人立即赶往2号监房，平日里总是不见踪迹的卢清倒在血泊中，鲜血止不住地顺着口鼻和眼眶流出。

夏岚立即封锁了现场。死者的外表没有伤口，不得不将尸体送去尸检。打理好现场的一切后，夏岚来到等在门外的兰兰面前，俯下身子说道："抱歉。"

"两天后，B区175号房。"留下这么一句话，兰兰便自顾自地离开了现场。

之后，夏岚针对兰兰提供的线索进行了精心的布局。他先是说服了175号房原本的主人去别的监房关押，之后由狱警乔装成他的样子，在房间内埋伏。考虑到对方的身材、容貌等，最终由刚加入不久的井上拓也挑起了重担。

于是乎，刚刚搬进狱警寝室的井上拓也，又一次回到了熟悉的环境。他裹着被子翻了个身，伸手调低了床头电动风铃的转速，继续假装入睡。

不知过了多久，井上拓也听到了布料摩擦的声音，细微，但清晰。他的心提到了嗓子眼，却依然按计划一动不动。

下一瞬间，井上拓也听到了重物落地的声音，随即警铃大作。他立即跳起来打开照明，看到一只铁笼不知何时出现在了监房中，一名全身黑衣的入侵者被罩在了里面，冰冷的双眼透过面具不为所动地看着他。

"快躲到他的视线外！"门外传来了夏岚的喊声，方才出现的铁笼正是他的空间能力，能够在100米范围内随意移动质量不超过200千克的物体。

井上拓也立即行动起来，扯过床单遮住了自己的身体。黑衣人对着空气做了一个抓取的动作，扬在半空的床单突然没了力量，化作一根细长的丝线缓缓飘落。

趁着床单遮住对方视线的间隙，井上拓也藏到了洗漱台后面。门外传来急促的脚步声，黑衣人握住铁笼的栅栏轻轻一晃，所有的栏杆顷刻间碎裂，上方的铁板掉落下来，发出一声闷响。

就在这时，夏岚闪现在黑衣人的正上方，单手持枪连续射出了子弹。黑衣人当即对着半空做出了抓取的动作，几枚子弹转瞬间碎成了粉末，却有一发径直命中了他的肩部，逼得他后退了几步。

夏岚轻盈地落下，枪口瞄准了黑衣人。

"果然，你没办法破坏橡胶子弹。"夏岚向前逼近两步，"S区3号房犯人德尼，你的能力是'衍射'，可以看到物体的衍射图样，并对高级衍射斑进行擦除。卢清就是被你破坏了全身的DNA分子，导致了大量的内出血而死亡。"

躲在暗处的井上拓也心头一惊，对高级衍射斑进行擦除，相当于破坏了物体的周期性结构。对应到人体，周期性结构往往存在于骨骼中的矿物晶体以及DNA分子中；之前的死者被破坏了骨骼中的"周期性"，所以才会出现全身粉碎性骨折。而金属制的子弹，微观结构具有很强的周期性，擦除高级衍射斑意味着破坏了一个晶像，子弹将碎裂成原子。

说话间，十几名狱警举着盾牌冲了进来，将入侵者团团围住。

"为了对付你，我们特意准备了聚合物防爆盾牌。"夏岚对着狱警们挥了挥手，"收网！"

被团团围住的德尼环视着狱警们，嘴角微微上扬。夏岚在一瞬间意识到了什么，匆忙喊道：

"快移动起来，不要整齐站位！"

可他还是晚了一步。贸然闯入的狱警们习惯性地保持了队列，构成了短周期结构。只见德尼伸出右手，对着空气做了个抓取的动作——

哀号声响起，三名狱警作为构成周期性结构的单元，在一瞬间被抹除。他们的身躯如同玻璃般破碎，鲜血溅满了墙壁、地面。

"射击！"夏岚一声令下，狱警们手中的枪械纷纷发射。德尼抓起铁笼顶部的板材挡住攻击，当狱警小心翼翼围上来的时候，他却已经隐去了身形。

"声波是典型的周期性结构，他通过控制衍射消去了自身的声波反射，进入了量子态。"夏岚对战况进行了简单的评判后，伸手将藏在暗处的井上拓也拉了起来，"干得不错！"

　　井上拓也掸了掸身上的土，环视着惨烈的现场。血浆和破碎的脏器洒了一地，有些胆大的B区犯人围了过来一探究竟，胆小的则紧闭房门缩在屋里。

　　就在这时，一名狱警跑了过来，气喘吁吁地说道："报告！我刚才清单人数，发现……"他扫了眼井上拓也，继续说道，"狄安娜行踪不明！"

◇

　　外网纪元299年2月？日。

　　"卢清小姐，还没好吗？"

　　"抱歉，我还不熟练……"

　　"可是我这种姿势……"

　　"忍一下，再忍一下。"

　　罗星憋了一肚子闷气，终于在卢清又一次失败后，大叫道："你不是自称S级时间能力者吗？为什么这么多次都不行！"

　　"少啰唆！你知道以天为单位的时间移动多困难吗？我又不是W-005！"

　　"可是为什么……"罗星再次看向了自己身上的黑色紧身衣，"我必须穿成这个样子，还要被绑起来啊！"

　　"我有什么办法！"卢清以不亚于他的音量吼了回来，"我能移动的只有自己和设备！为了把你伪装成设备，必须让你的身体表面与设备等电势，所以才给你穿上了碳纤维的紧身衣，再用金属线与设备连在一起啊！"

许久之后，两人终于如愿回到了2月27日。

"累死我了……"卢清四仰八叉地躺在沙发上，"下面看你的了。"

"你不去？"

"就算天王老子来，我今晚也绝不会离开沙发！"

卢清话音未落，沙发便轻飘飘地浮了起来，跟着罗星一起向房间外飞去。

"喂！你个混蛋。"卢清怒不可遏地吼道。

"笨蛋。"罗星头也不回地答道，"你在这个时间点算外来者，不怕刽子手盯上你？"

几分钟后，两人吵吵嚷嚷地来到了B区外围，今晚这里的175号房会发生命案。当然，沙发还是留在了原地。

两人攀到一棵树上，从这里能够看到175号房的外墙。罗星开启熵视野，监房内囚犯的身影透过墙壁显现了出来，此刻他正在利用桌椅健身。

等待期间，卢清居然打开了一台PDA，一面哼着歌一面查看里面的数据。罗星看了她一眼，问道：

"我说……你究竟是怎么进来的？我实在想不出你能犯下什么罪过。"

"自愿进来的啊！"卢清毫不在意地答道，"我是个罪人，城市不会接纳我，在外面进行研究设备又会变异成罪物。当我找到肖申克时，简直像是发现了绿洲一般激动。"

罗星眼珠转了两圈，没有作声。

"怎么？觉得我是个怪人就直说。"卢清不满道。

"不会。我女朋友也是个科研脑，已经习惯了。"罗星一面想着法拉，一面答道。

"你有女朋友？"

"随你怎么想。"

卢清"嗯哼"了一声，继续快乐地投入了数据的海洋。

又过了一段时间，犯人早已入睡，监房内还是没有动静。这次，卢清主动开口问道："你是要找那个哥本哈根吧，为什么？"

罗星盯着远处的监房，答道："我想知道外网的真相，以及对付它的方法。"

"对付外网？这又是为什么？"

"人类文明，不应该是现在这个样子。"

卢清耸耸肩——尽管对方看不到，她说道："我是个社恐，恨不得一天到晚只对着仪器和数据。知道这次我为什么插手吗？因为我看到那几具尸体的时候，觉得人即便终有一死，也不应该是那个样子。"

"那我们算是心有灵犀喽？"罗星打趣道，眼睛依旧紧盯着监房不放。

"我听过一个传闻，不知道对你有没有用。"开启了聊天模式的卢清，话出奇的多，"肖申克最初变异成罪物时，里面只有哥本哈根一个人。那家伙……"

卢清还没说完，看到罗星抬起手臂，匆忙捂住了嘴。

"不太对劲……"罗星一面自言自语着，一面突然拉起卢清的手臂，径直向着175号监房飞去。轻而易举地破坏掉窗口后，两人闯入了监房之中，房主平静地躺在床上一动不动。

罗星将手指放在房主的鼻孔前，感觉不到一丝气息。他立即拉起卢清，语速飞快地说道："中计了！刽子手知道我们在埋伏他，这是陷阱！"

话音未落，B区监房警铃大作，门外传来了狱警的叫喊声和脚步声，几架无人机带着轰鸣声升到了半空，监视着窗口。

"怎……怎么办？"卢清慌了神，"这下我们成刽子手了！"

罗星没有作声，他一面拉着卢清藏在角落里，一面在心中默数。终于在某一瞬间，监狱的墙壁上方泛出一片灰雾，整栋建筑都模糊了起来。

"失去观测？怎么会……"

"快走！"

罗星当即拉着卢清开始飞奔，两人穿越了量子化的墙壁，击落了几架无人机后，降落在了禁闭室一带的树丛中。卢清手忙脚乱地摘掉衣服上的杂草，喘着粗气问道："太不可思议了……究竟是谁帮了我们？"

罗星看了看她，笑道："历史不可改变，既然过去的狱警没有抓住刽子手，那么这次他们就一定会一无所获。同样，既然不可能有人来帮我们，那我们就必须创造出帮手。"

"你的意思是……"

"回到两小时前，去帮助我们自己。"

外网纪元275年7月15日。

德尼的身影显现在食堂东侧的角落里，他一早在这里藏好了步话机，身体量子化之后，只需对着随身携带的另一部机器发出声音，就能被这里的机器"观测"从而实现转移。

肩膀处传来阵痛，德尼捂着伤处半蹲在地上。上次受伤还是在遥远的141年前，在那之后他行事小心谨慎，从未出过差错。

德尼最大的底牌，就是自己的能力几乎无人知晓。控制"衍射"的技能固然强大，却高度依赖视野。一旦视野受阻，或者看不到拥有高级衍射斑的物体，就无法发挥威力。

知道真相的人屈指可数，究竟是谁泄露给那帮狱警的呢……

思考期间，德尼的直觉敲响了警钟。他当即躲在了树后，远处有什么闪着亮光飞来，速度不快，初步判断是手雷。这东西的破坏性主要来自爆炸时飞溅的碎屑，只要破坏掉金属外壳，就没有威胁。

德尼当即发动了能力，切换至衍射视野，金属晶格衍射的斑纹异常清晰。他伸出右手，遮住一部分高级衍射斑，做了一个抓取的动作，远处手雷的外壳当即碎裂成了离散的原子，又迅速与氧气反应成了氧化物。

出乎德尼意料的是，黑暗中并没有闪出炸药爆炸的火花。他皱着眉头思考了半秒，顿时明白了这次攻击的真相——

催泪瓦斯！

德尼捂住口鼻向远处跑去，可刺激性烟雾还是透过手指间隙涌入，眼泪和鼻涕止不住地流了下来，眼睛痛苦得无法睁开。他脚下一绊摔倒在地，不得不在黑暗中慢慢后退。石板路上传来狱警皮靴的踏踏声，德尼听到了一个女人冷冰冰地说道："RS97-2果然效果拔群，不枉我用了65年刑期去换。"继而是子弹上膛的脆响，女人上前一步，冰冷的枪口抵住了他的额头："知道我为什么现在才动手吗？队长不在，我才可以一枪崩了你。"

德尼默不作声，在他的猎杀生涯中见识过各种各样的人，这个女人既然没有选择直接杀了他，肯定是有话要对他讲，并且多半是找不到其他的倾诉对象。

还有机会。

"你一定不记得了吧，13年前，你杀死了一名狱警，叫马澜。"女人的手指颤抖着，"DNA分子被破坏，急性白血病，全身性出血，最后是我用子弹让他解脱了。"

这个女人果然是外行，DNA分子在空间中经常处于不同的折叠结构，能看到的衍射花纹也不尽相同，一次只能破坏很少一部分，只是那个人运气比较差罢了。德尼一面想着，一面发动了能力：眼睛很难睁开，即便能睁开也无法在烟雾中看清楚女人的身体，并且烟雾中大都是小颗粒和邻氯苯基甲基丙二晴分子，甚至连长碳链产生的衍射斑都看不到。但即便在这种情况下，还有一种物质的"衍射"是可以看到的。

"那家伙明明就是个没有什么能力的笨蛋，整天被我揍得鼻青脸肿，却偏偏喜欢这种危险的任务。"

德尼集中精力，向着更加微观的尺度看去。与罗星的"熵视野"相同，他的"衍射视野"也能够选择不同的空间尺度，代价是巨量的精神力。

德尼通常观测分子或原子尺度，也就是晶体结构或长程有序的大分子；更差一些的情况，多个碳原子组成的碳链他也破坏过。但这一次，为了突破视野的限制，他必须向着更深一层去探究。

"有一次，监狱发生了暴动。我本来应该是主力，但可惜，不久前因为打残了一个家伙，被关了禁闭。可那家伙呢，第一时间想到的居然是跑来救我。当他闯进禁闭室的时候，全身受了几十处伤，额头还淌着血，却笑着说，'太好了，你没有受伤'。我真是从没见过这样的傻瓜……"

突破大量原子构成的无定型结构，德尼看到了十字形的衍射斑纹。这些斑纹来自空间中占比最高的碳原子，即外层的两颗2P轨道电子；但即便破坏了它们，也只不过是破坏了眼前少量的分子罢了，并不能摆脱困境。德尼咬紧牙关，将近乎全部的精神力注入衍射视野中。他的视线聚焦的空间尺度越来越小，从纳米到埃，再到皮米，最后来到了飞米的量级。在那里，他看到了圆环形的颜射斑纹，它来自碳原子核，在极其微小的尺度内，质子和中子被强相互作用力束缚在一起，构成了尺度只有外层电子十万分之一的概率云。

"我决定了，他即便死，也只能死在我手里。"狄安娜的手指不再颤抖，心中的怒火冷却成冰冷的利刃，"因为你，我食言了。"

与此同时，德尼向着原子核的环形"衍射斑"，做了一个抓取的动作。

"危险！"

远处突然传来了一个男人的声音，继而是枪响。德尼下意识地闪避，以至于"抓取"的方向有了偏差。但即便如此，他破坏原子核的行为还是完成了，视野中碳原子的核结构被破坏，核中的质子和中心无法构成稳定的结构，碎裂为三个氦核。

自然界中，碳12多是在富含氦且温度高于一亿开尔文的恒心内部形成的；两个氦核先聚变形成不稳定的铍8，再迅速捕捉一个氦核形成相对稳定的碳12，并在整个过程中产生出7兆电子伏特以上的能量。通过破坏碳原子核的稳定性，德尼实现了这一过程的反过程。

为了保证质能守恒，碎裂开来的原子核向着周边的空间吸收了大量的热量。先是空气中的水蒸气，它们在几个毫秒的时间内凝华成为冰晶，继而是大量的氧气和氦气液化。液化的空气形成了真空区域，周边的空气迅速补充进来，又再次被液化，卷起了一阵近乎绝对零度的风暴。

为了自保，德尼刻意控制了规模，但即便如此灾害的力量还是超出了他的想象。风暴掀起了树根，摇晃着房屋，风声中夹杂了犯人们的哀号与惊叫。

处在风暴中心的狄安娜抱紧了路桩，冰冷的固态或液态的颗粒吹打在皮肤上，很快便造成了大面积损伤。为了保持住意识，她几乎咬破了嘴唇，可视线还是渐渐失焦，握住路桩的手渐渐松开……

印在她脑海中的最后一个画面，是有人跌跌跄跄地向她跑来，用身体为她构筑起一道屏障。

9.

外网纪元299年2月27日。

罗星潜伏在树冠上，聚精会神地盯着175号房间内的犯人。在不远处的另一棵树上，过去的他和卢清正在说笑。

"那会儿的我们好傻啊……"身边的卢清感慨道，"居然没有注意到不远处有人盯着自己。"

罗星没有作声，在心中却无比赞同。

这一次，罗星不再盯着175号房犯人的身体，而是更进一步，让他的心脏在视野中清晰闪现。根据验尸结果，此人死于心脏骤停，再加上上一次的盯梢并没有发现破绽，刽子手可能会直接对心脏动手。

时间渐渐流逝，某一瞬间，罗星看到了犯人的心脏出现了异常的跳动，似是房颤。异常来得如此迅猛，以至于心脏的主人甚至没能来得及做出任何反应。

那一刻，罗星心中闪过一个想法：如果自己控制熵保护这颗心脏，岂不是成功改变历史了？

然而现实并没有给他更多的思考时间。突然间，一个飞鸟般大小、带着蜂鸣音的物体出现在了视野中，中断了罗星的观测。

无人机！

罗星"切"了一声，立即控制熵折断了无人机的螺旋桨，继而拉住卢清，向着B区监房的屋顶飞去。

"我们被发现了？"卢清问道。

"还没，狱警们的注意力很快就会被过去的我们吸引过去。"罗星答道。

"死者的情况呢？"卢清刚说完，却发觉这么问很奇怪。

"已经死了。"罗星叹气道，"果然，历史无法改变。"

两人刚刚在监房的屋顶落定，下方已是警铃大作。一排无人机排着队列飞向175号房的方向，远处响起了狱警的哨声。

"现在怎么办？"卢清焦急地看着从各处蜂拥而至的狱警，问道。

"别急，现在才是决定胜负的时候！"

罗星开启熵视野一路向下透视，穿过了厚实的钢筋水泥，最终聚焦在B区监房的地基上。在那里，一台巨大的电机正携带着整栋建筑，缓慢且平稳地旋转着。他将视线集中在电机外侧的电缆上，控制熵对电缆进行了切割。

"快啊，时间快赶不上了！"卢清催促道。

罗星咬紧牙关，出乎他的意料，即便切断了电缆，电机也依然在工作。他当即明白了，那台电机是个罪物，也难怪能托举着整栋建筑旋转。

罗星深吸一口气，将注意力集中在电机的轴承上，控制熵给它施加了反方向的扭矩。电机的力量十分强大，以至于罗星不得不注入越来越多的精神力。终于在某一刻，伴随着几次剧烈的震动，电机停止了工作。

几秒钟后，雾气笼罩了建筑的外壳，B区监房开始失去观测进入量子态，透过天花板能看到犯人和狱警们在半透明的水泥板上来回跑动。罗星继续开启着熵视野，在监房中往复扫描。突然间，他瞥见了有一个极不起眼的亮点，在三层穿透了墙壁，沿着不合理的抛物线向远处飞去。

"抓住你了。"

罗星抓起卢清的手腕，开始极速追踪。强劲的风刺得卢清睁不开眼睛，她一度想开口抗议，却险些咬破了舌头，只得乖乖地闭上嘴。

视野中的目标越来越近，罗星追逐着凶手穿越了茂密的树丛，又钻进了C区监房与餐厅间狭小的间隙。突然间，罗星感到身体一侧的压力骤然增大，他慌忙控制住飞行的方向，身体在距离水泥墙面几个毫米的地方擦过。

"飞稳一些啊！"身后的卢清憋足了力气惨叫道。

罗星没有作声，他很清楚刚才感受的压力并不是自然现象，而是对手在经过时抽走了部分的气体，造成了条形的低真空区域，增强了他在飞行时的伯努利效应。

罪人和罪物的能力五花八门，但原理都是对一种或多种物理量进行操作，飞行这种看似简单的事情实则非常困难。例如，控制电磁力的法拉想要飞行，就只能通过吸引建筑物中的钢铁移动。眼前的凶手能够熟练飞行，再加上方才的进攻和7名死者的状态，罗星猜测，他的能力恐怕也是控制熵。

熵能力者之间的较量并不在于比狠斗勇，而是四两拨千斤。

罗星拉起路边的一颗石子，向着凶手的方向加速射去。如果控制自己的身体加速，则必须同时抵抗气流和加速度对身体的损害，难度要高上许多。

飞行的石子越来越快，但在靠近凶手刹那，仿佛撞上了透明的屏障一般，向一旁偏去。

"他要跑了……咳咳！"终于得以喘息的卢清刚要说话，却因为气流的刺激咳嗽起来。

罗星打了个响指，方向偏掉的石块仿佛装上了火箭发动机一般猛地加速，随即风中传来震耳欲聋的闷响，空气中凭空发生了爆炸。凶手没能控制好方向，跌落下去。

这一招，罗星还是在降服斯特拉时悟到的。他根本没有打算让石块击中，而是精确地控制了速度，令其在超过凶手的刹那间超越了声速，引发音爆造成杀伤。

罗星降落在操场上，凶手单膝跪地捂着肩膀的伤口，面具后的眼睛恶狠狠地盯着他。罗星也一动不动地盯着凶手，如果放在平时，只需要扰乱心脏跳动或者脑电流就能简单地放倒对手，但面对同样的熵能力者，对方对这些常规手段一定早有防备，比拼的是如何悄无声息地一击毙命。

突然间，罗星嗅到了一股微弱的水果香气，随即腹部传来一阵绞痛。

"小心，有毒气！"身后的卢清捂着口鼻大声喊道。罗星立马控制熵抽走了身边的气体，又强制压迫自己的肺部将刚刚吸入的气体全部排了出来。

"甲氟磷酸异丙酯，就是俗称的沙林毒气。"卢清解释道，"你摄入的很微量，应当不至于致命。"

对面的凶手"切"了一声，可还没等他做出下一个动作，胸口突然传来一阵悸动，好似被无形的手攥住了心脏。他用力地握住胸口，试图控制熄止住心脏的躁动，却收效甚微。

刚刚止住肠道痉挛的罗星直起身来，笑道："次声波，听觉无法识别，却和你心脏的共振频率接近。你的谋略不错，但可惜我有同伴。"

说罢，罗星的手指一摆，一道无形的细线划过，凶手的金属面具被整齐地切断。当瞥到凶手面容的瞬间，罗星的心跳不禁慢了半拍——

那是一张与他本人别无二致的脸。

凶手同样凝视着他，开口道："老大……"

外网纪元275年7月15日。

井上拓也艰难地睁开眼睛，自有记忆以来，身体的感觉还从没这么奇怪过。他能够眨眼、转动眼球，也能够发出声音，可脖子之下的身体却完全没有知觉。

一个娇小的人影进入了视野，井上拓也刚想开口说些什么，兰兰却用双手扶住他的脸颊，语速飞快地说道："井上拓也，先什么都不要问，那会进一步缩减你的生命。明白了就点点头。"

井上拓也吃力地动了动下巴。

"清楚自己的情况吗？"

井上拓也回想起自己刚刚做的事情：他顺利找到了想要和德尼单挑的狄安娜，在极低温的风暴中保护了她。但接下来发生了什么，却毫无头绪。

兰兰继续说道："你全身百分之八十以上的皮肤严重烫伤，共有16处骨折，几乎全部脏器衰竭。我用催眠能力切断了你感受痛苦的神经通路，所以你才能恢复意识。但你的时间只有3分钟了，想说些什么，尽量快些。"

"狄安娜呢？"井上拓也虚弱地问道。

"我在这里。"狄安娜凑了过来，脸上贴着绷带，手臂打着石膏，"我没事，可是你……"

井上拓也微微侧头，问兰兰道："你从一开始就知道会这样？"

"是的。"

"为什么不救我？"

"我做不到。"兰兰淡淡地答道，"在肖申克监狱里，过去、现在、未来发生的一切，都是确定的。可以进行热力学涨落意义上的微扰，但无法影响整体趋势。"

"微扰？"

"例如，你去救助狄安娜，就是一种微扰。原本你应当在今晚追击德尼的过程中被对方杀死，可你却选择了另一条路，但结果是相同的。"

井上拓也沉默了几秒，转向狄安娜，问道："你……为什么对我有好感？"

狄安娜抹去眼角的泪滴，答道："因为你和他很像。"

"马澜？"

"嗯。"

又是几秒的沉默，井上拓也仰视着天花板，再次开口道："老大和你们……到底要干什么？"

"我们有两个目的，其一是找到隐藏在这里的哥本哈根，从他那里挖出外网更多的秘密。"兰兰答道，"另一个目的，是阻止肖申克向弥赛亚的进化。"

井上拓也的眼珠转了两圈，他感觉到自己的生命即将迎来终结。

"最后一个问题。我……是谁？"

"你的身体，是井上拓也。"兰兰答道。

"我的灵魂呢？"

"这个，你自己来决定。"

◇

外网纪元299年3月1日。

井上拓也刚刚听过罗星和卢清的报告，手扶着下巴若有所思。

"我这边也掌握到一些线索。"井上拓也走到办公桌前，取过一沓A4纸递到罗星手里。"这是狱警们检查资料库时发现的，记录了24年前一部分犯人的资料，比较有趣的是这一位。"

罗星接过资料，纸张已经泛黄。翻开第一页，"姓名"一栏中赫然写着"井上拓也"的名字。

"这位'井上拓也'没有留下图像资料，但记录中的身体数据，与我非常接近。"

罗星飞快地翻看着，资料中详细列举了井上拓也参与的重大事件，从入狱到成为狱警，甚至连殴打鲍尔都被记录在内。翻到最后一页，上面写着：外网纪元275年7月15日，在追捕"刽子手"的行动中遇害身亡。

"这所监狱里有另一个罗星，也有另一个井上拓也。据此推断，有谁或者哪个罪物，有复制的能力。"井上拓也总结道。

"你有什么头绪吗？"罗星问道。

井上拓也摇头。罗星再次将报告从头到尾翻看了一遍，在一个不起眼的角落中写着："记录人，狄安娜·阿芙罗拉"。

"记录人现在哪里？"罗星继续提问。

"调查过，24年前离开了肖申克，是为数不多顺利出狱的犯人之一。"

罗星皱着眉头想了想，也没有摸出头绪。井上拓也又递过一沓A4纸，说道："另一个发现在这里，无法破译，我也不确定是否和哥本哈根有关系。"

这份资料与上一份不同，纸张看上去还很新。翻开第一页，上面杂乱地写着一些英文字母与数字。罗星看来看去，甚至开启了熵视野，可还是没能发现个中奥秘。

突然间，卢清一把将资料抢了过去，只看了一眼，便抬头问道："这东西你们从哪儿找到的？"

井上拓也顿了半秒，说道："你的房间。"

"什么位置？"

"一个金属球里面。"井上拓也答道，"那里面原本是空的，它突然出现，我们费了好大力气才搞出来。"

"角分辨光电子能谱。"卢清说出了设备的名称，正是靠着这台仪器，她才观测到了从24年前跨越星空来到此处的罗星。她简单地将资料翻看了一遍，说道："这种记录方式，是现如今科研界通用的一种密码。"

◇

外网纪元275年7月15日。

阿摩耶推开房门，看到夏岚和狄安娜正在房间内，不由得打了个冷战。

"首领，狱警中还有几名值得信赖的朋友，要不要叫上他们？"夏岚单膝跪在兰兰面前，毕恭毕敬地说道。

"不必。引入的变量越多，越容易失败。"兰兰说道，"现在的我，还无法与肖申克抗衡。"

"所有的记录都已经伪造好了。"狄安娜补充道，"除了肖申克本身，所有人都会认为我们是刑满释放。"

"对不起……"阿摩耶战战兢兢地开口道，"叫我来这里，到底要干什么？"

夏岚扫了他一眼，说出了阿摩耶做梦也没想到的两个字：

"越狱。"

◇

外网纪元299年3月1日。

"未来的某人，既然你看到了这份记录，那就意味着信息成功地跨越了166年的时间，回到了肖申克。希望你能花上一些时间，我将告诉你有关这座监狱的一切。

"从你进入的那一刻起，作为世界级罪物的肖申克，就夺走了你所拥有的全部自由意志。这意味着，你未来说什么、做什么，直至死亡，肖申克都能够通过计算判断清楚。不只是你，整座监狱里发生的一切，都在它的掌控范围之内。

"但是，从热力学涨落的角度出发，总会有一些突发事件会引发不确定性，从而使历史偏离预期。为了解决这个问题，肖申克引入了'刽子手'这个变量。在不同的历史时期，刽子手会遵循肖申克的意志，通过杀死特定的犯人，清除掉不确定性，令一切按照预期发展。这就是'刽子手'的真相。

"肖申克的目的，是与藏在其中的哥本哈根融合成为弥赛亚。在外网纪元133年他们有过一次尝试，但是失败了。那一年，监狱内发生了有记载以来最严重的暴乱，全部的S级犯人都参与其中。

"从那之后，肖申克改变了策略。他认为让监狱内保持一潭死水的状态，所积累的不确定性反而会在特定的时间点集中爆发，引发不可控制的后果。为此，他再次为监狱内引入了一个新的变量，一个拥有'自由意识'的变量。

"那个变量，就是哥本哈根本人。他通过某种手段复制他人的身体，再把自己的意识注入其中，并写入一段虚假的记忆。这些分身会以普通犯人的身份进入监狱，将死水搅活。

"肖申克下一次向着弥赛亚进化的尝试，将是在外网纪元299年。

我只是一名普通的犯人，面对世界级罪物的意志，我无法做到更多。因此，我将选择权交给了未来的你，方法就是将这份资料量子化后，向着北斗星中的天玑发射。它距离地球83光年，恰好可以跨域166年的时间。

"最后一件事……"念到这里，卢清停了两秒，"嗯，后面是一段乱码，估计是为了迷惑别人吧。"

一直认真聆听的罗星点点头，说道："虽然不清楚作者是谁，但综合我掌握的信息，上面说的都正确。想必是有哪位强大的罪人，不甘心就这样被夺取了自由意识，试图做出反抗吧。"说罢，他看向井上拓也，问道："我想到一件事，第一次来监狱押送鲍尔时，谁接待的你？"

"穿着正装的中年男子，说起话来一板一眼。"井上拓也答道，他捏着眉头回想了片刻，继续说道："有一个细节，谈话期间，他递给了我一杯咖啡。"

罗星点点头，井上拓也的回答吻合了他心中的假设。"这座监狱的废水，怎么处理？"他继续问道。

"肖申克并没有连接到外部的管道。废水会通过空间型罪物，传输去外面。"

罗星又看向卢清，问道："如果一个人，能复制别人，也能转移物品，你会想到什么？"

"量子纠缠态。"卢清立即答道，"纠缠态传输的基本原理，就是在原地消灭，另一个地方复制。"

"就是他了。"罗星握了握拳头，"S区4号房方舟，他的能力并不是空间，而是'纠缠'。他一直在为哥本哈根提供新的身体，现在的刽子手，就是他在24年前复制的我的身体。你喝下了他的咖啡，我则喝下了一种含有纳米机器的蓝色液体。我想，他发动能力的先决条件，是在目标内部注入纳米机器吧。"

井上拓也跟着分析道："通过让我喝咖啡，他获取了我身体的信息，并复制出了另一个我，也就是资料中的井上拓也。这位'井上拓也'的入狱时间，正好对应上了我押送犯人来这里的时间。"

罗星点点头，他很想告诉面前的井上拓也，另一个他胆小谨慎，却又敏感冲动，即便是哥本哈根的分身，失去他也是件痛苦的事情。他耸了耸鼻子，压抑住情绪，继续说道："为了伪装自己，他揽下了处理废水的工作，让别人误认为他拥有空间能力。"

井上拓也双手抱胸，问道："你现在准备怎么办？"

"去一趟外网纪元133年。"罗星答道。

"你想去参与那次大暴动？"井上拓也抬眼问道。

"没错。"罗星笑了笑，"想要见到哥本哈根的本体，这恐怕是最好的机会了。既然他准备进化为弥赛亚，那就一定会现身。"

"我也要做些准备。"井上拓也揉了揉肩膀，"我来到这里是为了生存，可不想成为别人进化的算力。"

罗星看向了卢清，说道："又要辛苦你了。跨越166年的时间，能做到吗？"

出人意料地，卢清没有回应。罗星轻轻拍了拍她的肩膀，卢清如同触电般的发出一声惊叫：

"啊？……抱歉，我走神了。166年是吧，我能做到的。"

"你没问题吧？需不需要休息一下？"罗星俯身盯着她看了几秒，搞得卢清一阵紧张。

"没关系，我还不累！"她匆忙说道。

"那事不宜迟，我们走吧。"罗星直起身来，向门外走去。

卢清理了理白大褂，跟着站了起来。临行前，她瞥了一眼丢在座位上的资料，最后一页上写着：

"写下这些文字后，我明白自己已命不久矣。我将自我了断，并将自己的尸体随机传输到未来的某个时间段，以免被哥本哈根利用。如果你愿意继承我的遗志，那么，祝你好运。

"卢清。"

10.

外网纪元275年7月16日。

汉尼斯伸手去抓酒瓶，却发现已经没了存货，于是不得不灌下一口凉水。面前的胖子阿摩耶继续聒噪道："哥们，你听明白了吗？这座狗屁监狱，说到底就是S区那群家伙的城堡！什么禁闭，什么刑期，都是控制我们的手段而已！我们必须团结起来，搅他个天翻地覆！"

"你到底想说什么？"汉尼斯抬眼问道。

"我知道你的人脉广，我这里有个计划……"

汉尼斯砰的一声将空水杯礅在桌面上，凑到阿摩耶的面前，对着他的脸吐了一口气："闻到了吗？"

阿摩耶捏着鼻子后退两步，汉尼斯的口气很臭，还夹杂着口腔发炎的酸味。"闻到什么？"他问道。

"老子已经快一个星期没碰过烟了，肺里干净得像女人一样！"他对着阿摩耶伸出四根手指，"知道哥们的刑期是多少吗？这个数。而这一切！"他用力揪住了阿摩耶的衣领，"不过是因为我得罪了一个A区的混蛋。A区！想让我去招惹S区？死远点吧！"

"可是……"

"可是个屁！送客！"汉尼斯话音未落，两名身材壮硕的手下便挡在了阿摩耶的面前。阿摩耶拍拍身子站了起来，叹气道："哥们，咱可是仁至义尽。哪天后悔了，可别来找我。"

留下一句狠话，阿摩耶扭着肥硕的身躯慢慢离去。看着他的背影，汉尼斯哼了一声。

就在这时，有什么人从阿摩耶的身边走过，两人面对面交代了两句，对方还拍了拍阿摩耶的肩膀。汉尼斯噌地站了起来，那人可是他每天都要绞尽脑汁巴结的对象——

条子的老大，夏岚！

汉尼斯想要做些什么，身体却仿佛被绑在了原地。两种想法在头脑里剧烈地冲突着，无法权衡的利弊令他难以决断。可夏岚还没走多远，又有一名小女孩走到阿摩耶的身边，阿摩耶俯下身子低下头，小女孩只是对着他耳语几句便离去了。

S区7号房，龙舌兰！

那一刻汉尼斯恍然大悟，这不是笼络，是招安啊！还以为自己是个角儿，在人家眼里算根韭菜就不错了！

想到这里，汉尼斯三步并作两步地追了上去，嘴里喊着："嘿！兄弟别走啊，开个玩笑……"

◇

正午的太阳很烈，狄安娜用帽子扇着风，迎着阳光看向远处。已经过了午饭时间，陆续有犯人来到了操场上。她瞥了眼身边的夏岚，对方依旧一丝不苟地扣着制服最上方的口子，额头上一滴汗都没有。

"队长，我一直在好奇，你怎么会进来这里？"狄安娜试着找些话题。

"'柠黄'的四大组织，每年有一次集会。"出乎狄安娜的意料，夏岚并没有回避问题。他继续说道："28年前的那次集会上，有人对首领不尊敬。第二天，我端掉了他们的聚点，杀了131个人。"

"为了平息事态，龙舌兰把你送来了这里？"

"不，是我自己主动要求的。她只对我说了一句，再见面时不要再叫她首领。"夏岚抬眼张望远方，操场上聚集的犯人越来越多。"你呢？为什么会被关进来？"

狄安娜想了想，答道："'幽红'的策略是工业扩张，一直很缺人口。为此，他们从'苍灰'那边进口了人工子宫的技术。但因为这事儿，'红'和议事厅争执不下，计划也就那样搁置着。但有一次，我在真理塔巡逻时，误入了一个区域。那时我才清楚，人工婴儿一直在生产着，只是那些孩子被卖去了世界各地，有些甚至直接被投入'图灵'转化成了算力。"

"听说你杀了很多人？"夏岚平静地问道。

"17人，占'幽红'高层的三分之一，但在参与这事儿的人中，也不过一半而已。"狄安娜答道，"我被他们捉住后，经过长达两年的监禁与审判，最后丢到了这里，刑期是1 748年。"

说话期间，操场上已经聚满了人，一些先头部队开始向着S区进发。

"队长，动手吧。"狄安娜提示道。

夏岚点点头，走到身后铁门的电子门锁前，录入了基因信息。这道门虽然连接到S区，但只有狱警的首领能够打开；如果强行突破，前方会强制成为失去观测区域，据说曾有人困在其中45年。

铁门缓缓打开，夏岚和狄安娜趁着人群到达之前，藏在了暗处。

汉尼斯匍匐在狭窄的通气管路中，前方阿摩耶肥硕的臀部几乎占据了整个视野。如果不是狱警弗朗西一言不发地跟在更后方，他甚至怀疑自己被诓了。

"兄弟，我们还要爬多久？"汉尼斯忍不住问道。

"你不是在计数吗？多少了？"阿摩耶反问。

"348。"

"忍忍吧，一半了。"

不知过了多久，汉尼斯感到自己已经成了一具行尸走肉，只是机械地向前爬行着。突然间，他的脸结实地撞在了阿摩耶的屁股上，一股怪味熏得他当即清醒了过来。

"是这里。"

阿摩耶掀开通风口的防护网，带头跳了下去。几秒钟后，汉尼斯的瞳孔适应了久违的光亮，映入眼帘的是陌生的走廊。他顿时紧张了起来，走到阿摩耶身后，捅了捅他的肩膀问道："这儿真是S区？"

阿摩耶白了他一眼："不然呢？"

碰了一鼻子灰的汉尼斯又凑到弗朗西身旁，小声问道："你们狱警不是可以直接来这里吗？为什么要绕这么远的路？"

弗朗西低头看了眼腕表，用拇指指指外面，说道："这个时间，你带头纠集起来的那百十来个弟兄，应当已经冲过来了。"

汉尼斯用力地点头。

"但是，这里一个人影都没有。"弗朗西说罢，便丢下目瞪口呆的汉尼斯，跟着阿摩耶向走廊另一端走去。留在原地的汉尼斯额头淌下豆粒大小的冷汗，在他的想象中，几名S区的犯人此刻正站在堆积成山的尸体上，舔舐着染血的手指。"等等我！"他匆忙追了上去。

阿摩耶一路来到尽头的7号房，门牌上写着主人的名字：龙舌兰。他刚刚握住门把手，便听见身后的汉尼斯哆哆嗦嗦地问道："我们要进这里？安……安全吗？"

"既然加入了我们，这儿就是肖申克最安全的地方。"阿摩耶不屑地说道。刚刚接到潜入任务时，他心里也慌得很；但一路有了汉尼斯的衬托，还能时不时装上一把，他甚至觉得自己也是个人物了。

龙舌兰的房间里空荡荡的，兰兰把几乎全部的生活用品都搬去了罗星的房间。阿摩耶径直来到洗手间里，敲了敲一侧的墙壁，又对着弗朗西点点头。后者走到近前，将一台PDA贴在墙上，反复调试着接收频率。不一会儿，PDA的屏幕上显示出模糊的影像，弗朗西又调出了一个窗口，对着命令行窗口飞速输入着指令。汉尼斯梗着脖子，一动不动地看着。几分钟后，墙上骤然间泛起一片灰雾，继而凝聚成一人宽的洞穴，几枚摄像头的红色指示灯交错闪烁着。

自肖申克改变判定物理量的那一天起，井上拓也苦心经营了7年多的洞穴便失去了功用。但它并没有消失，只是变成了量子态，弥散在整个监狱的空间区域内。井上拓也安装的摄像头并没有收集声频的功能，弗朗西通过编程，从影像中模拟出了洞穴中的白噪声，这才令洞穴回归到正常。

"愣什么，快走啊！"阿摩耶对着洞穴摆摆手指，一马当先钻了进去，却又发现以自己的体型进入有些困难。他干咳两声，说道："你们先，我殿后。"

几分钟后，三人终于通过了狭窄的洞穴——有一半以上的时间都在费力地将阿摩耶拽过去。汉尼斯借着头灯的光，仰视着面前咆哮的庞然大物们，感慨道："我的乖乖，S区里居然还藏着这种东西！"

弗朗西望着眼前的景象，应道："肖申克的新风装置、电力装置、水循环装置，全都藏在S区的封闭区域。当然，它们无一例外都是罪物。"

"那……这里能通向外面吗？"汉尼斯继续问道。

"谁告诉你我们要从这里出去的？"终于缓过气来的阿摩耶走上前来，推了汉尼斯一把："去吧，该你上了，破坏掉它们。"

绊了个趔趄的汉尼斯指了指自己，惊讶道："我？"

"你以为我们为什么带上你？"

"可我不知道罪物多久后会坏啊？"汉尼斯想着自己可怜的能力，尽力争取着。

"那就让它们倒退回成为罪物之前的状态。它们变异的时间都不长，只有十几年。"弗朗西解释道。

"……我需要十几小时一动不动，还要干三次。"

"那就十几小时一动不动，干三次。"

◇

兰兰坐在罗星的床头，来回摆动着双腿。夏岚一动不动地肃立在身旁看护，狄安娜半躺在沙发椅中，无聊地望着天花板。

突然间，电灯忽闪了几下，继而熄灭。夏岚立即走到窗边拉开窗帘，肖申克的夜晚回归到一片漆黑，好不容易安静下来的犯人们再次吵闹起来。

身在肖申克中的犯人，一举一动都在监狱的预料之内。为了尽可能消耗掉肖申克的算力，兰兰一行人竭尽全力引入了各类突发事件，包括犯人的暴动、基础设施的停摆等。

"首领，阿摩耶他们成功地破坏了发电装置。"夏岚回头看向兰兰。

兰兰轻轻点头，说道："我们与肖申克的胜负，将在今晚决定。"

狄安娜起身来到两人近旁，问道："队长，你觉得肖申克会派出谁来阻止我们？"

"德尼受了伤，想必是S区的巴汀吧。"夏岚应道。

狄安娜点头道："我看过资料，他的能力是'频率'，能够在一个划定的范围，将其中所有的震动频率改变相同的倍数，是个狠角色。"

夏岚沉思了片刻，问兰兰道："首领，你去见肖申克的核心，是想要催眠它吗？"

"世界级罪物不可能听我摆布，但是，也不是一无所获。"兰兰从床头一跃而下，"我们走吧！"

夏岚一马当先走在前面，他先是贴在门上探查了走廊里的声音，继而轻轻将房门打开一道缝隙。门外一片漆黑，夏岚皱着眉看了两秒，回头说道："情况不对。即便没了照明，也还有窗外的自然光，不应当什么都看不到。"

说罢，他从腰间取出一只手电筒，打开照明向门外射去——

手电筒的黄光在跨域房门的刹那，变成了一束紫光，倾泻在漆黑的墙壁上。

"多普勒效应……"狄安娜咬紧嘴唇，低声说道。手电筒黄光的频率在500太赫兹左右，紫光则在750太赫兹。简单计算即可得知，巴汀将走廊中所有震动的频率都蓝移了1.5倍。墙壁本是绿色的，绿光频率增强到1.5倍后进入不可视的紫外波段，因此看上去一片漆黑。

夏岚一面说着，一面取出把匕首，向门外掷去。当兵器的尖端快要触及墙壁的瞬间，竟凭空掉转了方向，向着另一个方向飞去。他的能力是控制"动量"，能够改变的幅度不大，却善于精确控制，并因此当上了"兰"的护卫队长。

不一会儿，远处传来一声尖锐的刺响，夏岚回头说道："走廊里没有敌人，我们走吧。"

夏岚第一个走出房门，狄安娜和兰兰紧紧跟在后面。迈出房门的一刻，狄安娜突然感到胸腔一阵莫名地悸动，呼吸也变得困难起来。她扶着墙壁深吸一口气，心跳依然无法平息。

夏岚回过头来，借着微弱的紫光，狄安娜看到队长的额头上也挂着汗滴。"你的心跳同样也是震动，如果基础心跳是70，现在就有105，心慌是难免的。"夏岚解释道，他的声音被蓝移1.5倍后，已经像高音一般尖锐。"巴汀改变频率的条件，是必须接触到那个空间区域，并且自身无法免疫。走廊的空间很大，如果改变太多，他也没时间逃出去。"

狄安娜点点头，她回头看向兰兰，小女孩却仿佛什么都没有发生一般，不疾不徐地跟在后面。

走过拐角，狄安娜瞥见紫色的光线自窗外射入。她匆忙跑了过去，看到一轮紫色的圆月挂在高空，仿佛神祇一般俯视着大地。不由自主地，狄安娜推开玻璃窗，想要将身体探出去观看——

猛然间，她的衣领被夏岚拉住，继而被生生扯了回来，丢在地上。狄安娜扶着脖子咳嗽起来，夏岚责怪道："构成你身体的每一个分子，化学键两端的原子都在震动。如果不想让蛋白质分子坏死，或者基因变异，最好老实点！"

"对……对不起。"狄安娜吃力地爬了起来，队长的解释令她后怕不已：如果将半个身子探出窗外，那么界面上分子的两端将有了不同的振动频率，化学键甚至可能因此断裂。这种情况下，运气好的话会烂几块肉，运气差了则会引发恶性肿瘤。

不一会儿，三人走出A区的监房。狄安娜抬头仰视，一如既往的黄色月亮悬在天上，阵阵凉风吹来，回复了平静的胸腔分外舒适。她低下头问兰兰："我们接下来去哪儿？"

"医务室。"兰兰平淡地答道。

夜晚的操场十分嘈杂，由于狱警的统一罢工，加之供水供电的骤停，不少犯人跑来外面吵闹，然而却没有一个人敢越过通向S区的大门。白天闹事者们在门的另一边找了三个小时，却发现依然在原地转圈，只得无功而返。虽然从未露面，S区的犯人却以最简单粗暴的方式展现了力量。闹事者们据此猜测S区关押着强力的催眠能力者，只得悻悻而归，阿摩耶和汉尼斯他们辛辛苦苦扇起来的怒火也被浇灭了。

医务室位于食堂建筑的四层，下面两层依次是健身房和图书馆。三人乘坐电梯上到四层，一路上十分顺利，也没有再遇到巴汀的伏击。夏岚依然打着手电走在前面，突然间，他伸手拦住了身后的兰兰和狄安娜，又指了指前面：灯光在前方几米处突然断掉了，又在更远处恢复原状。

"黄光偏离出了可见光范围，不清楚是落在了红外还是紫外波段。"夏岚低声说道，"这段路不长，有20米左右，我先去。"

夏岚说罢，便将身子探入了频率变化区域，他的身形在一瞬间消失了，身体反射的可见光同样被改变了频率，偏离出了可见光波段。可是没一会儿，夏岚便退了回来，脸色蜡黄，捂着太阳穴说道："头很晕，应当是供血不足。我在里面停了8秒，心脏只跳了一次，频率估计被降到了十分之一左右。"

几次深呼吸后，夏岚渐渐恢复了平静。他俯下身子，对兰兰说道："首领，我可以控制的质量上限是30千克。请允许触碰您的身体，将您抛过那段危险区域。"

"免了。"兰兰说罢，便径自走进了频率变化区域。不可视物的空间中传来了老烟嗓一般的声调："我应付得来，你们自己想办法吧。"

狄安娜耸耸肩，她偷偷看向夏岚的侧脸，队长的神情依然如同雕像般一动不动。

不一会儿，兰兰出现在了区域的另一端，轻松的模样依然仿佛什么都没有发生。狄安娜松了口气，自告奋勇由自己率先突破。她先是在原地做了几次深蹲，尽量提高心率；继而深吸一口气，冲进了危险地段。20米的距离若全力奔跑只需要3秒左右，完全可以在身体出现不适前脱离。

狄安娜开始奔跑了。跨越界限的刹那，她才意识到这短短的3秒远比她想的更加难熬：自己置身在了一个全黑的环境中，只有脚与地面的接触带来了一丝真实感。与此同时，四周的声波也变得异常低沉，宛若沉重的鼓点。她一面在心中鼓励着自己，一面继续前进。

突然在某一瞬间，狄安娜察觉到脚下踩空了。她最初认为自己会跌倒，可下一瞬间，视野明亮了起来，她察觉到自己正在极速下落，身旁满是碎裂的混凝土块。

发生了什么？

就在这时，狄安娜看到夏岚从破裂的穹顶冲了下来，借助初速度的优势在空中拉住了她的手——

"注意保护头部！"夏岚语速飞快地说道。

狄安娜立即抱紧了头部，继而是猛烈的冲击。三层健身房的挑高超过了10米，落下来非死即伤；夏岚尽管无法充分控制质量大于30千克的物体，却也在落地的瞬间减缓了动量，保护两人没有受到重伤。

"失算了。"夏岚握住脱臼的胳膊，用力上了回去。他来回摆动着臂膀，说道："建筑物的共振频率通常在10~50赫兹，十分之一就是1~5赫兹，恰好与脚步的频率接近。这才是这个陷阱真正的目的。"

两人再次回到四层，绕过塌陷区域后，时间已过去半小时。兰兰依然站在原地，仿佛一动都没有动过。

"首领，抱歉。"夏岚低头道。兰兰只是看了他一眼，便继续向前方走去。那一刻，狄安娜偷偷握紧了拳头。夏岚对这个小女孩的忠心已经超乎了她对主从关系的理解，可兰兰对夏岚却永远是一副冷冰冰的态度。

推开医务室的房门，狄安娜见到了久违的照明。为了处理紧急事件，这里配置了UPS电源，现在正好派上用场。

"首领，接下来做什么？"夏岚问道。

兰兰扯过一把椅子坐下，抬头看着夏岚，说道：

"从现在开始，我们有充足的时间，不如好好谈一谈吧，哥本哈根。"

11.

狄安娜惊讶地望着面前的两人，兰兰面色平静地注视着夏岚，后者的神情则一如既往地不为所动。

对视许久后，夏岚开言道："什么时候发现的？"

兰兰哼了一声："进入监狱第一天。新犯人的资料会第一时间送到狱警手里，如果是真的夏岚，早来见我了。"

"也许，我只是不知道该怎样面对您。"夏岚应道。

"还记得我对你说的最后一句话吗？"兰兰追问。

夏岚立即答道："不要继续称呼您'首领'。"

兰兰微微一笑："见第一面时，你怎么称呼我的？"

狄安娜吃了一惊，那天队长向兰兰行礼的画面她还记忆犹新。兰兰继续说道："夏岚排在第一位的，永远是我的命令。既然我不许他叫，他就绝对不会叫。再问你，还记得原本的身份吗？"

"'兰'的护卫队长。"夏岚立即答道。

"夏岚的首要任务，是保护我的安全。如果你真的是夏岚，刚刚地板塌陷时，你一定会赶到我身边，而不是去救狄安娜。"

许久的沉默后，夏岚同样扯过一把钢管椅，坐到了兰兰对面。"对不起，毕竟我不仅仅是夏岚。"他说道。

"队长，你究竟是……"狄安娜忍不住问道。她刚刚听得百感交集，哥本哈根两个分身都与她有过交集，夏岚又刚刚救了她，她甚至不清楚该怎样面对这个男人。

"我既是夏岚，又是哥本哈根。"夏岚答道，"我对兰兰小姐做出的一切举动，除了本体下达的监视命令，其他全部来自夏岚的人格与记忆，是真心的。"

兰兰开口道："这就是你的能力，所见即所得。你让方舟通过量子纠缠态复制出目标人物的身体，再将自己与对方共同'观测'，这样就完成了意识的写入。"

"实际操作起来并不容易。"夏岚应道，"我的能力，是将视野中重合的物理过程的波函数，真的组合在一起。大脑承载记忆和人格是神经元的结构，为此我必须首先解析两人的大脑结构，再计算出一个两者并存的新结构。最后，我会对新身体的脑部进行核磁成像，并在观测窗口重叠上我设计的结构。"

不久前，哥本哈根在与罗星视频通话时，对着屏幕挥刀，却割断了罗星的纽扣。

"这样的作业太过困难，我只用在了少数关键人物的身上。很久之前，我便计算到了龙舌兰会尝试与莱丝融合成弥赛亚，最终会失败并主动进入监狱。为了接近她，我以夏岚为模板制作了分身，保留他的记忆是为了更加容易接近你。"

"马澜和井上拓也呢？"狄安娜咬着嘴唇问道。

"他们是我为了承载自由意志而引入的'变量'。"夏岚答道，"S区5号房的罗西，她拥有改写记忆的能力，就是她在白天赶走了那群闹事者。我先将自己的大脑结构复制进入他们的躯体，再令罗西写入一段虚假的记忆。马澜集成了原体的部分记忆，井上拓也则在写入虚假记忆时，加入了马澜记忆的片段。不过，他们内在的人格，都是我。"夏岚抬眼看着手下，眼神中读不出感情。

狄安娜握紧拳头，沉声问道："那他们对我的感情……"

"都是出自我的真心。"夏岚答道。

兰兰没有理会情绪几近失控的狄安娜，继续问夏岚道："为什么要做这些事情？"

"实验。"夏岚平静地答道，"肖申克的内部，就是现如今地球的缩影。所有人类的自由意志都在被逐渐剥夺，没有人能够逃脱外网的禁锢。"他看着兰兰，笑道："您也在实验不是吗？进化弥赛亚失败后，您决定一切清零重新开始，于是将自己催眠成了小女孩的样子，与罗星一起行动。然而这一切都是催眠能力对'认知'的影响，你的身体依然是大人，实际质量超过了30千克，因此我并不能控制。"

兰兰叹气道："告诉你也无妨。莱丝被剥离后，剩余的我并不是原本的龙舌兰，弥赛亚'映射'的影响依然还在。结果就是，我不能长时间地保持记忆，大部分时间人格会维持在8岁左右。为了让自己的形象与内在相符，我将自己变成了这个样子。和罗星他们一起行动，是因为我相信他们能开创一个新的世界。"

夏岚问道："你们准备用什么方法？"

"逐渐削弱。"兰兰答道，"每一次的'涌现'，都是外网在为自己补充算力。法拉观测到，当我从弥赛亚的状态解除后，遍布地球的外网浓度下降了百分之三。这意味着我吸收了涌现的算力，却没有成为外网的一部分，外网因此被削弱。"

"还记得她吗？"夏岚指了指天上的月亮，"141年前，能力类型为'能量'的她，试图与W-001融合成为弥赛亚。"

"'闭包'……"兰兰说出了最古老的弥赛亚的名字。能量最重要的性质是转化与守恒定律，对应于数学上集合的封闭性，因此进化出的弥赛亚能够触及集合论的根本。

"它进化成功后，莫名其妙地消失了。那次过后，全球的外网浓度下降了百分之十二。"夏岚说道，"但是，仅仅用了5年的时间，外网便恢复了，甚至没有等到下一次的'涌现'。因此，你们的计划想要实现，就必须有大量的弥赛亚同时尝试进化。这在理论上是不可行的。

"在研究的过程中，我想到了另一个问题：在进化为弥赛亚的过程中，罪人为什么是必需的？同罪物相比，罪人的进化是不完全的，为什么在弥赛亚这种等级的生命形式中会保留下人性？外网的本质，是无穷无尽的逻辑运算，而所有的运算都必须遵从数学的基本法则。罗素悖论、哥德尔不确定性原理，无数研究表明了数学本身是不完备的。我想，弥赛亚保留下的人性，就是为了容纳这些不完备性吧。

"于是，我有了一个假设：想要向弥赛亚进化成功，除了类型相同的罪人与罪物以及'涌现'，还必须有一个足够强大以至于能够容纳弥赛亚的人性。为了验证这个假设，我决定用自己做实验。我在肖申克中投入了无数的分身，试图培养出一个足以容纳肖申克，一同进化为弥赛亚的存在。"

兰兰打断了他，问道："通过这样的实验，你又能得到什么？"

"最强大的罪物是什么？"夏岚反问。

兰兰想了片刻，答道："……外网。"

"我的实验一旦成功，那么只需要培养出足够伟大的人性，他就能够容纳整个外网，完成向最终生命形态进化，地球面临的危机也就此解除。之所以不露面而是从暗中观察您，也是为了判断您是否有这个资质。"夏岚答道。

兰兰低头想了许久，问道："可能成功吗？"

夏岚摇头。

"为什么？"

就在这时，医务室入口附近闪过了一道微弱的紫光。夏岚当即冲了上去，一道白光一闪而过，又在入口附近化作虚无。狄安娜也行动了起来，拔出警棍护在兰兰近旁。

"26号，你这是在干什么？"黑暗中传来尖锐的男声，一名身材瘦削的金色长发男子出现在众人的视线里。他继续对夏岚说道："本体的命令是'监视龙舌兰，必要时干掉她'。你非但将我们的计划泄露给了她，还为她挡下了致命一击。真把自己当成护卫了？"

"致命一击？"狄安娜惊讶道，她刚刚只看到了手电的光照。

"步话机的无线电波频率在100兆赫兹左右，即108赫兹，而紫光的频率大约在1 015赫兹。既然无线电波偏移到了紫光波段，证明巴汀令频率蓝移了107倍。"兰兰解释道，"这样一来，强光手电原本的频率就蓝移到了$10^{21} \sim 10^{22}$赫兹，这是伽马射线的频率范围，对人体是致命的。"

夏岚盯着突然出现的巴汀，一言不发。突然间，他猛地扑了上去，抱住对方的腰，向着窗户飞奔而去！

"你真的疯了？！"巴汀用力挣脱，可面对用尽了全力的夏岚，却无论如何也摆脱不掉。于是，他伸出手放在夏岚的后背上——

下一瞬间，夏岚猛地咳出一口鲜血，双腿一软倒在地上。巴汀长舒一口气，他取出手帕擦了擦衣服上的血，叹气道："直接触碰我，简直是自寻死路。只要让你的心跳加快100倍，任你有再大的本事也承受不住。"他看向狄安娜和兰兰的方向，继续说道："这让我想起了很久前的往事。我只不过是嘲讽了几句'柠黄'的'兰'组织，这家伙的原体就突然扑了上来。我动动手指就弄死了他，毕竟是个能力只有C级的家伙。"

狄安娜握紧拳头，一字一句地问道："你也是哥本哈根的分身？你们真的是一个人？"

巴汀嗤笑一声："是啊，但我和那家伙不同，体内的另一个灵魂是S级犯人。本体的计划，我原本就觉得无聊之至。足够伟大的人性？那就去受苦吧，传说中耶稣和佛祖，不都是这么成神的吗？"说罢，他踢了倒在地上的夏岚一脚："这家伙像个苦行僧似的效忠首领，到头来还不是死得像一块破布！宇宙需要的是冰冷的逻辑与理性，而不是什么狗屁人性。"

狄安娜的双拳青筋爆出，她清楚自己不是面前这个人的对手，但即便今天交代在这里，她也一定要在对方的脸上闷上一记老拳。可还没等她做出动作，一旁的兰兰一跃而起，向着巴汀的方向迈出一步。随着足尖的落地，兰兰的身体罩上了一层薄雾；夜风吹来，雾气渐渐晕开，女孩的身形如同梦幻般消失，月色打在她漆黑的长发上，为错落有致的身材添上了一道高光。

不再是小女孩，此刻站在巴汀面前的是"兰"的最高首领，曾经成为弥赛亚的强大女人——龙舌兰。

"不再装小女孩儿了？"巴汀摆好了应战的姿势，他的眼睛直勾勾地盯着入口处狭窄的空间。无论龙舌兰如何厉害，在跨过频率蓝移1 000万倍的空间区域时，还是会一命呜呼。

龙舌兰撩动发梢，再次向前迈出一步。巴汀的嘴角渐渐上扬——

咦？

明明只是普通的一步，可龙舌兰却仿佛缩短了空间一般，毫无征兆地出现在了他的面前。还没等巴汀做出反应，龙舌兰的右手便抓住了他的脸，低声说道：

"想当佛祖吗？我满足你。"

下一瞬间，狄安娜只感到一阵劲风吹过，继而是飞扬的尘土。龙舌兰抓住巴汀的头，狠狠地按在了地上。水泥地面裂开几道疤痕，血迹七扭八歪地淌开。

狄安娜试着向前迈开步子，原本的频率蓝移区域已经消失。她赶到龙舌兰身边，问道："他死了？"

"我把他的意识，映射去了一个空无一物的世界。如果他能够坚持1亿年不疯掉，就可以活着回来，现实世界也不过是过了1秒。"龙舌兰扫了地上的巴汀一眼，"看样子，他没坚持住。"

说罢，龙舌兰又迈步走向了夏岚。她的身形逐渐缩小，当来到夏岚面前时，已经恢复到了小女孩的样子。兰兰将手掌放在夏岚的额头，又轻轻抚下。夏岚圆睁的双眼缓缓闭上，脸上挂着一丝笑意与安详。

12.

外网纪元133年？月？日。

罗星重重地摔在地上。长达166年的时间旅行仿佛无梦的长眠，如果不是手脚都被绑在了CT机上，他甚至想要感谢这难得的休憩。

一旁的卢清捂住摔痛的头，一面帮罗星解开束缚，一面自言自语着："计算失误。我用的计时法还是旧时代的儒略日，难免会有误差……不对，也可能是银道坐标系不适合处理超过100年的空间偏移。"

罗星揉了揉绑痛的手腕，四周是S区熟悉的走廊，7号房就在近旁，门牌上却是空的。跨越166年的时间间隔，空间却只是从2号房偏离到了7号房，卢清的能力还真是强大。

可是突然间，罗星感到意识一阵模糊——

量子化？

"现在用作观测判定的物理量是什么？"罗星匆忙问道。

"我怎么知道！"卢清用力地跳了跳，又转了几圈，笼罩身体的雾气却越来越重。"好了，我们至少可以排除光线、声音、动量、角动量、加速度……"

"你们就要失去观测了，请抱在一起。"

黑暗中传来一个声音，两人来不及思考，匆忙按照指示抱住了对方。眼见量子化没有停止，那个声音继续说道："隔着衣服不可以的，要皮肤贴在一起。"

罗星愣了片刻，即便同关系最近的法拉，他也还没有过肌肤接触的经验。纠结间，只听到卢清叫了声"麻烦死了"，随即扳住了他的后脑勺，用力将两人的脸贴在了一起。

量子化当即停止，恢复了经典态的两人匆忙松开对方。他们看向声音传来的方向，一名个子不高、身材瘦削的男人走了过来，身上穿着浅灰色的睡衣和花格棉拖鞋，不过最扎眼的却是脸上的智能眼镜。

"当前用作观测判定的物理量是'温度'，最简单的方法就是彼此接触。"那人一面说着，一面取出一支红外体温枪，对着自己的额头打了一下，"我一直在这里等待着，终于盼来了两位。"

罗星上下打量着陌生的男子，皱眉道："你是谁？"

"抱歉，忘了自我介绍。"男人微笑道，"我是哥本哈根。"

◇

罗星和卢清一起来到了哥本哈根位于S区地下一层的房间。路上两人一直牵着手，以免失去观测。

推开房门，高大的陈列柜沿着墙边排开，里面陈列着琳琅满目的漫画书和游戏，最上层还摆着各类机甲以及美少女的手办。哥本哈根从零食堆里扒开一条路，坐回到装了3台显示器的书桌前。

看着目瞪口呆的两人，哥本哈根对着罗星伸出一只手，说道："你应该有东西要给我吧？"

罗星愣了半秒，随即将手伸进怀里，掏出一个巴掌大小的矩形塑料盒，封面上有位蓝衣金发的精灵，正站在高处瞭望广袤的大地。在第一次同哥本哈根远程会面时，罗星答应帮助对方寻找这款游戏。他将塑料盒递给哥本哈根，问道："你也有时间的能力？"

"怎么可能。找你帮忙的，是未来的我。"哥本哈根自身边取来两瓶饮料，丢到罗星和卢清手里。

卢清抢着问道："我们今天来这里，也在你的计算中吗？"

"当然。"哥本哈根若无其事地摊开双手，"我清楚肖申克直至灭亡的全部历史，精确到微秒。在这个没有自由意志的世界里，一切都是既定事实。我知道你和龙舌兰会在外网纪元275年到来，知道你们会费尽心机寻找我，也知道你来到这个时代，是为了阻止我进化成弥赛亚。"

听到哥本哈根若无其事的解释，罗星皱眉道："那你知道自己会失败吗？"

"当然知道。"哥本哈根依然微笑着，"今天的我会失败，但141年后，我会成功。"

罗星开启着熵视野，哥本哈根的心脏规则地律动着。只要动动手指就能终结这个人的生命，但此刻罗星却不想这么做。难道这种心情也在哥本哈根的计算中吗？

仿佛看透了罗星的心思一般，哥本哈根笑道："我的能力并不适合正面战斗，你想要杀死我易如反掌。但这副躯壳本就命不久矣，这么做并没有什么意义。"

卢清在罗星耳边小声说道："肖申克里已满是他的分身了。"

哥本哈根继续说道："我之所以会在这里等你，是因为想要寻求你的帮助。我们都想要摆脱外网的禁锢，让人类文明恢复它本来该有的那个样子。但是，你想要通过消灭弥赛亚削弱外网的做法，从理论上讲不可能成功，除非能够找到足以包容外网的伟大灵魂。

"我找到了一条折中的道路。我固然没有办法包容外网，却可以将弥赛亚逐个吸收，逐渐成为足以匹敌外网的存在。所以，我们只是手段不同，最终目的是相同的。

"为此，我做了许多准备。我在肖申克内部放置了不计其数的分身，每当分身死去，我都会吸收他的记忆，让自己的人性更加充实。现在站在你面前的我，已经容纳了13 246套人生记忆。但即便如此，我也不敢保证能够成功地吸收弥赛亚。但上天给了我机会，141年后，弥赛亚'映射'的残骸，也就是龙舌兰会主动进入肖申克。只要能够将龙舌兰吸收，我就能同时拥有'映射'与'内积'的能力，作为最强大的弥赛亚降临世间。"

"你是说，让我帮你吸收掉龙舌兰小姐？"罗星低着头，看不清他的表情。

"吸收掉龙舌兰之后，她的人格也将成为我的一部分。如果她愿意，甚至可能成为我的主人格。你可以理解为，我成了龙舌兰的一部分，帮助她成了更加完整的弥赛亚。"哥本哈根答道。

"在你的计算中，我会怎么回应？"罗星继续低着头问道。

"你很气愤，但你会压抑住自己的情绪，因为你在理性层面认为我的方案值得考虑。"哥本哈根自信满满地说道。

罗星叹了口气，不疾不徐地说道："你计算的空间精度，能有多高？"

"从计算量考虑，我把空间精度设定在微米量级。这个尺度以下的事件，几乎不可能对肖申克内发生的宏观事件造成影响。"哥本哈根毫不介意地答道，"你问这干什么？"

"我刚送的游戏载体，是旧时代一种叫SD卡的存储介质。这种东西，里面富含半导体的氧化物。"罗星双手插兜说道，"两个氧16原子聚变，会生成一个硅原子核和一个阿尔法粒子，还有9.59兆电子伏特的能量。这是通常在大质量恒星内部，才能发生的核聚变反应。"

"你到底想说什么？"哥本哈根皱眉道，罗星方才的反应超出了他计算得出的几种模型。

"我想说的是……在你的计算没有覆盖到的飞米尺度内，有大量的氧原子已经突破了库仑力的限制，即将发生聚变。"

听到罗星的话，哥本哈根并没有惊慌。他将马上就要化为核弹的塑料盒举在面前，看着罗星说道：

"在我的计算中，你反抗到底的概率是万分之一点四。但即便如此，我的话依然在你心中种下了种子。不急，我可以等你的回复。"

那一瞬间，卢清瞥见哥本哈根的智能眼镜上闪过了异常的颜色，她不顾一切地扑向了罗星：

"快跑！"

与剧烈的核爆不同，灾害发生得如此平静。在不到一个纳秒的时间间隔内，哥本哈根前方空间在夸克层面被改写。物质、能量，甚至时间和空间都在一瞬间变得模糊，继而恢复成了一片目之所及处皆为中性灰的区域。

哥本哈根望着前方全灰的空间，无奈地摇摇头：

"可惜了我的收藏。"

◇

罗星再次重重摔在地上，四下里一片漆黑，不远处能听到水流声。

"罗星，你在吗？"

身后传来卢清的声音，罗星立刻应道："我在！别急，我马上点个火把……"

"点个锤子！"卢清吼了出来，"没闻见沼气味儿吗？我们没被哥本哈根杀死，倒是会被你烧死！"

几分钟后，两人艰难地凑到了一起。罗星控制附近的石块里的硅原子向着激发态跃迁，借着微弱的荧光，他判断出这里是地下水道的某处。

"有一个好消息和一个坏消息，你想先听哪个？"刚一见面，卢清便径直问道。

"好消息吧。"

"即便没有把你绑在仪器上，我也成功发动了时间移动的能力，逃过一劫。"

"坏消息呢？"

"因为没有按照标准流程发动能力，时间和空间出现了很大的偏差。我们在哪儿、现在是什么时候，我完全没有头绪。唯一确定的是，这里是肖申克的某处，因为以我的能力并不足以逃出去。"

罗星点点头，看着眼下的情形，这也在意料之中。他问道："哥本哈根到底做了什么？"

卢清叹气道："哥本哈根早就在智能眼镜中编辑好了各种程序。方才，他令视野中显示出现实世界的负片，和眼前的景象叠在一起，就成了满屏的中性灰。再加上他的能力是'所见即所得'……"她摊开双手，"你明白了吧？"

即便是身经百战的罗星，也不禁吓得一个冷战。隐形眼镜显现出负片，再叠加上现实世界的整片，哥本哈根的眼中将是一片填满了中性灰的空间。如果在这种状况下发动"观测"的能力，那相当于消灭了视野中的一切物质。

除去龙舌兰成为弥赛亚修改"映射"的能力，这恐怕是罗星见识过的最强、最可怕的能力了。

简单商议后，两人决定先顺着水路寻找一番，看能不能发现通道。

地下水道的路并不复杂，尽管有些分支，但大都坍塌了，通往前方的路只有一条。可是走了许久，依旧不见出口。在跳过一条暗渠后，卢清干咳两声，说道："问个事情你别生气。我觉得哥本哈根的提议对你并没有坏处，至少值得考虑一下，你为什么反应那么强烈？"

罗星回头盯着卢清看了几秒，答道："不久前，我刚刚从一次涌现中拯救了本应转化为算力的100万民众。我使用的方法，是在历史中找到了那些愿意为了保护未来的人类再牺牲一次的灵魂，将他们转化成了算力。"

"哇，真看不出，你还是大英雄！"卢清惊讶道。

罗星对同伴的夸奖不置可否，继续说道："我的一位朋友说过，人类大部分的政治问题，都可以追溯到电车悖论。那一次，我认为找到了电车悖论的最优解。只要能有愿意为了他们而牺牲的人在，电车问题就不构成悖论。这并非理性上的最优解，要达到理性上的最优，就应当牺牲掉人类中最弱小的个体；但我认为，这是最适合人类的一个解。

"通过那次我明白了一个道理。尽管人类发明了逻辑与理性，但人类需要的，却永远不是逻辑和理性上的最优解，而是在感性与理性之间寻求一个最大公约数。这是人类之为人类的根本。如果人类真的只剩下了冷冰冰的逻辑运算，那和外网又有什么分别。

"哥本哈根的计划，也许，确实在理性上最优。但是，这不过是他本人的一厢情愿罢了。他想要与龙舌兰小姐融合，问过对方的意见了吗？他制作了无数的分身，为了充实他那所谓的人性，但这是否也是那些分身的意愿呢？更进一步地，被他用作实验品的肖申克里的犯人们，他们的故事又有谁来听呢？

"所以，我决定站在他的对立面。他不是说了吗，如果能有足以包容外网的人性，那么还是有办法的。我可以在这条路上赌一赌。"

"如果赌输了呢？"卢清问道。

"那就和人类文明一起带着尊严死去。"罗星答道。

卢清看着不断在前方开路的男人，微笑着耸耸肩。

又走了许久，终于，前方出现了亮光。罗星三步并作两步地跑了过去，看到污水正顺着孔洞汩汩地流向外面。

"想从这儿出去吗？不想死的话，最好别试。"

黑暗中传来一个声音。罗星寻声望去，瞥见一位面容枯槁的男人正倚墙坐在地上，身上的西装打理得笔挺，看不到一个褶皱。

"这里确实是肖申克通往外界的唯一通道。但是，在这个洞口上布置了一件肉眼不可见的罪物，它名叫'分子筛'，物质可通过，但必须被分解为分子量小于100的小分子。"那人耸耸鼻子，"所以水出得去，人出不去。"

而罗星看着男人有些熟悉的面孔，惊讶地问道："你是S区的……"

男人吃力地撑起身子，掸了掸裤管上的尘土，点头道："初次见面，我是S区4号房的方舟。"

◇

方舟不知从何处取出野餐垫招待两人坐下，又魔术般地变出了薯条和饮料。

"最近监狱搞不来食材，这些都算是上等货了。"他自己打开一罐黑咖啡，轻轻抿了一口。

谈话期间，罗星了解到这位方舟从旧时代起就是哥本哈根的朋友，之后更是自愿同他一起住进了肖申克。据此罗星判断，眼前的方舟应当是原体，而自己在141年后遭遇的那位则是哥本哈根的分身。

"您为什么不出去呢？"卢清问道。

听到这个问题，方舟愣了几秒，随即哈哈大笑起来。笑过之后，他看着一头雾水的两人，说道："看你们这样子，应当已经见过他了吧？"

罗星点头。虽然不清楚这个人的目的，但在他面前隐瞒也没有意义。

"在你们看来，那家伙是不是个可怕的野心家？"方舟继续问道。

卢清先是点点头，又匆忙摇头，搞得方舟再次笑了起来。

"抱歉啊，我们走的路不同，没时间也没兴趣去了解那个家伙的为人。"罗星沉着脸说道。

方舟匆忙摆摆手，笑着说道："别误会，我没有替那个家伙说好话的意思。刚才卢清小姑娘问我为什么留在这里，我的原因和那家伙是一样的。"他灌下一口咖啡，继续说道："拯救世界？消灭外网？构筑伟大的人性？那些和我们有什么关系！我们之所以留在这里，是因为觉得人类没救了。就这么简单。

"你们也见识过那家伙的实验了吧。刚进入肖申克那会儿，他可没心情做这些。难得找到了能一直苟到世界毁灭的堡垒，为什么不放纵一下呢？刚来的几个月里，我们天天酗酒，喝到酩酊大醉，喝到昏天黑地，喝到恨不得把肠子吐出来。实在受不了，他就通过观测将胃里的酒精取出去，或者由我来造个新的胃，然后继续喝。

"最初喝酒是为了忘记监狱外面的糟心事，后来是为了喝而喝，再后来，甚至忘了为什么喝。有一天，他突然对我说：'我们别喝了，来打游戏吧。'于是他通过各种方法，从外面搞来了旧时代的游戏。没有人联网玩，我们就玩单机，或者两人对战。每一款游戏我们都拿下了所有成就，每一款，有3A大作，也有垃圾。反正我们有的是时间。

"某一天，哥本哈根他刚刚通关了一款恋爱游戏，哭得稀里哗啦。他看着屏幕里女主角的立绘对我说：'老方啊，我果然还是想做点什么。'我说：'你二，你忘了自己为什么进来的吗？'他说：'没办法啊，我每天每夜都在想，控制不住。'我问他：'你原来没办法，进来几年就觉得有办法了？'他摇头，然后又哭了。

"从那天起，我对打游戏失去了兴趣。思来想去，我开始了写作。那段时间我压根懒得理他，就闷在屋子里写作。也不知过了多久，我完成了第一部作品。那会儿监狱里就我们两个，尽管并不情愿，但我只能拿给他看。可进入他的房间时，却发现这货正兴致勃勃地做着研究。看到我他很兴奋，给我讲解起了他那所谓的计划。听过后我问他：'你觉得能成功吗？'他说不能。我又问那为什么还要去做？他说自己也不知道。于是我把刚写好的小说拍在他脸上，说有时间搞这些个乌七八糟的，不如读读老子的小说。"

　　"抱歉插一句……"卢清举手提问道，"哥本哈根先生对您的小说什么评价？"

　　方舟干咳两声："不谈这个。总之，在那之后，我们开始各忙各的。我写我的小说，他做他的研究。每当有些成就，我们就会凑到一起，看对方的作品，骂对方笨蛋。但是渐渐地我开始认为，那家伙的方案居然在理论上有了可行性。'可行吗？我觉得肯定失败。'他对我说。'那你还要去干？'我问他。那混蛋没说话只是点头。我问他为什么，他反问我，'你的小说根本没人看，不还是在写？'"

　　说到这里，方舟突然停了下来。他的面色一下子严肃起来，盯着外面看了片刻，说道："看样子，到时间了。"

　　"什么时间？"罗星问道。

　　"还有24小时，涌现就会到来。"方舟盘着腿说道，"我可以将你们送回地面，那边有我设置的传输点。不过相应地，我希望你们能答应我两件事。"

　　说罢，他自顾自地取出一本小16开的书册，递到罗星手中："这是我的得意之作，希望你能读一读，最好能传播出去。写完了它，我认为自己这辈子已经没有其他事可以做了。"

　　罗星接过书翻了两页，皱紧了眉头。

　　"第二件事——"方舟将手掌搭在两人的肩上，"再见到哥本哈根时，帮我揍他一拳，骂他一句。"

下一瞬间，罗星和卢清的身影便消失在了地下水路中。

13.

外网纪元133年的8月4日，上午9点30分，距离涌现15小时10分。

青年站在高台上，俯视着操场上聚集起的上百名犯人。他的长发在晨风中杂乱地飞舞着，身形在朝阳下晕起一道黄光。一名女性一言不发地站在他身后，戴墨镜裹着纱巾，看不清真面目。下面的犯人们叽叽喳喳地议论着，为了不失去观测，他们大多挤成一团，少数几对彼此牵着手。

"是我的错觉吗？他好像在发光哎。"混在人群中的卢清用手搭起凉棚，踮脚眺望着。她的另一只手紧紧抓住罗星，以免失去观测。

"那是他的能力。"罗星叹气道，这段时间以来，他对牵手这件事也已经习以为常了。"他把身体辐射出的红外线蓝移到了可见光波段，这样一来通过肉眼就可以观测他的温度。"

说话间，台上的青年向前一步，做了个手势示意大家安静。

"今天站在这里的，有政治家，有企业家，有科学家，有腰缠万贯的富豪，有一贫如洗的乞丐，有心系家国的伟人，也有无恶不作的混蛋。但是从进入肖申克的那一刻起，我们都有了一个共同的名字，那就是一无所有之人。我们失去了自由，失去了财富，失去了爱情、亲情、友情，甚至失去了生命的意义。"

台下议论纷纷，有聚精会神聆听的，也有起哄喝倒彩的。青年话锋一转，继续说道：

"然而，肖申克，这座监狱，却不是原罪。它只是放大器，是催化剂。自外网降临以来，我们从未拥有过其他，除了支离破碎的幻影。但是，这一切并不是外网从我们手中夺走的，而是我们主动放弃的。为什么？因为在面对外网时，我们放弃了秩序。

"纵观人类历史，最伟大的发明是什么？轮子？核能？全都不是。人类最伟大的发明，是秩序。有了秩序，人类才能安心地生活，才能安心地从事发明创造。秩序是一切的基础。活下来的人们，依靠四台人工智能，维持着自欺欺人的秩序，他们就像被丝线操控的尸体，跳着腐朽而又滑稽的舞蹈。

"看看我们现在吧。我们又有什么资格嘲笑别人呢？生活在肖申克的诸位，我们就像原始人一样，茹毛饮血，弱肉强食。我们想要改变这一切，我们必须改变这一切。没有人能够独自面对世界级罪物，因此，我们需要团结，我们需要秩序。"

随着青年慷慨激昂的演讲，台下渐渐安静了下来。犯人们不约而同地看向高处，有些人眼中带着崇敬。

"嗯，讲得不错，但逻辑上漏洞百出。"卢清小声咕哝着，她扫了眼周边的人群，不解道，"可他们怎么回事？这会儿的犯人这么好骗吗？"

罗星摆了个"嘘"的手势，又指了指台上。在青年的身后，神秘的女人依然一动不动地俯视着众人，宛若一座雕像。

"她是催眠能力者，可以放大人们心中细微的想法。"罗星小声说道，"不得不说，那个人挺会煽情的。"

卢清皱眉道："那为什么对我无效？我又没有催眠能力的抗性。"

罗星想了两秒，半笑道："大概因为你是死理性派，对他一丝一毫认同感都没有吧。零乘以再大的数，也还是零。"

卢清哼了一声："你对催眠能力者倒是熟悉。"

罗星苦笑着摇摇头。

青年继续讲道："和外面那些人不同，我们已经失去了一切，并因此拥有了最为广泛的可能性。肖申克是放大器，它能把一滴眼泪放大成为无法逾越的苦海，同样也能把星点萤火放大成为炽热的烈阳。涌现即将来临，这既是挑战，也是机遇。涌现时期的肖申克最为虚弱，我们应当抓住这个机会，向无能的管理者发起挑战，建立起属于我们的秩序。

"肖申克不应当是惩罚，它是我们的财富，进而是全人类的财富。我们在此建立起的秩序，将成为全人类的模板，成为人类挑战外网的根基。我们的努力，将成为历史车轮前进的动力；我们的呼喊，将成为人类的凯歌！"

台下欢呼起来，卢清扶了扶眼镜，埋下头护住自己。这时，身边的罗星却大声喊道：

"想去挑战管理者？怕不是去送死吧！"

人群一下子安静下来，青年皱眉看着罗星问道："你是谁？"

"我是谁并不重要。"罗星向前走了两步，卢清匆忙跟了上去。"你们明白要挑战的是谁吗？清楚哥本哈根的底细吗？知道S区有多少敌人吗？我们需要的是勇气，而不是鲁莽；是智慧，而不是蛮干。"

青年自高台跳下，走到罗星面前，问道："这么说，你有办法？"

罗星笑道："这就是我此时此刻，身在此处的理由。"

青年也笑了笑，向着罗星伸出右手："那我们就是同志。幸会，我叫巴汀。"说罢，他又指了指台上的女人，"那位是我的恋人，菲儿。"

罗星嘴角微微上扬，握住了巴汀的手。

上午10点40分，距离涌现14小时。

在巴汀高效的协助下，犯人们迅速按照能力类型站成了几列。其中类型为"电磁"的占了一半以上，其余多是温度、压强等较为常见的能力。

罗星游走在队列间，犯人们保持着正立的姿势，好似训练有素的士兵。

"他们大多来自一间制造毒品的工厂，被'幽红'剿灭后，一并送来了这里。"卢清跟在罗星身后，一面翻看资料一面解释道，"能力方面……不同人擅长制备不同的初级化工产品，可以理解为人形的催化剂。"说罢，卢清又放低了音量，悄悄说道："这根本没什么用嘛！"

　　罗星笑了笑，没有回应，这些人让他想起了阿摩耶的村庄。他面对着犯人们，扯开了嗓子大声喊道："你们里面，有没有擅长制作氨的？"

　　有几名犯人自告奋勇地站了出来。罗星继续喊道："擅长制作硝酸的有没有？"

　　这次站出来的只有两人，罗星走到年龄较大的一人面前，直视着他的眼睛，说道："告诉我，你的名字。"

　　"内格罗。"那人的声音低沉而沙哑。

　　"你制备硝酸需要什么条件？"罗星继续问道。

　　"氨和氧气，当然还有容器。"内格罗抬手做了一个捏面团的姿势，"它们到了我手里，就像拼积木一样简单。"

　　"很好，你现在是他们的队长了。"罗星用力地拍了拍他的肩膀，"再去找几名擅长制甲醛的，尽可能多地准备。"

　　内格罗顿了几秒，说道："我可以帮你，但有个条件。我的女儿在'幽红'，如果你能出去，拜托捎个话，就说爸爸在远方很好，让她好好生活。"说罢，他摘下自己的吊坠，递到罗星手里。金色的边框中镶嵌着一张泛黄的照片，一名约莫10岁的小姑娘开心地笑着。

　　罗星将吊坠紧紧握在手里："一定带到，如果我能活着出去。"

　　看着内格罗带队离去的背影，卢清嘀咕道："甲醛和硝酸，你要做乌洛托品[①]？不对……我知道了！你是要做黑索金[②]！"

　　罗星笑了笑，摆出个"嘘"的手势。

---

① 六亚甲基四胺，可用作药物、防腐剂、化工原料等。
② 又名旋风炸药，统称 RDX，化学成分为环三亚甲基三硝胺。

就在这时，菲儿走了过来，身后跟着一名身材瘦弱的少年。看到罗星，他主动上前打了招呼："嗨，我叫昂格尔，能力是让物体高速旋转，但质量不能超过10千克。"

罗星搂住少年的肩膀，避开周围人的耳目，小声问道："你来找我，肯定用这个能力搞到了不少好东西吧？"

在控制物理量"加速度"的罪人中，昂格尔的能力并不强。但如果妥善运用，高速旋转的能力可以当作离心机使用，用来给物质提纯。

昂格尔掏出一块绿莹莹的石头，说道："这东西叫作铜铀云母，在B区的地下能挖出不少。我原本想要提取出达到临界质量的铀235，但是很可惜，原料的储量远远不够。"

罗星笑了笑，说道："在监狱里放核弹？肖申克可是有NS级，且不论哥本哈根，你自己肯定逃不掉。"

"我不在乎！"昂格尔立即答道，"我的爸爸、哥哥、姐姐都死在了这座监狱里，而他们不过是在城市间倒卖罪物，用命换钱而已！"

罗星将孩子搂得更紧了，他小声但严肃地说道："听着小子，你有权利怨恨任何人、任何事，但有两个前提，不能伤及无辜，并且不能伤害自己，否则亲人们会哭的，听懂了吗？"

昂格尔目光注视着地面，一动不动地站着，而罗星只是默默地陪在他身边。许久之后，昂格尔轻轻地点头，又伸手从怀里掏出一个拇指粗细的瓶子，说道："在提取铀的过程中，我还搞到了这个。"

罗星接过瓶子，沉甸甸地，带着一股难闻的气味。透过瓶口的玻璃，他看到里面装着一些细碎的银白色粉末。

昂格尔解释道："这是钋210，容器是铅壳和铅玻璃，我花了20年刑期换来的。量非常少，我提纯了几年，也没有攒够1毫克。"

"你已经很棒了。"罗星用力揉了揉少年蓬乱的头，"要知道，这东西在旧时代，全球的年产量也不过100克。"

送走昂格尔后，卢清领着一名身形佝偻的老婆婆走了过来，她说道："空间型罪人就这一位，帮你叫来了。"

罗星俯下身子，一字一句地问道："请问怎么称呼您？"

老婆婆哼了一声："名字我早就忘了，只记得自己姓黄。"

罗星点点头，继续问道："黄奶奶，可以说明一下您的能力吗？"

黄奶奶抬起手臂，揪下自己的一根白头发，说道："只要把我身体的一部分送过去，我就能打开一道'门'，连接两边。即便我的那一部分失去观测进入量子态，我也依然可以发动，只是门会不稳定。"

"很强大的能力啊！"罗星惊叹道，老婆婆的能力甚至比"红"初期提供的空间能力都要更加实用。

黄奶奶叹气道："可惜，我的能力很弱，能够打开的门非常小。"她伸出右手，布满皱纹的手掌上只剩了三根手指，"为了除掉诬陷我儿子的官员，我砍掉了两根手指，才打开了1毫米的门。不过，这足够让我将一根针插进那个混蛋的动脉里了。"

"不需要您的手指。"罗星紧紧握住黄奶奶的手，"我要打开的空间门，甚至比针尖还小。"

一切安排妥当后，罗星半躺在座椅上，长舒一口气。黄奶奶很热情，将自己攒下的头发和指甲悉数给了他，全部用上大致可以打开直径百微米的空间门。

焦头烂额的卢清也终于闲了下来，她扯了把椅子坐在罗星近旁，叹气道："你做的事情，简直就是个恐怖分子。"

罗星笑道："越是简单粗暴的方法，往往越是有效。"

"你真的认为这样能战胜哥本哈根？"

"不能。"罗星立即答道。他看着眉头紧皱的卢清，笑道："且不论他的能力，仅凭监狱里的一切都在他的计算中这一点，我们也没有胜算。因此，我必须准备一个他即便能预料到，也没有办法应付的撒手锏。"说罢，他将从黄奶奶那里得到的宝物对着卢清摆了摆，"时间加空间，这才是咱们的王牌。成功的关键，取决于你能将这些东西送去多久的过去。"

卢清皱眉道："你想要多久？"

罗星脸上挂着坏笑："例如……6亿年？"

◇

夜晚12点15分，距离涌现25分。

哥本哈根关上刚刚通关的游戏，掀开窗帘看向窗外。

"要来了吗？"坐在房间内的方舟依然是一身正装，跷着腿品了一口刚刚冲好的咖啡。

"时间误差不会超过两分钟。"哥本哈根回头看了他一眼，"你的原体还是不肯来吗？"

"他铁了心要死在下水道里，我有什么办法。"眼前的方舟笑道。

哥本哈根背着手踱到方舟面前，说道："战斗一旦开始，你马上带着准备好的几副S级的身体去避难。肖申克的未来，还需要你们。"

方舟叹了口气，将咖啡杯放在桌上，说道："我的大脑里，同时有着方舟和你的思想。但即便如此，我依然无法完全认同你的做法。"

"无妨。存在不同的想法，本就是我制作分身的目的。"哥本哈根面色平静地答道。

方舟站起身来，直视着哥本哈根的眼睛，说道："混吃等死的日子，一屋子的游戏和手办，完全没有约束的生活，这些现在你全都有了，要不要考虑停下来，周诚？"

"说过了，别再用那个名字叫我。"

"对不起。"

就在这时，天边划过一道亮光，继而是第二道、第三道。数百条火舌呼啸着腾空而起，劈开烈风向着S区的监房急速袭来。

震天的爆炸声响起，房屋剧烈地震颤着，哥本哈根的显示器摔在地上，游戏碟散落了一地。他扶着桌子站稳，可连续的爆炸接踵而至，窗外的黑夜被渲染上炽红的火光，瓦砾夹杂着浓烟落下。

哥本哈根站稳身子，轻轻敲击智能眼镜，半透光的液晶屏上显示出房间依旧完好时的全息图片。他轻微调节角度，令投影与现实重合，之后发动了观测的能力——

下一瞬间，房间回复如初，就仿佛时间逆流了一般。

方舟对着哥本哈根微微欠身，渐渐融入黑暗。

远处的操场上，罗星指挥着犯人们，继续将包裹好的黑索金塞入炮管。这些钢管全部是从排水管道上切割下来的，由能够控制温度的罪人将一端焊死，便成了最简易的大炮。

"准备，发射！"

随着罗星的一声令下，类型为"温度"的犯人们先是将引信点燃，之后能控制压强的犯人们对炮管内的密闭气体加压，炮弹便弹射了出去。当然，二者在时间上的配合并不能做到完美，许多炸药在半空便爆炸了，火光和炸裂声将夜晚燃得沸沸扬扬。

"发射！发射！"

在庞大的数量下，偶尔的失败并不会影响到最终结果。大量的黑索金如同雨点一般落下，将S区一带燃成了一片火海。随着又一波攻击降临，建筑的二层被整个掀飞，剩余的墙壁也在轰炸中变得残破而焦黑。

在熊熊的烈火中，巴汀带领着一支三人小队，悄悄潜入了S区的外围。他通过操控附近空气分子无规则热运动的频率，构筑起了一个低温区域，护送着三人前进。

"就是这里。"巴汀在一面墙壁前停下脚步，此处距离哥本哈根的房间只有不到50米的距离。他将手掌放在墙壁上，将其微小的震动调节到共振频率上。不消片刻，墙壁剧烈震颤了起来，继而化作碎屑崩落。

"二阶堂，该你上了。"巴汀将装着钋210的瓶子取出，向着一名金发文身的女性摆了摆。

"交给我吧！"名叫二阶堂的女性握了握手腕，"整天窝在这里，憋死老娘了！等到能出去，一定要好好飙一把！"

巴汀透过铅制的瓶子，缓缓调节着内部钋单质的晶格震动频率。不消片刻，钋的颗粒渐次溶解，继而挥发为蒸汽。

"可要控制好啊，一个不小心，咱们全要玩完。"巴汀屏住呼吸，打开了瓶子。钋210的气体顺着瓶口弥散而出，这是比氰化物毒性强1 000亿倍的剧毒物质，昂格尔提纯出的不足1毫克的量，足以毒死几亿人。

"切，没种的家伙。"二阶堂打了响指，在肉眼不可视的空间内，强力的涡旋型磁场便将钋蒸汽束缚在了极小的区域内，无法泄漏分毫。她是A区的电磁能力者，在肖申克中属于驾驭电磁场的佼佼者。

捕获住钋蒸汽的二阶堂，先是在空间中做出了射频电场，少量的钋蒸汽渐渐电离，钋核和核外电子分离开来，成为闪着辉光的等离子体。之后，她又制作出宛如一条细线的定向电场，牵引着带正电的钋核向着哥本哈根的方向飘去。

凭借着控制电磁场的能力，二阶堂将地球上毒性最强的元素，用作了精确制导的毒气弹。

守在房间里的哥本哈根，突然感觉到腹部一阵绞痛，身体各处如同针扎一般的刺痛。他撸起袖子，皮下平白无故地出现了许多出血点。他扶着椅子尝试坐下，口中却突然间喷出一股鲜血。

房门剧烈地晃动起来，在不到两秒的时间内便化成了碎屑。金色长发的巴汀踹开瓦砾，大喊道："哥本哈根，你完蛋了！"

哥本哈根扫了巴汀一眼，他身后站着一名女子，裹着纱巾戴着墨镜，看不清真面目。更远处还有一名神色慌张的金发女子，向着这边望了两眼，匆忙在火光和浓烟的掩护下逃走了。

巴汀向前一步，继续说道："哥本哈根，我知道你做了些什么。监狱里到处是你的分身，只要控制住你，这里就是我说了算。"

"你想要的，不是建立秩序吗？"哥本哈根反问。

巴汀哼了一声："没错。不过，那个秩序就是我本人！"

话音刚落，巴汀周边的墙壁、地板和瓦砾都闪烁出了强烈的白光，哥本哈根不得不遮住眼睛。

"所见即所得？听上去很吓人，但只要能靠近你，再封住你的视线，战胜你易如反掌。"巴汀回头看了眼身后的女性，"菲儿，催眠他！"

菲儿摘下墨镜，露出一双墨绿色的眼球。哥本哈根面色依然平静，一字一句地说道：

"你可能忘了，被遮住的视野，也是一种'所见'。"

静。死一般的寂静。然而在悄无声息的寂静中，却仿佛响起了空间被撕裂的声音。巴汀惊讶地望着自己的身体，他右侧的腹部、左肩以及左腿上，凭空出现了不规则的黑色空洞。不仅仅是他的身体，墙壁、家具，甚至火苗和空气，悉数被黑色的空洞啃噬，就仿佛画家洒下了墨水，遮住了画卷一般。

"方才的闪光让我产生了视觉暂留，所见即所得，就是这样了。"哥本哈根面无表情地走到巴汀身边，说道。

巴汀喷出一口鲜血，拖着半截身子倒在地上。他瞪大了双眼，口中发出咿咿呀呀的声音，似是在求饶。哥本哈根先是走到镜子旁，敲击智能眼镜后，对着镜中的自己发动了能力。一瞬间，他因为吸收了钋210而产生外照射急性放射病的身体便恢复如初。

哥本哈根走到巴汀面前，俯下身子，看着他说道："你死后，将作为我的分身，继续留在肖申克。"巴汀的眼中渗出了血丝，哥本哈根继续说道："再告诉你一件事吧，你的女朋友，也就是你身后的菲儿，早就是我的分身了。你之所以会发动犯人暴动，还冲动地跑过来送死，都是拜她的暗示所赐。"

说罢，哥本哈根用力将巴汀的头按在了地板上。巴汀的眼角和额头渗出鲜血，停止了呼吸。

哥本哈根对着后方的菲儿使了个眼神，后者心领神会地退后几步，在黑暗中消失了身形。方舟在此处布下了量子纠缠态的传输点，哥本哈根和分身们都可以借此进行长距离移动。

哥本哈根看看时间，轻轻叹了口气："要来了吗……"

远处的树梢上，看到巴汀下场的罗星同样叹了口气，对身边的黄奶奶说："开始行动！"

14.

5.81亿年前，地球尚处在元古宙的震旦纪。在北回归线附近的洋面上，巡回游弋的三叶虫并没有发现，它身边近在咫尺的位置开启了一道时空门，在遥远未来化作了概率波的物质以光速射出，沿着精确计算好的角度，向着深邃的宇宙飞去。

在之后近6亿年的岁月中，这束概率波躲过了数之不尽的星体，逃脱了接踵而至的引力陷阱，精准地沿着预定的轨道，射向了预期的目标。

在人类有记载的历史中，有一类特殊的天体，它们辐射出的光度是整个银河所有恒星亮度总和的千万倍，超过了1 041瓦。它们大多是星系中心质量达到太阳上亿倍的超大型黑洞，被人类称作"类星体"。

外网纪元133年的8月5日零点39分，一束概率波跨越了5.81亿光年的空间尺度，来到了距离地球最近的类星体——马卡良231的事件视界近旁。在量子纠缠态跨空间的鬼魅作用下，那束概率波化作了一个微型的虫洞，直径仅有100微米的爱因斯坦-罗森桥。类星体海量的伽马射线辐射呼啸而来，向着虫洞另一侧，地球肖申克监狱的S区监房倾泻而下。

黄奶奶微不足道的空间能力，在卢清的精确计算下，经历过6亿年岁月的洗礼，成为足以毁灭行星的强力武器。

这就是罗星对付哥本哈根的撒手锏——对方的能力是"所见即所得"，但无论是高空中100微米的孔洞，还是高能的伽马射线，都是肉眼不可见的。

S区的监房一带，焦黑的瓦砾和草木上泛出了淡绿色的荧光。几秒钟的时间内，周边的土石开始熔化，以哥本哈根的房间为中心，生长出一个炽热的火山口。高温的岩浆汩汩喷出，却在中途被强力的伽马射线蒸发、电离，弥散作细碎的光尘。

在肉眼不可见的深处，聚焦于一处的辐射已经穿透了地壳，深入地幔层。尽管辐射斑的尺度细微到肉眼不可见，高能伽马射线却仿佛炽热的铁块投入冷水一般，瞬间在地幔层掀起了波澜。

哥本哈根一面用"所见即所得"的能力修复着房屋，一面在心中开始了倒计时。终于在某一刻，指针回归到了零——

"涌现"来临了。

如同敲响了天堂的钟声一般，静谧的夜空中翻滚起了诡异的波纹，它们彼此连接、扭曲，幻化成斑斓的人形，向着高空飞去。

这一刻，涌现喷涌出的数据流与类星体的伽马射线交织在一起，编织成一道直达天际的巨大光柱。人形们围绕着光柱雀跃、起舞，外网中充斥的呓语与呻吟，此刻也幻化成歌颂往生的赞美诗。

哥本哈根在光柱中央缓缓升起，此刻的他清晰地感觉到，自己与肖申克的连接越来越紧密，很快就会融为一体。

"观测"的本质是什么？尽管不同的物理学派对其有着迥异的解释，但从数学层面来讲，都可以理解为自希尔伯特空间中确定一组基矢，并对其做"内积"。

所谓"内积"，从几何学上简单理解，即两个矢量的长度相乘，再乘以其夹角的余弦。一旦进化为弥赛亚，哥本哈根将得到从任何角度观测世界，并将观测结果转化为现实的能力。举例而言，如果从无线电波波段观测，脉冲星的辐射也不过是和煦的微光。

然而，现在却不是完成进化的最好时机，他要去未来捕捉到"映射"的残片，再一并完成最后的进化。这样一来，他将同时掌握"内积"与"映射"的能力，即便再次诞生弥赛亚，也很难是他的对手。

哥本哈根自高空俯视着罗星，平淡地说道："想要吸收到'映射'，涌现提供的算力以及脉冲星提供的能量，缺一不可。多亏了你，我才能完成这一切。"

说罢，他看向了卢清："一起去未来完成最后的步骤吧，我的分身。"

◇

外网纪元275年7月16日。

空气中勾勒出一男一女的轮廓，哥本哈根和卢清的身影显现在S区监房内。四下里一片沉寂，142年前激烈的冲突并没有在此刻留下一丝余韵。

"干得不错。"哥本哈根回头对卢清说道，"空间上出现了些许偏差，但不碍事。"说罢，他便向着S区监房的地下层走去。沿途的门禁仿佛见到了主人一般，在他面前渐次开启。

"不好意思……问个问题好吗？"跟在后面的卢清支支吾吾地说道，"我是你复制出的分身，不错吧？"

哥本哈根头也不回地答道："你的原体死于外网纪元121年，是一名出色的科学家和时间能力者。"他突然回过头来，露出一个似笑非笑的表情："她为了不被我利用，自杀后将自己的身体送来了这个时代。只可惜，在她踏入肖申克的那一刻，身体信息就已经被方舟复制了。"

卢清跟在后面走着，前面即将到达肖申克核心所在的区域。142年前，这里曾是哥本哈根的房间。她清清嗓子，继续问道："你马上就要吸收掉肖申克了，对吧。可24年后，我也确确实实地生活在这所监狱中。这是否意味着，我们今晚会失败？"

"跟着来就知道了。"哥本哈根推开房门，来到自己熟悉的木桌前。那里已经没有了他通关无数游戏的显示器，只摆设了一些简易的办公用品，还有一只造型独特的招财猫摆件，仿佛在欢迎他们的到来。

哥本哈根将手掌放在招财猫摆件上，顷刻间，招财猫上流泻出淡蓝色的光线，汇聚成一只周身闪着蓝光的猫，轻盈地跃上了哥本哈根的肩膀。

"这是肖申克的核心，它会与我融合成为'内积'，剩余的力量则会继续维持监狱的运转。"哥本哈根解释道，"这里是重要的实验场所，会一直运作下去。"

"可是，肖申克失去核心后，会不会被谁从内部突破？"卢清不安道。

"即便没有了世界级罪物的力量，想要破解肖申克也绝不容易。"哥本哈根答道，"感受到肖申克失去力量后，'映射'的残片会立即开始破解，而第一个出口通道会出现在今天的零点。还有3分钟的时间，足够我们去将她吸收。"

哥本哈根说罢，快速调节智能眼镜，令眼前映出医务室门前的景色。下一瞬间，他发动了"所见即所得"的能力，周围的空间开始扭曲，他们跨越了空间的距离，来到了兰兰所在的位置。

卢清惊讶地四下张望，很快便发现了塌陷的走廊地面，以及巴汀倒在血泊中的尸体。

"我的乖乖，看来这边闹得也很厉害啊……"卢清感慨着。哥本哈根则不为所动地推开医务室的房门——

房间内空空如也，夜风吹动着窗帘，发出扑哒的声响。

哥本哈根迈出一半的脚悬在了半空，那一刻，他感受到了一种许久未曾体验的情绪，那就是对未知的恐惧。蓝色的小猫用鼻尖蹭了蹭他的脸，又恹恹地趴回肩上。

为什么？

为了今天的计划，他进行了无数次推演，熟练到能够掌握监狱中每一粒灰尘的布朗运动。在这个没有自由意志的空间中，为什么会有人能够摆脱逻辑与概率的推演？

究竟哪个环节出了差错？

突然间，哥本哈根意识到了一种可能性。他转头看向身后的卢清，女科学家吓得一个激灵，继而长长地叹了口气，塌下肩举起两只手，半笑道："好吧，我承认，是我。"

"你干了什么？"哥本哈根皱眉道。

"也没什么大不了的。我只不过是……"卢清挠了挠脸颊，"在时间移动来这个时代的时候，向未来偏移了3分钟而已。"

◇

几分钟前，医务室内。

兰兰坐在办公桌上，一面仰望月色，一面把玩着桌面上的文件夹。在她的身边，狄安娜焦急地看着时间，刚刚前来会合的阿摩耶等人脸上也挂着担忧。

汉尼斯轻轻捅了捅阿摩耶的小臂，细声问道："咱们不是要越狱吗？在医务室怎么跑？"

阿摩耶白了他一眼："害怕了？现在滚还来得及！"

汉尼斯恹恹地低下头，装过之后的阿摩耶拼命按捺下紧张的心情，不住地张望窗外。

"来了！"兰兰突然兴奋地从桌上跳下。下一刻，空气中出现了一个模糊的人影，不消片刻，罗星便显现在了医务室中。

众人拥了上来，罗星缓缓睁开眼睛，看看眼前的大家，又看了看自己。

"我们成功了？"他抹了把额头的汗，问道。

"成功了。"兰兰走上前去拉住他的手。

罗星长舒一口气，感慨道："71光年的距离内没有合适的星体，卢清便让我通过引力透镜折了回来。还好没出现偏差。"

这时，狄安娜匆匆跑过来，说道："房门外的空间发生了变化，我记得自己进监狱时，走的就是这条通道！"

"我们自由了！"阿摩耶带头欢呼了起来。

罗星微笑着看着兰兰，问道："我还是没有想明白，哥本哈根能够掌控监狱里过去和未来的一切，你是怎么骗过他的？"

"我对肖申克进行了催眠。"兰兰笑道，"我目前的能力很有限，并无法对肖申克或者哥本哈根产生直接的干涉。于是，我将目标定在了哥本哈根的分身上。通过催眠，我为那个分身写入了'反抗'的想法。"

在狄安娜的护卫下，兰兰、阿摩耶、弗朗西和汉尼斯渐次走进了通道，狄安娜对着守在最后的罗星摆了摆手："快！"

而罗星却看着远处的S区监房，笑道："你们先走吧，我要等一位朋友。"

◇

哥本哈根瞪着卢清，后者不由自主地后退两步，支吾道：

"呃，你要杀了我是吧。那啥……能不能手快一点？我怕疼。"

透过智能眼镜，哥本哈根上下扫视着自己的分身。为了得到更多的实验结果，在卢清的身上他同时保留了原体和自己的人格，却删除了记忆。但无论如何运算，他也得不到分身背叛的理由。

算了，一次实验失败，只需再多做几次，就能得到正确的结果。只要对着这个瘦弱的女人摆动手指，再发动"所见即所得"……

可还没等哥本哈根纠结出个所以然，突然间一记老拳闷在了他的脸上。尽管能力强大，哥本哈根的肉体却是宅了几百年的超级死宅，他被揍得向后翻滚了几圈，重重地撞在壁橱上，各式各样的医疗用品散落下来。

哥本哈根揉揉脸颊，略带惊讶地看着罪魁祸首，此刻那人正拦在卢清身前，满脸坏笑地看着他。

"你返回来的概率，低于万分之零点三。"哥本哈根盯着罗星，说道。

"你的一位老朋友，拜托我揍你一拳，再带句话。"罗星握了握手腕，向前迈开步子。

哥本哈根皱眉道："是方舟吗？他说了什么？"

"大蠢驴。"

15.

外网纪元299年2月27日。

井上拓也坐在沙发椅上，心情复杂地注视着面前的男人。就在几分钟前，他刚刚送了另一位同他一模一样的家伙。

"按照你的说法，你刚刚恢复了主人格的意识，想起了自己是罗星？"井上拓也问道。

面前穿着一身黑衣、脸上带着血痕的罗星十指交叉放在胸前，一面转动着眼球一面说道："哥本哈根消失前，将他大量的分身，共计12人的意识，写进了我的大脑。在之后的时间里，我仿佛陷入了深不见底的海洋，我有时是德尼，有时是巴汀，有时是菲儿，有时是井上拓也——我指的是用你的身体制作的分身。直到遇见过去自己的那一刻，我才从海底爬了上来，想起了自己真正的身份。"

"也就是说，刽子手的行径，都是你体内的其他人格做的？"井上拓也追问。

罗星轻轻点头："我无法否认。哥本哈根的几个分身，有着很强的暴力冲动。"

井上拓也想了想，说道："那么，你确定自己是罗星吗？而不是哥本哈根复制出的分身？"

罗星沉默了很久很久，井上拓也静静地等待着，一言不发。终于，罗星开口道："我认为，我是罗星。"

井上拓也叹了口气，继续说道："罢了。谈一谈，你是怎么战胜哥本哈根的？他已经到达了弥赛亚的边缘，并不是一般的罪物猎手能对付的。"

罗星苦笑道："有句老话是怎么讲的？对，反派死于话多……"

◇

166年前。

哥本哈根揉着胀痛的脸颊爬了起来，蓝色的小猫帮他舔舐着伤口。他注视着罗星，依然不为之所动地说道："为了更好地吸收'映射'，我确实还没有进化成弥赛亚，但你认为这样就能战胜我了？"

罗星的眼睛一亮："这么说来，你的能力现在还是'所见即所得'喽？"

哥本哈根皱眉道："你到底想说什么？"

"很不巧啊，现在的观测判定物理量，是'声音'。"

话音未落，哥本哈根的意识突然一阵模糊。罗星用惯用的手段屏蔽了他发出的机械波，令他失去了观测。

"量子态？笑话。肖申克的核心就在这里，你能拿我怎样？"

哥本哈根正想要发动能力，卢清却走了上来，说道："本体，我虽然听不到你在说什么，但想必是利用核心改变判定规则之类的吧。可有一条基本的规则即便是核心也无法改变，那就是如果离开肖申克存在的时间和地点，就会一直处在量子态，直到再次回到肖申克并被观测。真不甘心啊！原本想陪着罗星出去看看的，他所描绘的世界，我认为更有趣。"

卢清紧紧地抱住了身形已变模糊的哥本哈根："和我一起去一趟6亿年前吧！"

◇

"原来如此，卢清最后还是牺牲了自己。"井上拓也点点头。

"她带着哥本哈根去了遥远的过去，并将两人的概率波，向着Ton618[①]的方向发射了出去。"罗星答道，"现在距离到达Ton618的事件视界，还有4亿年。"

"你接下去准备怎么办？"井上拓也问道，"我目前有典狱长的权限，如果你愿意，我可以送你出去。"

罗星苦笑道："还能怎么办？带着这些分身的记忆与罪孽，活下去呗。如果有可能的话，我要找到回外网纪元275年的方法。不知道'昨日重现'还愿不愿意赊账给我。"

◇

罗星推开肖申克监狱的大门，面前是一片荒野，土石间夹杂着旧时代的混凝土。一辆机车孤零零地等在不远处，见他出来，立即在显示屏上投影出一张笑脸。

---

① 目前人类观测到的第二大的超大型黑洞。

"主人，你迟到了24年。"斯特拉行驶到罗星身边，说道。

"抱歉，久等了。"罗星跨上斯特拉，轰起油门，向着远处驶去。

"我不在的24年里，发生了什么？"

"啊，这说来可就话长了……"

第二章　闯关族的家

1.

法拉趴在废弃的高楼顶部，在瓦砾缝隙中隐藏好狙击枪口。但她马上察觉到这个动作毫无意义，因为除了同样躲在掩体后、用专业姿势窥探现场的银蛇队长，其余同伴聒噪得就仿佛开关坏掉的音箱。

"月影妹妹她没事吧……为什么偏偏在这个时候生病呢？陆冰能把她照顾好吗？那家伙看上去人畜无害，要是万一突然间兽性大发……"骆非蜷坐在墙角，嘴里连珠炮一般地咕哝着。

"陆冰是不是禽兽我不知道，但你就像只发情的驴子！蠢货！"一旁的野狼用几乎能把建筑物掀翻的音量，大声吼道。

法拉心中一阵烦躁，一方面在烦躁眼前的情形，另一方面也在烦躁居然对此习以为常的自己，于是更烦躁了。她收起长枪，走到银蛇身边，问道："队长，有什么战术吗？"

银蛇取出香烟点燃，喷出一口烟雾，应道："罪物总共多少台？10台？20台？"

"数量不明，根据探索队的消息，旧时代一间游戏厅的设备发生了集体变异，难以靠近。"法拉麻利地答道。

骆非立即凑了上来，补充道："月影妹妹说了，这么大规模的变异十分罕见，背后可能藏着已经接近了世界级的罪物。"

银蛇叹了口气，用力嘬了两口烟，说道："上吧。"

"上？怎么上？"骆非皱眉道。

"是啊，这么多罪物，没有战术能行吗？"野狼也凑了上来。

"硬上！正面突破！带着你们两个笨蛋，能有个锤子战术！"银蛇一声怒喝，将烟头顶在骆非额头上掐灭，痛得对方嗷嗷直叫。

游戏厅位于一座六角形的楼盘里，建筑的屋顶缺了一块，斑驳的墙壁上爬满了青苔。骆非望着被钢丝倒悬在半空的招牌，自言自语道："极……什么天地，喂，老狗，你说是'极乐'还是'极光'？"

"我觉得是'极限'或者'极速'，又或者……"野狼正一本正经地答着，银蛇突然凑了上来，搂住它和骆非的脖子说道："喂，你们两个听好了！我们要去的地方，在旧时代叫'商场'，游戏厅位于最高层，也就是6层。里面的路很多，进去后尽量分散开，只要有一个人冲到终点，我们就赢了！懂了吗？"

"游戏厅为什么在最高层？这么好的地方，放在1层才对嘛。"骆非好奇地问道。

银蛇挤出一副笑脸，答道："如果你带着小孩子，并且游戏厅在一层，那么就什么都别想干了！"说罢，他用力地拍了拍骆非的肩膀："上吧！"

骆非和野狼高呼一声，一马当先冲在了前面。望着远去的一人一狗，银蛇却停下了脚步。法拉走了上来，问道："队长，你该不会是想拿他们当弃子吧？"

银蛇哼了一声："物尽其用嘛。他俩在遗忘之都能活下来，回收个罪物而已，不至于。"

话音未落，银蛇便看到骆非和野狼以百米冲刺的速度折了回来，骆非躲在一块石头后面抱紧脑袋，野狼干脆躲到了法拉身后。

"你们俩怎么了？撞见鬼了？"法拉问道。

野狼伸出颤抖的前爪，指着远处，语不成句地说道："丧……丧……丧尸！"

法拉和银蛇向远处望去，可即便是硬刚过弥赛亚的他们，也不由得张大了嘴巴——

黑压压的丧尸大军，正潮水一般向他们涌来！

◇

大家立即行动了起来。银蛇第一时间找好掩体，麻利地将子弹上膛；法拉发动能力吸住高处的钢筋，带着野狼腾到半空；只有骆非一时没了办法，只得将头抱得更紧。

透过狙击镜筒，法拉注视着冲在前列的几只丧尸——它们有着与人类极为接近的外表，衣着破破烂烂，有些已经脱落大半；皮肤是混凝土一般的灰色，星星点点地渗透出血迹。

与此同时，法拉头脑中闪过许多疑问：罪物是怎样生产出如此大量丧尸的？它们之前藏在哪里？如果藏在商场里，为什么没有将摇摇欲坠的楼盘搞塌？

然而迅速逼近的丧尸大军却容不得法拉多想，她瞄准了领头的丧尸，毫不犹豫地扣下扳机。子弹发出尖锐的破风声，领头丧尸的脑袋被削去大半，暗红色的血浆四下喷溅。它的身体向前踉跄两步，倒在地上，化作光粒消失不见。

法拉眉头紧皱，丧尸消失的情景带着一种非现实感，仿佛置身游戏中。突然间，她想到了一种可能性，于是对身边的野狼说道："不好意思，麻烦帮个忙。"

"哪儿的话，我们可是……啊啊啊啊啊汪！"野狼刚要开口讲话，周身却被一股强烈的电流窜过，酥麻的感觉深入骨髓，全身的毛都炸了起来。

"再看看，那些丧尸还在吗？"法拉依然盯着镜筒，若无其事地问道。

"咳咳……我懂，我懂。你担心这是罪物的催眠能力吧？以前在遗忘之都的时候经常这么玩，我懂。让我看看……"野狼一面絮叨着，一面向远处望去，"不行啊，一只都没少。"

法拉啧了一声，一面开枪又爆掉了两只，一面盘算着如果在这里发动能力，冲到最高层时还能有多少精神力剩下。

一旁的银蛇也开始行动了，他咬掉手雷的保险栓，向着丧尸群丢了过去。爆炸的火焰和冲击波将不计其数的丧尸卷入其中，残破的肢体四下飞散。一只丧尸的断手落在了野狼面前，吓得它汪汪乱叫两声，三步并作两步地藏在法拉身后。

法拉盯着断手看了两秒，如同之前被击倒的丧尸一样，它也迅速化作光粒消失了。

"快撤退！"银蛇的叫喊声将法拉带回了现实，尽管他们的一轮攻击挡住了丧尸的先头部队，但立即有更多的丧尸拥了过来，喉咙中嘶喊着不似人声的呻吟，摇摇晃晃地向三人一狗袭来。

骆非第一个做出了反应，他当即从掩体中冲了出来，使出吃奶的力气向远处跑去。可还没等跑出几步，地下突然伸出几只惨白的手臂，不由分说地抓住了他的脚踝，令他摔了个狗啃泥。

"哇哇哇——走开！走开！"骆非用力地踢打着从地底爬出的丧尸，却完全无法阻止没有痛感的行尸走肉。

"小子！开枪啊！"野狼在远处大吼。

"我只带了核铳！会把自己轰飞的！"骆非带着哭腔回喊。

银蛇啐了一口，飞速冲到骆非跟前，对着他脚下的丧尸开了两枪，又一脚踹飞了对方的头。摆脱束缚的骆非匆忙爬了起来，与银蛇背靠背站稳，面对着已经围上来的几十只丧尸。

一只丧尸飞扑过来，银蛇先是开了几枪，又取出战术匕首，趁着对方踉跄的间隙割断了它的喉咙。他一面应付着丧尸军团，一面对高处大喊：

"法拉！准备来发大的，然后撤退！"

而一直在注视着战场的法拉，却回应道："队长！放弃抵抗吧，我们下局再来！"

"下局？你的意思是，我们输掉了还能再来吗？"法拉身边的野狼问道。

"有些赌博的成分，不过，我相信自己的队友。"法拉答道。

"谁？"

"时间的孙子。"

◇

三人一狗回到了空旷的废墟中，丧尸大军完全不见了踪影，就仿佛蒸发掉一般。

"看样子，你赌对了。"银蛇检查了一下枪械，用掉的手雷居然还在。

"罪物是游戏机变异的，它的运行遵循游戏的逻辑。"法拉分析道，"而游戏最基本的法则之一，就是玩家失败后可以重来。当然，这要借助时间型罪物的力量。"

骆非似是自豪地哼了一声，却被野狼一爪拍在肚子上，痛苦地蹲了下去。

"那些丧尸又是怎么回事？"银蛇追问。

"纳米机器。"法拉言简意赅地说出了答案，"只有当感受到玩家，也就是我们进入游戏空间区域后，它们才会组合成为丧尸。丧尸被击倒会化作光粒消失，是因为罪物回收了纳米机器，去用来组成新的丧尸。"

银蛇啐了一口："那岂不是没完没了？"

"我想，只要能冲到指定的地点，就会被判定为通关。"法拉的指尖闪过电光，"我们上吧！"

5分钟后。

三人一狗回到了空旷的废墟中，尽管体力已全数恢复，心中的疲惫感却挥之不去。

"关键是弹药。"银蛇用力地吸着烟，"这些东西越到后面越抗揍，5发子弹居然都没能放倒一只。"说罢，他又补充道："我开5枪打不死的，除了这些丧尸，就只剩下老王了。"

"核铳倒是能一击必杀，只是电池电量只够3枪。"骆非大字展开躺在地上，"我已经尽力了。"

"你尽个锤子的力！我最后可是上嘴咬了！"野狼大声喝道。

"滚远点！丧尸犬！"骆非立即回击。

银蛇长叹一口气，问法拉道："现在怎么办？"

法拉手扶下巴沉思道："玩家的基本素养，就是要接连不断地挑战，在失败中磨炼自己的技术。"她信心满满地环视着同伴们，"我们要相信自己，连弥赛亚都能对付，这些不过是小场面！"

25分钟后。

"我不玩了！这是什么垃圾游戏！"法拉气愤地将狙击枪甩在一旁，学着骆非的样子，大字展开仰躺在地面上。而在另一边，骆非和野狼却在兴致勃勃地交流着经验：

"这次我已经一只脚踏上二楼了！距离胜利只有一步之遥了！"

"我发现了，那种戴着红色领结的丧尸是小头目，只要咬掉它们的脑袋，后面的丧尸们就会成为无头苍蝇！"

"你为什么一定要用咬的？"

"我只有这一样武器是无限弹药！"

银蛇走到法拉面前坐下，盯着远方，问道："这样下去，我们真能过关？"

"恐怕不行。"法拉望着天空答道，"商场二层的丧尸，打死一只需要25发普通子弹、4发狙击子弹，又或者是1发核铳。考虑到丧尸的数量，我们不可能通得过。"

"我潜入过去，把楼炸掉吧。"银蛇揉了揉肩膀，"之后再去废墟里找罪物。"

"恐怕行不通，丧尸军团不会让你靠近的。一定有什么被我们忽略了。"法拉一面说着，一面拉过狙击枪，却发现在枪托不起眼的地方多出了一个蓝点。她好奇地点了点，面前居然弹出一张淡蓝色的全息屏，上面写着：

名称：M92A1 Rifile
剩余弹药：36
攻击力：9

法拉立即兴奋了起来，她抢过银蛇的配枪，很简单地便找到了那个小蓝点。根据面板显示的信息，手枪的攻击力只有1。

"我明白了，武器对丧尸的攻击力，与现实世界中的表现并没有关系，而是罪物在一开始就设定好了。"法拉恍然大悟道，"我们必须研究好武器的属性，做到最佳分配！"

在法拉的指挥下，三人一狗迅速将手中的兵器探查了一个遍。攻击力最高的毫无疑问是骆非的核铳，高达100点；其次是银蛇的手雷，20点。枪械的攻击力普遍惨淡，最令人吃惊的则是野狼的嘴，居然有5点攻击力。

"怪不得打不死丧尸，5发子弹居然比不上一嘴狗牙……"银蛇摇着头感慨道，一旁的野狼则装作无意地露出了牙齿。

法拉捡起一根树枝，在土地上画着布置起战略来："初始丧尸5枪可以解决，目测HP为5。这个阶段我们尽量向前冲，攻击使用冷兵器；到了商场入口附近，丧尸的HP提升到15，这个阶段不要浪费核铳，用队长的手雷炸出一条路来……"

又一个5分钟后。

法拉大字展开躺平，双眼无神地望着天空。

"我相信，你的战术已经将资源配置到最佳了。"一旁的骆非宽慰道，"就是罗星那小子在，也想不出更好的办法。"

法拉轻轻叹了口气。按照之前的计划，在罗星深入肖申克寻找哥本哈根期间，他们会一起前往"苍灰"探索其他弥赛亚的踪迹，此次的罪物回收就是在为了之后的行动做准备。不知罗星在肖申克内还顺利吗。

遐想间，法拉注意到了骆非鼓鼓的背包。她伸出手捏了捏，里面有什么东西硬硬的，似是兵器。

"你还有存货？"法拉皱眉道。

"样子货而已，花了我几百个图灵币，连老狗都笑话我。"骆非叹了口气，从背包里取出一把造型华丽的日本刀来，梅花形状的刀镡闪着冷光，"这东西的实用性还比不上老蛇的匕首，攻击力最高不超过3。"

法拉没有理会絮叨的同伴，她快速在刀柄上找到了小蓝点，打开了日本刀的属性界面。上面赫然写着：

型号：katana

剩余弹药：∞

攻击力：100

◇

法拉手持日本刀，凛然站立在丧尸大军的正前方。她深吸一口气，发动了控制电磁场的能力，一道靛蓝色的电光从刀柄迅速贯穿至刀尖，宛若一条游龙缠绕在剑刃之上。法拉再次打开了属性界面，日本刀的型号变成了katana（Thunder Blade Ver），攻击力更是提升至惊人的300。

不错，挥一刀顶得上3发核铳连射了！

拖着长长的雷光，法拉只身冲进了丧尸的浪潮中。电刃过处，山河为之动摇，风云因其变色，左一挥尸山血海，右一斩鬼神恸哭，似是蛟龙戏碧海，又若雷霆裂苍穹。

在人类的历史长河中，自从火器被发明以来，冷兵器就退出了主战兵器的舞台。然而，人类却从未停止对于冷兵器的热爱，以及对其战斗方式的追崇。

原因就一个字：帅！

帅即力量，帅即正义。本着这样的理念，在旧时代的很多游戏中，冷兵器都被赋予了远超实际的强度。在控制丧尸游戏的罪物眼里，骆非的日本刀有着完全不输核铳的攻击力。

面对着越来越多的丧尸，法拉以雷电为锁链，将日本刀在空中高速旋转起来。顷刻间，附着在剑刃上的雷龙腾空而起，在平原上掀起了一阵雷光龙卷。难以计数的丧尸被纸片般地卷上半空，继而被雷电撕裂，化作一阵血雨簌簌落下。

风暴过后，只一人立于高处，用指尖轻拭去脸颊上的血迹，那血滴却化作弥散的光粒，消失在虚空中。

法拉收刀入鞘，生存逃生秒变无双割草的感觉，爽极了。

同伴们拍着巴掌走了过来，银蛇一脸复杂的表情，骆非则兴奋地吹嘘着"我的刀就是厉害"云云。

"最后那招叫什么？"野狼激动地问道。

"叫'雷神之怒'怎么样？"骆非也凑了过来。

说笑之际，大地猛然间震颤起来。无数的丧尸自瓦砾中挣扎爬出，宛若在地狱受尽折磨的亡灵瞥见了曙光。然而它们却没有向众人袭来，而是仿佛听从着谁的号令一般，逐渐向着空旷的区域汇集。

"它们……要干什么？"骆非惊讶道，聚集起的丧尸已经滚成了一个巨大的肉球。

"管它们要干什么，先下手为强！"银蛇抬起火箭筒，对着丧尸聚集处发射出1发反坦克火箭弹。火光过后，肉球外壁被烧得焦黑，可它却依然蠕动着、成长着。

"你的武器不行！要用我的刀才可以！"骆非大声喊道，银蛇瞪了他一眼，没有说话。

最后一只丧尸融入了肉球，肉球从中心部裂开一条口子，继而生长出两只皮肉腐烂、翻着白眼的龙头来。在几秒钟的时间内，肉球长出了四肢和翅膀，一只中世纪的丧尸龙屹立在荒野中，发出一声震彻寰宇的嘶吼。

法拉立即行动了。她发动电磁场吸住高处裸露的钢筋，将身体绕着建筑做了几次回旋，继而借着惯性向着丧尸龙的方向飞跃而去。在半空中，她又切换为控制温度的能力，利用温度场在身体周边制作出气旋，托举着身体不断加速。

眨眼间，法拉已经来到丧尸龙的头顶上。巨龙发出一声怒吼，从腐烂的口中喷射出暗紫色的腐蚀性气体。法拉集中精力控制着温度场，她身体四周的气体在温度梯度的驱使下开始飞速旋转，顷刻间便形成了一道龙卷，稳稳地包裹住法拉的身躯，将毒气驱逐在外。

远处的旷野上，银蛇已经找到一块空地坐下，一面吸烟一面观战。他指着在高空中激突的龙卷和吐息，问骆非道："你玩游戏多，旧时代的游戏都这么刺激的吗？"

骆非摇头道："法拉绝对是个高玩！"

高空中的较量已经结束，飓风和毒气散去，露出法拉坚毅而俊俏的面容。她高举着日本刀，刀锋上的雷刃已经成长到了十几米的长度。

法拉一声怒喝，向着丧尸龙的头部重重劈下。雷刃撞击到腐烂的龙鳞上，一道伤痕自龙颈处逐渐扩张，浓黑的血浆喷涌而出。

与此同时，法拉也感受到了莫大的阻力，这个BOSS果然不是那么好对付的。

丧尸龙还击了，它的另一颗头用力地摆动着，法拉不得不腾出精力来躲闪。某一时刻，龙头猛地停在了法拉的正对面，它张开巨口，喷射出一道凝结着冰霜的吐息。

　　法拉被打了个措手不及，寒气虽不致命，却极大地干扰了她对周边温度场的操控。看准法拉从空中跌落的时机，丧尸龙挥动脖颈砸了上去，法拉尽管用刀刃挡住了大半力道，却还是被弹飞出去，她匆忙在空中稳住体态，落在了丧尸龙的正前方。

　　巨龙张开血盆大口，寒气再次汇集。法拉也不甘示弱，她将刀刃挺在身前，发动了控制温度的能力。顷刻间，炽红的烈焰遍布了刀身，属性界面上的名称也变成了katana（Flame Blade Ver），攻击力高达500。

　　法拉挥动刀刃，迎着寒冷的风暴急速冲刺。寒气夹杂着冰锥迎面扑来，却被烈焰的高温迅速溶解。转眼间，巨龙已近在咫尺，法拉控制温度场在脚底形成上升气流，踩着巨龙的身体向上飞跃。

　　随着最后一次高跳，法拉再次来到了龙头的正上方。在与丧尸龙对上视线的瞬间，她横举刀刃，向着龙首俯冲而下！

　　伴随着凄惨的撕裂声，法拉将刀刃插入了巨龙的眉心。刀锋上的烈焰迅速蔓延，顷刻间便贯穿了巨龙的第二个头颅。巨龙发出痛苦的哀号，法拉则在空中做了几次翻滚，平稳地落地。

　　"法拉赢了！"远处的野狼激动地喊道。

　　"不……还没有！"骆非紧张地握紧了拳头，他看到被斩断两颗头颅的丧尸龙的身体再次开始蠕动，似乎在孕育着又一次的变异。

　　法拉深吸一口气，她高高举起日本刀，再次切换回控制电磁场的能力。射频电场自刀尖扩散，空气分子被迅速电离，又被法拉制出的8字形强磁场束缚，形成了一把等离子体利刃。法拉看向属性界面，攻击力到达了封顶的65535！

　　向着强大的敌人，法拉平静地说道："结束了。请安息吧！"

　　等离子体利刃凌空劈下，丧尸龙蠕动的身体在高温等离子体的切割下逐渐崩解、融化，最终化作了闪光的纳米颗粒。

与此同时，武器的属性界面径自弹了出来，蓝色的边框变成了金黄色，里面写着"CONGRATULATIONS"的字样。

法拉轻舒一口气，将日本刀收入刀鞘，又关闭了属性界面。远处的同伴们跑了过来，将法拉围在了中间。

"法拉你太棒了！真是我们的胜利女神！"骆非用夸张的语调赞扬道。

而法拉却瞥向了他手中拿的薯片："你们还吃上了？"

骆非匆忙把薯片藏在身后："你打得太精彩了，情不自禁，情不自禁……"

突然间，法拉的视线停在了不远处的旷野上，她瞥见那边站着一个穿运动装戴着鸭舌帽的男孩，对着她点头笑了笑，继而压低帽檐，消失在空气中。

2.

法拉单手握持日本刀走在队伍的最前面，热风从建筑的缝隙吹入，掀起了她的发梢。她稍稍发动能力，身体周边的空气分子被电离，冒出噼啪的电光，一片落叶从她身旁划过，被电火花燎燃成一团火焰。她一只脚踏上了通往二层的最后一级台阶——那一刻，法拉真希望自己穿的是黑色高跟长筒靴，而不是登山靴，那样的造型真的很酷。

然后她被击毙了，子弹正中眉心，一击必杀。

法拉火冒三丈地望着前方，一道无形的墙壁挡在了前面。最令她无法接受的是，在她中弹的位置，还躺着一具和她本人一模一样的尸体，头歪向一边，口吐鲜血。那个样子，真是逊毙了。

"这次又是什么？"银蛇上前一步，叹气道。

"我知道！我在旧时代的游戏机上玩过这种游戏！"骆非抢答道，"这是多人对战的射击游戏，两支队伍，最先歼灭对方的获胜！"

"这种游戏该怎么玩？"银蛇追问。

"首先要选择自己擅长的作战方式，是远距离狙击，还是近距离突击；其次要隐藏好自己，同时还要尽量发现敌人的行踪。商场的二层是个环形，这样的场地必须远近兼顾，我有核铳，再加上狙击枪就完美了！"

骆非说罢，向着法拉伸出一只手。法拉瞪了他一眼，问道："你会用狙？"

"交给我吧！我对战最高难度NPC，胜率也有百分之八十！"骆非露出洁白的门牙。

骆非将核铳别在腰间，紧握狙击枪，向着最近处的废弃饮料机前进。远处枪声响起，他就地鱼跃翻滚，地面上留下了一串弹痕。

银蛇吹了声口哨："看不出来，有两下子啊！"

"在逃跑的本领上，他绝对不输任何人！"野狼补充道。

骆非以饮料机为掩体，向着远处开了几枪。双方的子弹交错飞过，打在掩体和地面上，激起一阵灰尘和火花。

"这游戏效果不错。"银蛇看了看已经快被打成筛子的饮料机，又看了看法拉的尸体，"罪物是怎么做到的？"

"增强现实。"法拉没好气地解释道，"子弹、弹痕，以及我的尸体都不是真实存在的，只是罪物让我们认为'那里有'而已。"

"是催眠能力吗？"银蛇追问。

"未必。也可能是通过让我们吸入纳米机器，刺激神经末梢产生相应的感官体验。"法拉敲了敲面前无形的墙壁，"如果不是有空间型罪物配合，只需电击就可以从增强现实中摆脱，完全没有必要陪着它们玩。"

眼见打不中敌人，骆非开始继续推进。他算准了对方换弹夹的间隙，快速移动到一辆破旧的小火车后方。在旧世界的商场里，载着孩子们观光的小火车几乎是标配，此时则成了可以移动的掩体。

"好主意！"野狼一拍前爪，大声喊道："小子！上吧！"

骆非没有辜负队友的期待，他将狙击枪背在背上，单手握持着核铳，另一只手推动小火车向着敌人的方向推进。数不清的子弹打在车头上，乒乒的声音好似铜铃。

目标一米一米地接近着，骆非的额头淌下汗水，只要能够看到对方的位置，他就能够一击必杀。可在某个瞬间，对面的枪击突然停止了，骆非看到一个椭圆形的金属圆球滚到了脚边——

手雷！

震耳欲聋的爆炸声响起，火光与烟尘遮住了视线，整栋建筑似乎都发出了震颤。爆炸过后，骆非被瞬移到了法拉身边，远处的小火车旁躺着一具残破的尸体，上半身已是血肉模糊。

"这是作弊！我怎么不知道还有手雷！"骆非委屈地大喊道，法拉拍拍他的肩膀，以示安慰。

野狼端起自己的老式MP5冲锋枪，将匕首咬在嘴里，露出毅然决然的表情："换我上吧！我跑得快、目标小，如果我侥幸能干掉两个，剩下的就交给老大……汪！"

可它话还没说完，就被银蛇拎起衣领丢了出去。银蛇取出自己的博莱塔92F上好弹药，对大家说道："我还以为又是什么稀奇古怪的东西呢。都看着吧！"

在两人一狗热切目光的注视下，银蛇踏入了战场。他用力跺掉鞋上的泥块，吸了一口烟——

之后举起手枪，看都不看一眼，向着远处扣动了扳机。

"队长击毙了一个敌人！"场外的法拉兴奋地看着面前的虚拟面板，一大串不知所谓的名字后面打了个红色的叉，"head shoot"的字样格外显眼。

骆非凑了上来，看着面板问道："这不是打死了两个吗？都是爆头。"

"另一个被爆头的是我！"

就在这时，野狼瞥见空中闪过金属的冷光，两枚手雷画着弧线向银蛇飞来！

"队长，小心手雷！"野狼扯着最大的音量喊道，可它还没来得及换气喊第二声，银蛇又对着空中轻描淡写地开了两枪，手雷被凌空击暴，火光和碎屑四处飞溅。

突然间，远处飘来一股白色的烟雾，顷刻间遮住了视线。

"糟了，烟幕弹！"骆非紧张地握紧了拳头。话音未落，他便听到烟雾中响起了两声枪响，继而面板上又弹出了两人被击毙的信息。

"队长他……怎么做到的？"骆非用仿佛瞻仰神明的眼神看着烟雾中的背影，问道。

"听觉，预判，还有战士的直觉。"法拉解释道，"我问过队长好多次，但始终没有搞明白。"

不一会儿，烟雾散去，众人看到银蛇已经来到了小火车附近，捡起了被骆非丢掉的狙击枪。

"我们这边有4个人，那边的人数应当也是4。"骆非自言自语道，"最后一个敌人一定会尽力藏好，队长准备怎么办呢？"

远处的银蛇不紧不慢地端起狙击枪，向着300米开外的女装店的方向扣动了扳机。子弹穿透了模特的身体，打在水泥墙壁上，留下深深的弹痕。可银蛇的攻击并没有停止，他继续叩响了第二枪、第三枪……终于在第五次枪响后，面板上第四次弹出了击毙敌人的信息，最夸张的是，依然是爆头。

"穿墙攻击……"骆非惊讶地张大了嘴巴。

几乎在敌人被击毙的同时，无形的墙壁消失了，空气中弹出了大大的"YOU WIN"字样。骆非欢呼着向银蛇跑去，野狼看了看紧皱眉头的法拉，问道："你怎么了？还有哪儿不对劲吗？"

"游戏都结束了，为什么我的尸体还不消失！"法拉气愤地跺脚道。

◇

法拉率先踏上了3层，她警惕地四下张望，同时为自己制作了屏蔽电场。

幸运的是，这次她并没有遭遇冷枪。

不幸的是，一名身穿白色道服，赤足系着头巾的壮汉正坐在前方的广场上。见法拉前来，壮汉不疾不徐地站起身来，摆出一个应战的姿势。

法拉立即举枪射击，在子弹即将击中壮汉的瞬间，壮汉突然伸出两根手指，稳稳地接住了子弹！

法拉还没来得及惊讶，只见壮汉双手抱球摆在身体一侧，白色的电光在他的手中渐渐汇集，下个瞬间，他的双手向前方推出，足有卡车大小的能量球自手中急速射出。法拉来不及恍惚，被径直弹飞出去。

几秒钟后，法拉被瞬移到了楼梯口，面前出现了一道无法通过的透明墙壁。

"又来？！"法拉带着哭腔抱怨道。她打开虚拟面板，上面写着"禁止使用枪械"的字样，后面还跟着一个大大的叉。

"这次该我表现了！"骆非抽出日本刀，向前一步道，"逃生游戏、射击游戏后，这次是格斗游戏。既然使用枪械会被系统惩罚，那我就用冷兵器！"

骆非走到壮汉正对面站定，双手持刀摆出一个中段的姿势。壮汉看到他手中的日本刀，放松了应战的姿势；下一瞬间，黑漆漆的风暴在他的手中汇集，慢慢凝结成兵器的样貌。

"又是纳米机器……"法拉感慨道，"目前确定的罪物有3台，分别能控制纳米机器、时间和空间，这里的把戏都是它们搞出来的！"

而身在场上的骆非，望着眼前对手的兵器，牙齿禁不住地上下打战。在他的概念里，这个东西很难被定义为冷兵器，又确实不属于枪械的范畴——

电锯！

壮汉拉动电锯的开关，锯齿发出刺耳的嗡嗡声。可还没等他向前迈进，骆非早已丢下自己的爱刀，撒腿向远处跑去！

追逐战开始了，壮汉尽管拿着电锯，速度却依然明显快过骆非。可每当他挥下电锯，骆非却又总能精准地躲过。一间间门店被破坏，衣物和玩具的碎屑撒了一地，骆非甚至跑丢了一只鞋，打着赤脚上蹿下跳。

"他这么能躲的吗？"法拉问野狼道。

"大概是肾上腺素的作用吧！"野狼叹气道。

终于在又一次躲闪后，骆非没了力气，他当即做出了决断——

面对着壮汉的电锯，他双膝跪地，双手合十，摆出了饶命的姿态。

电锯的齿尖停在了他面前几毫米的地方。壮汉摆摆手，电锯化作黑色的烟雾消失不见，他本人也回到原位，继续摆出跪坐的姿势等待下一位对手。

骆非踉跄着捡起自己的鞋和日本刀，单腿蹦着离开了战场。

"干得不错。在适当的时候投降，也是战士的重要素质。"银蛇宽慰道。

骆非低着头，一行泪水滑过脸颊。

银蛇走到壮汉正对面，摆出格斗的姿势。他说道："看你的技术不错，就是造型太丑了点。"

令他没想到的是，听到他的话，对面的壮汉居然愣了片刻。银蛇虽然不认为罪物会因为脏话导致发挥不稳定，但他还是继续刺激道："穿得像破抹布一样，是从娘胎里带出来的襁褓吗？肌肉锻炼得挺结实，做叉烧应该口感不错，你修炼的什么流派？肉猪流吗？头巾这么红，是痔疮血染的吗？"

"队长这是什么战术？"骆非只用了3秒钟便恢复了心情。

"攻心战也是特种兵的必修课。"野狼小声答道。

听完银蛇的辱骂，壮汉闭上了眼睛。他的身体发出剧烈的蠕动，在几秒钟的时间内失去了形状，成为一个肉球。

"喂，骂你两句，不至于自杀吧……"银蛇嘟囔道。可他话音刚落，肉球便再次长出了人形，它拥有了热辣的身材、飘逸的长发，嘴角挂着仿佛看透一切的微笑。银蛇倒吸一口冷气，眼前的家伙，是他们所有人的噩梦——

龙舌兰！

◇

"队长，你面对龙舌兰小姐时，为什么就像换了个人似的？"

"胡说什么，我无论面对谁，发挥都是一样的。"

"跟了你这么多年，还是第一次看到你被人掐住脖子扇耳光。"

"那叫弃卒保车！没看到我避开了要害吗？"

"被她踩在地上时，为什么不使出你擅长的地面技？"

"外行。地面技是针对人体关节结构设计的，纳米机器哪儿来的关节？"

"有一次明明能放倒她，可是你避开了。"

"看到那家伙的脸，每一秒钟都要想着自己是不是被催眠了！"

听到银蛇和法拉的对话，骆非挪到了队长身边，用力抱住了他的肩膀。可是突然间，银蛇使出了一记过肩摔，又在骆非倒地的瞬间扳住了他的小臂。

"疼疼疼！队长，胳膊要断了！"骆非痛苦地大叫道。

"啊，抱歉，身体还没从战斗状态中恢复，本能反应。"银蛇哼了一声，放开了骆非。

"现在怎么办？"野狼带着哭腔问道，"如果我去应战，估计它会变一只藏獒出来。"

法拉撑着膝盖站起身来，说道："我去吧。我已经摸清它的行动模式了，无论我们选择什么战斗方式，它都会变成我们心中'最难对付'的那个样子。"

"罪物怎么知道我害怕电锯？"骆非问道。

"它的纳米机器已经固定在了你的神经末梢，可以刺激你产生增强现实体验、让你玩枪战游戏了，读取想法还不是小菜一碟？"法拉反问。

"你有战术了？"银蛇揉了揉酸痛的脖子，问道。

"当然。"

法拉踏入战场，她向后撩动发梢，耳旁闪过噼啪的电光。壮汉站起身来，它的身体再次改变了形态，白色的道服幻化成常年不换的灰色作战服，黑色的短发生长到齐耳的长度，眼角微微上扬，露出一丝看似桀骜不驯实则心慵意懒的笑容。

"糟了，那家伙居然变成了罗星！"骆非紧张地握紧了拳头，"这小子能变出火箭燃料，还能制造核爆，法拉的电击对抗得了吗？"

"他还会扰乱心跳、在血管中制造微小气泡、挤压大脑出血……这些都是能够一击毙命的招数！"银蛇补充道。

"战斗方式暂且不论，罪物能够毫无顾忌地攻击法拉，可法拉面对和罗星一样的敌人时，下得去手吗？"野狼也捏了一把汗。

正在场下观众热烈讨论之际，只见法拉打了个响指，继而一道闪电自高空落下，穿透了建筑的穹顶，分毫不差地落在了"罗星"的头顶上。纳米机器组成的罗星顿时停止了动作，它如同坍塌的沙堡一般，分裂成无数细小的纳米颗粒，化作风暴般四散飞去。

眼前的墙壁消失了，空气中闪烁出"FARA WINS"的字样，随后还标注了大大的"PERFECT"。

"你是怎么做到的？"骆非冲了上来，激动地问道，"这个罗星为什么不堪一击？"

法拉微笑道："我不是说过了吗，知道NPC的行为逻辑后，就可以抓漏洞。上场时我展示了电击能力，于是它判定我会用罪物猎手的方式战斗，而我心中最强的罪物猎手毫无疑问是那个家伙。

"罗星确实很难对付，但他的强大有个前提，那就是要做足准备。无论是悄无声息地从生理结构上破坏对方，还是控制微观物理过程，都需要有足够长的时间发动。通常作战时，他都会提前制定战术，并且喜欢躲在暗处。

"罪物变成罗星的样子需要时间，但我就不同了。在它变形期间，我已经做好了电击的准备，无论罗星的动作如何迅速，也不可能快得过闪电。"

法拉说罢，便转身向着通往四层的楼梯走去。银蛇和骆非跟在队伍后面，不约而同地嘿嘿笑了一声。

"你们怎么了？被打傻了？"野狼问道。

"输给龙舌兰后没有显示'PERFECT'，看样子我还是给她造成伤害了嘛！"银蛇得意地点点头。

"我原本很羡慕罗星，不过现在……"骆非轻快地迈开了步子。

3.

在踏上4层的瞬间，商场的空间一下子变得无比开阔，狭窄的走廊拓展到几十米的宽度，原本紧挨的店铺遥远得仿佛隔街。起点处拉起了宽大的白色横幅，上面用飘逸的字体写着"Guilty Beings Race"三个单词；在最近处，四辆造型酷炫、颜色各异的卡丁车正在等着法拉一行。

"卡丁车！这是赛车游戏！"骆非激动地冲了上去，想都不想地坐在了一辆黑色卡丁车上面。他踩下油门，车身发出隆隆的震颤。"动力不错！"他回头向着同伴们竖起拇指。

银蛇耸耸肩，带头选了一辆白色的车子，法拉和野狼也分别坐上了粉色和蓝色的卡丁车。在四人全部发动车子的瞬间，黑色的纳米机器风暴再次涌现，凝聚成另外四名赛车手的样子。对方延续了第三层的传统，分别幻化成罗星、龙舌兰、月影……以及斯特拉的样子。

"太卑鄙了！"骆非用力咬着嘴唇，"变成月影妹妹，这让我怎么下得去手？"

"别人也就罢了……那个斯特拉是怎么回事？"法拉不满地指着前方的对手问道，机车骑在卡丁车上的样子太滑稽了。

"大概是我吧……"野狼难为情地用前爪挠挠头，"说起赛车来，我认为最强的就是它了。"

"听好了！"银蛇振臂高呼，"我们可是罪物猎手！别的游戏也就罢了，骑着机车在荒野驰骋可是我们的日常！给我干翻他们！"

"哦！"大家大声应道。

◇

然后他们发现，自己着实错得离谱。

首先，这不是单纯的比赛，比赛期间可以打人。

其次，打人不能用拳脚也不能用武器，只能使用在经过特殊区域时获得的道具。

"法拉！加油啊！"倒在地上的银蛇望着最前方的同伴，大声喊道。在他的身边，一辆又一辆的卡丁车疾驰而过。

法拉拉动手刹，一个甩尾过了弯道。这已经是第四次尝试了，目前为止，她还排在首位。

跟在后方的月影减缓速度，车子从路边的盲盒贩卖机上擦过。下一瞬间，纳米机器在她的手中凝聚，变成了一只陀螺的样子。

月影用力将陀螺投掷了出去，后者划着Z字形，以两倍于法拉的速度向前方追踪而去！

"危险！躲开啊！"排在第三位的骆非大喊道，可他话音未落，便看到法拉被陀螺撞飞出去，并且由于惯性太大，从四层跌落下去。

几秒钟后，一架玩具飞碟吊着法拉和卡丁车回到了队伍最末方，卡丁车上遍布着焦黑的痕迹，法拉的脸颊上还贴着创可贴。

"你来了。"停在队尾吸烟的银蛇笑道。

法拉用力地捶了下方向盘，没好气地问道："队长你怎么不走了？"

"反正也赢不了，不如观战。"

还剩最后一圈，赛场上变成了月影与骆非的较量。最前方的月影只能拿到香蕉皮一类的简单道具，但紧随其后的罗星、龙舌兰和斯特拉却仿佛凶神恶煞一般，不停地向着骆非丢出攻击性道具。

骆非咬紧牙关，以脚抢地，用一个不可思议的甩尾躲开了追踪陀螺。身后传来了已经放弃的同伴们的加油声，骆非瞥了一眼，发现野狼居然在吃他花了大价钱买来的薯片。

追逐间，冲过玩具店的斯特拉拿到了一个金色星星的道具，它立即吞了下去，周身顿时闪烁出金色的光芒，车身向两侧打开双翼，上面挂着数十枚P-42弹道导弹。

金色星星道具的作用是，让角色使出自己独有的最强一击。

导弹画着错落有致的曲线向骆非冲去，骆非回头瞥了一眼，大骂一声"去"，随即便被火光和烟雾吞没。轰炸持续了足足30秒，浓烟散去后，满身焦黑的骆非躺在地上，NPC们在他身旁渐次通过，罗星的车子还刻意压了他的腿。

"四打一，小子根本没机会啊！"野狼骂了一句，它驱车赶往最近的文具店，路过那里时可以拿到道具。

反正输定了，最后一定要恶心对手一把！

代表道具的模块在野狼手中闪烁着，顷刻间定型为……一台针孔打印机。

法拉第一个反应过来，对着同伴大喊道："老狗！那个是'爱的教育'！快用了它！"

听到这个着三不着两的名字，野狼顿时回忆起了那段痛苦的经历，它立即用前爪按下了开关——

顷刻间，所有的NPC选手都回到了起点。

"快跑啊！"法拉大声喊道。野狼闻讯立即发动卡丁车，向着终点疾驰而去。

5分钟后。

"抱歉，我还是输了。"回到同伴中间的野狼低着头，舌头没精打采地耷拉着。

"输也就罢了，但你为什么中途往回返了？"骆非质问道。

"你没看到吗？龙舌兰吃到了星星。"银蛇抽着烟解释道，"她的特殊攻击是'幻术'，老狗一定是被迷惑了。"

"没关系。"法拉走上前拍了拍野狼的肩膀，"下一把，咱们赢回来！"

"这次的战术是什么？"野狼问道。

法拉嘴角微微上扬，笑道："以牙还牙。"

第五轮比赛开始了。

在倒计时结束的瞬间，骆非驾驶黑色卡丁车猛冲上去，艰难地挤进四名NPC当中，维持在了第一梯队。而他的同伴们，则不紧不慢地驱车来到最近的一台大头贴照相处，这里可以拿到道具，并且三人可以同时拿。

这就是法拉的战术：由机车最好的骆非冲刺，其余同伴在后方用道具辅助。按照游戏机制，排名越是靠后，拿到的道具越好；第一名只能拿到香蕉皮等没什么用的防御性道具，后面的可以拿到脱落、星星等，最后则可以拿到强力的罪物。并且，这个游戏里的罪物还是根据玩家的记忆生成的！

彩虹色的菱形块在法拉手中飞速旋转，化作一只破旧的兔子玩偶。

"红布兔！"法拉激动地喊道，在回收的各类罪物中，法拉对这只兔子尤为熟悉。

"小朋友，请语音点歌吧！"红布兔操着稚嫩的声音说道。

法拉一面感慨手中的道具比真的罪物还好用，一面下令道："播放歌曲，《白龙马》！"

兔子玩偶中响起了一段悠扬的前奏，继而播放："白龙马，蹄儿朝西，驮着唐三藏跟着仨徒弟……"

跑在最前面的罗星眼看到了弯道处，却丝毫没有拐弯的意思，沿着直线冲下了赛道。在他的后面，其他三名NPC也渐次冲下了赛道，原本艰难跟在后方的骆非一跃成为第一名。

"歌里说了'向西'，那就不可能向别的方向。而骆非和我们一队，自然免疫道具攻击。"法拉话音未落，最先掉下去的罗星已经被飞碟玩具吊了上来，可在他发动车子的瞬间，依然执着地向着赛道外冲了下去。"看吧，只要这首歌不结束，他们就别想去别的方向。"

终于，歌曲进行到了第二段，当唱完"颠簸唐玄奘小跑仨兄弟"时，NPC们终于摆脱了一路向西的魔咒，只是除了领头的罗星，全部下了卡丁车，徒步奔跑前进。

月影和龙舌兰很快落在了后面，而抛弃卡丁车的斯特拉却如鱼得水一般，一下子加快了速度，急速向骆非追去！

"你们手里有什么道具，快用！"法拉向同伴们下令道。

银蛇取出一台小型摄像机，这是他们在"柠黄"拍卖会上见过的罪物，类型为空间，能力是在任何空间中制造一道"门"，随即连接到之前拍摄过的地点。

骆非完成了第一圈的驾驶，从他们身边疾驰而过。在斯特拉通过之前，银蛇用罪物在地面上打开了一道门，斯特拉应声掉了进去，不见了踪影。

"它去哪儿了？"骆非问道。

"鬼知道，在使用前，我刚刚拍了太阳。"银蛇若无其事地答道。

终于，跟在后面的罗星也吃到了星星道具。他当即发动控制熵的能力，急速飞行着向罗星追去。空中响起一声爆炸声，风暴中甚至能够依稀看到马赫环。

"这次看我的吧！"

野狼也发动了道具，菱形块化作一位身穿正装、面无表情的男子，对它恭敬地鞠了一躬。

这位绅士，便是罗星和法拉在赌场邂逅的世界级罪物，太空电梯的管理者，23。

"请问，游戏中有谁作弊了吗？"23操着无机质的声音问道。

"他、她，还有她！"野狼立即将留在场上的三名对手指了个遍。

"好的，他们将被丢出太空电梯。"23平静地应道。

"太空电梯？现在哪里？"野狼好奇道。

"同步轨道的高度。"

23说罢打了个响指，赛场上的罗星、龙舌兰和月影当即不见了踪影。如果这位仿制的23所言非虚，那么他们将被丢去36 000千米的太空，并在万有引力的作用下向地面跌落。

骆非四平八稳地第一个冲过了重点，他高高举起纳米机器化作的金色奖杯，脸上洋溢着幸福的笑容。

"我现在觉得，这些罪物准备的游戏还真有趣！"野狼兴奋地搂住银蛇的肩膀，"队长你觉得呢？"

"幼稚了点，但也不差。"银蛇装作淡定地笑道。

"不管前面有什么难关，我们都会胜利！"骆非振臂高呼。

"哦！"同伴们大声应道。

◇

然后他们发现，自己着实错得离谱。

5层儿童区中心的平台上布置好了舞台，罗星、龙舌兰、月影穿着哥特风的礼服站在那里，罗星手中抱了一把吉他，月影坐在高脚凳上摆弄着贝斯，龙舌兰在给双排键调音，斯特拉则把自己变成了架子鼓，只在地面的低音鼓上留着自己象征性的双眼。

不用想也知道，罪物在五层准备的是音乐游戏。

四周骤然间暗了下去，一束氛围光打在了斯特拉身上。只见它高举鼓槌，有节奏地打出了四个拍子，继而全场的灯光闪烁起来，四种乐器合奏，编织成一曲激昂的前奏。

罗星开口演唱了，法拉自从记事起就认识了这个男人，但她从未想过，罗星的声音会有这么好听的一天。他的嗓音辨识度算不上高，却很有立体感，每个字仿佛都钻进了听众的心里。

除罗星外，乐队成员也全部参与了演唱。月影是带着稚气的二次元萌音，斯特拉是带着金属味儿的摇滚，最惊艳的还是龙舌兰，几乎是个全能选手，时而温柔，时而风骚，时而激燃，时而平静。曲终，在龙舌兰高昂的长调咏叹中，三人合唱起最后的旋律，又在震天的乐器声中走向终结。

一曲完结，纳米机器在空中化作五彩的礼花飘散。三人一狗不由自主地鼓起了掌，野狼还大喊着"encore"，然后被银蛇捶了脑袋。

"于是呢？我们该做什么？"法拉一面拍着巴掌一面四下张望，场上的四人排着队走了下来，坐在了观众席上。骆非好奇地走上去碰了碰月影的脸，手指却径直穿了过去。

就在这时，众人面前张开了一张荧幕，上面用大字写着：

用自己的表演，超越他们吧！

下面是密密麻麻的说明文字，简而言之，系统可以提供丰富多样的乐器和舞台效果，准备时间不限，表现结束后系统会判定是否挑战成功。歌曲可以随意选择，但原创曲目有加分。

法拉的心顿时凉了半截，且不说骆非，她完全不指望队长和拉布拉多犬能贡献什么力量。

"说说自己擅长的事情吧。"法拉尝试着问道，她第一个举起了手，"我会拉小提琴，也会一点吉他。"

"我来弹钢琴吧，可以和小提琴协奏。"骆非答道。

法拉吃了一惊："你会钢琴？"

"因为月影妹妹喜欢，他砸锅卖铁买了一台，又……"野狼在一边解释道，却被骆非按住了嘴。

法拉点点头，看向银蛇的方向："队长你擅长什么？"

银蛇吐出一口烟雾："我不会乐器，但可以给你们伴舞。"话音刚落，他便看到法拉惊讶地瞪着自己，就连争执不断的骆非和野狼也停了下来，眼神仿佛看到了外星人。"我之前会执行潜入任务，混进舞会是潜入中很重要的技巧。"他解释道。

"我用大提琴伴奏吧！"野狼补充道，"演唱的话，我可以唱歌剧。"说罢，它试着吊了几嗓子高音，字正腔圆，声音浑厚。

"你们太让我惊奇了！"法拉激动了起来，原以为要在新手村停留很久，没承想开场就是高端局。

"虽然我现在只是个不太靠谱的罪物猎手，但在旧时代，我可是作为演出动物被造出来的。"野狼不好意思地挠了挠鼻子。

"这一次，让罪物知道我们的厉害！"法拉振臂高呼。

"哦！"同伴们大声应道。

◇

　　法拉身穿白色礼服站在舞台中央，她试着用小提琴拉了几个音，纯净的音色令她心旷神怡。她回头看了看同伴们，骆非穿了一件无袖的夹克，露出臂膀上的文身坐在琴凳上，面前是罪物提供的施坦威D系列钢琴；野狼换上了一身黑色的礼服，为了能够演奏比自己更高的大提琴，坐在了高脚凳上；银蛇换上了一身旧时俄罗斯的礼兵装，长靴跺得地面哒哒作响。她向同伴们点头致意，四周的光线暗了下来，台下的NPC们鼓掌致意。

　　他们将演奏一首原创曲目，曲名为《罪物猎人》。

　　法拉将琴弓按在弦上，忧郁的旋律自琴弦流淌而出，似是一位女性的低吟，又好似萧瑟的风吹过树林。骆非先是以简单的和弦配合着，当曲子进行过十几秒后，小提琴声减弱，钢琴一跃成为主角，琴键上涌现出了贝多芬的《月光奏鸣曲》第一乐章。他们对曲式进行了改编，令两首曲子能够恰到好处地衔接。

　　几乎在同一时刻，银蛇开始了舞蹈。那是一支放慢了节奏的恰恰，肢体大开大合，动作干净利落。毕竟练习时间不够，舞蹈与音乐的节奏无法做到完美契合，但配合上银蛇本人的硬汉气质，却烘托出了一种别样的幽默。

　　前奏结束了最后一个音符，法拉将小提琴在地上用力一甩，乐器立即化作了飞散的马赛克，继而定格为一把红色的吉他。与此同时，她的身体也被一团红色的火焰所包围，白色长裙被燃作灰烬，与火焰一并化作了红色的夹克与长靴。法拉弹响了和弦，倾力说唱道：

　　　　天空，长满了铜锈；

　　　　大气，弥散着泥垢；

　　　　荒原，吞食着血肉；

灵魂，在外网裸露；

历史，对人类 make joke；

生命，像一场 game show；

明天，再无法 tight hold；

死亡，微笑着 say hello。

骆非也停止了演奏，他扯下话筒，指着台下，以极快的语速接续说唱：

地底的熔炉在重复着运算，

凋亡的魂灵在挥霍着羁绊；

时间的法老在轨道上盘旋，

消失的过去在夹缝里重现；

忘却的都市在镌刻着遗憾，

迷惑的魅影在舔舐着刀尖；

通天的电梯在夜空中璀璨，

冷漠的裁判在转动着轮盘；

罪人的监牢在观测中闪现，

概率的世界在呼唤着少年。

两段说唱完毕，野狼丢掉琴弓，双腿直立在舞台上，高声咏唱出男高音的旋律。与此同时，法拉与骆非一并来到施坦威前，四手连弹，演奏其肖邦的第九号练习曲。银蛇的舞蹈也改变了样式，随着旋律的逐渐加快，他踢踏着双腿舞起了阿根廷探戈。

少顷，间奏结束，法拉继续拿起吉他，唱出新一段歌词：

牛顿的苹果，飞向了高空；

巴赫的赋格，扭曲成躁动；
图灵的密码，解不开无穷；
萨特的存在，书写着空洞；
顽皮的木偶，将诚实愚弄；
沉睡的公主，被欲望唤醒；
姑娘的舞鞋，踏破了水晶；
丑陋的雏鸟，被大家歌颂。

这一次，银蛇也插了进来，他操着低音烟嗓，快速唱道：

霓虹沉入了暮霭，
玩具丢失了小孩，
爱情被痴狂掩埋，
随城市藏进沙海，
我点上一支 black devil，
倒上一杯 mateus rose，
哼着一曲 rock and roll，
再提上我的 gun shoot。

骆非接续道：

预言的公主，手捧着鲜花，
她含情脉脉，却骂着脏话；
非人的搭档，走过了冬夏，
面对着虚无，磨光了爪牙；
雷霆的女神，在风中叱咤，
飞舞的刀剑，点燃了刹那；

战场的毒蛇，了却了牵挂，

脚踩着骸骨，将地狱平踏。

曲子进入了最高潮，骆非再次坐回钢琴前，弹奏起德沃夏克《新世界进行曲》的第四乐章。

跳跃的琴键、高昂的咏叹、舞动的足尖在同一瞬间戛然而止，四周骤然间亮了起来，台下的四名NPC纷纷起立鼓掌，斯特拉射出无数礼花，将残破的商场映照得宛若回到昨日。

空气中的大屏再次张开，显示出熟悉的"CONGRATULATIONS"的字样。法拉带队向着台下并不存在的观众们鞠躬致意，那一刻，他们感受到了真实的快乐。

法拉不经意间抬头看向6层，之前见过的男孩正站在楼梯口处，看着她露出了笑容。

4.

法拉带队走上了顶层，男孩的身影在前方若隐若现，引领着他们前进。众人穿过了布满灰尘的影院、长满蛛网的饭店，走向长廊尽头的房间。店铺正上方悬挂着"Gamer's home"的招牌，五彩的LED灯交错闪烁，明亮的灯光下排布着街机、跳舞机、抓娃娃机、柏青哥等设备，热闹的景象一如内网中虚假的繁华。

男孩坐在一台街机前，左手握住摇杆，右手轻击按键，屏幕中的角色身上闪出一道光，继而使出必杀技向前推进。

见众人前来，男孩松开摇杆，转身面向大家，脸上挂着天真的笑容："欢迎你们，玩得开心吗？"

"托你的福，这一路还不算无聊。"法拉单手叉腰，应道。

"所谓游戏，应当带给大家最纯粹的快乐，无论何时都应当如此。"男孩继续说道，"只可惜，现如今的人类只顾得上生存，已经忘却了游戏曾带给他们的欢乐。"

说罢，他一只手扳动摇杆，屏幕上交错闪烁出一部又一部法拉叫不上名字的旧时代游戏。这些游戏的画面有些宏大细致，有些卡通诙谐，但仅凭细节的打磨来判断，应当全是风靡一时的大作。

"你们有没有想过，游戏最本质的乐趣是什么？"男孩轻抚着屏幕，好似面对一位老朋友，"当然，这个答案是因人而异的。有的玩家认为是交互性，他们更适合解谜类或沙盘世界游戏；有的玩家认为是剧情和世界观，他们更适合角色扮演或文字游戏。不过在我看来，游戏最原始也是最本质的乐趣，在于操控感，通过按键来实现与另一个世界的交互。像我这样的玩家，更适合古老的横版过关游戏。"

法拉默默听着男孩的讲述，她清楚对方是罪物虚拟出来的人格，想要获得罪物，恐怕必须要得到他的认可才行。

"所以，请收下我最后的礼物。"

男孩不知从何处取出一副VR眼镜套在头上，对着众人看了一眼——

法拉发现周围的世界在一瞬间改变了色彩，原本错落有致的街机台全部被压到了同一个平面上，更夸张的是，她自己的身体也改变了形态，化作无数色块拼成的二维图案。

她向四处看看，同伴们无一例外地变成了色块拼成的二维图形。

"这是怎么回事？"

法拉想要说话，却根本发不出声音，但想说的话在一个对话框中显示了出来。

"我们变成二维生物了。"银蛇……的对话框答道。

"这是罪物的能力吗？我们遭到降维打击了？"骆非问道。

"并不尽然。罪物的能力毫无疑问是改变'维度'，却不属于降维打击的范畴。"法拉答道，"最明显的例子，就是我们还活着。且不论在降维的过程中我们能否生存，就算挺过了降维，消化道也会将我们的身体一分为二。"

"是的。如果是降维打击，街机台应当只会留下切片，而不是完整的样子。"野狼指着不远处的一台街机说道，屏幕还亮着，像素风的画面上显示着"i wanna catch the guilty beings"的字样。

"大概是全息原理吧。罪物将我们的三维信息，完整地投影在了二维的平面上。"法拉总结道。

"现在怎么办？"骆非问道。

"看还不明白吗？"银蛇指了指前方一字排开的五台街机，"这代表了五个关卡，我们要全部通过，才能见到他。"

◇

第一关。

三人一狗来到第一个街机台前，他们尝试了通过跳跃、攀爬等动作越过街机台，却被一堵透明的墙壁挡了下来。万般无奈下，法拉只得乖乖地站在街机台前。当她的手指触碰到摇杆的瞬间，街机的屏幕骤然间明亮起来，继而化作光亮的旋涡，将大家吸了进去。

眼前景象再次清晰时，他们来到了一处绿色的平原上。四处草地和鲜花，板栗与乌龟状的敌人沿着预设好的轨道来回巡逻。天边飘来了欢快的音乐，只不过变奏成了"滴滴滴"的8bit电子乐。

进入游戏后，他们的行动也受到了一定的限制。简而言之，只有移动、跳跃、攻击三种行动模式。法拉试着做出其他的动作，例如快速地奔跑，但身体尽管行动了，移动的速度却并没有提升。

"我们先熟悉一下操作吧。"法拉叹气道。

简单研究后，众人熟悉了游戏的模式。

首先，他们并不需要一起行动。只要一个人通过区域，就视为大家一起通过。行动过程中可以随时换人，只需要用右手的拇指和小指做出打电话的姿势，就可以呼叫同伴。同时，在一个人行动时，队友们全部可以共享视野，还可以实时通信，就仿佛躲在了那个人的影子中一般。

其次，不同角色的性能是有区别的。法拉可以用电磁力攀住场景摆动，放电攻击属于面攻击，可以一次性攻击多个敌人；银蛇可以攀爬树木一类的特殊目标，可以远程射击，也可以埋下炸药后遥控引爆；骆非的日本刀拥有队伍中最高的攻击力，却只能近距离单体攻击；野狼则有着最快的移动速度和最远的跳跃距离。

"我们上吧！"骆非揉了揉手腕。

前进一段距离后，骆非看到一根一人高的刺横在了眼前。

"这个……应该跳过去吧？"

骆非挽着手臂想了片刻，随即向高空跃起，准备跳过这根刺。可在他经过刺正上方的瞬间，刺的尖端在一瞬间变长了，径直贯穿了他的腹部！

半空的骆非化作一摊血浆，头部和四肢的色块滚落在地上。这原本应当是十分血腥的画面，可变成像素风时，却有一种说不出的诙谐。

空中闪出"GAME OVER"的字样，几秒钟后，骆非原地复活，头顶上多了个数字"1"。

"小子，疼吗？"远处的野狼喊着问道。

"没感觉，但很丢脸啊！"骆非的对话框由圆形变成了刺头状，里面的字体也大了几号。

第二次尝试，骆非先是小心翼翼地跳上高空，又在空中折返；变长的刺扎了个空，只得慢慢回收。骆非冷笑一声，在刺回收的间隙从容不迫地跳了过去——

在他落地的瞬间，原本一片平坦的地面上长出了第二根刺，骆非结结实实地落在上面，再次化作了血浆和肢体的色块。

再次复活后，骆非立即申请了更换同伴。

"老狗！换你来！你跳得最远！"骆非痛苦地叫道。

"哼哼，看我的吧！"野狼出现在骆非身边，面向着眼前的刺晃了晃前爪。

野狼吸取了骆非的教训，它先是勾引出了第一根变长的刺，在它回缩的过程中，用力向最远处跳去。第二根刺在它的脚下生长了出来，野狼冷笑一声，稳稳地落在了刺的后方。

然后地面瞬间塌陷，跌落下去的野狼裂成碎片，只有像素拼成的狗头飞了上来，舌头吐在外面。

……

多次尝试后，他们悲催地发现，这个游戏的难度相当高。例如第一处难点，必须用跳跃能力最强的野狼跳过前两根刺，在空中瞬间切换成法拉，用电磁绳索拉住对面的树梢荡过去。

一路磕磕绊绊，众人终于来到了终点，他们头顶上的死亡次数全都超过了两位数。终点处，第一关的BOSS正在等着他们——

一辆像素风的机车从天而降，二维版斯特拉发动引擎，正前方的液晶屏上映出一张气愤的脸。与此同时，天空回荡的电子乐也跟着激昂了起来。

历经磨难的队伍，只用了十几次死亡，便摸清了斯特拉的套路。

斯特拉共有三种形态，分别是机车、坦克和飞机。

机车形态的斯特拉只会冲撞，速度很快，但只要做好预判便不难躲开。三次冲撞后，它会因为用力过度进入眩晕状态，这正是攻击它的时机。尽管别的同伴的攻击都有效，但最好的方法还是换上骆非凑上去一通猛砍。

坦克形态行动缓慢，但近乎免疫所有攻击，主炮的炮弹射速快且爆炸范围大，一不小心就会前功尽弃。唯一的方法是预判好它停下的位置，由银蛇埋好炸弹，引爆后就会把斯特拉炸翻，这时就可以随意攻击它的腹部。

飞机形态会一面飞一面发射导弹，这是难度最高的一个形态，需要由法拉攀着导弹逐级向上，当最终骑到斯特拉身上时，就可以把它电个爽。

第三次放电后，斯特拉的身体发生了大爆炸。顷刻间，它被炸成了一堆零件，液晶屏落在最上方，屏幕上的双眼无力地耷拉着，舌头吐在外面，一根弹簧上还挂着白旗。

正当众人准备庆祝时，斯特拉的头上弹出了一个对话框：

"别以为打倒我就平安无事了，我只是罪物四天王中最弱的一个！后面的……"

没等它说完，法拉便一脚踩碎了液晶屏。

第二关。

面前是一片碧波荡漾的海滩，风中夹着潮湿的味道，远处的沙滩上几只怪物在往复巡逻。

骆非站在起点的悬崖上，望着面前宽阔的海面，问道："这个距离，老狗也跳不过去吧？"

"是啊，而且也没有我可以吸住的地方。"法拉答道。

"那就是要游过去了！"

骆非做出跳水的姿势，一跃而下。

然后他死了。

"这怎么可能过去啊！"复活后的骆非大喊道。

"是不是要踩着那个？"银蛇指了指脚下飘过的一朵云，那片云朵以完全违反物理规律的姿态，在脚下的海域往返飘荡。

"我豁出去了！"

骆非看准机会，纵身跳上了云朵。他的双脚稳稳地站在云面上，俯看着脚下的海浪。

突然间，一只章鱼从海面跳出，对着骆非喷出一股墨汁。骆非的身体接触到墨汁后，立即碎成了色素块，半空中的章鱼还露出了讽刺的笑脸，骆非似乎听到了"桀桀桀"的笑声。

几十次死亡后，众人终于通过了第一个难点。正确的通过方式是：由银蛇——只能是银蛇——跳到云朵上，然后第一时间埋下炸弹；章鱼出现后立即起跳躲过墨汁，并引爆炸弹，这时云朵正好飞过章鱼的位置，炸弹会炸死章鱼。如果不把章鱼炸死，第二股墨汁是追踪弹，无论谁都不可能躲开。再次落在云朵上后，马上换成野狼，踩着云朵边缘使劲跳，就会落在对面的沙滩上。

落地的瞬间，野狼看到数十只章鱼同时跃出水面，对着方才的位置喷射墨汁。

当到达第二关BOSS面前时，三人一狗的死亡次数累计已超过300。如果死亡后的效果能够累积，他们的鲜血早已染红了大海。

第二关的BOSS是月影，她穿了一身哥特萝莉风的白裙，手中抱着一只小熊布偶。

"月影妹妹我来对付吧！"骆非提着刀走上前去。他深吸一口气，眼神在一瞬间变得锐利无比。面对着像素风的心上人，他毫不犹豫地使出了一击突刺——

月影后退一步，轻盈地躲开了骆非的攻击。下一瞬间，她怀中的布偶猛然间膨胀成巨兽，一口咬下了骆非的脑袋。

几次尝试后大家惊讶地发现，无论是谁用何种方式，都无法伤到月影。

"这是月影妹妹的预知能力吧！"骆非分析道，"她能预判我们的一切动作。"

"我明白了！那就用她即便预测到也躲不开的攻击！"法拉打了个

响指。

攻略开始。首先由银蛇发动攻击，由于月影只能使用近身攻击，被他逼得步步后退，不久后便到了版边——这个世界是存在"版边"的，那里有一道无形的墙壁，任何人或者攻击都无法穿过。

到达版边后，月影已无处可退，只得跳跃躲避。在她跳起的瞬间，银蛇交换出法拉，冲到月影脚下，使出电磁力的范围攻击。在空中的月影用布偶的攻击抵消了大半，但在她落地的地方，银蛇已埋好炸弹。

几次爆炸后，月影无力地跪倒在地上。她的头上弹出了一道对话框：

"不玩了，一点不好玩！罗星和龙舌兰一定能收拾你们！"

骆非看了一眼倒在地上的月影，头也不回地向前走去。

"对不起，月影妹妹，我已经成长了。"骆非嘴里自言自语着。

"你这一关什么都没做！"野狼在身后大吼道。

◇

第三关是不断向上的熔岩地带。

前半段的关卡设计还算友好，只需用法拉一路向上，有几处特殊的位置会用到银蛇的攀爬技能，这也是游戏目前为止唯一必须用到攀爬技能的地方。然而让众人最抵触的却是这一关的死亡效果——掉落熔岩后的死亡效果不再是粉碎，而是被烧成一具骷髅，而且每个人的骷髅各具特色：法拉的骷髅留着长发，银蛇的骷髅叼着烟，骆非的头盖骨上文了花，野狼则是狗头。

一路磕磕绊绊来到中段，这里是望不到尽头的熔岩瀑布。

"看样子，要踩着那东西跳上去才行。"法拉指了指随着熔岩下落的圆木，它们的表面平整，在重力的作用下居然做着诡异的匀速直线运动。

"还要靠你。"银蛇点点头。

法拉吸住一根圆木——她也不清楚为什么在这个世界里电磁力能

吸住木材——稳稳地攀了上去，可还没等她站稳，头顶上便落下一块熔岩。法拉当即殒命，唯一值得庆幸的，被砸死后是粉碎的效果，没有看到那具搞笑的长发骷髅。

多次尝试后，众人发现后半段是骆非和野狼的舞台。野狼可以利用出色的跳跃能力在圆木间移动，遇到攻击后立即交换出骆非，将落石一刀斩断。除去骆非的日本刀，任何人的攻击都不可能在规定时间内打碎熔岩。

终于，众人站在了火山之巅。龙舌兰站在山顶山，身上穿着黑色的皮衣、黑色丝袜和黑色高跟鞋，手中拿着皮鞭。

"哼，还真是符合她的特质。"银蛇说话间子弹已上膛，向着龙舌兰的方向开了数枪。令众人惊异的是，龙舌兰不躲不闪，反而弹出了一道对话框，边框由不规则的曲线画成：

"迷途的羔羊啊，回到你们最开始的地方吧！"

四周的景色翻出波浪状的斑纹，继而模糊了起来，背景响起了嗡嗡的音效。

然后众人回到了第三关的起点。

"我明白了！"骆非以拳击掌，"这是龙舌兰小姐的催眠能力，她能将我们方才的攻关变成一场幻境！"

"所以，我们现在要再爬一遍吗？"野狼仰望通天的熔岩海，带着哭腔。

"走！"银蛇言简意赅地下令道。

多次尝试后，大家终于找到了龙舌兰的攻略方法，那就是不能和她面对面。只要有那么一瞬间的面对面，她就会立即发动催眠术"迷途的羔羊"，将众人送回第三关的起点。

即便知道了攻略方法，打起来也绝不简单。背对着龙舌兰攻击只有银蛇的炸药和法拉的电击能够做到，而龙舌兰一旦靠近就会使用皮鞭攻击。被皮鞭打死后倒是不用从头再来，但龙舌兰会踩住掉落的脑袋，用鞋跟反复玩弄。为了防止留下一生的创伤，大家在死之前都会换野狼上场。

"你们有点人性好不好？"某次死亡后，野狼抱怨道。

"只能委屈你了。"骆非搂住好友的肩膀。

第三十九次被丢回起点后，众人甚至做到了一命不死见到BOSS。

"这次一定要打倒她！"

银蛇喊着慷慨激昂的口号，背对着龙舌兰，猫着腰掩埋炸弹。他竖起耳朵，一旦听到皮鞭的风声，就立即起跳躲过。

来到版边处，银蛇呼唤出法拉，吸着高处的峭壁，在不与龙舌兰四目相对的情况下来到她身后，之后再重复埋炸弹的过程。

终于，在最后一颗炸弹引爆后，龙舌兰跌落进火山口，消失了踪影。

大家总算是松了口气，可刚刚过了几十秒，龙舌兰便爬了上来，她居然没有被岩浆烧死，只是身上的衣服变得破破烂烂。她的头上弹出一个对话框：

"你们走吧，说不定你们真的可以战胜那个人，为世界带来新鲜的空气。"

野狼不顾一切地扑了上去，想用后爪踩住龙舌兰的脑袋，却扑了空，只得悻悻地被骆非拎走。

◇

进入第四关，大家来到了无重力的太空舱里。

一路上风平浪静，既没有难缠的敌人，也没有坑死人不偿命的陷阱。正当众人认为罪物终于良心发现时，一道宽阔的竖井立在了他们面前。

"这是太空电梯。"法拉摸着竖井冰冷的金属外壁，说道。

"是啊。"

"没错。"

"同意。"

"一看就有坑。"法拉继续说道。

"是啊。"

"没错。"

"同意。"

"谁先去试试？"法拉按捺住脾气，问道。

"……"

"……"

"……"

许久的沉默后，野狼第一个开口："饶了我吧！我现在闭上眼睛，还感觉有高跟鞋踩在脑袋上！"

"几乎每一次都是我先去的！轮也轮不到我了吧？"骆非哭诉道。

银蛇叹了口气，掐灭烟头："划拳吧。"

然后他在众人殷切目光的注视下，独步走进电梯。

银蛇在电梯管道内停稳后，舱门自动关上，管壁上亮起四排照明灯，远处传来滴滴的提示声。几秒钟后，银蛇感到身体在逐渐加速，转眼便来到了高空。上方的电梯管道是透明的，可以看到极速掠过的云朵、渐渐缩小的地面，以及逐渐清晰的星空。当然，在二维色素风的世界里，这些也不过是色块罢了。

银蛇握紧扳机，等待着敌人的到来。不消片刻，空中飘来一个人影，罗星不偏不倚地悬在了银蛇正上方，嘴角露出一丝邪魅的笑。

"真没想到你们可以来到这里。"罗星的对话框右上角装饰着骷髅头，"接受神的制裁吧！"

银蛇啐了一口，当即扣动了扳机。子弹打在罗星身上，却只是令他的身体上方显现出一个黄色的长条，最右端有了一丝难以察觉的红色。

"那是HP槽，俗称血槽。"后台观战的骆非提醒道，"它全部变红的时候，你就赢了。"

银蛇大致估算了一下，想要打死这个罗星至少需要500发子弹，好在这个游戏中弹药是无限供应的。

头顶上的罗星发出"桀桀桀"的笑声，他甩出一把飞刀，刀身在空中一变十、十变百、百变千，最终形成了密密麻麻的结界，将银蛇牢牢困在其中。

下一瞬间，飞刀一齐攻击，银蛇被削成了肉眼难以分辨的碎块。

"我明白了，这看似是一个动作游戏，实则成了射击游戏。"法拉看着在电梯口处复活的队长，分析道，"这种游戏有固定的破解方案，那就是分析出弹幕的函数，再找出绝对安全的路线。"

"所以，我应该怎样走位？"银蛇装作若无其事的样子，点燃了一支烟。

"后台函数怎么可能这么简单分析出来？需要队长再去多死几次。"法拉一面说着，一面在地面上飞速演算起来。

银蛇没出声，却把刚刚点燃的烟生生摁灭了。

第五十五次死亡后，法拉终于写出了弹幕函数的解析解。

"队长你一开始要站在电梯最中心的位置，用那四排灯来定位。罗星出现后，你先保持不动，3秒钟后向右移动两步，5秒钟后向上移动3步……"

"咳咳，法拉……"银蛇打断了法拉的讲解，用力吸了口烟，说道，"我有些累了，既然已经帮你试出了方法，不如换个人上去试试？"

"队长你在说什么呢？"法拉惊讶地瞪大了眼睛，"飞刀弹幕会根据目标的移动而改变，只有你可以远程攻击，一旦换成我们，一切都需要从头计算！"

银蛇不声不响地摁灭了第二支烟。

事实证明，法拉的方法非常有效。

只不过，罗星总共拥有十二种弹幕。

随着最后一发子弹射入罗星的胸膛，他吐着血仰躺在无重力环境中，与此同时，太空电梯也上升到了尽头。银蛇抬头看看自己，头上的数字达到了3 671。他自嘲地笑了笑，如果哪天下了地狱便可以向曾经的战友们吹嘘，自己死的次数比杀的人都多。

被打坏了一只眼的罗星额头淌着鲜血，挣扎着丢出对话框：

"你们……太强了。但别高兴得太早了，在首领眼里，我们这些小伎俩，全部不值一提……"

"知道你为什么失败吗？"银蛇问道。控制罗星NPC的后台程序愣了两秒，银蛇指着自己头上的数字，说道："因为我们有无数次机会，而你，只有一次！"

◇

进入第五关后，银蛇恨不得把自己的舌头拧下来。

这一关的场景是装帧豪华的斗技场，四面是高耸入云的大理石柱子，看台上坐满了长着同一张脸的观众。斯特拉、月影、龙舌兰和罗星好似没事人一般站在斗技场正中，等待着大家的到来。

"我明白了，这是闯关游戏中的经典环节！"骆非激动道，"在挑战最终BOSS前，要把之前的BOSS全部打一遍！"

"没办法，上吧！"野狼握了握前爪。

"打过一遍，也不怕第二遍。"法拉叹气道。

银蛇干咳两声，没有说话。

事实证明，他们只对了一半。敌人的能力确实和之前没有变化，但他们把排列顺序稍稍换了一下，将龙舌兰排在了最后一位。

也就是说，最后挑战龙舌兰时只要有一次失误，让对方成功发动了"迷途的羔羊"，就必须全部从头再来。

当龙舌兰再次跪倒在众人面前时，三人一狗头上的数字已经全部达到了四位数。最少的法拉只有1 000多，银蛇和野狼都在四五千上下，最夸张的骆非则达到了9 999。

众人站在竞技场正中央，脚下的大理石板缓缓升起，载着他们向最终BOSS的场所飞去。

男孩正襟危坐在血红色的王座上，手中端着一杯红酒。看到众人前来，他笑着弹出一道对话框：

"干得不错，要不要考虑做我的手下？"

对话框的下方，出现了"投降"和"战斗"两个选项。

众人不约而同地看向了银蛇，银蛇耸肩道："交给法拉就好。"

法拉哼了一声，夺过骆非的日本刀，走上前去，厉声对男孩说道："千辛万苦走到了这里，居然让我们做出选择？答案不是理所当然吗？"

说罢，她挥动刀锋，斩在了选项上。

"投降"的选项。

空中卷起了黑色的旋涡，下一瞬间，二维的像素世界消失，众人回到了游戏厅中。男孩坐在圆凳上，惊讶地看着大家。

"你们……居然不挑战一下最终BOSS？我可是花了好大力气制作的。"

"这样不算通关吗？"法拉笑着反问道。

"当然算，只是……"

"这不就完了。游戏固然好玩，但大人的世界，也是很辛苦的。"法拉叹了口气，拉过一把椅子坐下。

男孩笑了笑，讲解道："感谢你们的游玩。这里最初只有我，一台变异的自动售币机。在拥有自我意识的那一刻起，我发现自己可以通过漫长的岁月，令所有被定义为'游戏机'的设备感染。在那之后过了数百年，这里终于渐渐热闹起来，我们的能力各不相同，有强有弱，但无一例外的只有一个目标，那就是再现出旧时代游戏厅热闹而又快乐的景象。

"勇敢的人类，你们通关了我的游戏，作为奖励，可以任意取走一件罪物。注意，只有一件哦！"

法拉微笑着走上前，将手搭在男孩的肩上，说道："我不是说过吗，大人的世界很辛苦的，小孩子才做选择。"

◇

返回"幽红"的路上，骆非饶有兴致地摆动着刚刚得到的罪物VR眼镜。这台罪物的名字叫作"8bit"，类型是非常稀有的"维度"。它能够将三维空间投影到二维，如果在二维世界做出改变，则会反馈到三维世界。之前探索队所说接近世界级的罪物，一定就是这台。

"我还以为你会将罪物全都搬走呢，没想到只要了这一台。"骆非用手指敲了敲眼镜前方造型炫酷的橙色镜面，感慨道。

"我也想啊，但其他的罪物要么太重，要么使用条件非常受限。例如控制纳米机器的那台作用其实非常有限，如果不配合上其他罪物使用，还不如罗星好使。"法拉一面开车一面答道。

"那台轮回时间的你为什么不选？"骆非追问。

"它发挥作用的条件是对象不得少于四人，且必须在一定空间范围内停留足够长的时间。实战的时候哪儿能碰上这么配合的对手？"

"空间型的呢？"

"它能够把一个空间内入口和出口相连，但前提是那里必须有结构为环形的建筑。"

骆非耸耸肩，这些罪物毕竟是游戏设备变异的，功能也是为了设计游戏而存在。

"多留一些在那里，指不定哪天又变异出了厉害的罪物，我们再去回收。"法拉笑道，"这叫割韭菜。"

不久后，"幽红"已近在眼前。还没进城，众人便看到陆冰急匆匆地骑着摩托赶了过来，看到大家后立即停下车子，上气不接下气地说道：

"你们怎么才回来？月影的病情恶化了……"

第三章　不落之城

1.

罗星坐在昏暗的房间里，右臂半搭在老旧的木桌上。井上拓也坐在对面，双手撑着额头，满是胡碴儿的脸在奶黄色的灯光下愈加沧桑。

"狄安娜跟着兰兰小姐越狱成功了，我想知道她是否还活着。"井上拓也低着头，用低沉的语调说道，"这是我唯一的目标。"

"哼。找到她，然后呢？"灯光向一旁偏移，照亮了德尼挂着冷笑的脸，"与她互诉衷肠？还是当即扑倒热吻？24年过去了，她已经是个老太婆了吧！"

又一盏灯光亮起，方舟用火机点燃烟斗吸了一口，呛得自己剧烈地咳嗽起来。他盯着德尼，笑道："人家活着好歹还有个目标，你呢？"

德尼哼了一声："活着，就能继续看你们、看人类闹笑话。这就够了。"

方舟抬起眼，问道："你们不想看看哥本哈根理想中的世界？"

"不想！"罗星、井上拓也和德尼异口同声地说道。

就在这时，房门被吱扭一声推开了。哥本哈根穿着一身花睡衣走到罗星身后，双臂搭在他的肩上，说道："我就知道你们没兴趣。说点别的话题吧，例如……大家喜欢的女性类型？"

说罢，哥本哈根看向井上拓也，后者脸一红，小声说道："我喜欢外冷内热的类型。"

哥本哈根又看向方舟，对方用力地吸了口烟斗，吐出一只烟圈：
"女的，活的。"

轮到德尼时，他刻意压低了帽檐，支吾道："我就算了吧……"

"在这儿你什么都隐瞒不了。"哥本哈根冷笑道。

"我喜欢年龄大的、强势的……"德尼的声音细得像蚊子一样。

"该我了。我的喜好很专一，美少女、马尾、傲娇……啊，傲娇是
个已经消失在历史长河里的类型，但在我玩过的所有美少女游戏中，傲
娇都是首要的攻略对象。"哥本哈根若无其事地说道，"本体的喜好不
用说了吧？就是法拉小姐。接下来说一下……"

话音未落，罗星猛地站起身来，掐住哥本哈根的脖子将他按在桌
子上，怒吼道："我决定了，接来下要做的，就是将你们几个混蛋赶
出去！"

……

罗星猛地惊醒，干冷的风吹进了帐篷，但他的汗水还是浸湿了枕
头。自从恢复意识以来，他每每都要承受头脑中其他人格的聒噪。

"主人，又做噩梦了？"守在帐篷外的斯特拉听到了声音，掀起帐
篷问道。

"斯特拉，我再问一遍，'幽红'已经不在了对吗？"罗星喘着粗
气问道。

"他们已经去了太空。"斯特拉答道，"'柠黄'和'深蓝'都毁
于灾难了，目前地球上唯一幸存的城市，只剩下了'苍灰'和纯意识体
城市'纯白'。"

"没有办法找到法拉吗？"

"24年前，我们就失去了联系。"斯特拉答道。

罗星叹了口气，继续问道："想要解决我脑袋里的问题，去哪边更
合适？"

斯特拉想了片刻，答道："我建议去'苍灰'，他们对人体的研究

很透彻，说不定有什么办法。并且……"

"怎么？"

"那是一座永不陷落的城市。"

◇

骆非不顾一切地奔跑着，自从听到月影病重的消息，他便只剩下了一个想法，那就是尽快去到月影身边，越快越好。他穿过医院狭长的走廊，等不及电梯便攀着楼梯上到12楼，还差点和查房的护士撞个满怀。当他终于来到月影病房的门前时，却猛地停了下来，深吸几口气，温柔地敲响了房门。

没有回应。

又敲过几次门后，骆非握住门把手轻轻拧动，房门吱扭一声打开了。月影的病床空空的，晨光映在雪白的床单上，窗帘在风中猎猎作响。骆非一怔，却瞥见床头柜上放着一个白底粉边的信封，上面用小巧的字体写着"骆非哥哥收"，后面还画了一颗心。

骆非匆忙撕开信封，在薄薄的纸张上，写着月影生病这些天的心情。她知道自己没救了，想要一个人悄悄离开，将最美丽的样子留在大家的心中。

读完信，骆非感到自己的世界一下子昏暗了，他双腿一软跪倒在地，趴在月影的病床上号啕大哭起来。他这样哭了许久，都没注意到两名穿着白大褂的医生从身后靠近了他。

"你就是骆非吗？"其中一名医生问道。

骆非沉浸在悲伤的海洋中，没有理会。

"你刚刚从外面回来吗？"另一名医生问道。

骆非依然号啕大哭。

两名医生彼此使了个眼色，其中一人悄悄拿出外网浓度检测器，尖锐的报警声立即响了起来。但即便如此，依然没能将骆非从痛苦的深渊中拉出来。

另一名医生取出拇指粗细的注射器，悄悄地靠近骆非身后，看准机会猛地刺入了他的后颈。骆非甚至没来得及叫出声，瞳孔便渐渐失焦，继而全身软绵绵地瘫倒在地上。

"病例913，精神状态极度不稳定，对外界刺激不敏感，疑似感染成为'罪人'，已实施紧急麻醉。"一名医生对着耳边的对讲机报道。几分钟后，门外推来一张担架床，两人驾着昏倒的骆非丢在床上，脚步急匆匆地离开了。

等到走廊里平静下来，月影从病床下吃力地爬了出来。她向医生谎称同伴在外出任务时频繁看到幻觉，容易陷入极度悲伤的情绪，恐怕已经受到了外网的污染，需要进行紧急救治。之后，她准备了能让骆非哭天抢地的信件，骗走了陆冰，又在床下窝了两个小时。

月影的嘴角以难以察觉的角度微微上扬，之后双手在头上胡乱抓了几把，拎起事先准备好的包裹走出了病房。

◇

野狼半躺在车里，望着医院门前往来的人群。几分钟前银蛇进去探病，野狼几经纠结后决定留在外面。它并非不关心月影的病情，只是每每看到骆非同女孩如胶似漆的模样，它的牙根总会没来由地发酸。

一名年轻女子牵着一只拉布拉多路过，后者看到身穿战术马甲的同类，开心地趴了上来，摇着尾巴汪汪叫个不停。主人费了好大力气才将自己的狗拉走，不停地向野狼道歉。野狼摆了摆前爪的肉球，示意不要介意。

女子和拉布拉多走远后，野狼望着天空上孤零零的云朵，长长地叹了口气。就在这时，它突然瞥见月影从医院里跑了出来，头发蓬乱不堪，脚步踉踉跄跄的。

野狼匆忙跳下车迎了上去，月影看到它，尖叫一声跌倒在地。

"月影妹妹，你……"野狼小心翼翼地凑了上去。但月影倒在地上蹭着后退两步，惊声尖叫道："不要过来！你不要过来！"

野狼一时没了主意，只得默默注视着月影，等她自己冷静下来。片刻后，受到惊吓的月影透过指缝偷看着野狼，用虚弱的声音问道："野狼先生……你真的是野狼先生对吧？"

"是我啊，发生了什么……"野狼一句话还没说完，月影突然扑了上来，搂住它的脖子大哭起来。

好不容易安抚好月影的情绪，野狼匆忙问发生了什么。月影擦着眼泪，语速极快地说道："你们是不是听说我病重了？这是圈套！'苍灰'那边派来了有催眠能力的杀手要处决我，陆冰先生被催眠了，我好不容易才躲开他。就在刚才银蛇先生也被催眠了，骆非哥哥已经为了保护我受伤了！"

野狼听过后一惊，下意识地绷紧了神经。月影看着它的眼睛，继续说道："不能多说了，银蛇先生很快就会找到我，能不能麻烦你帮我挡一下？"

野狼耸耸鼻尖，露出一口尖牙："交给我吧，月影妹妹！"

将月影安顿在车上后，野狼先是选择了一番武器，最终还是决定肉搏。面对可怕的银蛇队长，使用兵器只有死路一条，只有诱使对方同自己肉搏，才能依靠身体优势获得一线生机。之后它用前爪拍了拍脸颊，毅然决然地奔赴战场。

野狼没有看到的是，当它踏入医院的一瞬间，月影快速擦干了眼泪，脱下病号服丢进垃圾桶，换上行李中准备好的洋装，又迅速整理好头发。之后她发动了越野车，驾驶着车子扬长而去。

而此刻尚且一无所知的野狼，只转过一个弯便遇到了银蛇。银蛇看到它，问道："你看到月影了吗？病房里没人，骆非那小子也……"

而迎接他的则是野狼的飞扑，以及尖锐的獠牙。

◇

法拉攀住一座又一座的建筑物，在城市里飞速移动着。她刚从罪物鉴定中心出来便收到信息，月影骗过了所有人，骆非被注射了大象计量的麻醉剂，银蛇被野狼咬伤，野狼则被队长扭断了前爪。

面对准世界级罪物都能成功回收的队伍，在短短半小时内，战斗力居然只剩下了她自己。

究竟发生了什么？乖巧的月影为什么突然间性情大变？但法拉此刻顾不上这些了，她必须尽快追上逃亡的公主，鬼知道她还能整出什么幺蛾子。

赶到城市郊区时，法拉瞥见车子已经开出市区，向着外网疾驰而去。她咬紧牙关，以更快的速度追了上去。

几乎在同一时刻，月影从建筑物的阴影中走了出来。在放任车子冲出城市前，她几乎搜刮走了车上的全部设备，兑换成了1 500个图灵币。靠着这笔钱，她可以在城市的角落里躲些日子，等攒够了钱再去"柠黄"逍遥。

路过一家奶茶店时，月影花费两个图灵币叫了一杯实物珍珠拿铁，许久没开张的店家对她满脸堆笑。月影吸着奶茶，一路漫步到阴暗的小巷中。这里居住着"幽红"为数不多的黑帮组织，可以帮助她获得新的身份，从此以后"月影"这个人将不再存在。

巷子里阴暗而逼仄，墙上涂着画技低劣的涂鸦，月影盯着看了半晌才认出是骷髅和怪兽。她苦笑着摇摇头，将喝空的奶茶杯丢在墙角。

就在这时，月影的预知能力莫名其妙地发动了，前所未有的危机感如同电流蹿遍全身。她惊慌地四下张望，却找不到危机的由来。

然而几乎在同一时刻，月影却发现四周的景色变了模样，方才看到的怪兽此刻正站在身前，向着她张开了血盆大口。她踉跄两步跌倒在地，匆忙向反方向跑去，可没跑出两步便被骷髅大军阻挡。

发生了什么？怪兽和骷髅为什么会从画中出来？

"这次看你往哪儿跑？"

月影在惊惶之际听到了法拉的声音，却找不见她的人影。那声音仿佛从天边飘来一般，又好似从每一个原子中发出。她顿时慌了神，预知能力并没有告诉她这样的情形该如何应对。

"别费力气了，你找不到我的。"法拉的声音继续说道，"愿意投降就举起双手，否则就继续陪着怪兽玩吧！"

月影匆忙站直身子，拍了拍裙摆上的土，乖乖地双手高举。

下一瞬间，她回到了小巷中，方才无比恐怖的怪兽和骷髅再次成了涂鸦。法拉单手叉腰站在她面前，脸上戴着一副暗红色的VR眼镜。

"真没想到，8bit这么好用。"法拉笑道，她取出一副手铐，在月影面前晃了晃，"麻烦你跟我回去一趟喽，月影妹妹。"

◇

法拉半躺在骆非家的沙发椅上，拇指和食指掐住眉心，鬓角一阵阵胀痛。在房间的另一角，月影双手被反绑在木椅上，骆非心疼她手腕还垫了棉布。

"月影妹妹！如果我哪里做得不对，请告诉我！为什么要这么做！"

骆非跪在月影面前，双手扶住她的肩膀，痛哭流涕地倾诉着。

"我只是病的时间太长，想要换个心情！这些都是恶作剧，恶作剧好吧？"月影干笑着回应道，"你看，大家都平安无事不是吗？就原谅我这一次好不好？"

骆非回头看向法拉和野狼，后者的左前爪打着石膏，脸上还包着纱布。

"你们看，月影妹妹也认错了，要不然……"骆非挂着祈求的表情问道。

"不然个锤子！"野狼没等他说完便吼了回去，"她明显是在晃点你，看不出来吗？给我继续审！"

法拉闭上眼睛长叹一口气，双鬓更加胀痛了。同样受不住的野狼凑了过来，问道："车追回了吗？我们的家当可都在车里。"

法拉从衣兜中掏出一张卡片，野狼瞥见有一辆帖纸般的越野车正在纸面上飞奔，不消片刻便跑到了背面，几秒钟后又跑了回来。

"车怎么变这么小了？"野狼问道。

"8bit使用时，物体在二维空间的面积，符合三维空间的透视原理。"法拉仰着脸，有气无力地答道，"多说一句，家当已经被你们的月影妹妹卖掉了。"

"……好吧，至少车还在。"野狼无力地垂下前爪，"它什么时候能停下来？"

"等烧光了油吧。"

就在这时，银蛇推门走了进来，野狼匆忙恭敬地让开了路，狗脸上挂着谄媚的神情。银蛇径直走到月影面前，与她四目相对。月影被看得很不自在，不由自主地扭过脸去。

"小姑娘，回答我，我是谁？"银蛇问道。

"……"月影用沉默代替了回答。

银蛇毫不犹豫地取出手枪，拉下保险栓，将枪口顶在了月影的额头上。

"银……银蛇队长，别动怒可以吗，交给我……"

骆非刚要上前求情，银蛇猛地转身开了一枪，子弹擦着骆非的头皮嵌进墙壁里。之后他再次将发烫的枪口顶在月影额头上，不疾不徐地问道：

"说，我是谁？"

"你是……银蛇队长。"月影全身颤抖着，战战兢兢地答道。

"我们第一次见面是在哪里？"

"……"

"我们在遗忘之都时，遇上了谁？"

"……"

银蛇叹了口气，他收起手枪，转身拍了拍骆非的肩膀，说道："放弃吧。"

"你什么意思？"骆非一头雾水地问道。

"你认识的月影妹妹，已经死了。"

几分钟后，大家围坐在一起，月影深深埋着头，不停揉着酸痛的手腕。

"人类生命总量守恒，这是'神冈'的基础能力之一。"银蛇点燃一支烟，向大家解释道，"神冈是编号W-003的世界级罪物，它原本是大型的反中微子探测器，变异后的能力类型为'守恒'。"

"它可以控制一定空间区域内的'守恒量'，从基本的物理参数到'人类生命总量'这种复杂的定义都不在话下。"法拉一面查找资料一面解释道，"月影的情况比较特殊，她属于被神冈特殊标记的'不动点'，即便离开了'苍灰'，依然受到守恒规则的影响。"说罢，她看向了月影："在进入正题之前我想先确认一下，你到底是谁？"

月影沉默了半晌，答道："……我也不知道。"

"你有原本月影多少记忆？"法拉追问。

"一些片段，就好像在看电影的剪辑一般。"月影答道，"我知道你们的名字，你们的能力，也知道骆非痴迷于我。但很抱歉，对于这些记忆，我无法感同身受，也无法接受'那就是我'这样一个事实。"

法拉想了想，总结道："看样子，病痛破坏了原本月影的大脑结构。W–003在此基础上强行构筑了新的生命，于是诞生了拥有原本月影部分记忆却又不是她本人的另一个月影。"

骆非走到月影面前，俯下身子，问道："我还可以继续叫你月影妹妹吗？"

月影立即答道："别带上'妹妹'就行，酸死了！"

骆非也不恼，依然温柔地说道："那好，月影小姐，既然你暂时无处可去，在你找到确切目标之前，继续由我照顾你如何？"

银蛇看着骆非柔情似水的样子，心情复杂地撇撇嘴，转头对法拉说道："我来这里，除了月影小姑娘的事情，还有条重要的信息要跟你讲。"法拉抬抬眉，银蛇继续说道："乔亚·韦克出现在了'苍灰'，并且由于那里即将进行的'光锥三方原'，短时间内无法离开。"

2.

罗星躲在枯树后方，小心翼翼地探出头去。几乎同一时刻，他听到了尖锐的破风声，连忙控制周边的空气形成了正压屏蔽；可晚了一步的行动还是没能挡住对方的攻击，一颗钢珠划破他的脸颊嵌入地面，扬起一片泥土。

罗星长叹一口气坐在地上，继续以枯木为掩体同敌人僵持。在他身旁，斯特拉的前轮爆了胎，正无力地瘫在地上。

"你怎么样？"罗星简短地问道。

"系统修复进度65%。"斯特拉没精打采地答道，"距离完全恢复还有28分钟。"

他们在距离"苍灰"不远的森林中遭遇了伏击，先是斯特拉误中电磁爆地雷，内部系统遭到破坏，甚至无法发挥罪物的本领改变身体样貌；继而是来自远方接二连三的狙击，直到现在罗星都没能见到敌人的模样。

又一次狙击打在了5米外的胡杨树上，正当罗星感慨这次攻击偏得离谱时，却听到了树干断裂的声音。他连忙转过头去，只看到高大的胡杨树被拦腰截断，不偏不倚地向他砸来。罗星慌忙控制熵止住了巨树的掉落，轻轻丢在一旁。

"不用想了，对方一定有强大的预知能力者！"哥本哈根的声音在脑海中吵闹着，"这种攻击，你的银蛇队长都做不到！"

"主攻手是电磁能力者。"德尼也看准机会窜了出来，"先是用电磁爆弹废掉笨机车，又用电磁炮狙击让你无法靠近，这家伙也有一手。"

再一次的攻击钻进了枯木，电磁炮弹夹带着高热，罗星嗅到了焦烟的味道。趁着对方又一次攻击的间隙，他拖着斯特拉转移到不远处的花岗岩后，身后的枯木腾地燃烧起来，一道火光冲向天际。

"别啰唆了，告诉我该怎么办！"罗星喘着粗气，对着自己脑海中的声音们吼道。

"这种状况确实很麻烦，理论上无论你做什么，优秀的预知能力者都能准确做出判断。"哥本哈根解释道，"所以在RPG游戏中，一定要率先干掉敌人的法师。"

"在荒野飙车，简直是送上门的活靶子。"德尼尖声尖气地补刀。

罗星刚想骂回去，却听到了方舟不紧不慢的声音："对付预知能力者，说简单也简单。只要你的行动，让他即便预知到也无法应对就好了。你一直在练习使用我们的能力吧？我有个法子，你不妨试试。"

琳匍匐在乱石丛中，深吸一口气，慢慢校正着狙击镜的准星。她的枪法并不算好，但只要听从"女王"的命令，就能百发百中。琳默默地等待着，不停在小范围内移动枪口。终于在某一刻，对讲机内传出了女王低沉有力的声音：

"发射。"

琳当即发动了控制电磁场的能力，金属枪管中刹那间形成了强度高达几十个特斯拉的单向磁场。枪膛中的钢珠在磁场中被加速，以极快的速度向着目标飞去，带动的气流吹起了琳的短发。即便出现了些许偏差琳也毫不在意，因为偏差本身也在"女王"的计算范围之内。

透过狙击镜，琳看到钢珠深深钻入了1 200米外的花岗岩，在对方的掩体上撕开一道裂痕。琳此刻需要的只是耐心，可怜的猎物迄今为止还不知道猎人藏在哪里，只要连续不断地攻击，胜利就一定属于她。

"女王，我现在该怎么办？Over。"做完一次攻击，琳习惯性地向着对讲机询问道。

然而这一次，她却没能等到回答。

"女王？"琳用力晃了晃对讲机，沙沙的电流声显示连接还没中断。

过了许久，对讲机中传出女王颤抖的声音："……跑！"

"您说什么？"琳吃了一惊，自从跟随女王以来，她的字典里还从没有过"跑"这个字。

"铝热燃烧弹！跑得越快越好！晚一秒都会死！"另一边的女王大喊起来。琳很想问个究竟，但她清楚女王是不会犯错的，哪怕是让她撤退。她背起狙击枪，刚要迈开步子，却瞥见天边闪过一道亮光，继而双腿如同被钉住一般，不敢移动分毫——

在远处的丛林中，一道火光直冲天际，继而在高空炸裂。碎裂的火焰化作难以计数的赤红色火球，如同天女散花一般，将来自地狱深处的劫火洒向地面。

对讲机自琳的手中滑落，在刺刺啦啦的噪声中，传来了女王惊慌失措的自言自语：

"从肖申克里跑出来的怎么会是他……"

罗星望着天空散落的火焰，皱眉嘟囔道："会不会过分了点？"

"能把你逼到这个份上，对方也不是三脚猫。"方舟在他的脑海中答道，"当然，能否在2 500℃的火海中幸存下来，就要看造化喽！"

罗星一路走来，凭借控制熵的能力制造了一件又一件的大杀器，包括但不限于燃烧弹、毒气、核武器。这次之所以选择铝热燃烧弹，是因为材料唾手可得：只需在斯特拉身上卸下铝合金和镁合金的部件，控制熵分离出铝和镁的单质，再混入氧化铁粉末即可。其间斯特拉完成了修复，还提供了库存的高锰酸钾和硝酸钾作为助燃剂。

尽管工艺并不复杂，但大批量生产也绝非易事。为此，罗星制作完成一颗后，又借用方舟的量子纠缠态复制能力，复制了2 000颗一模一样的出来。与其他罪物猎手相比，罗星能够借助外网的算力发动能力，因此仅靠着哥本哈根分身们的记忆，他就可以在一定程度上使用他们的能力。当然，效果比起他们的本体要差上许多。

一枚又一枚的燃烧弹落在地上，远处的小山丘上已经成了一片火海。罗星望着高温炙烤下逐渐焦黑的山岗，却没有半点胜利的喜悦。就在这时，脑海中的井上拓也说道：

"别磨蹭了，快去救人吧！"

下一瞬间，罗星已经冲入了火海。

琳捂住口鼻，在高热和浓烟中艰难行走着。她十分庆幸自己拥有控制温度的能力，尽管并不强劲，却能在身体周围制造出稳定的温度场来保命。又一枚铝热燃烧弹在近旁爆炸，琳依靠制作出的电磁屏障挡住了飞溅的高温金属，又依靠温度场抵消了热浪袭击。

然而她已经接近极限了，方才的狙击消耗了大量的精神力，她感到自己与"灰"的连接越来越弱了。渐渐地，皮肤有了灼烧的感觉，防护用的温度场已经上升到了60℃，接近她能够承受的极限。然而一旦解除，迎面而来的将是2 500℃的火海。

燃烧的浓烟遮挡了视野，附近的能见度不足3米。琳完全不晓得自己的前方是回城的方向，还是地狱的更深处。意识渐渐模糊，她一个踉跄倒在地上。

恍惚之间，琳却感到一阵凉风吹拂着身体。透过朦胧的视线，她瞥见一个男人正俯身看向自己，问道："说，为什么要袭击我？"

琳艰难地伸出右手想要触碰什么，可意识还是不争气地渐渐远去。在昏迷的最后一刹那，她听到了男人惊慌的声音：

"你是……法拉？"

法拉推开仓库厚重的铁门，湿气夹杂着铁锈味涌了出来。她捂住口鼻，拎着保温袋走了进去。袋子里装着她花费了3个图灵币买来的重庆小面，为了能够刺激到胖子那患有味觉障碍的味蕾，她特意多要了一份辣椒。

作为一名黑客，胖子为自己准备了多个据点。为了找到他，法拉一天内跑遍了城市的多个角落，如果这里仍然不见人影，她恐怕只能调用警力了。

穿过堆叠的废料山，又拐过几道弯，法拉听到了微弱的嗡嗡声。她匆忙跑了上去，看到胖子躺在一台沉浸式内网接入设备中，身上缠着不同粗细的电缆，骨瘦如柴的手臂上连着注射器，蠕动泵在缓慢地为他的血液中注入营养液。

法拉慢慢走到胖子面前，将手指放在他的鼻孔处感受呼吸，又按着手腕处检查心跳。在生物学意义上，胖子毫无疑问还活着；但如果贸然关掉内网接入设备，他恐怕会在瞬间进入植物人的状态。

"呼叫'红'！"法拉闭上眼用手指抵住额头，对着远处的超级人工智能发出了信号。

一个全身镀着金属色、面部没有五官的男人形象映在了法拉的眼脸中，一言不发地盯着她。这是"红"为自己设计的虚拟形象，城市所属的每一名罪物猎手都可以看到。

"可以在内网中找到戴丰的ID吗？"法拉问道。

"他没有使用合法IP登录，必须进行遍历算法追寻。""红"回答道，"需要花费5 000图灵币，要做吗？"

法拉咬咬牙，"红"没有五官的脸仿佛笑了，继续说道："又或者，等你完成了'苍灰'的任务，要把8bit交给罪物管理中心。"

"成交。"法拉微微叹气道。毕竟她目前还是"幽红"的罪物猎手，回收罪物上交城市是天经地义的事情。

"红"的身上划过一道道红色马赛克，那代表着它正在高速运算。几秒后，它操着自带混响的语调说道："代表戴丰自我意识的数据包已离开了城市的内网区域。"

"可以追踪吗？"

"不可以。"

"那刚才的约定可以作废吗？"

"不可以。"

法拉睁开眼睛，将"红"的形象在脑海中赶走。她找了把钢管椅坐下，默默看着自己的朋友。胖子的胸口微弱但规律地起伏着，这让法拉想起了小时候，每个周末她和罗星跑来找胖子玩，都能看到他一个人沉浸在内网中的情景。他们往往会在胖子的身上搞恶作剧，有时在他的脸上涂鸦，有时将他的头发扎成脏辫，还有一次给他套上了法拉小时候的连衣裙，而营养严重失衡的胖子居然穿得进去。

几天前，法拉刚刚在内网同胖子会了面。当法拉推开熟悉的房门时，看到的是一名身材高大的金发男子，身上穿了墨绿色的西装，对着她优雅地鞠了一躬，眼波流转地问道：

"帅吗？我研究了很多少女漫画，用机器学习分析了高人气男性角色们的共同点，才设计出了这个形象。"

"像是竹子成精了。"

简单斗了两句嘴后，法拉告诉胖子，她准备去一趟"苍灰"。

"我原本以为自己已经放下了，但听到'乔亚·韦克'这个名字时，身体还是会止不住地颤抖。"法拉眼睛看向窗外，似是无所谓地说道，"他是杀死了周祺和父亲的仇敌，我们迟早要做个了结。"

胖子右手握住装满了红酒的高脚杯，占据了脸部四分之一面积的双眼紧盯着杯壁上的倒影。少顷，他回应道："你了解'光锥三方原'吗？"

"能查到的资料不多，只知道是'苍灰'城市内部争夺资源的战斗。"法拉撩撩发梢，答道。

"不完全对。"胖子一字一句地解释道，"不过要说清楚，还是要从世界级罪物'神冈'讲起。从表面看，神冈为自己划定了空间区域，在区域内维持各种物理量的守恒；但实际上它张开的并不是三维空间的边界，而是四维的闽可夫斯基空间内，区分类时与类空区域的'事件光锥'。"

法拉惊讶道："你是说，'苍灰'内部与外界是因果隔绝的？"

胖子答道："没错。然而，大概是神冈内部运行机制的限制吧，它并不能永久地将守恒量维持在相同的常数上，而是每隔一段时间就必须进行改变。神冈采用的手段，是在特定的时间连接W-005打开时空隧道，让来自三个时代的城市进行一场混战，根据战果来决定守恒量的分配，这就是'光锥三方原'。"

法拉想了想，问道："所谓特定的时间，是怎样选定的？"

胖子晃了晃酒杯，道："根据有限的史料记载，光锥三方原发生的时间，通常是涌现之后。也就是说，这一次的光锥三方原，参战方很可能分别来自现在、18年前，以及24年后——24年后是通过外网模型预测的，那时出现涌现的概率最高。”

法拉有一堆问题想问，胖子却抢先说道：“更加具体的细节，恐怕只有到了'苍灰'才能知道了。”说罢他摆了摆手，一张半透明的海报投影在法拉面前：“'苍灰'选拔'不动点'的消息早就在黑市传开了，你们可以去试试。”

法拉记起，月影就是来自"苍灰"的"不动点"。就在这时，胖子突然直视着她的眼睛，说道：“在你们前往'苍灰'的同时，我会想办法'黑'进那边的内网，看能不能帮到你们。”

“你不要……”法拉拍着桌子站起来想要开口制止，却竟一时找不到合适的话语。胖子望着她，笑道：“就像我无法让你喜欢我一样，你同样也无法制止我为你做事。”

下一瞬间，法拉在现实世界中清醒了过来，胖子强制她的ID退出了内网。再之后的几天里，法拉再也没有找到胖子的行踪，直到今日。

……

看着静悄悄躺在设备里的胖子，法拉不知第几次的无奈叹气。她联系了医疗中心，将保温盒放在桌上，又留好了纸条；之后她推开门，回头看了胖子一眼，摇摇头离去了。

3.

琳驾驶机车在皲裂的柏油路上疾驰而过，两旁的路灯规律地忽闪着，想必是附近产生了类型为电磁或光能的罪物。她瞥了眼手腕上的老式机械腕表，向着对讲机说道：

“返回途中，是否安全？请指示道路。Over。”

几秒钟后，沙沙的白噪声中传出了女王的回复：

"安全，请保持直行，在影院处的路口左转。"

琳将油门拧到底，发动机发出低沉的轰鸣，喷出的气流扬起一阵砂砾。夜空中丝绸一般的幔帐照亮了原野，那是W-001加速高能粒子时产生的韧致辐射，射入大气后形成了极光。

两小时前，在昏迷中惊醒的琳发现自己被安置在了一间破败的超市里，身上搭了毛毯，床头放着还没有过期的蛋白质棒。她匆忙蹿起来检查了一番，身上有少许烧伤，却没有被束缚行动；军用背包丢在床边，除去狙击枪被拿走了弹夹外，包括对讲机在内的设备都原封不动地躺在里面。

琳并没有放松警惕，虽然肚子很饿，她却没有碰床头的食物，怕里面下了毒。简单整理后，琳背起行囊小心翼翼地走到门前，轻轻转动把手，门顺利地打开了。没有陷阱，也没有人守在外面，只有自己的机车孤零零地停在那里。

女王要她活捉的罪物猎手，莫非是个难得的老好人？

尽管实战经验不多，但琳还是不会轻易去相信敌人的，更何况对方不久前刚刚向她丢了上千枚铝热燃烧弹。眼前的布置，怎么看都像是一出"欲擒故纵"的把戏。然而对方还是失算了，只要能够联系上女王，琳就不怕一切算计。

琳摸到建筑物的角落里，取出对讲机，联通了女王的专属频道。片刻后，扬声器中传出了琳熟悉的声音：

"琳？我预测到你会平安无事，你现在在哪里？"

琳身子一软，背靠着墙壁瘫坐在地上。但她只给了自己片刻的放松，便再次绷紧神经，回复道："报告，此处目测位于废城基多的郊区，距离'苍灰'230千米。"她犹豫了几秒，继续说道："敌人不在附近，申请返程。Over。"

女王沉默了许久，答道："安全，可以返程。"

没有一丝犹豫，琳跨上机车，向着"苍灰"的方向疾驰而去。她对女王有着绝对的信任，目前为止女王的预测从来没有错过。但即便如此她也没有大意，每隔几分钟就会再次与女王通信，确认最安全的路线。

　　幸运的是，一路平安无事，琳平安来到了城市入口附近的矿井处。"苍灰"原本由大型升降梯同地面连接，可惜靠近地表的设施在18年前被破坏了，现在想要在城市里进出，只能通过升降梯来到地下800米附近，再搭乘废弃矿井的矿车来到地面。好在"不落之城"几乎不需要从外界进口物资，如果不是为了准备即将到来的"光锥三方原"，琳也不会离开城区。

　　"快要抵达矿井，这是最后一次通信，请确认是否安全。Over。"

　　矿井中旧时代安装的泄漏电缆和无线接力站早已损坏，对讲机在矿井里几乎无法工作，必须提前进行确认。得到女王肯定的回复后，琳关闭了对讲机，专心致志地警惕着四周。几分钟后，她顺利抵达了矿井的入口，矿车没有停在入口处，想必是外出执行任务的同伴们在不久前返回了。琳拉下了呼叫矿车的拉杆，默默地等待着。

　　时间一分一秒地流逝着，终于，琳听到了矿车低沉的隆隆声。待矿车停稳后，她将机车推了上去，向着幽暗的地底深处缓慢前行。

　　过了许久，矿车咣当一声停了下来。出现在琳面前的是一座简易的哨卡，低矮的水泥房内亮着日光灯。哨卡后方守卫着一道近5米高的金属门，门四周的石壁上刻着浮雕，好似传说中巨人的宫殿。在门的后方，便是直达地壳深处的大型升降梯。

　　琳远远地看到了驻守在哨所内短发的少女，她是琳的青梅竹马，能力类型是时间，因为在战场上难以发挥作用，便担任起哨兵的职责。

　　"嗨，蕾比，我回来了！"琳远远地打了招呼。守在远处的少女愣了片刻，举枪向着琳喝道："报上你的ID！"

　　发小的反应让琳吃了一惊，但她还是乖乖地举起双手，说道："0402018，我是琳啊，不认得了吗？"

蕾比并没有回应，她依旧端着枪柄，对肩上的对讲机小声说了什么。片刻后，她轻轻点头，收起枪迎了上来，微笑道：

"哈哈，开个玩笑。听说你差点被烧死，这不是好好的吗？"

"遇到个老好人，又或者是傻瓜，救了我。"琳双肩一软，对着好友抱怨道，"但不管怎么说，任务失败了，我们恐怕需要重新寻找合适的'不动点'。"

"女王在等着你，具体的事情，见到她时再说吧！"蕾比拍了拍琳的肩膀，按下遥控器，金属门缓缓打开一道缝隙。琳耸耸肩走了过去，她并没有看到，在她进入电梯的刹那，蕾比又对着对讲机说了什么。

在大型升降梯中等待的时间更为漫长，前方的终点便是"苍灰"用于与外界连接的过渡区。作为"不动点"之一，琳可以自由地出入城区；但其他人就没有这么幸运了，除非城内有人愿意出来。琳清楚地记得，蕾比当初落选"不动点"后立即决定离开城区，她说宁肯朝不保夕，也不愿意过一成不变的生活。

不知是不是终于把心放到了肚子里，琳感到一阵阵疲惫袭来，险些靠着墙壁睡了过去。升降梯停下时的超重感令她清醒了过来，梯门缓缓开启，乳白色的照明顺着缝隙射了进来——

一队荷枪实弹的卫兵冲进来，迅速将琳围了起来。琳还没来得及反应，就被一名卫兵从背后反剪了双手铐上，另一名卫兵为她罩上了头套。

"你可以为自己申辩，但我们接到的命令是，任何反抗行为都可以直接击毙。"为首的卫兵揪住她的头发，在她的耳边说道，"因此在见到女王前，我建议你保持沉默。"

琳完全不清楚发生了什么，但她很清楚"苍灰"的办事风格，于是乖乖地点点头，在卫兵的押解下向前走去。

被头套遮挡视线后，琳完全丧失了距离感。不知走了多久，卫兵令她停了下来，继而是仓促的脚步声。几秒钟后，琳听到对讲机中传来女王那熟悉的声音：

"带她进来吧！"

后面的卫兵搡了琳一把，她继续在一片黑暗中迈开步子。没走几步，卫兵又喝令她停了下来，一把扯掉了她的头套。突如其来的光线令琳的眼球刺痛，透过模糊的视线，她看到了女王的身影——

以及在女王身边的，挂着冷笑的另一个自己。

琳的大脑一片空白。

女王走下台阶，金属面具下冰冷的双眼注视着琳，说道："罗星，'幽红'的罪物猎手，能力类型为熵。此行来'苍灰'的目的，是见到'博士'，解决自己大脑内多重人格的问题。"她用食指钩住琳的下颚，语调中略带挑衅："为了骗过我的预知能力，你通过'所见即所得'的能力将自己伪装成了琳的样子，这样一来我即便看到了未来的景象，也无法准确地分辨。"

琳拼尽全力让自己冷静下来，她思索了片刻，辩解道："对讲机！对讲机可以证明我才是真正的琳！一路上，和您通话的是我！"

女王伸出右手，伪装者立即递上了一部与琳一模一样的对讲机。女王将对讲机在琳面前摆了摆，说道："以你的能力，两千多枚铝热燃烧弹都能复制出来，复制对讲机还不是小菜一碟？你一直在监听着我和琳的对话，并一路跟了过来。可惜你打错了算盘，先你一步到来的琳，已经证明了自己是'不定点'，这点你是无法伪装的。"

琳突然想到，只要证明自己即便被杀也会复活，就能摆脱嫌疑。她试着发动能力，想要干扰自己的心脏电流，却突然发现自己甚至无法开启电磁视野。

"想要反抗吗？没用的。"女王冷笑道，"我们知道你的能力了得，甚至对抗过弥赛亚的'映射'，因此在你到来之前，借助'灰'的力量屏蔽了外网。没有外网或超级人工智能提供算力，你也不过是普通人罢了。"

伪装者凑到女王耳边，问道："怎么处理他？"

女王耸肩道："先关在这里吧！没有战意的家伙，就算加入也没用。你和我回一趟城区，'光锥三方原'就要开始了，要做些准备。"

琳眼睁睁地看着伪装者和女王消失在视野中。她很想说些什么，但现在她的一切话语，都只会被当作伪装者的狡辩。正当琳焦急之际，手铐咔吧一声被打开了，身后的卫兵扶着她站了起来，将一柄上好了弹夹的狙击枪递到她手上。

琳立即领会了意图，飞奔着追赶女王两人的脚步。

过渡区与"苍灰"的顶部由一条狭长的窄桥连接，只容得下人类和小型车辆通过。由于神冈的影响，城区内的物资可以再生，只有极为特殊的需求才会向外界索取。转过一道弯，幽暗的地底骤然明亮起来，周身镜面的巨大球体悬浮在半空，表面映衬出岩壁扭曲的景象，宛如通往异世的隧道。神冈控制的区域内能量守恒，外界的电磁波无法射入，是绝对白体，反射的光线造就了球面镜一般的效果。

尽管已见识多次，但每次在外部目睹"苍灰"时，琳的心中还是会抑制不住地震撼与激动。然而此刻她有着更加重要的目标，女王和伪装者已经来到了城市边缘，眼看就要进入城区。

琳找到一块岩石藏起身影，透过狙击镜看到伪装者正站在城区的边缘，女王站在她的身后——

下一瞬间，女王猛地推向伪装者的后背，对方却仿佛后背长了眼一般以左腿为轴转身，在躲开偷袭的同时将一柄刀架在了女王的脖子上。

"你早就识破了我的伪装，于是将计就计上演了这么一出。只要毫无防备地进入'苍灰'，我就会被神冈标记为不动点，到那时，也就不得不帮你们了。"伪装者一面说着，一面将刀刃贴在了女王的脖子上。

女王毫不畏惧地应道："当你将刀刃朝向我的时候，琳的枪口已经瞄准了你的脑袋。尽管伪装不会消失，但在外网高真空区域你已经无法控制熵，子弹可不会因为你战胜过弥赛亚而绕路走。"

伪装者哼笑一声，道："此刻高空中的斯特拉已经用弹道导弹瞄准了地面，每一颗都装载了核弹头，只要检测到我的生命受到威胁，就会用核爆给你们头顶上的地表洗个澡。尽管破坏不到几万米的地下，但你们这辈子都别想见到阳光了。"

"你做的事毫无意义。"女王嘲讽道，"我们可以帮助你解决哥本哈根的分身们，借着三方会战的时空通道，你还可以顺利回到24年前。除了和我们合作，你根本就别无选择。"

"很抱歉，我还不清楚神冈的底细，不想冒这个险。"伪装者冷笑道，"在我看来，绑架'女王'，再逼着博士出来见面，似乎更合算些。"

"看过这个，你还会这么说吗？"女王的眉毛微微上挑，向着对方亮出了自己小臂，白皙的手腕上套着一枚精致的腕表。在某一瞬间，琳透过瞄准镜瞥见伪装者的瞳孔有短暂的失焦。

"……江诗丹顿，你从哪里搞到的？"伪装者沉声问道。

"如果我说，这是法拉临死前交给我的，你会相信吗？"女王话音未落，对方却猛地将刀刃向前几毫米，一道殷红的血迹随即渗出，又在血液滴落前迅速愈合。琳紧张地将手指扣在扳机上，却瞥见女王向着她使了个眼色。

伪装者一言不发，双目中的火焰却仿佛能将人烧死一般。女王不慌不忙地从腰间取出一个遥控器，按下了红色按钮。刹那间，正在瞄准的琳感到自己控制电磁场的能力回来了。

"我解除了对外网的屏蔽，如果不相信我，你大可以就这么离开，又或者以我为人质威胁博士。"女王垂下双手，一动不动地，却又目光坚定地面对着伪装者。两人就这样对峙着，许久后，伪装者的身上闪现出了斑斓的马赛克，外表变化为一名身材高挑的短发青年。他放下刀刃，一字一句地问道："只要参加你们那个劳什子的战斗，就可以改变历史吗？"

"法拉从未离开过'苍灰'，一切还有挽回的余地。"女王正声道，"为此，我坚持了24年。"

说罢，女王缓缓取下面具。看到她面容的刹那，青年皱着眉呢喃出一个名字：

"月影……"

◇

月影横竖睡不着，她清楚身为这个时代的"不动点"，她必须回到城市参加战斗；但经历过一次人格改变的她已经很难燃起那种对家乡的责任感，有的只是沉重的负担。

不远处的沙发上，法拉已陷入沉睡，月影能够听到她平静的呼吸声。即便知道了自己的人格已经改变，法拉也还是毫不设防，月影只得无奈地叹了口气。

轻微的敲门声响了起来，月影打开房门，看到骆非正背着一个硕大的登山包站在门外，傻笑着对她挥手。被吵醒的法拉向门外瞟了一眼，看到是骆非后立即裹紧被单再次沉睡过去。

骆非向月影使了个眼神，两人来到房间角落里不会吵到法拉的位置。骆非打开背包，说道："这次你们去'苍灰'，我和老狗都帮不上什么忙，于是我把家里可能派得上用场的罪物全都拿来了。你已经忘了吧，我在罪物猎手中被称作……"

"时间的孙子。"月影代替他做了回答。

骆非干咳两声，继续说道："我不像法拉那么聪明，打起架来也没有银蛇队长厉害。自从当上罪物猎手以来，我最大的本事，就是总能找到时间类型的罪物。听说在'光锥三方原'中，每个时代的'不动点'只能有5人，我的本事有限，就不去添乱了。"说罢，他从背包里掏出一支录音笔，"它叫'阿加莎'，能够录制特殊时间段的声音，无论是过去还是未来都不在话下。尽管没什么战斗力，但配合上你的预知能力，应该能成为获取线索的利器……"

"骆非。"月影蹲下身子，抱着膝盖说道，"我……并不讨厌你，但也算不上喜欢。因此，我觉得有些事情，还是早些告诉你更好。"

骆非点点头，月影继续说道："上一代的月影……就是以前的我，对你的感情实际上非常微妙。她是'苍灰'有史以来最强的预知能力者，很小的时候便被赋予了'不动点'的责任。可实际上，她非常想要逃避这份责任，因此在赌局结束后，一个人逃出了城市。"

骆非惊讶道："你说她是自己逃出来的？"

"没错。靠着神冈守恒的能力，'苍灰'拿出10万人的配额并不困难，以前的我也不会因为输掉了赌局而受到惩罚。她选择离开，只是不想再继续那样的生活。只不过……她本人能力虽强，却没有什么战斗力，在城市外很难生存下去。正是因此，她才找上了你们。说得再直白些，她利用了你的好意。"

"不是利用，是双赢。"骆非立即答道，"她获得了可靠的帮手，而我获得了可以和心上人在一起的机会。这怎么是利用呢？"

"可是……"

"你现在依然有着不同的选择。如果你坚持不想回到'苍灰'，相信法拉和银蛇队长也不会逼你。你只需要搞清楚自己究竟想要什么，然后努力去做到，仅此而已。"骆非说罢，露出一丝苦笑："当然，在这个该死的世界上，活下去已经很不容易了，更不要说做到什么。所以我才想要帮助法拉她们，搞清楚外网究竟是个什么玩意儿，再把它消灭掉。"

月影依然把头埋在膝盖里，许久后，她说道："我想……好好活下去，然后以自己喜欢的方式迎接死亡。"

骆非微笑看着月影，温柔地问道："于是呢？"

"我要去'苍灰'，结束自己作为'不动点'的使命。"

月光打在女孩脸上，微微的笑意中漾出坚决。

◇

"都听好了！测试已经开始，神冈会选择最先到达的三个人作为'不动点'，这一路上我们会面对无数竞争对手。现在摆在我们面前的就是第一道关卡，安全着陆！"银蛇打开直升机舱门，几千米高空的寒风猛烈灌入，他的胡须立即挂上了冰碴。"法拉！你的降落伞呢？哦对，你不需要。月影……你想背着这么大的旅行包跳伞？不怕摔成照片吗？"

"可这里面全是需要用到的罪物啊！"月影一面戴上氧气面罩，一面辩解道，"不然给它也系上个降落伞？"

银蛇刚想要开口斥责，法拉却一把拎过旅行包，纵身一跃飞出舱门。月影喊着"等等"追了过去，也跟着跳了下去。望着身影逐渐变小的两人，银蛇无奈地叹了口气，迈步跟了上去。

凛冽的风刮削着脸颊，银蛇并不清楚旧时代的跳伞者会是怎样的感受，但在遍布外网的区域自高空落下，看着光怪陆离的幻觉走马灯一般闪过，绝不是什么舒适的体验。突然间，银蛇在空气中嗅到一股异样的湿气，抬眼望去，原本晴空万里的天空霎时间阴云密布，雷声如同低沉的鼓点一般自远方隆隆而来。

银蛇啐了一口，为了安全着陆，他们刻意选择了远离大型升降梯的地域，可还是遭到了伏击。他低头看去，月影的降落伞在视野中已经缩小为一个点，在突如其来的强风中左右摇摆。就在这时，肩膀上的对讲机中传来了法拉的声音：

"队长，实行3号作战方案！"

银蛇立即心领神会地点点头，自衣兜中取出一张卡片，挡在自己面前——

尼克和皮克两兄弟藏在密林中，弟弟皮克举着望远镜向高空眺望，哥哥尼克则忙着摆弄一架破旧的电台。两人原本混迹于"柠黄"的赌场，偶然间赢下了一件罪物，便想要在这次的"光锥三方原"中分得一杯羹。

自从乌云涌来的那一刻起，皮克便难掩心中的激动。两人操控这台名为"天气预报"的罪物已经一年了，这还是它首次完全准确地控制了天气——时间、地点、天气类型全都没有出错。还记得有那么一次，他们明明想让欺负自己的帮派成员陷入暴雪，没承想却在自己的家里刮起了沙尘暴，两人险些窒息而死。

空中的那几个人既然敢选择跳伞这么夸张的出场方式，身上一定藏了好东西。想到美好的未来，皮克不禁傻笑了两声。可是突然间，雷雨云就在他的眼皮底下消失不见了，比它们出现时更加毫无征兆。皮克转头看向哥哥，大声骂道："你这个蠢蛋！快让这坨破铁好好工作！"

"有本事你自己来！"哥哥毫不客气地吼了回去，又用力地拍了电台一巴掌。他处理电台故障的方法只有三个，分别是：砸，砸，还是砸。

"蠢货，看我的！"弟弟说罢一脚踹了上去，电台飞出去几米远，撞在一棵树上停止了工作。

尼克揪住弟弟的衣领大喊道："混蛋！我真后悔从妈妈肚子里爬出来的时候，为什么没有回头一脚踢死你！"

就在兄弟俩争吵之际，一张照片随风飘落在他们面前。哥哥尼克捡起照片看了看，上面映出的正是方才雷雨大作的天空。最奇怪的是，明明是照片，上面的雷雨却仿佛屏幕中的视频一般可以活动。

下一瞬间，平地上涌起了阵阵滚雷，继而大雨如同海啸一般泼洒而来。高大的美人蕉和细叶榕被连根拔起，部分乔木被雷电点燃，随即又被暴雨浇灭。

这场高度仅有5米的暴风雨持续了3分钟，地面上已是一片狼藉。

银蛇走过来踢了踢倒在地上的尼克，后者猛地咳出一口水，随即又晕了过去。

"奇怪，我明明看到了这里有可以操控天气的罪物。"月影回想着自己在预知中看到的景象，不解道。

"罪物大概受不了愚蠢的主人，先走一步了吧。"银蛇跨过兄弟俩的身体，向着密林深处走去。

5分钟前，如果让银蛇用一个词来描述月影，他大概会选择柔弱、碍事、麻烦，充其量使用他并不熟悉的"腹黑"；但现在的他，会毫不犹豫地说出那两个字——

无敌。

月影提着枪走在密林中，步履稳健而坚定。突然间，她在一条小溪前停了下来，轻轻敲击手腕上的智能手表，发动了罪物"子弹时间"。这件罪物的效果是将使用者的主观时间感受加快20倍，看似厉害，但持续时间只有5秒，在遇到偷袭时往往来不及发动。

然而，月影有着傲视群雄的预知能力。

只见她从容地掏出腰间的"帕夫纳证人"女式手枪，向着密林深处不同方向连开数枪。随着子弹壳的驳落，远处传来痛苦的哀号，甚至能够听到重物落地的声音。有敌人在被击中前扣动了扳机，可瞄准镜中的月影只是向后方轻轻弯腰，子弹便擦着身体飞过；还没等到敌人有机会射出第二发子弹，月影的攻击便已经打在了敌人的肩上，对方捂着流血的伤口倒了下去。

"队长，你能在森林里隔着那么远打到敌人吗？"藏在后方的法拉问道。

"……有点难。"银蛇想了两秒，答道。

无敌的月影继续前进。突然间，树梢上传来簌簌的声音，一名穿着黑色紧身衣的男子急速在树林间穿梭着，速度快到即便法拉都难以捕捉。男子看到了月影方才的战斗方式，他的目标是在月影发动罪物前将其击倒。

终于，男子抓住了月影的空隙，自高空笔直落下，冷冽的刀锋径直斩向女孩的颈部。在他的眼中，目标越来越近，眼看就要得手——

下一瞬间，月影在男子的视野中蓦地消失。当男子有所察觉时，留有余温的枪口已经顶在了他的额头上。

月影这次使用的罪物是另一块叫"Hello World"的智能腕表，效果是暂停时间3秒钟，如此逆天能力的代价是其后需要长达4小时的冷却时间。

枪声响起。千里之外的骆非大概永远也不会知道，这件他拿到后最常用来和野狼抢食物的罪物，月影第一次使用就杀了人。

"队长，给我件别的兵器吧！"月影回头喊道，"威力越大的越好！"

"你想要什么？"银蛇问道。

月影想了一会儿，说道："RPG。"

"宙斯"小队潜伏在密林深处，小队的5名成员全部来自"苍灰"的过渡区。他们为了这次选拔做了充足的准备，甚至搞到了一辆T-95战车，此刻对于"不动点"的名额势在必得。

"听说来了个很厉害的女孩，'丛林蜘蛛'都死在了她手上。"副队长说道。

"怕什么！咱们有战车，就算是5发RPG都炸不坏！"队长说罢推动了控制杆，然而下一瞬间，负责瞭望的3号发出一声惊叫。队长匆忙望去，发现半空中悬着20发地狱火，从不同角度射向了他们的战车。

这是MP3型罪物"Repeat"的威力，作用是能够复制1秒前的行动，最多20次。当然代价也很大，那就是在随后的两小时内，使用者会随机重复人生中某个5分钟的片段，直至惩罚时间结束。骆非曾经下了很大的决心，用这件罪物将最后一杯名酒喝了20次，可月影却用来发射

RPG。

"这东西用过后，她应该两个小时不能行动吧！"后方观战的银蛇感慨道。

法拉点点头，可下一瞬间，前方的月影却向着他们摆摆手，叫道："队长，法拉姐姐，前面就快要到了！"

"可是你……"法拉指着前方若无其事的月影，惊讶得语不成句。

"哦，你说负效果吗？"月影亮出了装在口袋里的U盘型罪物，"这东西能将你之后要经历的时间存储起来，直接赋予你'结果'而删除'过程'，最多能存储2 048小时呢。"她说罢笑了笑，"虽然负效果是在死前必须将存储的时间10倍地经历完，但我可是'不动点'。"

月影开心地继续走在前面，银蛇用手肘碰了碰法拉，小声说道："这该叫她什么？时间的女儿？时间的妈妈？"

法拉思考半晌，答道：

"时间的丈母娘。"

4.

罗星靠在老旧的木椅上，疲惫地向后仰着头。在不远处，哥本哈根的分身们围在木桌旁，吵吵嚷嚷的叫声似乎要把天花板掀起来。

"天亮请睁眼。"负责主持的方舟背手踱着方步，走到德尼身后，拍了拍他的肩膀："昨晚，你被杀死了。"

德尼猛地一捶桌子，桌上老旧的搪瓷杯险些被震倒。"我知道了！你就是狼人！"他指着正对面一脸无辜样的菲儿说道，"从上一把开始，你就一直在贼眉鼠眼地盯着我看！"

"不要自作多情好不好！"菲儿以毫不相让的气势吼了回去，

"老娘盯着你看？也不瞅瞅你自己那张扁平脸，躺地上都能让人当成马桶盖！"

德尼红着脸想要骂回去，却发现脑袋里的脏话储备库存告急，于是下意识地摸了摸自己塌陷的鼻尖。身后的方舟将他按回座位上，问道："这就是你的临终遗言吗？"

"是的……啊还有！"德尼将目光投向一旁闷着头的井上拓也，"这个闷骚男，他也是狼人！"

对狼人杀游戏兴致寥寥的井上拓也一惊，半晌挤出三个字："为什么？"

"他一句话都不说，一看就是心里有鬼！"

眼看新一轮的骂战即将开始，可是突然间，大家全都闭上嘴——在一旁观战的主人格罗星气势汹汹地站了起来。

"我决定了。"罗星塌着肩走过来，拍了拍方舟的后背，"老爷子，你留下来。你最稳重，如果换成他们谁，我早晚被传染成白痴。"

游戏桌上的人格们顿时炸开了锅，纷纷咒骂主人格草菅民意，说好了用狼人杀决定去留却搞独裁。

"另外！"罗星一声怒喝，人格们再次安静下来，"井上拓也！出去后，你来做新身体的主人格！"

井上拓也又是一愣，半晌挤出了同样的三个字："为什么？"

"因为你话最少。"

罗星缓缓睁开眼睛，一股疲劳感席卷了全身，右边太阳穴针刺般地疼。每次和脑袋中的人格们开会，他都能说掉一年的话。

"醒了？感觉怎么样？"一名身高不到一米六、体型干瘦、戴着高度眼镜的男子俯身看着他问道。这个男人就是月影她们口中的"博士"，无论是名字还是能力又或者是过去都是个谜，关于这个人唯一确定的信息是，他的年龄大概和"苍灰"一样久远。

"啊……嗯,辛苦你了。"罗星诺了一声,站起身来。

博士呵呵笑了两声,说道:"分离信息这种事情不可能做到完美。你的身体里还残留着少量哥本哈根的人格残片,同理,分离出来的人格们也写入了你的部分。至于原理嘛,快速傅立叶变换你知道吗?为了让信息以目前的算力能够处理,总要滤掉一定的高频成分——当然,实际情况要复杂得多,这只是打个比方。"

罗星似懂非懂地点点头,他看向身后,一名约莫二十四五岁的男青年正躺在无菌仓里,身上密密麻麻地插着电极。这个身体的主人在一次事故中遇难,由于"苍灰"中人类生命守恒而无法死去,可被破坏的大脑又无法构筑出完整的自我意识。如此一来,他的身体便成为人格容器的最佳选择。罗星看着青年安详的脸,又闭上眼感受了一番,吵闹的人格们果然不在了,只有方舟笑容可掬地向他摆了摆手。"这种事情是怎么做到的?"他问道。

"想想看,外网每天在做什么?"博士一面收拾着方才用在罗星身上的设备,一面耐心地解释道,"智能设备变异成罪物,人类变异成罪人,都是为主体写入了原本没有的信息。包括超级人工智能让罪物猎手拥有控制物理量的能力,也是同样的原理。打个比方,如果'罗星'是一个操作系统,那么'红'就为你安装一个叫'熵控制'的可执行程序。当然,程序并不是随随便便就可以写入的,每个操作系统都有一套独有的语法规则,想要做到信息的融合与分离,就必须从根本上去改变这套规则。"

罗星想了想,问道:"那么这套规则的本质是什么?写在原子上?夸克上?还是更根本的弦或者膜上?"

博士笑了笑,答道:"当你打开熵视野的时候,看到的世界是不是不一样了?同样,基本粒子也好,能量也好,不过是看待世界的一种'视角'。外网处理宇宙的'视角',就是运算。"说罢,他拍了拍罗星的肩膀,"再说下去,恐怕三天三夜都讲不完。月影还在等你,先去干正事吧！"

走出博士的研究室，月影果然等在那里。她坐在一辆红色的浮空车里，向罗星招招手。由于"苍灰"是球型结构，为了方便在立体空间中移动，这里的车辆都没有安装轮毂，取而代之的是四只可以万向旋转的螺旋羽翼。

"接下来去哪儿？"罗星打开车门，坐了进去。

"距离开战还有不到20小时，带你熟悉一下环境。"月影说罢踩下油门，车子划着一道弧线向着城市的中轴线飞去，那里有着贯穿整个城区的升降通道。

车子绕着十几米粗的钢柱盘旋向上，转眼间便来到了一处闹市区。穹顶的球壳闪烁着人工照明，鳞次栉比的商业区内车水马龙，边缘处则是一排排造型各异的住宅楼。

"从球顶入口处向下，是城市的生活区。"月影一面驾驶一面解释道，"除去维护治安的警察总署外，'苍灰'并没有政府组织。一旦开战，还是要依靠民间的力量。"

"民间有武装组织吗？"罗星张望着城区问道，刚进入这里时急于分离人格，没顾上参观便直奔博士那里去了。

"当然，之后会带你去认识。"月影转动方向盘，已经在上半区盘旋了一圈的车子再次沿着粗壮的升降通道扎了下去。"你还不清楚'光锥三方原'的具体规则吧？"

罗星点头，月影继续说道："这是一场围绕'不动点'的战争，关键就在于每个时代选出的4名'不动点'。规则说来也简单：其一，战争开始后，每隔12小时，所有的'不动点'会被随机传送到一个时代，但不会重复。战斗总共持续一天半，也就是说三个时代会按照随机顺序依次出现。其二，'灰'会记录'不动点'的死亡次数，时间结束后，以此为标准分出胜负。其三，只有被'不动点'直接或者间接杀死，才会计入死亡次数。具体标准会由'灰'来把握，但总之即便平民参与其中，也必须和'不动点'配合才有效。"

罗星简单思索了片刻，表面看来这是"不动点"们之间的游戏，但除非留在了自己的时代，否则"不动点"就会拿到大逃杀的剧本。"决出胜负后，会有怎样的奖惩措施？"他问道。

"会按照相应的比例，缩减城市各个守恒量的数值。"月影抬头环视四周，"啊，快看，博士的研究室从这个角度看很漂亮的。"

罗星向下方望去，位于球心正中的研究室仿佛一颗小太阳，闪烁着温暖的光辉。方才，他就躺在这其中的某个房间内。

"球体的上半是生活区，下半的三分之一则是工业区。由于'神冈'的存在，这里的作用只有食品和废料的回收，以及破损物品的修复。"月影继续介绍着城市的奇观，"考考你，'神冈'使得城区内不会有熵增，知道这意味着什么吗？"

"……可以造出第二类永动机。"罗星很快想出了答案。

"答对了！"月影开心地笑了笑，"在城外很难实现的物理或者化学过程，在这里很容易就能够实现，例如将摔碎的杯子恢复如初，或者将分解掉的有机大分子拼接起来。但这并不是总能轻易做到的，例如人类虽然不会死去，但如果身体受到了严重损坏，就很难重构出一模一样的人格。毕竟从身体结构到人格的形成，还要经历几次复杂的映射，即便'神冈'也不是万能的。"

这意味着在战斗中一旦死去，虽然生命不会消失，但再醒来的人很可能就不是"罗星"了，这点与方才博士的说明是一致的。

车子在工业区盘旋一周后，再次向着更下方驶去。突然间，四周响起震耳欲聋的嗡嗡声，罗星寻声望去，下方悬挂着一只直径上百米的超巨型圆球，在飞速旋转着。

"这里是城市的最底层，也是最重要的'守恒区'。"月影解释道，"除了活人数量，'苍灰'最主要的守恒量有质量、动量、角动量、能量、电量和熵。但想要正常生活，就必须有物理量的不断变化，为了平衡这一矛盾，'灰'与'神冈'合作，建立了这个'守恒区'……啊，多谢。"

月影正想要拿出耳塞，四周巨大的噪声却突然消失了，原来是罗星制作出了反向声波用来降噪。车子与圆球愈加接近了，罗星看到它居然是一个多层结构，最外层的球壳由无数的小球组成，它们全部沿着大球的经线转动，次一层的小球则沿着纬线运动；在它们之间，还有无数的小球在沿着径向往复运动。最内层的结构罗星借助熵视野才看清楚，那里是一个实心的巨大钢球，一面高速自转的同时，自转轴还在轻微地却又一刻不停地转动着。

"外面两层的平衡珠——虽然这么叫，每个也有几十吨的重量——它们用来平衡变化的动量。动量毕竟是矢量，为了对应上正确的方向，有时需要同时调节多个。"月影解释道，"最内层的零号平衡珠则用来平衡角动量，即便整个城市发生了旋转，以它的质量和角速度，也足以平衡掉。"

驶过巨大的平衡珠，四周终于安静了下来。在城市的最底部，罗星看到八座熔炉形状的大型建筑在工作着，尽管距离还很远，却已经能够感受到阵阵热量。

"这里是八座大型托卡马克发电站，它们用来平衡城区的能量变化。这里面还安装着超级电容器，用来平衡电量。"月影的语气中带着自豪，"虽然比不上'深蓝'的那台巨大，但也足够壮观了吧？"

罗星感慨道："如果我是敌人，肯定会优先选择攻击这里。比起城区，破坏这里的效率要高很多。"

月影应道："别忘了，三座城市并非彼此独立，它们是来自不同时代的同一座城市。如果你破坏了24年前的城市，那么影响可能会一直扩散到24年后，从而改变现在。"

"通过改变历史而改变未来……还能做到这种事情？"罗星吃了一惊。

月影叹气道："处在时间轴最前端的城市就没有这种顾虑。所以从某种意义上讲，位于时间轴后端的我们，是最不利的一方。"

罗星想了想，再次发问："现在作为过去的一方……也就是42年前的一方，也曾作为'未来'参战过吧？"

"并不是这样哦！每个时代只会出战一次'光锥三方原'，我们很不幸地抽到了未来牌。"月影踩下刹车，车子缓缓地降落在一个空旷的平台上。"到了，我带你去见民间组织的首领。"

月影说着打开车门，罗星也跟着跳了下来。此处城市的外壁已经没有了人工照明，只有一排路灯影影绰绰地闪烁着。两人走在狭长的道路上，上方是平衡珠的轰鸣声，下方是托卡马克引擎的热浪，颇有一番地狱之景的意味。

道路尽头是一间简易的哨所，一名女性远远地等在那里。继续走近后，罗星看到那人居然穿着睡衣，脚上踩着棉拖鞋，蓬乱的短发下是一双惺忪的睡眼。

月影气鼓鼓地跑了上去，冲着女性吼道："凯特！我不是说了会带人来吗，怎么又是这副邋遢样子！"

叫作凯特的女人嘿嘿笑了一声："我知道啊！不过，这大概是我最正常的一套衣服了。"

"罢了。我给你介绍一下，这位是……"月影无奈地叹了口气，她刚想要向同伴介绍罗星，后者却盯着凯特的脸，惊讶地叫出了一个名字：

"周祺……"

◇

银蛇半躺在沙发椅中，打了一个大大的哈欠。他做梦也没有想到，自己会有在作战会议上犯困的一天。

"大家初来乍到，可能还不太适应，毕竟这里是几千米的地下。"名叫夏然的青年男子站在白板前，一字一句地解说道："众所周知，越往深处，重力势能越大，压强也就越大。"他用马克笔写下了"$mg=$"的半边等式，却想了许久也写不出右边，只得擦掉。"总之，这里的氧原子含量相对较低，容易造成缺氧的症状。"

　　"氧在空气中，以氧气分子的形式存在。"坐在前排的法拉纠正道。

　　"啊，这样啊。"夏然清清嗓子以掩饰尴尬，继续说，"在这次战争中，我们位于时间轴的中间，是不确定性最强的一方。这就好像薛定谔测不准原理一样……"

　　"测不准原理是海森堡提出的。"法拉继续纠正。

　　"对！我想说的就是他！"夏然立即应道，"我们既要提防过去一方对未来的改变，又要想方设法防范未来一方。防范未来最简单的方式，就是让他们找不到强大的'不动点'。如果城里城外都没有合适的人选，那就只能想办法克隆。克隆大家都知道吧？我们身体里的遗传物质是DNA，也就是脱氧核苷酸……"

　　"脱氧核糖核酸。"法拉已经有些不耐烦了。

　　银蛇索性闭上了眼睛，把身体的姿势调整得更舒适了些。

　　不久前，凭借着法拉强悍的8bit和月影武装到牙齿的时间型罪物，三人顺利成了最先抵达"苍灰"的人。乘坐大型升降梯来到过渡区后，发现这里已经有人在等他们了，那就是来自城市内部的"不动点"夏然，他将作为这次战争的领队。

　　银蛇凭借着自己阅人无数的经验，一眼就分辨出夏然还算个靠谱的家伙——至少比骆非要靠谱得多。只是不知为何，他总是喜欢用理工科知识为自己做注脚，却鲜有用对的时候。

　　夏然的解说持续了半小时之久，剔除掉冗余的、错误的内容，再过滤掉占据了篇幅百分之八十的定语、状语和从句后，有效信息无非是：

之所以会从城外选拔"不动点"，是因为来自城外的人不会受到改变历史的影响。银蛇再次睁开眼时，看到法拉也在揉眼打着呵欠，月影早已趴在桌子上进入了梦乡。

"大家远道而来，一定累了吧！距离开战还有些时间，我先带各位去城里休息。"夏然一面说着，一面擦掉了白板上"$pv=ntr$"的公式。

众人跟着夏然走出过渡区，一路来到了"苍灰"的边界。当看到太阳一般硕大明亮的镜面球体时，即便是见多识广的银蛇，也不由得啧啧赞叹。法拉忍不住用手指戳了戳镜面，后者却仿佛软糖一般凹了进去，随即又恢复原状。

"城区内要求人类数量和质量守恒，我会通知志愿者带着配重出来，咱们才可以进去。"夏然说罢拿出一部对讲机，"这部机器是特制的，也是唯一能和城内通信的设备。"他解释道。

不一会儿，夏然示意可以进入了，随即第一个将身子探入了镜面内。这一次镜面没有拒绝他，而是如同果冻一般将他吸了进去。银蛇跟着将手臂伸了进去，只见镜面沿着手臂缓缓浸润到了身体，下一瞬间视野明亮起来，一座巨大的立体城市呈现在眼前。

三人被安排在同一街区的三间公寓里。按照夏然的解释，"光锥三方原"开始后"不动点"会被随机传送，但其在城市内的坐标位置不会改变，因此三人既不能过于集中被一锅端，又不能间隔太远不便集合。

"城区内没有熵增，吃掉的食物、损坏的物品很容易便能恢复原状，大家可以尽情使用。"夏然解释道，"距离开战还有20小时，诸位可以好好休息一下，也可以想想战术。"

"告诉我，内网的连接口在哪里。"银蛇径直问道，"我要去见个老朋友。"

月影做了一个短暂而清晰的梦。

她梦见了自己小的时候，那时她刚刚觉醒预知能力，被博士称为"百年难遇的天才"。

然而那时的她对于所谓天才或者命运还没有明确的概念，只是觉得能看到未来发生的事情，很酷。就像所有的小孩子一样，她对自己的新能力十分好奇，只要有机会就会不停地尝试。

慢慢地她发现，对于别人的未来，她能预知的总是十分有限，但自己的未来却可以无限制地看下去。

她不停地看啊看啊，就像在看一部永远不会结束的电影。她看到了自己长大的模样，看到了自己从无忧无虑到心事重重的每一天，也看到了自己代表城市去参加赌局的英姿。

终于有一天，她看到了"结局"。影像里的她躺在陌生的病床上，身边有一位素未谋面的青年陪伴着。

小小的月影第一次体会到，啊，这就是所谓的"死亡"吧！

然而，故事并没有结束。当小月影再一次窥视自己的死亡时，她发现完结的故事居然还有续集。

影像中的她猛然惊醒，看到的是完全陌生的环境、陌生的人。对于站在上帝视角"预知"的小月影而言，她清楚地知道那就是之前卧床的病房；但影像中的自己却是那样的无助和惶恐。

那一刻她真正明白了，这就是自己作为"不动点"的命运。

月影从梦中醒来，虽然算不上什么噩梦，但额头还是挂满了汗滴。看看时间，不过睡了4小时，却已再无困意。于是她起床简单洗漱了一番，走出了房门。

她要去面对那个必将到达的未来。

公寓旁是一座高大的购物中心，承载了城区大半货物流通的功能。由于"苍灰"内物质和熵守恒，所有的物价都十分便宜，居民只需要支付很少的"信息管理费"就可以获得物资。

月影乘坐直梯一路来到了天台。推开木门，她远远看到夏然正坐在大理石台阶上，手中拿着一本纸质书，半长的头发不时被夜风撩起，好似一幅油彩。

月影走了上去，夏然看到她，微笑着展示了手中的书。那是一本叫作《夜的命名术》的诗集，出自旧时代一名阿根廷诗人之手。

"技术、价值观和快乐都有保质期，文学却没有，特别是诗。"夏然笑道，"你看，我特别喜欢的这一句：反叛是望着一朵玫瑰/直到眼睛粉碎。虽然这是旧时代的诗集，像不像我们凝望外网时的感受？"

"无论时代如何变迁，人始终是人。"月影应道，"还有十几小时就要开战了，这么吊儿郎当真的好吗？"

"月影小姐，你知道对付'不动点'的方法吗？"夏然不答反问。

月影默不作声，他继续说道："'不动点'是相当麻烦的存在，杀不死，困不住。即便将他们丢入熔炉中，神冈也会在安全的地点将他们复活。因此对付他们最好的方法，就是完好无损地困住。"

"你有什么对策？"月影追问。

"既然来自未来的震荡避无可避，那我们就要专注于防范未来。"夏然合上了书册，"但这里面涉及一个很复杂的时空学问题：对现在怎样的改变，才能够在24年后得到想要的效果呢？例如，我给未来写了一封信，装在罐子里埋在地下，怎样才能确保在24年的时间内不会被目标以外的人挖出来呢？"

"……可以用一些不会被破坏的方法，例如将罐子浇筑在水泥里。"月影想了想，答道。

"并不尽然。除非物理上无法取出——例如丢进黑洞的故事视界，否则只能降低罐子被取出的概率，而不能杜绝。但丢入故事视界的罐子，即便是我自己也无法取出。"

月影忍住了纠正"故事视界"一词的冲动，听了下去。夏然继续说道："我的老师说过，在物理学的世界里有一句至理名言：Shut up and calculate。所有搞不定的复杂问题，别啰唆，算就是了。'苍灰'是一个隔热系统，不会从外界引入随机变量，如果不吝惜算力，计算的准确度会非常高。"

说罢，他取出一把左轮枪，正对着月影的额头："月影小姐，根据计算，你会在24年后成为未来一方的领袖。因此，我必须改变这个未来。"

月影面对着黑洞洞的枪口，一动不动。

夏然皱眉道："怎么，你认为我不会开枪吗？"

"我一直在好奇，自己的预知能力究竟是什么原理。靠计算，我可做不到。"月影不疾不徐地说道，"后来我慢慢清楚了，我的预知并不是'运算'，它属于时间能力的一种，我能够借助它跨越时间传递信息，从而看到未来。"她向前一步，"因此，我不是'认为'你不会开枪，而是'看到'了你没有开枪的未来，翕然小姐。"

对面的女人扣下扳机，手中的格洛克43只是咔嚓顿了一下——她的枪膛里并没有子弹。

翕然叹气道："你说对了。这个预测结果我很早就知道，但即便如此，我还是决定信任你。但是，我有义务将这件事告诉你，让你坚定地站在我这边。"

如果此时此刻有一个处于上帝视角的观测者，祂会看到月影对面的人在刹那间由"夏然"替换成了"翕然"，二者切换的时间间隔仅为普朗克时间尺度；但对于普通人而言，"夏然"这个人从一开始就没有存在过，留在"苍灰"的自始至终都是"翕然"。

然而翕然对面的月影却发觉到了不对。作为"不动点"，她虽然也被写入了同翕然在一起的记忆，但与"夏然"经历的一幕幕同样留在了意识深处。月影感到头颅一阵剧痛，她用力地捂住脑袋，自己不顾危险跑来这里，究竟是为什么？

某一刻，一个概念在她的头脑中一闪而过——

因果攻击！

"翕然小姐，快跑！"

月影不顾一切地冲向翕然，她这次前来，目的就是要在因果攻击下救下翕然。刚刚迈开步子，月影脚下的地面骤然间皲裂开来，两人指尖触碰的瞬间，繁华的商圈早已消失不见，深不见底的黑暗如同海啸一般将她们吞没。

在街区的一角，矗立着一座密不透风的巨大水泥雕塑，在其角落里，镌刻着"外网纪元239年"的字样。行人往返经过，没有任何人对它的存在产生一丝怀疑。

因为那是从18年前起就存在于此的景象。

5.

"异时同调定理。"凯特一面为罗星和月影端上咖啡，一面解释道，"这并不是什么物理学原理，而是'昨日重现'与'神冈'两台世界级罪物合作，衍生出的奇特法则。"

说罢，她用马克笔在白板上画了三条平行线，分别写上了"past""present"和"future"。

"当临近'光锥三方原'时，即将交战的三个时代就会'同调'。"凯特说罢画上1条竖线，与三条平行线垂直相交。"也就是说，我们这边的第一天下午1点，等效于其他两个时代的第一天下午1点。"她一面说着，猛地凑到罗星面前，俏皮的眼睛眨了眨，"你一定想问这种'同调'有何意义吧？当然有。一来，如果现在发生了传送，你只会被传送到另外一个时代的第一天下下午1点，懂了吗？"

罗星用力地点点头，方才他的脸颊感受到了凯特的呼吸，心中一阵燥热。他设想了好多凯特为什么很像周祺的原因，但最终还是没能问出口。

凯特继续说道："还有一个很重要的战术，叫作'因果攻击'，即通过改变历史，对未来产生影响。这一战术同样受到'异时同调定理'的制约。例如，过去一方在第一天下午1点做出了改变历史的决定，那么现在和未来都需要等到第一天下午1点，才能感受到这种改变，差一分、一秒都不可以。当然，实际上感受不到就是了，因为在大家的记忆中，被改变的历史才是真实发生的历史。"

"既然如此，这种攻击岂不是没有什么用喽？"罗星质疑道，"再要命的改变，其影响也会在几十年的岁月中慢慢消磨掉。"

"原本应当是这样的，但有一类人是特殊的，那就是'不动点'。"凯特拍了拍罗星的额头，"即便遭受'因果攻击'，不动点的空间位置也不会因此改变，反而是历史会自适应成为'不动点恰好在那里'的状态。即便被写入了新的记忆，'不动点'也可以回忆起历史被改变前的事情，就好像存在高维时空一般。"

罗星想了想，追问道："如果从根源上破坏呢？例如，让'不动点'无法出生。"

凯特答道："那样的攻击当然有效，也正是因此，各个时代都倾向于从外界寻找'不动点'。并且，即便阻碍了'不动点'的诞生，历史也会找到新的'不动点'代替。"

一旁的月影叹气道："处于未来的我们，无法使用这种'因果攻击'，所以处于绝对劣势。"

凯特继续说道："为了躲避因果攻击，最好的办法就是躲在守恒区里，这也是小影带你来此的原因。因为即便再疯狂的人，也不会对自己的守恒区动手脚，那将造成整个城区的混乱。"

罗星想了想，问道："躲在这里固然是个好选择，但如果其他时代的'不动点'来了这里，你们要如何应对？"

凯特摇了摇食指，笑道："关于这一点，我们早已布下了天罗地网。这还多亏了小影带来的一件准世界级罪物。"

说罢，她向着月影使了个眼色，后者走到罗星身后，推着电脑椅的椅背旋转了起来。还没等罗星发出疑问，只见凯特对着空中做了一个抓取的姿势——

电脑椅的旋转在霎时间停了下来，取而代之的，凯尔身下并没有轮毂的木椅开始了旋转。由于椅子腿与地面之间的摩擦力，只转了不到半圈就停了下来，在地面上留下一道划痕。

罗星顿时明白了，凯特将本该属于他的角动量，"抢夺"成了自己的。

"它的能力类型是'转化'，可以改变物理量所从属的主体。"凯特笑道，"这是一座'黑羊之城'！"

法拉望着前方森罗密布的电网和陷阱，按下了8bit的开关。一瞬间，逼仄的巷道恢复了其原本在三维空间的模样，而构筑起机关陷阱的部件，此时看上去也不过是一些废旧的零部件和木箱而已。然而一旦有人踏入此处，所有物质会在一瞬间被压缩到二维空间，原本独立的机械零件会自动拼接，原本独立的电路会联通，毫不起眼的巷道中便布下了天罗地网。

在回收8bit时，法拉他们可因为这个能力吃尽了苦头。

法拉舒了口气，问身边的同伴道："托马斯，目前整体进度如何？"

"生活区已经完成了60%的布局，其他时代的'不动点'一点踏入，将插翅难逃。"身材高挑的金发青年正了正眼镜，答道。

"还是没有翕然和月影的消息吗？"

"……抱歉。"

法拉微微点头，在她的记忆中，月影住下后不久就和刚刚认识的翕然约了见面，之后两人便同时不见了踪影。但更加令她在意的是，每当回忆此事，脑中总有一种难以言说的不协调感。

"去下一个地点吧。"法拉撩撩发梢，走在了前面。

同时一刻，水泥雕像内部。

月影刚刚沿着内壁走了一周，这里的空间大约3米见方，算不上狭小，但留在这里也绝不是什么舒适的体验。

"我看到了许多针眼大小的孔洞，有光从外面透进来。"月影毫无顾忌地坐在翕然身边，汇报起侦察成果来。

"那些是透气孔，让你我不至于缺氧窒息。"翕然叹气道，"否则，'神冈'会判定这里无法作为复活点，自动将我们拖出去。"

"你的能力是什么？可以不可以将咱们弄出去？"月影问道。

"不是说过吗？我的能力是'完美模型'，也就在一定时间内赋予物体理想物理模型的特征。"翕然垂着肩膀，"这是从老师那里得到的本领，除了特殊环境下，很难派上用场。"

"例如呢？"

翕然看了好奇的姑娘一眼——尽管在这乌漆麻黑的环境中连轮廓都看不清。几小时前自己还在用枪指着她，可对方却好像完全不在乎一般。

"例如，我可以将你变成一只真空球形鸡。"翕然打趣道。

真空球形鸡是物理学中的一个梗，讲的是一家农场的鸡生病了，便找上了一名物理学家，物理学家经过反复推演，告诉农场主自己找到办法了，但仅对真空球形鸡适用。这个笑话是在讽刺物理学家只关注于理想模型，研究的东西与实际相去甚远。

而听到这个玩笑的月影却一下子兴奋了起来，她凑到翕然近前，快速说道："这么说来，你也可以将这里变成'完美的绝热系统'喽？"

翕然嗅到了少女身上的紫罗兰香气，她将头别向一旁，应道："那又怎样？"

月影露出了自信的笑容："这样一来，我们就可以闷死自己，让'神冈'带我们出去了！"看着有些犹豫的同伴，她自衣兜中取出一个U盘型罪物，得意地补充道："放心吧，我们可以将窒息前的时间储存起来，完全感觉不到痛苦！"

实际上，月影和翕然的脱出远比预想得更加迅速，因为翕然将两人周边的球型区域变成了"完美的真空"，而人类在真空中挺不过3分钟。不过在此之前，负责寻找两人的银蛇早已按捺不住了。

"妈个巴子的！"银蛇大骂一句，将烟头丢在地上踩灭，吓得身边名叫吉尔的跟班一个激灵。"这群王八蛋，这么快就骑到老子头上来了！"

接到服务"不动点"的任务后，吉尔原本兴致勃勃，但分配给他的这位硬汉，却显然不是他能够应付的类型。同与法拉小姐一同行动的托马斯相比，待遇简直是云泥之别。

"那……接下来去哪儿？"吉尔战战兢兢地问道。

"这都不明白？"银蛇瞪了他一眼，"他们能改变历史，却总会留下记录。"见对方仍是一副不明就里的样子，他径自坐上了车子，命令道："带我去查阅这些年来的城市规划！"

"苍灰"并没有议事厅一般的政府机构，全部公共事务由超级人工智能"灰"统一管理。通过连接"灰"自然可以调阅电子版文档，但那会花费大量的图灵币；为了应对这类情况，超级人工智能特意将重要文件写在了物理存储中，以方便居民查阅。

资料馆位于博士研究所的正上方，是一座四四方方的建筑。银蛇没有花费多少力气就调出了18年前的城市规划图，用手指比画着快速寻找。一旁观看的吉尔不由得赞叹，他在城市里摸爬滚打的10多年，都不敢说对每一个角落了如指掌，而银蛇只是跟着他走了一遍就已经熟记在心。

突然间，银蛇的手指用力地点在了城市上部闹市区的一座雕像上。

"就是它！"银蛇恶狠狠地说道，"18年前突然建这么一座不着调的雕像，用膝盖想也知道是为了什么！"

然而就在此刻，银蛇却瞥见面前的图纸发生了扭曲，继而一股强烈的不协调感袭来。他只觉得一阵眩晕，视野再次清晰时，发现自己正独自位于一间机械工厂里。银蛇费力地回忆着，他是为了寻找月影来到此处，之后……之后发生了什么？

四周回荡着隆隆的响声，厚重的卷帘门缓缓开启，整齐排布的脚手架顺着轨道滑出，每一间方格内都摆放着一台同样的人工智能。

瞥见人工智能样貌的瞬间，银蛇不由得瞪大了眼睛。即便因果倒错，他也不可能忘记这张面孔——

钟铃。

而成百上千的钟铃也缓缓睁开眼睑，暗金色的眼眸上下扫视着银蛇，她们同时开口，发出了宛若合唱般的混响：

"好久不见，小蛇。"

月影紧闭双眼眉头紧皱，用食指抵住太阳穴，鬓角淌下汗滴。少顷，她猛地睁开眼睛，抚住胸部大口喘着粗气。

"还是不行……"月影神色疲惫地说道，"W-005的能力是'时间'，能够阻断预知。"

凯特递来一杯温水，叹气道："如果不能预知第一次传送去往哪个时代，对我们就太不利了。"

"无论去往何处，总之，先去找到24年前的法拉，和她们联手吧。"罗星双手抱胸补充道，"那个时代的'不动点'有你、法拉和银蛇队长，还有一个是谁？"

月影顿了几秒，答道："记忆有些混乱。我认为是一名叫'翕然'的女性，但在某些记忆片段里却是叫'夏然'的男性。"

"因果攻击。"凯特当即给出了答案，"42年前的那群家伙，已经开始行动了！"

大家沉默思索着，突然间，月影再次开口道："啊，还有一件怪事。既然预知不到传送去的时代，我索性改为预知我们这边即将发生的事情。但奇怪的是，依然有什么干扰了预知。"

"小影你太累了吧……"

听着两名女孩的讨论，罗星慢慢梳理着其中的逻辑：月影的预知能力源自"时间"，传送的目的地之所以无法被预测，是因为传送是由W-005主导的，它的能力同样是"时间"，并且远远强于月影。在平衡区并没有强大的时间型罪物，影响她预测未来的究竟是什么？

窗外传来了平衡珠的轰鸣声，在神冈构筑的奇特时空里，有了它们才能保证城市的正常运转。尽管从工程设计上来讲无可挑剔，但这一浩大的工程看上去依然过于笨重了，如果能有更小的、可以代替平衡珠的设备……

不好！

罗星的大脑中在一瞬间闪过了真相。他不顾一切地向着两名女孩冲去，却只是艰难地拉住了凯特的手。四周的建筑刹那间消失不见，继而是一股强大到无以复加的拉力袭来，罗星近乎用尽了全部力量，才拉着凯特来到了安全区域。

"小影！"

凯特大声呼喊着，没有被救到的月影在巨大吸引力的作用下，正沿着螺旋形的轨迹向着空间中一个不可视的点飞去！

除去强大的时间型罪物，还有什么能够干扰月影的预知？答案是时空奇点。

除去笨重的平衡珠外，还有一个办法可以平衡掉城市的动量、电量以及角动量，那就是黑洞。然而，一座城市的质量还远远不及恒星坍缩为黑洞的强德拉塞卡极限，因此必须用小型黑洞，也就是宇宙大爆炸之初形成的太初黑洞来代替。由于神冈隔绝了"苍灰"与外界的因果联系，自然也就隔绝了地球的引力，故而太初黑洞能够稳定地存在于城市的质心附近。

月影的皮肤在视野中渐渐由白皙变为炽红，那是黑洞边缘时空扭曲造成的可见光红移。

"都怪我，如果不是我坚持带你们参观黑洞，也不会发生这种意外……"

身后的凯特小声嘟囔着。

"这是因果攻击，她的记忆已经被篡改了！"罗星听到了脑内方舟的提醒。他方才回忆起，在原来的世界里，守恒区根本没有黑洞。

但此刻已经顾不上这许多了，他立刻操作熵，令周边的气体组成一道屏障，减缓了月影跌落的速度。

"强行拉回来的话，她的身体会被撕裂的！"罗星咬着牙说道，"能不能干脆这样杀死她，等着复活？"

"不行的！复活的小影依然会在黑洞附近，这样做什么都没有解决！"凯特焦急地答道。

来自过去的因果攻击非但能够束缚住月影，一旦她掉落到太初黑洞的事件视界附近，在外界看来，她跌入奇点的时间将会是无穷大。既然不会死亡，神冈就不会将其复活，可谓一次性地解决掉了"不动点"！

罗星的大脑飞速地运转着，考虑到整座城市的质量，这颗太初黑洞的直径应当在原子尺度，也就是10^{-10}米以下。月影与其事件视界的距离接近1米，计算下来逃逸速度应当在每秒4千米上下……

"凯特，你能不能把其他物体的动量转移到月影身上？"罗星突然想起了历史被改变前的对话。

"可以是可以，但哪里去找这么大速度的物体？"凯特焦急地四下环顾，黑洞周围的环境经过了精巧的设计，通常情况下根本不会出现跌落的物质。

罗星开启了熵视野，四下寻找着。要知道动量和角动量都是三维空间的矢量，仅靠一个太初黑洞，不可能平衡掉所有方向的动量和角动量。

至少要三个。

然而用作城市物理量平衡的太初黑洞只有原子尺度，在周边没有物体跌落的情况下，很难被发现。不过太初黑洞再小也是黑洞，必然会发出霍金辐射。

而辐射会被罗星的熵视野捕捉到！

"在那里！"罗星指着西南方的空间说道。在他的熵视野中，一个肉眼不见的太初黑洞正带着两条纺锤形的辐射带，与另外两个做着复杂的三体运动。此时此刻，它恰好可以提供帮助月影脱出的动量。

凯特毫不犹豫地举起右臂，在这关键时间，她选择了无条件信任罗星。下一瞬间，月影的身体猛地活动起来，如同出膛的子弹一般向着高空飞去。

黑洞即便运动的速度不快，由于其匹敌山脉的巨大质量，其动量也是巨大的。而对于太初黑洞这种奇特的时空结构而言，只要拉开到几百米的距离，就是安全的。

罗星匆忙控制熵减缓月影的弹射速度，继而带着凯特追了上去。半空中的月影咳出一口鲜血，睁开一只眼看着两位同伴，打趣道：

"在距离事件视界不到1米的地方逛了一圈，这经历够我吹一辈子了！"

可是，罗星突然感到眼前的景物一阵模糊，周边的景象仿佛被蒙上了一层幔帐，只有身边的月影依然清晰。

"传送开始了？"月影一面撑起身子，一面惊讶地说道，"可还没有到指定的时间啊！"

罗星看了看腕表，答道："不，已经到了。在我们靠近黑洞边缘的同时，时间流速也与外界产生了差异。"他无奈地叹了口气，继而揉揉手腕："那群做出因果攻击的混蛋，连这一点都计算在内了！"

6.

外网纪元257年，"过去"。

在时间传送结束的刹那，月影的瞳孔骤然间放大，前所未有的危机感如同海啸一般汹涌袭来。但在她开口提醒前，身边的罗星已经行动了，他猛地向月影扑来，抱着她的头匍匐在地上。在他们身后，接二连三的爆炸声响起，冲击波掀起阵阵热浪。平衡区顶部的隔离层被炸出一个大洞，混凝土碎块纷纷落下，沿着测地线向着目不可见的太初黑洞飞去。

"他们能够精准做出因果攻击，不可能预测不到传送后咱们会落在哪里。"罗星站起身来，又伸手将月影拉了起来，问道："咱们的另外两名'不动点'在哪里？"

月影拍了拍身上的土，答道："琳在生活区待命，井上拓也应当还在博士的研究室。"她想了想，补充道："博士是'苍灰'一直以来的中立势力，井上暂时是安全的。"

罗星点点头，目前最要紧的是和自己人会合，在想办法与"现在"结盟，一同对付"过去"。

一小时后，两人终于来到了城市的中心部。他们偷了一辆车，一路上靠着月影强大的预知能力，基本没有遇到伏击。但罗星的心始终悬着，越是顺利，危机的预感便越强，特别是对方的"不动点"始终没有露面。

"我们到了。"月影停下车子，抬头看着正上方，博士的研究室如同蜂巢一般，突兀地悬挂在城市正中。研究室下方有一条悠长的螺旋形台阶，宛如丝带一般缠绕在钢柱上。

月影闭上眼睛，开始了又一轮预知。她的额头挂着汗珠，一路预知下来已经很疲惫了。少顷，她说道："空中有危险，我们去台阶。"

"研究室里面的情况呢？"罗星问道。

"看不清楚，大致是安全的。"月影故作轻松地走在前面，罗星看着她疲惫的步伐，只是默默地跟在后面。

螺旋台阶有上百米的挑高，两边都设有护栏，正上方一人高的地方还装了顶棚，走上去并不会感到危险。罗星一面警觉着四周，一面慢慢向上走着。尽管已经十分疲惫，但月影始终没有停下脚步，甚至在攀爬速度上都没有稍稍放缓。

然而在某一刻，刚刚迈出左脚的月影却顿在了那里，仿佛被按下了暂停键一般。

"怎么？"罗星匆忙问道。

"我……使不出力气。"月影的声音中带着些许惶恐。

"身体不舒服吗？"罗星追问。

"不是，只是觉得……"

留在这里无异于活靶子，罗星等不及月影组织语言，便准备上前背起她继续前进。然而还没等他迈开步子，一阵奇异的感觉袭来——

他的脚明明在用力，可地面却没有传来一丝反馈。

准确地讲，他能够感受到地面对脚底的支撑，也能够抬起脚；可每当身体试图向上下以外的方向运动时，却感受不到力的反馈。

敌人的陷阱！

罗星的第一反应，是控制熵令两人飞行。然而四周的护栏极大地限制了活动空间，几乎没有给飞行留下太多余地。

于是他再次控制熵，试图扭断护栏摆脱限制。可下一瞬间，他却发现仅有手指粗细的护栏居然纹丝不动。

怎么回事？

以罗星现在控制熵的能力，他甚至能够和太初黑洞边缘的引力较劲，却无法扭断一根小小的护栏？

枪声响起，在罗星做出反应之前，月影的额头便喷出了一股鲜血。她向左侧倒了下去，身体落地后却丝毫没有停下来的意思，撞到左边的护栏被反弹，又撞到了右边的柱子，之后再次反弹……直至十几个来回后才停了下来。

罗星惊讶地望着同伴的尸体，他回忆起当初在赌场上的一幕幕。一个人影在他的脑中闪过，他终于明白了自己不能活动的真相——

绝对光滑。

◇

月影大口呼吸着外面的新鲜空气，尽管将自己憋死的过程并不舒服，尽管出来后没多久就发生了时间传送，她还是对身边的翕然投去了赞许的目光。

"还好成功了……"翕然大字形平躺在草坪上，感慨道，"比起老师来，我的能力差太多了。"

"老师？"

"没和你说过吗？我的能力，继承自将我养大的老师。"翕然眼中带着崇敬，"他是一台人工智能型罪物，能力是将物体变成理想的物理模型。"

月影紧皱着眉头，很快便在碎片化的记忆中，找到了赌场中的那台世界级罪物。可她还没来得及惊讶，翕然又补充道："说起来，老师他应当作为'过去'方的'不动点'，参加了这次战争。"

听到这些，月影感到一阵无力。即便18年前的东老师还没有那么强大，那也是准世界级的罪物，根本不是自己能对付的敌人。她一面望着天空感慨，一面享受着短暂的休憩——

突然间，一片飘落的树叶吸引了月影的注意。她毫不犹豫地发动了腕表"Hello World"的能力，在暂停的3秒钟内，拉起翕然的手，不顾一切地向着远处跑去！

在翕然的主观意识里，上一刻还仰躺在草坪里，下一秒钟却跟着月影飞奔起来。她跟跄了两步才稳住步子，匆忙问道：

"发生了什么？你使用罪物了？"

月影猛地一拉手臂，将翕然带入了狭窄的巷弄中。在她们身后，几颗子弹贯穿了路边的广告牌，被切断的电路发出了刺刺啦啦的噪声。

"有人暂停了时间。"月影身体紧贴着墙壁，气喘吁吁地解释道，"树叶落下时突然消失了，又出现在20厘米的下方，这意味着我们经历的时间相比外界有2～3秒的空白。"

翕然眉头紧皱："为了救我，你浪费了4小时才能使用一次的时间暂停？"

月影飞速答道："无论对方是时间能力者，还是使用时间型罪物，他对时间的操作方式，肯定不止一种。因为时间能力往往伴随着巨大的代价，仅靠单一能力很难构成战斗力。如果对方能够将同样的时间重复多次，那我们就不会是死一次这么简单。"

说话期间，月影猛地向后方推了翕然一把，一根断裂的钢筋不偏不倚地落在两人之间，扬起一阵尘土。

"你能感知到对手在什么位置吗？"翕然问道。

"距离需要再近一些。"月影想了想，凑到了翕然耳边："我有个办法……"

玛格躲在楼顶的天台上，透过狙击镜紧盯着800米远处的巷弄。他原本志在必得拿下一血，却被那个有预知能力的女孩坏了好事，此刻心情有些烦躁。不过这里是他的主场，四处都是同伴布下的陷阱，猎物根本无处可逃。

对方行动了。

黑发女孩率先冲了出来，手里举着一个易拉宝，挡住了大半的身子。玛格险些笑了出来，就这种小孩子的玩意儿，是想隐藏行踪，还是要当护盾？

玛格当即扣下扳机，可出乎他意料的是，黑发女孩却完全没有受到攻击的影响，依然自顾自地穿梭在人群中。只可惜距离太远，玛格并无法确认究竟是他的射击没有命中，还是对方靠着什么手段挡住了攻击。

然而玛格并没有急躁，透过狙击镜筒，他小心翼翼地观察着远处的动向。终于在某个瞬间，他捕捉到金发女孩正在笨拙地爬上扶梯，手中同样拿着一个搞笑的易拉宝。

好一手声东击西。

玛格的手指慢慢扣向扳机，可下一瞬间，金发女孩却躲进了建筑的阴影处。玛格咂咂嘴，是对方预知到了危机，还是单纯的运气好？无论如何，从金发女孩的动作来看，她是个战斗外行，不可能造成威胁，更何况玛格的周围还有同伴布下的陷阱。

玛格盯了许久，金发女孩再也没有给他攻击的机会。其间她在建筑的缝隙间出现过两次，从行进的速度来看，要到达玛格的位置还要很久。

玛格暂时放下了目标，再次将视线集中在黑发女孩身上。对方仍在远处的广场上走来走去，手中除了易拉宝，还举着一只不知从何处搞来的气球，气球上绘制着花花绿绿的卡通图案。

为了吸引敌人的注意，她也算是兢兢业业了。

玛格很快对黑发女孩失去了兴趣，继续观测金发女孩的动向。对方的移动速度很慢，方向却没有偏移，向着玛格的位置一步步靠近。玛格在等待一个机会，只要对方胆敢露头，就一定会被子弹贯穿。

不知过了多久，金发女孩的行动依然没有多少进展，却始终没有露出太大破绽。玛格已经有些不耐烦了，但既然等到了现在，不杀死对方几次总觉得不甘心。

可是突然间，他感到一阵凉意顺着脊髓蹿了上来。前所未有的危机感迫使他抬起头来，只见黑发女孩正抓着一只膨胀到巨大的卡通气球，悬停在他的正上方！

那一瞬间玛格恍然大悟，原来金发女孩才是诱饵，负责追杀他的是眼前这一位！

玛格第一时间开枪了，黑发女孩当即举起易拉宝遮挡，子弹打在塑料纸上，在乒乓声中被弹开了。

还有这种事？

黑发女孩松开了气球，自高空一跃而下。玛格立即从惊慌中缓过神来，除了她所在的区域，整片天台都已经被同伴变成了绝对光滑的平面。黑发女孩落地的瞬间，就会变成活靶子。

然而他所预想的一切并没有发生。黑发女孩稳稳落地后，将易拉宝挡在身前，向着玛格快速冲了过来！

情急之下，玛格匆忙取出了随身携带的时间型罪物——一台小型的DV机。它的功能是能将拍摄到的空间区域的时间暂停，长度为3秒。只要能够拍摄到对方……

可还没等玛格将罪物拿稳，黑发女孩的身影蓦地消失了，下一瞬间便出现在他面前，将枪口抵在了他的额头上。

"为什么……"

黑发女孩开枪了，玛格只感到头颅一阵刺痛，继而失去了意识。临死前他唯一庆幸的是，己方已经提前做了布置，一旦死亡就会被空间型罪物传送至安全点，防止被反复"鞭尸"。

然而刹那间一切逆转，玛格发现自己再次回到了天台上，被黑发女儿用枪口抵住额头。

枪声响起，玛格再次死亡。

同样的过程重复了足足20次。

月影赶到现场时，翕然正躲在楼梯的角落里休息。见面后，月影理理裙摆坐在翕然身边，两人相视一笑。

"你的战术果然有效，那家伙上当了。"翕然递给月影一罐饮料，赞许道。

"哈哈，毕竟我只擅长这个。"月影对着易拉罐喝了两口，问道，"哎，那个能挡子弹的易拉宝是怎么回事？"

"理想刚体，无限硬度，零形变。"翕然笑了笑，"只要我的精神力没有耗尽，任何攻击都无法破坏。"

"那气球呢？"

翕然亮出一支打火机："将气球里的气体变成理想气体，再将外皮变成理想弹性体，只要温度上升，体积就会增大，简易版热气球。"说罢，她看着月影，兴奋地说道："你的预知果然没错，他将周围的地面变成了绝对光滑平面。我的能力虽然无法和老师相提并论，但将脚下的地面恢复正常还是没问题的！"

月影坏笑道："我还猜中了暂停时间的罪物发动很慢，你加速时间后，他根本捕捉不到。"

翕然激动道："你的Repeat也很好用！咱们一下子拿了20分！"她取出手机，说道："我把那家伙最后狼狈的脸拍下来了！要不要看看？"

屏幕上映出了一名青年痛苦而扭曲的面容，可月影看到照片的同时，却皱紧了眉头：

"骆非？"

◇

琳快速穿行在建筑物的阴影中，巷弄中不时有醉汉向她投来昏沉的目光。这个时代的平民并没有全员皆兵，但琳丝毫不敢大意，小心翼翼地将身形隐藏在黑暗中。

女王和罗星在4小时前失去了联系，琳很想去往守恒区看一看，奈何从她目前的位置赶过去太过遥远。好消息是再有1小时就能到达博士的研究室，井上拓也应当正等在那里，运气好的话还能与女王一行会合。

一路潜伏着，琳来到了生活区的边缘，透过地面的镂空可以看到下方100多米处的丛林。想要去往下一层有电梯和扶梯可走，可一旦暴露就会成为活靶子，琳决定使用更加稳妥的方式。她发动了控制电磁的能力，令双手吸住地板中的金属梁，继而穿过镂空的孔洞，倒悬着贴在天花板上。这里密布着复杂的管道，巨大的换气扇缓慢旋转着，不到1千米的远处便是镜面的城市外壁，在这个角度看去宛若幻境。

琳一面控制着身体，一面操作电磁力吸住了风扇的扇叶。在她的控制下，换气扇旋转的速度渐渐快了起来，顷刻间便卷起了一阵小型风暴。下层的落叶和尘土被吸了起来，沿着螺旋形的轨道向上层飞去。

看准机会，琳将电磁力当作秋千，飞快地荡入了风暴的中心。她屏住呼吸，在风暴的屏障下向着下层缓缓落去。

可是突然间，战士的直觉让琳感受到了前所未有的危机。她几乎是下意识地将攀住天花板的电磁力调整为斥力，飞快地脱离风暴向地面落去。耳边响起了尖锐的破风声，子弹几乎擦着头皮飞过，削断了一缕发梢。

控制不住下落的身体，琳径直跌入树丛中，好在沿途的枝丫减缓了下落的速度，她又控制温度制作了小型的上升气流，这才没有在落地时受到致命伤。可是她一刻也不敢耽搁，匆忙半蹲着隐藏在树后，取出狙击枪。身后传来子弹嵌入树皮的声音，对方也准确判断了她的位置。

所谓狙击，就是毅力与细心的比拼。

琳一面谨慎地移动着，一面透过弹道计算对方的位置。终于在某个瞬间，她在狙击镜筒中捕捉到了敌人的身影。对方是一名女性士兵，留着干练的短发，动作迅捷而干脆。

对方还在寻找新的隐藏点，优势在自己这边！

琳的嘴角微微上扬，将瞄准镜的十字缓缓对准女性的身体——

下一瞬间，女性猛地回头开枪，子弹分毫不差地贯穿了狙击镜和琳的左眼。

原来她的行动只是诱敌之计！

琳的身体向后倒去，临死前她想到的最后一件事情是，神冈复活"不动点"需要3秒的时间，对方距离此处有几百米的距离，暂时是安全的。

3秒后。

琳猛地坐了起来，用了两秒钟整理思路。死前承受的攻击没有破坏太多大脑结构，她的人格和记忆还是完整的。

可是下一瞬间，她听到了沙沙的穿林声，继而一道弧光划过，冰冷的匕首直挺挺地向着她的脖颈劈了下来！

5秒钟在树丛中穿越了几百米，她究竟是什么人？

来不及多想，琳匆忙举起枪杆，挡住了这致命的一击。此刻她方才看清了对方的脸，女性，有着一双暗金色的眼睛，狂野而不失俊俏的脸上带着笑容。

没等琳做出进一步反应，女性一脚踢在了她的肚子上，将她踢飞出几米远，重重地撞在树干上。

"哼，原来是个生瓜蛋子。"女性哼了一声，将匕首在指尖旋转着。

琳紧握枪杆半蹲着，心中盘算着怎样才能从这个怪物手中逃走。

"本以为能遇上未来的小蛇呢，可惜。"女性自言自语着，"抱歉啦，我要从你身上拿上几十分，否则他们又会说我不务正业。"

女性反手握住匕首，摆出了进攻的姿势。

然而下一刻，她却猛地向后方退去，向着寂静的丛林丢出匕首。

琳皱着眉头看向女性方才的位置，那里没有任何枪炮袭击的痕迹。她的头脑飞速运转着，继而开启了电磁视野，眼前的空间中凭空出现了无数细碎的杂散电场。

这是一次电磁脉冲攻击！

琳再次看向了女性，这一次，她在对方的身体中看到了密密麻麻的电荷移动。

她是一台人工智能，怪不得有着超乎人类的体能。

琳咬牙站了起来，面对可怕的对手，这一次她有了更多的底牌。

女性在丛林中往返跳跃着，透过电磁视野，琳看到远处射来了一次又一次的电磁脉冲。她并不清楚做出攻击的是什么人，但至少看来对自己并无敌意。

既然如此，那就要助他一臂之力！

女性刚刚落在树枝上，琳突然开枪了。子弹穿过了枝叶的间隙，分毫不差地向着女性的腿部袭来。女性从容地跃起，右脚在树干上一蹬，向着琳的方向俯冲而来。相较于远处对她狙击的敌人，她要优先解决近处的琳。

而琳等的就是这个机会。

她一动不动地站在原地，举起枪械向着空中的敌人连开数枪。女性飞快地挥舞着刀刃，空气中飞溅起金色的火花，高速的子弹被悉数击落。

又是一发子弹袭来，女性只是微微侧头，便躲开了这近在咫尺的一击。她握紧刀，零点几秒后便能令对手身首异处。

眼看着女性已在方寸间，琳方才做出回避动作。她迅速向一侧扑倒，借势翻滚拉开了距离。但在真正的高手眼中，这样的动作无异于将自己的后方完全暴露给敌人。

女性收起攻击动作，双腿稳稳落地。然而正在她准备再次向琳发起攻击的刹那，却发现——

身体无法移动？

四周没有发现任何陷阱，可身躯就仿佛被绑上了锁链一般，即便是微小的动作也需要花费极大的力气。

琳喘着粗气举起右手，为了制作出能够束缚住敌人的8字形强磁场，她近乎耗光了全部的精神力。束缚中的女性在缓慢地移动身躯，想要挣脱束缚也只是时间问题。

"快攻击！"

琳向着丛林深处大喊。几乎同一时刻，电磁视野中的脉冲攻击如同炮弹一般袭来，不偏不倚地打在了女性的身上。

尽管四周看不到任何风吹草动，但在电磁视野中，此处却发生了一场大爆炸。琳屏住呼吸注视着前方，却看到女性正前方竖起了一道纯黑的屏障，挡住了这次电磁脉冲攻击。

琳切换回普通视野，前方的空间中依然空空如也。一个概念在她脑中闪过：

超导纳米机器。

超导体具有完全抗磁性，能够将所有的磁场拒之门外。女性通过控制纳米机器，将好不容易命中的一次攻击化作乌有。

"干得不错。我原本不想用纳米机器的，靠身体战斗才是真正的战士。"女性挣脱了束缚后，半笑道，"作为奖励，送你们一个小礼物。"

话音刚落，她打了个响指，丛林中顿时喷射出通天的火焰，琳周边的树丛顷刻间被火海吞噬。

"再见了！"

女性迅速向着黑暗中撤离，临走前丢下一颗手雷。透过电磁视野，琳看到周边的电磁场骤然间增强；这是一颗电磁脉冲手雷，有了它的掩护，即便透过电磁视野也无法继续追击。

然而琳已无暇顾及其他，战斗中她已耗尽了体力，此刻却深处火海正中。她自嘲般地笑了笑，命运也真是讽刺，第一次面对罗星的时候，自己便是被逼进了火海。

突然间，一个女人的声音传入了她的耳朵，冷静而清澈：

"站着别动！"

下一刻，四周的火海如同魔术般地消失不见，连同燃烧的树木一起不见了踪迹。琳四周几十米的范围内变得空荡荡，仿佛神明的手将地图的一块挖去了一般。

另一名更加年轻些的女性轻盈地落在琳的身边，头上戴着显眼的VR眼镜。

"那些火怎么消失的？"琳惊讶地问道。

"没有消失哦！"戴着VR眼镜的女性笑笑，她指了指远处的地面，"它们在那里。"

琳顺着指示看去，远处的地面上印着一幅油彩，最神奇的是，画中树林正在燃烧着，不时有枝干断裂，落在一片焦黑的地面上。

火焰连同树木一起，被"封印"在了一幅平面的画作里。

"会一直燃烧下去吗？"琳追问。

"等到把二维化空间里的氧气烧光，大概就会熄灭吧。"对方解释道，她摘下了VR眼镜，伸出右手，"你是来自'未来'的'不动点'吧，初次见面，我叫法拉。"

而琳看到的，是一张与自己别无二致的面庞。

◇

银蛇站在立方形的仓库正中，四周成百上千的钟铃型机器人排成整齐的阵列，将他牢牢围困其中。银蛇几乎可以确定，对方一定预测到了自己会作为"不动点"出战，才刻意选择了钟铃的外形。

银蛇小心翼翼地环视四周。几分钟前，这些机器人表现出了强烈的攻击欲望，此刻却仿佛雕塑一般，一动不动地立在原地。

刚刚发生了传送，他此刻正身在18年前的同一位置。

银蛇碾灭烟头，摆开架势冲了上去。正对面的一台机器人灰色的瞳孔中闪出暗金色的光，迎上来与银蛇一对一。

在攻守转换的过程中，银蛇很快发现，与他对战的机器人是个新手，和真正的钟铃根本不在一个水平上。他看准机会扭住机器人的手臂来到它身后，掏出手枪对着它的脖颈后方连射几枪，机器人的双眼顿时黯淡了，身子一软倒了下去。

8岁的银蛇第一次面对钟铃时，那个女人曾得意地指着自己的后颈说道："往这儿打，只要一枪，就能杀了我！"

直到钟铃消失，他也未能击中一次。

又一台机器人迎了上来，银蛇准备如法炮制，却发现对方的动作比之第一台要灵活了许多，他尝试了很多次也没能成功绕后。在战斗间隙，银蛇瞥见房间一角的机床上，又一台机器人在十几秒的时间内便被制作了出来，填补上了第一台的空缺。

银蛇恍然间醒悟：这些机器人由同一AI控制，与自己战斗的过程，就是它们进行机器学习的过程。照这样下去，用不了多久，机器人单体的实力就能够与自己势均力敌。

最可怕的是，如果不能突破束缚，那么再次回到现在，他将面临的是将战斗迭代演算了18年的机器人军团！

想到这里，银蛇放下了战斗的架势。对面的机器人迟疑片刻后，也停止了动作。它们的根本目的是阻止银蛇离开，即便在这里将银蛇杀死，也拿不到任何分数。

银蛇放缓步子走到机器人阵列近前，张开的金属臂膀仿佛铜墙铁壁一般。任凭银蛇再怎么厉害，对于没有特殊能力的他而言，想要强行突破也是不可能的。

机器人之间的间隙只有几十厘米见方，除非把人切碎，否则不可能通过。

银蛇再次点燃一支烟。等到法拉她们找到这里恐怕需要很久，更何况外面可能布满了埋伏。身为队长，怎么可能让队员犯险！

他并不在乎三个时代的输赢，但如果被困在这里，就不可能找到乔亚·韦克，更无法确认钟铃是否在这里。

切碎了通过？也未尝不可。

银蛇拔出匕首，对面的机器人刚要做出反应，却发现银蛇并没有攻过来，而是对着自己的脖颈比画了两下。他从月影的例子看出，想要在复活后保有完整的记忆和人格，最好保证头部不要损伤。但自己切掉自己的脑袋谈何容易，那可是会很痛啊。

但想到能在这么多"钟铃"面前耍帅，银蛇却从心底涌出一股自豪感。

匕首毫不犹豫地切入了皮肉，却巧妙地避开了颈动脉和脊髓，这让银蛇能够保有几秒钟的清醒意识。在极致的痛苦中，他一面切断自己的脊柱，一面引爆了身上的炸药——

下一瞬间，银蛇的身体被炸得七零八落，他的头部却沿着预定好的轨迹，穿越了机器人阵列的间隙，向着仓库的天窗飞去。

……

银蛇恢复意识时，他已经躺在了立方体仓库的正上方。干冷的风吹来，他试着动了动手脚，身体好好地长在了脖颈下方。

银蛇匆忙爬了起来，透过头颅飞出的天窗，他瞥见仓库中的机器人们仍在整齐地站立着，就仿佛什么都没有发生过一样。

突然间，银蛇感觉到身后传来了气息，并不强烈，却难以捉摸。他当即拔出枪回过头去，瞥见一名20岁出头、头发蓬乱的男性举起双手站在那里，漆黑的双眸深邃而混沌。

"你就是银蛇队长吧？我是井上拓也。"男性开口道，"不过你们更熟悉的是我的另一个名字，哥本哈根。"

银蛇举着枪向前一步："你想干什么？"

井上拓也微笑道："一个计划，想邀请您参加。"

7.

半小时前，博士的研究室内。

"顺子！"博士甩出五张牌，从10到A。他胜券在握地看着两名对手，此刻对方手中的牌他早已一清二楚。

"炸！"东老师排出四张6，随即在一把牌中抽出一个单张："一张4。"

"你你你……你作弊！"没等下家的井上拓也出牌，博士便激动地站了起来，手指颤抖地指着东老师喊道。

东老师面无表情地应道："比赛前我为这副牌赋予了'完美随机数'的属性，即便我本人也无法出千。"

博士愈加激动了："可是这样出牌你根本是在自杀！你为什么要帮助他？"

"规则有说过不许帮助别人吗？"东老师微笑着反问。

博士愤怒地一拍桌子，在他哼哼唧唧的怒骂声中，井上拓也甩出一张5，又用王炸和一副大顺子结束了战斗。

井上拓也大口吃着战利品——一包辣条，据说配方来自旧时代，味道确实不同凡响。博士一面洗牌一面问道："罗星那小子暂且不论，你们两个有着这么强的能力，为什么要参加这种打打杀杀的游戏？"

"我想要成为世界级罪物。"东老师跷着腿，平淡地答道，"在此刻种下的'因',18年后才能收获'果'。我不想等了。"

"我……想帮助罗星。他有恩于我。"井上拓也支吾道。

博士哼了一声,干笑道:"你脑子里那些家伙们什么意见?"

井上拓也闭上眼睛,脑中的人格有些在嘲笑,有些在吵吵嚷嚷。少顷,他答道:"他们说了不算。"

博士大笑,开始给三人分牌。一面分着,他问道:"你们知道,神冈和昨日重现为什么要策划这么一场游戏吗?"

"肯定不只是为了给人类分配资源。"东老师捡起桌面上的一张牌看看,居然是张红桃2,无奈地摇摇头。

"那两个家伙,如果想要成为弥赛亚,早就成功了。"博士解释道,"即便没有龙舌兰那么厉害的罪人,找个差不多的将就一下,并不困难。"他抬眼看了看井上拓也,"这一点,在肖申克里窝了上百年的你,应当最清楚不过。"

井上拓也听到头脑中的哥本哈根哼了一声。他当然清楚,哥本哈根之所以不与肖申克融合,是因为担心在贸然进化成为弥赛亚后,会在短时间内迎来灭亡。

仿佛看透了他的心思一般,博士继续说道:"所有的担忧都源自一个不变的事实,那就是我们对外网缺乏了解。为此,很多人或者罪物都试图去揭开外网的真相,龙舌兰如此,你如此,神冈和昨日重现如此,我也如此。"

井上拓也盯着博士看了半晌,后者已经结束了分牌,将牌张开扇形整理着。博士紧盯着牌面,说道:"但我的研究方向和你们不太一样。我对怎么削弱它、怎么融合它之类的一概不感兴趣。我想知道的是,外网完成信息的融合与分离,其背后的运算逻辑是什么。"理完牌后,他打出一张3,对东老师说道:"你想要融合具有相同能力的罪人吧,能不能给我讲讲这件事的底层逻辑?"

东老师耸耸肩,压上一张J:"说不清。这是与生俱来的能力,类比来讲，你可以理解为计算机的BIOS。"

博士看向井上拓也："你的'所见即所得'呢？"

"内积。"井上拓也抢在脑中的人格开口前说道。

"没错！"博士打了个响指，"但你有没有想过，外网是怎样实现所谓'内积'的？打个比方，你怎样把矢量的点乘写成汇编语言的程序？搞清这件事情，我们就看穿了外网的本质。"

井上拓也想了想，应道："所以你联合两台世界级罪物，搞了这么一场'光锥三方原'。"他看了看东老师，"就连你这么强大的罪物，也成了他的棋子。"

"这叫各取所需。"东老师笑道。

博士合上牌，盯着井上拓也的眼睛，一字一句地问："怎么样？有没有兴趣加入我的实验？"

井上拓也闷着头一声不吭，直到博士忍不住催促道：

"快点。"

"抱歉，这件事我需要考虑一下。"

"该你出牌了。"

"啊……对不起。"井上拓也慌慌张张地打出一张A。

博士得意地将一张大王拍在桌上。他挑衅般地看了看身边的东老师，没承想对方平静如水地甩出四张2：

"炸。"

银蛇举着手枪，锐利的眼神上下打量着自称井上拓也的男人。他的肌肉线条疏于锻炼，银蛇有自信在一秒钟内撂倒他；如果说他有什么恐怖的能力，银蛇也算见识过不少的罪人和拥有特殊能力的罪物猎手了，这个人的眼中完全没有他们那种对能力的自信，更多的却是恐惧。

"你想干什么？"银蛇沉声问道。

井上拓也挠挠头，说道："我听罗星说起过您，他很崇敬您……

嗨，这个不重要。我曾在肖申克里死过一次，刚刚被博士复活了，现在多了一些能力……嗨，这也不重要。对了！我刚刚得知，这个所谓的光锥三方原，其实是一个研究外网的实验，那个词怎么说来着……养蛊！我说养蛊您清楚了吗？"

银蛇眉头紧皱，手指向着扳机更近了几个毫米。而对面的井上拓也却越来越有条理：

"我这么说吧，让罪物猎手获得能力，又或者将我这样的多重人格剥离，这些人类都能做到了。但制造更加强大的罪物、世界级罪物，乃至弥赛亚，却必须依靠外网。于是博士他……不只是他，总之，很多人将'苍灰'当成了大型的试验场，他们想要借助光锥三方原制作出世界级罪物，想要研究外网的运作原理，想要……"

尽管对方啰里吧唆说了很多，但银蛇还是很快捕捉到了他想要表达的核心。"你想阻止这件事？"他问道。

"对！我就是想说这个！"井上拓也激动地向前一步，但看到黑洞洞的枪口后又乖乖地举着双手退了回去。"这里居住着上百万只想好好过日子的普通人，它不应当成为囚笼！我想要纠正这一点，我相信罗星，或者狄安娜，他们也一定会这么做！"

银蛇的枪口微微上挑："你准备怎么做？"

井上拓也却突然闭上了嘴，黯淡的双眼紧紧地盯住了银蛇。突然间，银蛇察觉到自己的大脑中出现了另一个人，他用害怕却又坚定的语气说道："为此，我想要破坏神冈。这件事必须秘密进行，因此我想要和您结盟。"

话音刚落，那个人便在意识之海中消失不见。银蛇并不清楚，井上拓也刚刚使用了哥本哈根"所见即所得"的能力，将自身意识的一缕残渣写入了银蛇的大脑。

银蛇有很多问题想要问井上拓也，例如他从哪里得知的这些消息，又例如他究竟有什么本事。可还没等他开口，脚下突然传来轰鸣声，紧闭的仓库天花板缓缓开启，难以计数的钟铃型机器人如同喷射的弹珠一般鱼跃而出，继而如同白蚁一般组成了密密麻麻的立方体阵列，将两人牢牢围困在其中。

银蛇暗自骂了一声，他本不应当同井上拓也纠缠的。外面的空间虽然大了些，但对付这些机器人同样棘手。

刚才的"断头逃亡"不知道还有没有用？

银蛇苦恼之际，却只见井上拓也缓缓举起右手。他发动了德尼的"衍射"能力，在他的眼中，密不透风的机器人阵列化作了平面的四方点阵，那是它们在"倒空间"中的投影。

井上拓也的手握了下去，如同被神明按下了自爆机关一般，在某个方向上的机器人几乎在同一时刻发生了爆炸。滚滚浓烟自体内冒出，冲天的火光宛如礼花。

井上拓也又是一握，另一排机器人好似多米诺骨牌一般被点燃。有些机器人在一瞬间启动了行动模块想要逃离，可爆炸却仿佛植根在体内一般，如影随形。

"请您相信我。"

在滔天的爆炸声中，井上拓也直视着银蛇的双眼，说道。

东老师从博士手中抽走一张牌，丢出了一对Q。井上拓也走后，他们两个只得玩起了抽王八。

"你真的相信那个榆木疙瘩？"东老师问道，"他可不像是能被你鼓动的样子。"

"我不信啊！"博士抽牌后，扔掉一对3，"我说出那些话刺激他，是想要在实验中加入一个新的'变量'。"

东老师抽牌，丢掉一对7："另外两个时代来的家伙可是精明得很，还有一个可以预测未来的小姑娘。你可别阴沟里翻船。"

"即便翻了船，那也是实验的一部分。"博士盯着东老师仅剩的两张来，手指晃来晃去，"毕竟我本人也是实验的变量。"

东老师笑而不语，博士终于下定决心，抽走了右边那张牌。

牌面上一个彩色的小丑正摆着夸张的姿势，向他伸长着舌头。

◇

绝对光滑。

这意味着月影的身体在地面滑动时，不会受到任何阻力。而两侧的栏杆变成了理想刚体，碰撞时不会吸收任何动能，除非月影自己的身体将动能全部吸收完，否则别想停下来。从月影尸体每次碰撞后的速度衰减来看，等到她的滑动停下来，早就被远处的狙击手射成了筛子。

罗星保持着十二分的警戒，他试图通过控制月影身体让滑动停下来，却无法成功。无论内部的微观粒子如何运动，用整体法来看，在绝对光滑平面上月影受到的合外力依然为零。

透过熵视野，罗星瞥见了远处飞来的子弹，由于身体不便行动，他当即将目标锁定在了子弹身上。只要能把子弹弹开，就能争取到时间摆脱目前的困境。

寂静中响起一声闷响，零点几秒钟后，子弹嵌入了罗星的左肩。子弹被变成了理想刚体，无法通过控制金属晶格的热震动改变宏观运动方向！

殷红的血液流了下来，罗星捂住伤口试图蹲下，可即便这么一个简单的动作也无法做出。毕竟人在下蹲的过程中，很难只用到垂直于支撑面的力，但凡在水平方向上有一丁点分力，也会由于绝对光滑的平面而无法发出。

又一发子弹射来，这一次罗星改变了方式，他控制周围的气体，试图为自己和月影制作一层保护膜。

可子弹再一次毫无阻碍地射入了他的右臂。

罗星恍然间醒悟，不但是地面、栅栏和子弹，就连周围的气体也被变成了理想流体。理想流体的黏滞系数为零，不会对穿行的子弹造成任何阻碍。

死局。

身边的月影已经被神冈复活，发现自己的境遇后试图停下来，可无论怎样努力都无法改变分毫。眼看就要撞到护栏上，她只得抱住头部，发出一声惊叫。

与此同时，远处的狙击手再次开枪了。罗星匆忙侧头躲避，子弹削掉了一块头皮，火辣辣地疼。

比起肉体上的疼痛，如何摆脱眼前的处境更加令他焦虑。就在这时，大脑中的方舟开口道："用我的能力吧。"他指了指上方博士的实验室，"将你们两人的身体炸碎，然后在那里制作纠缠态复制体。这点距离，你现在应当做得到。这样一来，神冈应当会判断那边的才是真的你们。"

罗星当即行动起来，他集中精力，将独属于自己和月影的信息透射到了博士的实验室内。幸运的是，整个过程十分顺利，没有遇到任何阻碍。

至于会不会被判定为失去1分？现在谁还顾得上那些！

"月影，我们走了！"罗星小声说道，被撞得鼻青脸肿却依然停不下来的月影拨浪鼓一般地点头。

潜伏在远处的黑川觉得有些无聊。

到目前为止，敌对方"不动点"的一举一动都在东老师的预料之中。并且，被困在理想物理模型中的他们除非有超过东老师的能力，否则别想逃脱。

这次杀死谁呢？

黑川将准星在罗星和月影的身上反复移动，最终选定了罗星作为目标。刚刚3发子弹都没能干掉他，黑川最喜欢敢于反抗的猎物了。

子弹上膛，扣响扳机。这一次，黑川瞄准的是罗星的胸腔，以他目前的站姿，根本就是避无可避。

子弹飞行至目标需要3秒钟，黑川很喜欢这段时间，他可以肆无忌惮地欣赏对方慌张的模样。

然而在子弹尚未击中目标之前，罗星和月影的身体突然发生了爆炸。血雾如同礼花一般绽放，无数的红色血滴落在地面上，它们与绝对光滑平面的接触角为严格的零度，在重力的作用下维持了近似的球形。无数的血滴在绝对光滑的地面上不停滚动，它们在水平面上的动量之和严格等于零。

爆炸过后，两人不见了踪迹。

黑川并没有慌张，他启动了"引力"视野。他的能力是操控重力，之前对未来做出因果攻击时，替代平衡珠的太初黑洞就是他制作的。黑川对能力很有信心，他相信即便将东老师算在内，自己也是佼佼者。

通过引力波动，黑川轻易地在博士实验室内找到了两人。东老师又算对了，他一早便在此处布下了陷阱。这个家教型机器人的预判能力实在恐怖，幸好是自己这边的。

黑川的嘴角微微上扬。

罗星猛地睁开眼睛，进入视野的是堆满了零食包装袋的沙发，木质茶几上堆着一副牌，最上面是一张滑稽的Joker。

博士的研究室内空无一人，布置也与未来世界大相径庭。

"我们逃出来了？"月影捂着肿痛的脑袋问道。

罗星耸肩道："可惜死了一次。"他想要站起来，脚下却一个踉跄险些跌倒。正当他疑惑之际，却发现脚底的地面陷了进去，边缘露出了细小的马赛克。他试着将脚抬了起来，却发现脚底的塌陷又深了一些，无数细碎的马赛克缓慢地向着地底移去。

一旁的月影花了些力气才爬了起来，回头看看，地面上同样留下了一个人形的轮廓。她惊慌地按住沙发，却发现自己居然在皮质沙发上留下了一个无法恢复的手印。

"能预知一下原因吗？"罗星神色凝重地问道。

月影点点头，她闭上眼睛，开始眺望未来。

"好多好多的颗粒……它们在塌陷、压缩，你想要控制它们，却发现什么都做不到。"月影呢喃着说出看到的未来，"这是来自过去'不动点'的陷阱，叫作……"

剧烈的头痛袭来，这意味着预知涉及强大的罪物或者罪人。月影用力按住太阳穴，将预知进行了下去。她坚持了几秒，说出了最终答案：

"理想质点模型。"

实验室外的黑川伸出双手，视野中的球型实验室在引力的作用下向着中心部压缩。东老师在临走前布下了陷阱，只要有人进入，实验室中的一切都会变成"理想质点模型"。

在宇宙中存在着引力、电磁力、弱相互作用力和强相互作用力四种基本作用力。通常物质之所以不会在引力作用下坍缩，是因为在坍缩过程中会遇到其他作用力的反抗。例如，引力遇到的第一个障碍就是来自库仑力的排斥，桌子、椅子、房屋之所以能够以稳定的状态存在，都是依赖库仑作用力。再进一步，当原子核接近到一定程度时，产生的核聚变会抵抗引力，这便是恒星内部发生的事情。当恒星燃尽，引力令恒星坍缩，泡利不相容原理产生的简并力是最后一道屏障。一旦简并力无法与引力抗衡，恒星就会坍缩为黑洞。

如此强大的引力自然不会凭空产生，必须有着足够大的质量才可以达到，例如恒星坍缩成黑洞的质量极限，即强德拉塞卡便是1.4倍的太阳质量。

东老师按照一定的体积划分，将构成实验室的物质变成了"质点"，那就是罗星和月影看到的"马赛克"。质点没有电荷、没有自旋，甚至没有体积，它所具有的物理量，只剩下了质量和动量。

因此被罗星踩踏后，难以计数的质点会获得沿着脚底发力方向的速度；在与其他质点碰撞的过程中，由于质点间的碰撞属于完全弹性碰撞，动量会被传递，但不会损耗。如果没有外力制止这一过程，质点的运动与碰撞将永远进行下去。

而当被黑川施加了额外的引力后，质点则会向着空间中的一个点汇集，在没有库仑力、核力和简并力与之对抗的情况下，直至坍缩为黑洞。

同样意识到这一点的罗星十分焦急。

他做了许多尝试，但本就不具备"熵"这个热力学物理量的质点，是无论如何也不能操作的。

看样子只能再进行一次纠缠态复制了，只是不知道下一个位置会不会有新的陷阱。

"不行，这样下去我们必死无疑！"月影一面预知一面说道，"之后我们会在事件视界边界复活，接下来将是一次又一次死亡……"

罗星"切"了一声，他正要准备再一次复制，头脑中的方舟却说道："我有个想法，可以冒险试一下。在这里虽然没有物质可以操作，但你依然可以借来能量，只要联合我们两个的能力就能做到。"

"向哪儿借？"罗星皱着眉问道。

"真空。"

罗星坚信，这是他做过的最离谱的事情。

在方舟的指挥下，他开启了熵视野，向着微观领域看去。他刻意躲开了做无规则热运动的空气分子，向着其中的间隙看去。

视野已经达到了飞米尺度，这里是原子核的领域。但在熵视野中，此处依然空空如也。

"继续聚焦！"方舟指挥道。

"到底要放大到什么程度？"罗星抹了抹额头的汗滴，问道。

方舟微微一笑："普朗克尺度。"

罗星在心中骂了一句，继续看了下去。原子核尺度向下，是近乎无尽的虚空，他甚至不清楚如此的虚无是否有尽头。

四周的"质点"向着房间正中飞舞而去，月影担忧地看着罗星，但此刻她做不了任何事情。

罗星继续努力，终于在某一瞬间，视野骤然明亮起来，无数的亮斑自虚无中产生，随即消失。

"干得不错，这就是量子真空。"方舟笑着解释道，"在这里有无数的虚粒子对创生，随即湮灭。"

"接下来该怎么做？"罗星问道。

"通过控制纠缠熵，也就是你看到的东西，让虚粒子的产生和湮灭成为可控过程。"方舟随即补充道，"当然这不是可以无限制进行的，它受到了'量子零能条件'的束缚，简而言之，受纠缠态影响越大的空间区域，能够'借出'的能量越多。"

罗星气愤道："我几乎耗光了精神力，现在你告诉我借不出多少能量？"

方舟"呵"了一声："别忘了，我的能力就是控制纠缠态。"

实验室外，黑川认为自己控制的坍缩过程已无可逆转。他清楚对方的能力是控制熵，但东老师制作的理想质点模型是不具有熵这个物理量的，他几乎没有手段制止这次坍缩。

控制房间内有限的气体产生核爆？这同样是杀死自己，比起被引力压死也没有太大区别。

实验室有一半的质量坍缩到了同一个点，新的太初黑洞已初具规模。黑川再一次地加大了引力，他不准备给对方任何逃脱的可能。

可是骤然间，炽热的白光点燃了穹顶，一柄漆黑的剑自牢笼中刺出，继而向着无穷远处延伸，直至触碰到城市外壁才停了下来。

漆黑的剑只一切，引力的牢笼便已破碎。飞散的质点们部分获得了极大的动量，在与建筑的碰撞中掀起滚滚浓烟；更多的则是超出了承受的极限，恢复成为普通物质，又在极高温下被升华为等离子体，散射出五彩的荧光。

黑川惊讶得无法挪动步子，只是呆呆地仰望着眼前的奇景。他所不知道的是，为了平衡掉真空中突然产生的庞大能量，神冈不得不蒸发掉了一个平衡区的太初黑洞。

冲破牢笼的罗星双手握持着漆黑的剑，宛如从地狱深处爬出的死神。

"干得不错。起个什么名字好呢？"方舟若有所思道，"就叫'量子真空剑'如何？又或者，这柄剑的本质是极致的空间曲率造成的因果不连续界面……"

"没品位！"罗星立即否定了这个名字，他想了想，说道："我决定了，就叫它'虚空之刃'！"

方舟耸耸肩，他觉得自己的审美和现在的年轻人之间着实存在代沟。

而此刻的罗星，早已在月影的辅助下发现了黑川的位置。

从诧异中恢复的黑川，也早已做好了应战的准备。黑色的光球在他的双手中汇集，只需几秒钟的时间，他便可以制作出一发重力炸弹！

但罗星不会给他这个机会。

还没等黑川做出攻击的动作，虚空之刃已刺穿了黑色光球，插入了黑川的胸膛。

接触到极高温的剑刃，黑川的身体迅速开始升华。他映入眼帘的最后一幅画面，是罗星冷笑着对他竖起了中指。

8.

匍匐在灌木丛中，法拉很不自在。

自从与琳一同行动以来，两人说过的话总共没有超过十句，通常是法拉交代战术，对方点头，"嗯"，或者"好的"。

看着琳的样貌和能力，法拉立即判断出对方是自己的克隆人。但如何与对方相处，她却毫无头绪。

突然间，一道炽热的白光刺穿了地面，一直延伸到"苍灰"镜面的外壁。尽管没有办法探查，直觉还是告诉了法拉白光的来历：

"罗星……"

琳猛地站起身来，向着光芒刺破的洞口处奔跑。法拉慌忙拉住了她，琳瞪着法拉，焦急地大喊道："是女王！我感知到了女王就在那边，我必须过去！"

"你冷静点！"法拉毫不客气地吼了回去，"这个地方到处都是陷阱，不想被对方捅成沙漏，就给我好好藏起来！"

琳回过头，一把揪住法拉的衣领："他们能跨越42年精准地做出因果攻击，还有什么是他们算不到的？你以为猫在这里就是安全的？女王是这场战争的关键，作为女王的剑，保护她是我的职责！"

盯着琳的眼睛，法拉突然明白了什么。自己面对克隆人感到无所适从，琳面对的可是基因原体啊！

既然都不知道如何相处，那就慢慢来吧。

法拉指着地面被捅破的空洞，平静地问道："作为女王的剑，你比那把剑还要厉害？"

琳依旧气势汹汹，但法拉看得出来，她的态度已经有了些软化。

她继续说道："那样猛烈的攻击过后，他们不可能还留在原地。战场上步步都是陷阱，你应付不了，我也应付不了。"她指了指头上的8bit，"即便有它，也未必可以应付。"

琳缓缓松开揪住法拉的手，将头别向一旁。法拉笑了笑，两人毕竟有相同的基因，即便成长环境大相径庭，一些思维逻辑还是相通的。她拍着琳的肩膀，趁热打铁说道："我们这边同样也遭受了因果攻击。因果攻击的前提是精准的计算，你认为他们是怎么做到的？"

琳抬眼看着法拉，反问道："难道不是'灰'吗？"

"来到这个时代后，我第一时间联系了'灰'，想知道进行这种程度的预测需要花费多少算力。"法拉解释道，"它给出的答复是，20亿信用点，精度只能保证在百分之五十左右。"

琳吃了一惊："所以，他们另有预测手段？"

法拉点头道："这里遍布着不利因素，但有件事是只有在这里才能做到的，那就是找出他们的预知手段，然后破坏掉。只有如此，三个时代才能站在同一起跑线上。"

琳思考了片刻，应道："那现在该怎么办？"

法拉笑道："一面潜伏，一面去找你的女王，或者我们这边的预知能力者。"

月影坐在废弃旅店的楼梯间，打开一包薯片递到翕然手上。

"谢谢。"翕然接过薯片，扔给月影一瓶饮用水。

凭借着出色的预知能力，她们躲过了一波又一波民间武装力量的袭击，绕过了数之不尽的陷阱，最终找到了一处相对安全的地方。在月影的预知中，至少3小时不会有人找到这里。

经过一段时间的并肩协作，两人已经十分熟络了。

月影灌了几口水，扭过头去，却看到翕然正在喝啤酒。她当即不爽了起来，皱眉瞪着翕然，伸出一只手。

"你要这个？"翕然举起另一罐啤酒，"这东西不利于长身体哦！"

月影一把抢过啤酒，猛灌了几口后，问道："你也诞生在'赤子之家'吗？"

翕然点头。"赤子之家"是"苍灰"使用人工子宫培育克隆人和基因编辑婴儿的地方，技术十分成熟，甚至实现了向其他城市的出口。

"为了获得预知能力，我的基因……嗯，出了点问题。"月影低头盯着啤酒罐，"我的成长速度只有正常人的一半左右，实际上，我已经23岁了。"

不过这是加上前任月影寿命后的年龄，我自己的实际年龄只有1岁。月影在心中如是说道。

翕然露出惊讶的表情，少顷，支吾道："……对不起。"

"不用放在心上。"月影豪爽地喝完了一罐啤酒，红着脸问道，"你今年多大了？"

"我吗？"翕然指了指自己的脸，"上个月刚过完17岁生日。"

虽然只是平淡的一句话，却仿佛深水炸弹在月影的脑袋里炸开了花。17岁，也就是说在目前的这个时代，翕然还没有出生。她此刻应当正作为胚胎，又或者仅仅是几个细胞，躺在赤子之家的培养皿中。

而翕然之所以在这里，是因为在不久前遭受了因果攻击，从叫作"夏然"的男人变成了此刻的"翕然"。月影原本以为是简单的替代把戏，没想到……

月影愤怒地握扁了啤酒罐，她猛地站起身来，在翕然惊诧的目光中说道：

"我们去一趟赤子之家！"

◇

　　琳对于赤子之家有着一种近乎本能的厌恶。作为克隆人，她从小没有父母，由女王一手将她养大。她原本对不存在父母毫无感觉，直到有一天，淘气的孩子指着蜂巢形状的赤子之家建筑对她说："看，那就是你的妈妈。"

　　从那天起，琳不知多少次做噩梦，梦里那个大怪物活了过来，要把她吞下去。

　　"我们为什么要来这里？"琳不满地问带路的法拉。

　　"有两名同伴出生在赤子之家，在这里找到她们的概率最大。"法拉答道，"又或者，你清楚去哪里找你们的女王？"

　　琳闷着头不说话。她是女王的剑，一旦离开女王独自作战，脑袋里空空如也。

　　见琳没有继续反对，法拉只是耸耸肩，继续前行。

　　前往赤子之家的过程很顺利，不一会儿，法拉和琳便来到了巨大的蜂巢形建筑近旁。两人猫在角落里，瞥见入口处有3台两米多高的机械警卫在巡逻。

　　琳卸下狙击枪，麻利地将子弹上膛。这种警卫在40多年后的未来依然在使用，弱点在头部与颈部连接处不足1厘米的缝隙，无法一击必杀就会触发警报。琳正要举枪瞄准，法拉却伸手拦住了她，继而打了个响指，最近处一台机械警卫眼部的光立刻暗了下去，双手仿佛没了电的玩具一般耷拉着。

　　眨眼间，法拉已经如法炮制地解决了另外两台。看着一脸惊讶的琳，她解释道："用脉冲电磁场烧毁电路，只要没有变异成罪物，一击必杀。"

　　进入赤子之家后，两人一路摸到了主控室。路上有些机械警卫在巡逻，都被法拉用同样的手段解决了，琳甚至也照猫画虎地学会了这种作战方式。

打开数据库终端电脑，映入眼帘的是密码输入界面。法拉将手放在主机箱上，敲下回车键，电脑立即跳过密码输入环节进入了系统。

"这儿的人保密意识不强，给储存密码的数据位过一下电，密码就被重置了。"法拉笑道。她戴上手套，快速敲击着键盘。琳不禁默默感慨，她对电磁力的操控能力并不差，但法拉胜在丰富的知识储备。

法拉飞快地检索着，很快便找到了月影的资料。资料示月影于5年前出生，并成功获得了居住在城区的资格。

"神冈要求人类数量守恒吧，这里的孩子出生后会怎样？"法拉问道。

"在过渡区培养到5岁后，会接受一次考核，优秀的进入城区，这边的破产者或者罪犯则会被踢出去。"琳解释道，"没能获得资格的，可以选择继续留在过渡区，或者去外面闯荡。"

外面的世界对5岁的孩子有多残酷，法拉甚至不愿去想象。但她同时也意识到了一件事情：月影5岁时，那不就是现在吗？城市里能见到小时候的月影吗？

尽管心里已是波涛汹涌，法拉的双眼依旧紧紧盯着屏幕。不一会儿，她检索出了第二条信息：翕然的胚胎，此刻正在赤子之家的人造子宫中！

回想到不久前发生的因果攻击，不难判断，有人正在对翕然的胚胎动手脚。

法拉猛地站起身来，对琳说："我要去确认一件事情，会有危险，你可以等在这里。"说罢，她便自顾自地走出了中控室。

琳叹了口气，跟了过去。

根据检索到的信息，翕然的胚胎在赤子之家的7层。法拉先是在电梯操作面板上按下7层和顶层，又在电梯启动前退了出去。之后，她硬生生地掰开屏蔽门，与琳一起顺着电梯井爬了上去。空电梯在7层打开了门，过了十几秒后，又向着更高处爬升而去。

法拉与琳对视着点了点头，上面看来没有陷阱。

7层的主体是一个巨大且空旷的平台，成百上千的人造子宫悬挂在四壁，仿佛蜜蜂的幼虫一般。平台中央有一个平台，通过上面的计算机可以调查每一个胚胎的培养状况。

法拉紧握手枪，以最快的速度跳出电梯井。可在接触地面的瞬间，她当即发现了问题——

停不下来？

落地后的法拉速度丝毫没有减慢的迹象，来不及思考原因，她当即发动电磁力，试图吸住四壁上的人造子宫。可当她发散出的磁场接触到设备表面的时候，却仿佛被切断的水流一般，无法抓出任何东西。

慌张中法拉回头看了看琳，她同样是一副惊慌失措的样子，奋力想要用枪杆找一个着力点，奈何四周只有空旷的地面。

"这是怎么回事？"琳大喊着问道。

法拉的脑细胞飞速运转着，少顷便回忆起了当年罗星十分崇拜的东老师。

"理想物理模型……我知道了！"她飞快地答道，"这里的地面是绝对光滑的平面，四周的墙壁被变成了理想的超导体，具有绝对抗磁性，恐怕空气也被变成了理想流体，没有黏滞力……"

"没让你补课，告诉我该怎么办！"眼看要撞到墙壁，琳哑着嗓子大喊道。她虽然听不懂那些所谓的物理和模型，但她坚信，墙壁绝对不会大发慈悲地帮她停下来。

法拉思索片刻，立即给出了答案："开枪！子弹可以改变你的动量，只要能够摸到中央平台，我们就得救了！"

琳当即开枪了。令法拉惊讶的是，尽管没有时间也没有能力计算，琳还是通过开枪时的动量守恒精准地改变了方向，向着自己的方向滑来。

"一起来！"

擦身而过的瞬间，琳拉住了法拉的手。两人发生了完全非弹性碰撞，运动速度同时改变。

还没等法拉调整好姿态，琳又对着空地开了一枪，两人再次转向，不偏不倚地向着中央的平台滑去！

平台越来越近，两人似乎看到了希望。可是突然间，法拉却意识到了一个再简单不过，却因为突发情况而忽略的问题：

敌人布下了陷阱是为了困住她们，为什么要留一个可以破解的机关呢？

"快停下来！"法拉匆忙喊道。

下一瞬间，平台发生了大爆炸，两人全部葬身火海。

◇

月影赶到赤子之家门前时，远远看到三名机械警卫一动不动地站立在原处，好似后现代雕像。

"要小心，区域里的机械警卫彼此之间是联网的，如果不能短时间内同时毁掉，就会触发警报。"月影身后的夏然解释道，"这就是所谓的区块链技术。"

月影刚要吐槽所谓的"区块链"，却突然感到哪里不对。她回过头去，夏然正一脸严肃地看着远处，嘴里絮叨着："等等，它们的样子不太对……我知道了！有人在我们之前袭击了这里，他们用磁共振技术烧掉了这些警卫的电路！"

月影的脑中闪过无数的画面，她们一起突破了水泥囚笼，一起破解了敌人的阴谋，一起一口气拿下了23分……慢慢地，一个名字在她的心里浮现：

翕然。

她记起来了，就在刚刚，与她一起行动的不是夏然，而是一名叫翕然的女孩子。不知为何，敌人再次对翕然使用了因果攻击，她消失不见了，取而代之的是夏然。

事不宜迟，必须尽快进去看看情况。

而对现状一无所知的夏然，只是担心地看着脸色苍白的月影，问道："怎么了？"

"没什么，我们进去吧。"月影立即迈开了步子，可刚走出两步又回过头来："还有……"

"怎么？"

"等一切结束了，你得给自己的脑子做个磁共振！"

两人一路摸到了中控室，夏然好奇心满满地开启了终端电脑，随意地敲了一串数字后，居然成功地进入了系统。月影则被墙上的建筑结构图吸引住了，她努力地调取着上一任月影的记忆，在某个模糊的片段里，她靠着强大的预知能力混进了自己的出生地，又为了躲避警卫藏到了一个很空旷的地方。

正当月影沉浸在回忆中的时候，却听到了夏然的声音。他盯着屏幕，头也不回地问道："月影，实话告诉我，有没有发生过专门针对我个人的因果攻击？"

月影沉默了片刻，应道："在来这里的途中，你变成了另一个人。"

"那个人叫什么？"

"翕然。"

夏然没有再说什么，而是让出了身后的显示器。月影走了过去，屏幕上是一张表格，顺着鼠标的指引，她很容易便看到了夏然检索出的信息：

No.342 夏然

No.343 翕然

没等月影提问，夏然径自说道："在这个地方，能力接近的基因编辑婴儿会由系统赋予相似的姓名，并放在临近的人造子宫中培养。这样做是为了方便筛选出最强的那个，其余的则会在胚胎发育阶段被淘汰。"他自嘲般地哼了一声，"这也是很自然的事情，如果放任有缺陷的能力者出生，会危害到城市安全。"

　　月影惊讶得说不出话来。她原本认为夏然与翕然是儿时进入城区时的对手，却没承想两人的竞争发生在胚胎阶段。这是一场你死我活的争斗，由于某些因素的影响，历史会做出不同的选择，因此也就有了夏然与翕然的切换。

　　夏然没有多说什么，但脸上复杂的神情已经出卖了他。月影笑了笑，说道："我们去看看吧，你们的胚胎应当在7层。"

　　夏然低头沉思了片刻，问道："去看看，然后呢？"

　　"无论历史选择了你还是翕然，总之我无法容忍有人在这件事上动手动脚！"

　　法拉已经是第五次复活了。

　　前面的五次死亡并非毫无意义，至少她摸清了中央平台和四周的墙壁都不能接触，否则就会发生爆炸。在没有有效手段离开房间的情况下，爆炸发生即等于死亡。

　　同时她还搞清楚了，整个7层都处在时间回溯型罪物的控制下，证据就是每次复活后房间内完全找不到爆炸后的痕迹。

　　"琳，准备好了吗？"法拉头也不回地向后方发散出了磁场。

　　"嗯！"琳随即也发散出磁场，两人的磁场彼此相接，形成了一条看不见的绳索。

　　在绝对光滑平面上两人不受合外力作用，这意味着她们的总动量无法改变。然而通过彼此之间的电磁力连接，则可以在总动量不变的情况下改变各自的动量。

"准备，旋转！"

法拉一声令下，她们借助两人之间的相互作用力，围绕着连线的中点旋转起来。法拉和琳各自有了垂直于最初运动方向的动量，但这个方向上的总动量依然为零。

由于两人体系的总动量依然是不变的，她们的质心，即两人连线的中点依然在向着远离电梯门的方向运动。在不到10秒的时间内，就会有人接触到墙壁而引发爆炸。

"法拉，看你的了！"

琳看准机会，解除了两人之间磁场的连接。法拉沿着圆周运动切线的方向被甩了出去，向着电梯门的方向滑去。

这就是她们的战术，只要有一人能够到达电梯门，就可以借助那边的常规物质吸收掉动量，从而摆脱陷阱。通过发射子弹或者将枪丢出去也能产生类似的效果，但精度上远不及两人协作。

电梯门已近在眼前，胜利越来越近了。尽管什么都做不了，法拉还是集中精力看向前方，生怕出现半点差池。

突然间，枪声响起，一颗狙击枪子弹贯穿了法拉的胸膛。法拉向前方跌倒在地，鲜血在绝对光滑的平面上化作一颗颗殷红的圆球，蹦蹦跳跳地四散滚落。

◇

月影凭借着记忆和墙上的图纸，成功找到了位于圆柱形建筑外围的螺旋形安全通道。在平日里，这个通道主要用于设备的检修。

入口处的铁门锈迹斑斑，通道的台阶上满是灰尘，想是许久没有打扫过了。月影捂住口鼻，跟在翕然后面向上攀爬—— 就在离开中控室的时候，不知发生了什么，夏然再次切换成了翕然。

螺旋阶梯的内侧是蜂巢般的人造子宫背部，它们有着六角形的外观，按照密堆积结构依次排列。透过设备的间隙，可以瞥见内部房间的情况。月影一面在心中胡思乱想着，一面继续攀登。她刚刚在墙上看到了"6F"的标识，目的地已近在眼前。

突然间，前方的翕然停下了步子。她向着月影做出了一个停止的手势，小声说道：

"陷阱。"

通过脚下触感的改变，翕然确信自己已经一只脚踩在了绝对光滑的平面上。她悄不作声地取出手枪，将子弹上膛。与此同时，月影立即发动了预知能力，感知敌人的存在。

上方响起了清脆的"铛铛"声，月影当即大叫道："手雷！"

几乎在同一时刻，翕然发动了自己的能力，抵消掉了脚下的绝对光滑平面。她一个箭步上前，捡起地上的手雷，向着上方丢了回去——

咦？

下个瞬间，手雷回到了翕然和月影的头顶上，而翕然甚至还保持着投掷的姿势！

手雷喷出了炽热的火舌，高温和弹片瞬间将两人吞噬。

玛格此刻心情出奇的好。

7层陷阱捕获的猎物已经历了10次死亡，其中6次是自寻死路，3次由他开枪解决，还有1次被手雷炸死。看着猎物们倒在血泊里，葬身在火光中，玛格之前被二十连杀的不快一扫而光。

除去东老师布下的陷阱外，玛格还将时间型罪物"松下"布置在了7层的周围。这台罪物的原型是一组监视摄像装置，能力是将一定空间区域内的时间回溯，回溯时长为1分钟，缺点是停止后想要再次开启至少需冷却3天，并且在回溯过程中人类会保留记忆。此刻7层内外的圆柱形区域，全都在经历着一次又一次的时间回溯。

透过人造子宫设备的间隙，玛格饶有兴致地欣赏着两名猎物在绝对光滑平面上的挣扎。两人能够借由不可视的相互作用改变运动轨迹，想必是能够控制热或者电磁的能力者。但这并不能改变什么，将两人作为一个整体看待，她们受到的合外力依然为零，其动力学行为简单到可以用一两个方程描述。

不经意间，玛格回忆起了之前见到的金发女孩。毫无疑问，她身上藏着许多时间型罪物，这正是玛格的目标。玛格有一个梦想，那就是收集足够多的时间型的罪物，再由博士将这些罪物与自己融合，成为能够自由掌控时间的最强者。

视野中黑发的女孩子在尝试跳跃，绝对光滑的平面无法提供摩擦力，却能够产生垂直于表面的支持力。玛格缓缓伸出枪口，他希望能在空中命中猎物，那将是一幅绝美的画面。

突然间，警报响了起来，通过"松下"的监视画面，玛格看到有人正通过应急通道从下方接近自己。他从容地取出手雷，拉开拉环丢了下去。下方的台阶上同样有东老师布下的陷阱，只要踩上去，就会成为待宰羔羊。

然而玛格并没有等到手雷爆炸。下方传来细碎的脚步声，转眼间手雷被丢了回来，在地上弹了两下，骨碌着来到了玛格脚下。

那一刻玛格明白了，下方的入侵者就是今天遭遇的黑发女孩和金发女孩，只有她们能够消除东老师"完美物理学模型"的陷阱！

玛格并没有惊慌，他啐了一口，立即取出了另一台时间型罪物"索尼"。这台罪物是一部受到外网感染的DV，能力是将拍摄到的空间区域时间停止3秒钟。尽管每使用两次后就需要长达20分钟的冷却时间，但配合上有时间回溯能力的"松下"，便可以在战场上无限使用。他迅速找好了角度，暂停了手雷和下方入侵者的时间，捡起手雷再次丢了回去。

时停结束，下方响起了悦耳的爆炸声。玛格拍拍手，似是在庆祝自己的胜利。

几秒钟后，又一次循环开始。玛格先是瞥了眼7层"滑冰场"中的两名猎物，她们在上一次的循环中活了下来，此刻仍然在尝试跳跃。想到猎物不可能摆脱绝对光滑的陷阱，玛格还是决定将注意力放在这边。黑发女孩可以消除东老师的陷阱，金发女孩拥有同样可以暂停时间的罪物，绝对不可小觑。

在玛格的估算中，金发女孩的罪物能够暂停的时长与"索尼"相当；换言之，能够先发动时停的一方，就是胜利者。他猫在暗处，慢慢地向下移动步子。对方的罪物不需要像"索尼"一般瞄准，具有先天的优势；但玛格坚信，有如此强大能力的代价，一定是更长的冷却时间，说不定只能使用一次。他向下迈开步子，却发现落地后的脚完全用不上力气——

绝对光滑平面！

对方利用完美物理学模型，为他布下了同样的陷阱！

玛格当即以上方的脚为支撑点，顺利撤回了踩中陷阱的那只脚。上方的台阶还是常规的物质，能够提供平行于接触面的摩擦力。

下面没有动静，对方也在等着玛格的行动。玛格取出手机，上面显示出了"松下"拍摄到的空间全景画面。对方千算万算，却唯独忘了时间循环型罪物也在他的操作下。玛格很容易便推算出两名女孩的位置，于是取出手雷，沿着台阶滚了下去。

手雷从取下拉环到爆炸大约有5秒钟的时间，玛格一面认真听着声音，一面在心中默数。当计时到达3时，他猛地从暗处跳了出来，在半空中将"索尼"对准了两个女孩的位置——

仿佛神明按下了暂停键一般，两名女孩的动作立即停止了，弹起的手雷也停在了半空。玛格从容地落地，他方才丢出的手雷不单单是诱敌，更重要的是他通过滚落的声音判断出，只有前方的一级台阶被变成了绝对光滑平面。

玛格冷笑一声，取出了手枪。子弹一旦射出，将在距离敌人几厘米的地方发挥停止时间的作用。当对方的时间恢复运转时，会发现子弹已近在眼前。玛格十分期待两个女孩那时的表情。

然而下一瞬间，久经沙场的直觉却令玛格感到了危机。他匆忙转过头去，透过人造子宫设备的间隙，瞥见房间内的一名女孩已跃起至半空，黑洞洞的枪口径直指向了他，凌厉的眼神仿佛射出了闪电。

原来金发女孩将自己作为了诱饵，她一开始就没有打算比拼时间暂停，而是由房间内的同伴发动攻击！

玛格当即发动了"索尼"，DV视野中的敌人被定在了空中，子弹已然出膛，悬停在了距离玛格眉心不足1米的地方。玛格额头淌下冷汗，他正准备侧身躲开，却突然发现脚下完全用不上力气——

又是绝对光滑平面的陷阱！

玛格颤抖着低头看去，只见黑发女孩正喘着粗气伸出一只手朝向他，金发女孩则捡起手雷向远处丢去。

在玛格顾忌另一边的时候，3秒的时停已经结束，两边打出了绝妙的配合。

玛格远远地听到了手雷爆炸的声音。他正在等待金发女孩的攻击，却看到对方伸出了两根手指。

这是什么意思？

还没等玛格想明白，金发女孩已经收起了一根手指，继而是另一根。

时停结束，法拉的子弹贯穿了玛格的眉心。玛格看到的最后一幅画面，是金发女孩正微笑着向自己挥手告别。

◇

　　玛格失败后，尸体再次凭空消失，对方的同伴连同布置在四周的"松下"一并传送走了。

　　会合后，翕然花了很大力气才将整个7层的地面和墙壁变回了常规物质。此刻四人完全没有胜利会师的喜悦，每个人的心头都仿佛压着一块巨石，沉重得难以呼吸。

　　顺着标识的指引，翕然很容易便找到了自己的胚胎。透过观察窗，她看到了18年前的自己。那是一个酷似蝌蚪的半透明生命，观察窗下方的液晶屏上显示着实时胎心监测，此外还有一列名称很复杂的参数，最终汇总出一个评分。法拉观测到，每个胎儿的评分也是在实时浮动的，只不过幅度很小；她偷偷看了看一旁"夏然"的评分，目前总分只比翕然低了0.05分。

　　如果周围环境有剧烈的波动——例如爆炸，就会对胎儿的评分产生较大影响，这恐怕就是"翕然"与"夏然"不停切换的原因。最初的一次切换，相信也不是刻意为之，而是东老师正在这一带布置陷阱。

　　月影捏捏鼻尖，移开了视线。就在不久前，夏然还活蹦乱跳地站在面前。

　　"能不能改一下主电脑的程序，让它不要淘汰胚胎了？"琳问道。

　　法拉摇头道："风险太大，如果操作不好触发了警报，反而有可能害了其他胎儿。"她叹了口气，"并且我们在这里的时间只有12小时，一旦离开，他们还是有充足的时间再次改变未来。"

　　众人全部将视线投向了翕然，而她却只是对着自己的胚胎看了几秒，便转身头也不回地离开了。

9.

银蛇从未设想过，自己有朝一日能搞明白"单核三线程"是什么意思。

手机上的"井上拓也"打出了四饼，他的下家"菲儿"刚要吃，再下一家的"巴汀"却突然大喊一声："和了"！

"你截了老娘多少次了？""菲儿"发起飙来，"但凡有点良心，都不会这么做！"

"No，no，no。""巴汀"得意地摆着食指，"牌场上没有亲情和爱情。不过……"他刻意抛了个媚眼，"菲儿，我对你的爱始终不变哦！"

银蛇皱紧眉头，这原本应当是一幅十分和谐的牌桌画面——

如果不是所有声音都从井上拓也一人口中发出的话。

白天时他们一面潜伏一面前进，终于在傍晚时分摸到了守恒区，据说神冈就藏在最深处。银蛇提议休息一下，于是井上拓也建议打几圈麻将。当银蛇质疑两个人怎么玩时，他却拿出手机，若无其事地说他可以一个人扮演三个人。

"太夸张了吧？"银蛇感慨道。

"没什么。"井上拓也平静地答道，"毕竟我的脑子里有11个人格。"

……

如此这般，造就了眼前这幅诡异的景象。银蛇觉得这与其说是打牌，不如说是在看井上拓也的个人秀。

银蛇正在思考着，井上拓也瞪着眼问道："怎么样？还玩吗？"

"啊……还是算了。"银蛇关上了手机。

"我们还休息吗？"井上拓也依然不为所动地看着银蛇。

银蛇点燃一支烟，用力吸了一口，说道："走吧，事不宜迟。"

两人继续向前行进了20分钟，守恒区的边缘已近在眼前。突然间，银蛇踩中了什么硬硬的东西，他俯下身去，捡起了一块金属片。

"这是……"井上拓也凑了过来。

"弹片，这附近发生过爆炸。如果贸然向前走，很可能会踩到地雷。"银蛇说罢将弹片丢了出去，几秒钟后，十几米远的位置冒出一道火光，继而是震耳欲聋的爆炸声。

井上拓也沉默了几秒，继而从背包中取出一副VR眼镜戴在脸上。银蛇看到这件外貌酷似8bit的物品，不由得皱起眉头。

"交给我吧。"井上拓也一面瞭望着远方，一面用手指调节着VR眼镜的参数。突然间，仿佛神明打翻了颜料一般，草木、土石，连同空气中飘荡的尘埃，在同一刹那没有任何征兆地变成了灰色，天地间画上了一道灰与彩的分界线，只有远处城市的镜面外壁依旧保持着色彩。

完成这次惊世骇俗的壮举后，井上拓也似乎也感觉到了疲惫。他双肩垂下，收起VR眼镜，对银蛇说道："我们走吧。抱歉还不熟练，毕竟这是其他人格的能力。"

银蛇一言不发，迈步跟在后面。

又走了一会儿，两人来到了城区边缘。下方是深不见底的空洞，没有照明，只能模糊看到底部托卡马克电场发出的蓝光。太初黑洞的引力传导至此处已十分微弱，银蛇伸出手，将燃烧的烟头丢了下去。只见烟头沿着一条螺旋形的轨道下落，最初还很缓慢，但速度越来越快，就好像装上了引擎一般。随着速度的加快，原本金黄色的火苗变成了红色，继而消失不见。这并不是烟头到达了太初黑洞的事件视界，而是由于引力的多普勒效应，使得燃烧发出的光偏离出了可见光波段。

井上拓也来回走了一圈，终于找到了位于一角的安全梯。安全梯的入口处已被方才的攻击抹平，如果不是通道中若隐若现的光亮，恐怕需要扫雷式排查才找得到。

"银蛇先生，我们……"

井上拓也正要兴奋地爬下去，却感到冰冷的枪口顶在了自己的后脑上。他正想开口问为什么，却听到银蛇一字一句地说道："别动。叫刚才做出攻击的家伙出来，我有话要问他。"

"可是……"

"他身上有一股子乔亚·韦克的味道。"

井上拓也微微叹了口气，他的肩膀抖了两下，继而嘴角微微上扬，半笑道："在你眼里，找到这个人，比取得胜利更重要吗？"

银蛇哼了一声，枪口顶住对方头部的力量又加了一分。"少废话，你和他是什么关系？"他问道。

眼前的男人丝毫不理会银蛇的威胁，而是低头看向自己的胸口，大声喊道："听到了吧？参加这种厮杀，有几个是干净的？张口闭口为了民众、阻止阴谋，真当自己是超级英雄了？"

砰的一声枪响，子弹擦着井上拓也的头皮飞了出去，男人乱蓬蓬的卷毛霎时间变成了中分。哥本哈根操控着井上拓也的身体，不为所动地说道："如你所见，我在监狱里窝了100多年，并且只是个分身，怎么可能是你想找的那个人呢？"

银蛇保持着射击的姿势，应道："你可以将意识写入别人的大脑。通过网络制作分身，相信也难不住你。我要找的家伙只在内网中活动，可以吸收罪物的能力，和你的'所见即所得'简直太像了。"他的手指拉住扳机移动了几分，"10秒钟，给我一个不打爆你头的理由。"

哥本哈根没有开口，而是用食指在空中画了一个圈。强烈的危机感袭来，银蛇迅速警觉起来，却只见昏暗的夜色中凭空闪现出无数斑斓的光点，它们如同被卷入风暴一般高速飞舞着，继而汇于一处，勾勒出一副女人的躯体。

几秒钟后，又一台钟铃型人工智能站在了两人面前。这一次，她选择了使用纳米机器凝聚身躯。

银蛇在心中啐了一口，"苍灰"究竟以钟铃为原型做了多少复制体？

眼前的钟铃右脚踏地，如同离弦的箭一般飞出。银蛇猛地将井上拓也推开，自己向左侧闪躲，钟铃利刃般的手刀擦着他的身体划过。在对方顺势使出横斩之前，银蛇双手盘住钟铃的手臂，想要借力用力将她摔出去。

然而下一瞬间，钟铃却做出了令银蛇意想不到的动作。

她并没有用力挣脱束缚，而是就势跳起，以银蛇为轴心在空中做出了翻滚。然而她的前方并没有落脚点，下方便是太初黑洞构成的引力地狱！

银蛇吃了一惊，可还没等他做出动作，空中的钟铃便揪住了他的衣领，拉起他向着守恒区的太初黑洞跌去。

咖啡厅的老板伸了个大大的懒腰，将店门前的标示牌翻转到"Closed"，迈着摇摇晃晃的步子向两个街区外的家走去。在这个物资可以无限再生的城市，想要挣点钱，就必须拼手艺。他构思着新的3D拉花渐渐走远，丝毫没有察觉自己店内已迎来了不速之客。

"就是这家吗？"琳问道。

"没错，他们家的咖啡豆特别正宗。"翕然用力地点头，"就算被神冈再生后，口味也能保留大半。"

琳发动电磁力操控锁芯，两秒钟后，店门咔吧一声打开了。一旁的法拉十分担心被监视拍到，但她转念一想，在"苍灰"似乎也不怕丢东西，只得苦笑着摇摇头。

于是四人围坐在咖啡桌旁，常客翕然自顾自地为大家做起了手工咖啡。两路人马相遇后，简单两句话便敲定了结盟，琳对年幼的女王月影更是无条件地信任。

"目前为止，我们遇到了三名来自过去的'不动点'。"法拉总结道，"首先是拥有时间型罪物，外表酷似骆非的A，称呼他什么好呢……"

"骆非撇！"月影立即举手发言。

"好，就叫他'撇先生'了。"法拉点点头，"撇先生的战斗能力和智商都在平均线以下，但手中的罪物不容小觑。而且他既然能够成为'不动点'，手中一定还有其他王牌。"

见众人一副坐享其成的样子，她只得继续分析道："第二位是我和琳遇到了人工智能战士，就叫她'捺小姐'吧。捺小姐的战斗力很强，并且有着丰富的经验，老实讲，如果没有8bit，我们两个联手也没有胜算。"

"并且她有一种奇妙的能力，可以屏蔽电磁攻击。"琳补充道。

法拉接着说道："再就是东老师，我和翕然小姐都和他有过接触。在这个时代，东老师也许还只是准世界级罪物，但依然是过去方'不动点'中最强、最可怕的。"

翕然叹气道："虽然我的能力能够抵消掉老师布下的陷阱，但如果正面冲突，我毫无胜算。"

法拉双手抱胸继续说道："最后一位没有和我们打过照面——就叫他'竖先生'吧，但那次惊动了整个城区的战斗，相信他参与。如果我没猜错，和他对战的人就是罗星。"说罢，她看向了月影的方向："我们现在的首要目标，是找到过去方准确预测未来的方法，并将其破坏掉。月影，你能预测到目标的位置吗？"

月影示意需要点时间，于是闭上了眼睛，眉头微蹙。法拉看了看众人，问道："这件事你们有什么头绪吗？"

琳盯着杯子里的冰块，说道："女王她……我是说我们那个时代的女王，她的预测从没出过错，但只能预测20分钟之内的事情。我记得她说过，想要预测更久的未来并不是无法做到，而是精度会大大降低，因为影响未来的要素太多了。"

　　翕然想了想，说道："我能想到两种可能性。其一，对方所预测的未来，可以用理想化的物理学模型来描述。因为不管过了多久，理想物理学模型所决定的未来也是不会变的，例如在不受外力的作用下，物体会一直处在静止状态或匀速直线运动状态。但这种可能性基本可以排除，因为不管东老师有多么强大，它总不可能将整座城市都变成理想的物理学模型。至于另一种可能性……我猜测，他们靠的并不是'预测'。"

　　顺着翕然的提示，法拉也立即想到了这种可能性，一股寒意瞬间贯穿了全身。"你是说……在我们的时代，有他们的卧底？"她猜测道。

　　翕然点点头："没错，只需要一台跨时空通信的罪物，将现在和未来'不动点'的动向准确地传达给过去，就能够做到百分百准确地预测。"

　　"这样一来就产生了矛盾。"法拉分析道，"假设你作为卧底等待了18年，到了那时，你需要效忠的'现在'成了'过去'，而需要针对的'未来'变成了'现在'。这样的卧底，不背叛才怪。当然还有一个办法，那就是通过时间型罪物直接将卧底送过来，不过那样又违背了神冈的守恒。啊！"

　　那一瞬间，法拉想到了答案，翕然和琳也一副恍然大悟的神情。三人对视片刻，一同说道：

　　"黑洞！"

　　借助平衡区太初黑洞周边的引力，就可以将卧底从"过去"送到"现在"，甚至"未来"！

　　就在这时，月影猛地睁开眼睛，大口喘着粗气。翕然担忧地扶住她的肩膀，月影拿过水杯猛地灌了两口，语速飞快地说道："我看到了，在守恒区内部，两个人影在缠斗……"正说着，她一下子扑到法拉面前，握住她的肩膀，"我还看到，你的胸膛被一把闪光的剑贯穿，凶手是……"

月影顿了两秒：

"凶手就是罗星！"

◇

罗星睁开眼睛时，映入眼帘的是暧昧且昏黄的灯光。他揉揉眼坐了起来，身下的圆形弹簧床跟着发出颤抖。

使用完"虚空之刃"后，他的精神力近乎被掏空，陷入了极度虚弱的状态。月影经过反复推演后，找到了附近最安全的地点——

爱情酒店。

耳边传来了轻微的鼾声，罗星转过头去，少女正躺在他的身边，胸口规律地起伏着。这个月影的实际年龄已经超过了40岁，但由于生长速度缓慢，加之人格曾遭到破坏，无论外观还是内里都依然是桃李年华。

月影昨晚也十分疲惫，洗完澡后没等头发干就上床睡觉了，此刻正有一缕发梢粘在鼻尖上。罗星盯着她的面庞看了半晌，伸出手指想要把发梢拨开，但指尖在半空悬了许久，还是收了回去。他回想起昨晚入睡前，自己坚持要打地铺，月影则只是蜷着被子躺在一侧，说了句：

"害怕的话，就用被子在中间做个隔挡。"

于是他一怒之下，选择了同床。

清醒过来的罗星拍了拍脸颊，他们留在过去的时间只剩下了不到两个小时，必须找出过去方预测未来的方法，最好能够破坏掉。他在心中骂了自己一句：明明是这么紧张的时刻，并且法拉也在这个时代，在想什么呢？

"人类在面对生命威胁时，容易激发生育的本能，这是在进化过程中保留下来的习性。"脑中的方舟恰到好处地提醒道。

罗星没有理会老爷子，而是悄悄走去卫生间刷牙。没承想方舟叹了口气，继续絮叨道："不得不说，身为男人，你真够怂的。"

"闭嘴！"

罗星回到房间时，月影已经睁开了眼睛。但她依旧大字形仰在床上，被子踢在地上，睡衣前襟的扣子敞开了，白皙的肚皮若隐若现。罗星装作若无其事地捡起被子，丢在月影身上，又迅速移开了视线。

"放心吧，根据我的预知，你和法拉至少在一小时内不会碰面。"月影拉过被子蒙着嘴笑道，"我们有充足的时间准备。"

罗星明白，这时如果接话茬那就输了。于是他轻咳两声，强行把话题掰了过来："为了防止再次遭受因果攻击，必须找到他们跨越42年准确预知未来的方法。能做到吗？"

月影半晌没有回复，罗星只得把视线转回去，却看到女孩已经坐了起来，棕色的眼睛直勾勾地看向他，神情前所未有的认真。没等罗星开口，月影径直问道："如果在三方原的战场上，我站在了法拉的敌对方，你会帮谁？"

这是一道送命题。如果放在平日，罗星会毫不犹豫选择法拉；但月影刻意强调了"三方原战场"这个前提，让他一时间无所适从。正当他挠头时，手机响了起来，居然是月影发来的信息，上面写着一行地址。

罗星再次抬头时，月影已经从床上站了起来。她若无其事地脱下睡衣，换上外出的便装。罗星似是解脱地舒了口气，回击道："我以为你会纠缠很久。"

"你刚刚犹豫了。"月影笑道，她起身踏上短靴，"这个答案，我很满意。"

月影正打开房门准备出去，罗星突然叫住了她，神色严峻地问道："你曾经说，法拉在这场争斗中遇害了，这是在唬我吗？"

月影回头看了他一眼，半笑道："不，是真的。"罗星刚要继续问些什么，月影却凑到他耳旁，轻语道："痛下杀手的人，就是你。"

罗星噌地站了起来，险些和月影撞在一起。月影看了看手腕上的江诗丹顿，说道："距离法拉被害的时间，还有一个半小时。"她直视着罗星的双眼，问道："遇害地点就在守恒区，那里正是我们的目的地。你要去吗？"

◇

银蛇向着深空跌落下去。

他脑中的第一个想法是任由自己被太初黑洞杀死，再被神冈复活；可他立即就否定了这条路，因为在事件视界外的神冈看来，他跌落黑洞的时间将是无穷大，也就是永远都不会死。既然不会死，那自然就没有"复活"一说。

既不能复活，又丧失了战斗能力。丢入黑洞可谓是对付"不动点"的最佳策略。

银蛇张开嘴，从自己的假牙上抠下了空间型储物罪物"哈苏"。他一面控制着身体的下落姿势，一面将微型摄像机镶嵌在手指的钢戒上。

同一时刻，下方的钟铃型机器人的背部张开了两扇飞翼，飞翼下方喷射出火光。借着飞行装置的助力，她很简单地便停止了下落，从引力的捕获中逃脱出来。

银蛇啐了一口。在他的记忆里，钟铃即便部件损坏也只是维修，从不更换，她认为那样做破坏了自己作为生命的尊严。托她的福，银蛇一直拒绝同超级人工智能签署协议，获取操控物理量的能力，

银蛇自储物空间中取出绳钩爪向上发射，牢牢地攀住了上方的建筑。之后他蜷起身子，借助绳索荡了起来。几个来回后，他看准机会松手，借助惯性飞了出去，准确地落在了钟铃型机器人的后背上。

即便沿着绳索向上爬也会被对方中途拦截，不如拼个鱼死网破！

银蛇自腰间取出匕首，沿着对方背部的缝隙刺了下去。他熟悉钟铃身体的每一处构造，熟悉到能够闭着眼拼装——如果钟铃允许的话。

背部的飞翼和喷射器出现了一丝松动。银蛇双脚踏住钟铃型机器人的身体，用手握紧飞翼两侧用力，硬生生地将飞行装置从对方身上扯了下来。

钟铃型机器人跌落下去，银蛇一只手攀住飞行装置，另一只手抖了抖，自储物戒中取出了G42型反器材狙击步枪，单手架在肩膀上连续发射——

6发32毫米的狙击弹呼啸而出，沿着螺旋形的测地线向着敌人高速飞去。肩膀传来一阵钝痛，银蛇咬紧牙关顶住，双眼一眨不眨地盯着远处的目标。

第一发子弹穿透了钟铃型机器人的腹部，空间飘荡出裸露的导线和零件。

第二发子弹命中了左肩，敌人受伤的部位闪出阵阵火花。

然而在下一发子弹命中前的零点几秒内，钟铃型机器人的身躯却化作了无数细微的颗粒，仿佛沙堡一般转瞬间消失不见。

银蛇警惕地四下环视，这是他第二次见识对方的能力了。他甚至在想，之前遇到了机器人工厂，会不会也是将身体分解能力的一种应用？

飞行装置的喷射器并没有减弱的趋势，在没有熵增的"苍灰"，只需加装一个简易的循环装置，燃料就可以无限使用。然而银蛇清楚并不能继续耽搁了，随着与黑洞距离的接近，总有一刻自己会和飞行背包一起被黑洞的引力撕裂。

银蛇将反器材狙击步枪丢在一旁，从储物戒中取出了一支火焰喷射器。这是来自旧时代的俄国货，型号ROKS-13，银蛇觉得威力不够，将燃料罐改装成了液氧和煤油驱动，之后就塞进仓库没有动过。

钟铃型机器人分解而成的颗粒十分细微，银蛇花了一些时间，才从风的流向中找到了对方的行踪。他调整好角度，以防后坐力一个不小心将自己顶进黑洞。

下一刻，炽热的火焰喷射而出，急速的等离子体在喷射口附近形成了三个马赫环。银蛇咬紧牙关转动身躯，烈焰化作弧形照亮了半个天穹，在黑洞引力的作用下，呈现出从苍蓝色向深红色的完美色界，宛如来自地狱的彩虹。

燃料很快告罄，银蛇的右臂一阵麻嗖嗖的痛，他不由自主地松开了火焰喷射器，任由其落向黑洞。他试着蜷起手指，筋骨仿佛撕裂般发出抗议。

还好，还能动。

银蛇迅速将注意力从自己身上移开，液氧和煤油燃烧的温度不过2 700℃，他不确定能否将敌人烧干净。

炽热的风切削着脸颊，空气中弥散着焦味。某一瞬间，银蛇自风中嗅出了危机，他猛地抬眼四下环望，只看到不计其数的银色颗粒在空中飞舞、汇集，仿佛忙碌的蚁群一般。

几秒钟后，20台一模一样的钟铃型机器人出现在他的面前。

银蛇在心中骂了一句，此时此刻，他已经别无选择。他转动身子，控制着飞行背包向着太初黑洞的方向飞去。方才虽然有几发子弹没有命中，银蛇却借助它们的飞行轨迹大致测算出了太初黑洞的位置。

钟铃型机器人大军追了上来。在靠近黑洞边缘的刹那丢出电磁爆弹，让黑洞的引力将敌人一举捕获，这是银蛇最后的胜算。

黑洞越来越接近，银蛇靠着单臂攀到飞行背包上方，蜷好身子。只要不太过接近太初黑洞，就不会感受到太强的引力；然而作为曲率半径最小的黑洞，近旁的潮汐力却足以撕裂人类的身躯。

银蛇一面尽量减小自己身体的尺度，一面观察着远处的敌人。由于引力产生的多普勒效应，对方银灰色的身躯已经泛出了淡紫色。

身体感受到的压力飞速增加着，银蛇很希望法拉在身边，至少可以通过计算告诉自己安全的距离。然而此时此刻，他能够依靠的只有战士的直觉。

在骨骼连续发出十几声抗议后，银蛇猛地掉转飞行背包的方向，向着钟铃大军飞去。在掠过敌军的刹那，他丢出了一枚电磁爆弹——

在黑洞的边缘，发生了一场肉眼不可见的电磁爆。电磁爆对人体的影响很轻微，对机器人的影响却是致命的。即便做过相应的防御，强烈的电磁爆还是令钟铃型机器人们在一两秒内失去了意识。

这一两秒内的时间，足以分出胜负。

失去了对身体的控制，钟铃型机器人们的身体没有继续掉转方向，而是由着惯性一头扎向了太初黑洞的事件视界。当自我意识再次启动时，她们已经被黑洞的引力捕获，有些身躯被潮汐力撕裂，有些索性放弃了挣扎，向着事件视界落去。

银蛇终于松了一口气，他甚至不清楚自己能否安全返回，但只要不跌入黑洞，神冈就可以将他在安全位置复活。

可就在这时，一只冰冷的手抓住了他的脚踝！

银蛇来不及反应，一台漏网的钟铃型机器人已经借着他的身子攀了上来，她如同藤蔓一般缠住了银蛇的身躯，右臂紧紧锁住了他的喉咙。银蛇用力想要挣脱，但残破的身躯已经使不出太多力量了。

银蛇徒劳地用手肘顶着敌人的腹部，视线渐渐模糊，他已经搞不清楚这究竟是引力的作用，还是大脑缺氧所致。他很想取出炸弹同归于尽，至少不要死在黑洞边缘，然而即便如此简单的动作，他也已经做不出了。

身体的力量渐渐消失，恍惚之间，银蛇听到了身后的钟铃在他的耳边呢喃了一句：

"干得不错啊，小蛇。"

下一刻，他感觉到自己的身体，渐渐融入了身后的机械躯体。

银蛇看到的最后一幅画面，是上方哥本哈根石雕般的面容。

10.

作为代表了人类先进科技结晶的人工智能，钟铃在出生时就已经掌握了一百多门语言，能够解出十阶非线性偏微分方程；然而如果问那时的她将来想要做什么，就算搜遍数据库，她也不会给出"战士"这个答案。

钟铃被制作出的目的，是与其他人工智能一同组成偶像团体。在旧时代的末期，外网的威胁还被媒体渲染为"偶发事件"，娱乐至死的理念依然在许多人的心中根深蒂固。于是，为了满足厌倦了虚拟偶像的消费者，有公司将虚拟偶像的人工智能程序写入了机器躯体，制作出了样貌与真人别无二致的机器人偶像。

与钟铃的团队一同出道的，还有崭新的商业模式。在这种商业模式下，团队挣到的钱有一部分可以自由支配，而团员则可以用这部分钱改造躯体。

改造躯体可以聚集更高的人气，圈来更多的粉丝，而改造躯体所需的配件，自然由原厂提供。这样一来，就形成了良性循环。

事实证明，只要有新鲜刺激，人类对于养成类游戏总是乐此不疲，更何况养成对象是可以改造的美少女和美少年。

一日演唱会后，钟铃坐在化妆间发呆。她们化起妆来比人类要简单太多——摘掉原本的硅胶头套，换上化好妆的新头套，完毕。

"哎，小玲，过来一下。"

钟铃远远看见鄢燕在向她招手。鄢燕是这个三女两男团队的C位，在粉丝中有着极高的人气。

钟铃一头雾水地来到僻静的走廊，鄢燕神秘地笑道："看，这是什么？"

她伸出右臂轻轻一抖，令无数宅男心驰神往的白皙手臂顿时消失不见，弹出了一把闪着寒光的剑刃。

"酷吗？我去黑市换的，花了一大笔钱呢。"鄢燕问道。

"可是……"

"你想说规定对吗？没错，阿西莫夫三定律是我们的基本准则，但我并没有违反它。"鄢燕坏笑道，"我没有伤害人类，也没有不听从人类的命令，我只是想要自保而已。"

为了确保机器人的安全性，科学家们以旧时科幻作家提出的"阿西莫夫三定律"为基础，经过了漫长的机器学习，终于造出了号称"绝对安全"的基础指令模块。据说实验方法是将阿西莫夫三定律输入机器人的AI，再命令机器人在不违反三定律的前提下，杀死研究者本人。据说有上百人在这样的实验中丧生。

钟铃愣了半晌，问道："你想从什么的手下保护自己？"

"你没有发现吗？最近出现变异的，都是智能化程度很高的电子设备。"鄢燕的脸色阴沉了几分，"如果有一天我出现了变异，我希望你们能第一时间毁掉我。我想要美丽地死去。"说罢，她拍了拍钟铃的脸颊："还是说，你想一直维持'不改造身体'的高冷人设？"

钟铃的队友们早就按照设计者的意图进行了这样或那样的改造，只有她至今为止还是原样。她并不讨厌改造身体，只是觉得自己现在这样就很好，不清楚要改造什么。最初团队管理者很不满，但渐渐发现"不改造"反而成了钟铃的人设，于是转为支持她保持下去。

看着早已走在前面的队友，钟铃思考了许久，时间久到足够她的AI运算出全球未来三个月的天气预报，准确度高达五个9。终于，她挤出了四个字：

"我会考虑。"

◇

几个月后，钟铃还是没有对身体进行任何改造。男团员杨光近期为自己置办了一身骑士铠甲，人气一路蹿升至第二位，仅次于鄢燕。面对着人气一直拖后腿的钟铃，管理者甚至在考虑推翻她"高冷"的人设。

一天，鄢燕再次找到了钟铃。

"你想好了没？"鄢燕问道。

"还没。"

"给你看个好玩的东西。"鄢燕俯下身子，额头与钟铃相触，一股数据流顿时进入了钟铃的存储。她认真品味了一番，发现居然是她们身体的内部电路图，其中有几处做了标记。

"我最近从黑市了解到，想要绕过阿西莫夫三定律模块，只要4条飞线就能搞定。"鄢燕说罢笑了笑，"有趣吧？浪费了一百多条人命做出来的东西，4条飞线就能搞定。"

"那是因为我们身体的不同模块来自不同的企业，为了兼容性必须牺牲集成性。"钟铃一本正经地答道。

"你真无趣。"鄢燕装模作样地板起脸，两秒钟后就笑了出来。她拍拍钟铃的肩膀，说道："我只是告诉你，还有这么一条路。至于要不要走，你慢慢想。"

"你已经做了？"钟铃问道。

鄢燕耸耸肩，没有回答。

不久后，团队又要举行一次演唱会。原本一切如常，直到演唱会前夕，钟铃焦急地等在准备室里，却始终不见鄢燕的影子。

又过了一会儿，开场时间已迫在眉睫，管理者披着夹克风风火火地推门进来，阴着嗓子说道：

"鄢燕没有办法出场了，钟铃，你站C位！"

面对大家的疑问，管理者只是推脱说现在还没有确定消息，之后再行通知。

那晚的演唱会虽然有些波折，但总体还是成功的。钟铃成功地顶替了鄢燕的位置，赢得了观众们的阵阵喝彩。

直到演唱会结束，鄢燕也没有现身，第二天也是如此。第三天清晨，管理者将四名团员叫来会议室，他一言不发地打开了一张照片，上面是鄢燕的残骸。

"鄢燕变异了。"管理者惜字如金地说道，"变异的部位是她自己更换的右腿模组，我们已经在追求提供货源的第三方责任，本公司的产品还是绝对安全的。"

下面顿时炸了锅，面对大家的疑问，管理者只是说现在已经尽可能将坏影响压到最低，但为了舆论考虑，今后要没有进行过身体改造的钟铃站C位。

而钟铃的目光却始终停留在鄢燕残骸的照片上，几次扫描后，她的图像识别算法终于找出了鄢燕的阿西莫夫三定律模块。

没有飞线。

太好了。钟铃不由自主地，模仿人类的样子长舒一口气。

◇

如果能够重活一世，钟铃绝不会再参加演唱会，离得越远越好。

鄢燕事件后，钟铃团体的人气有所下滑，但好歹维持住了榜单的前几名，公司高层也决定将这个项目暂时保留。事实证明他们的抉择是正确的，不久后便出现了人类被外网感染而发狂的例子，社会上对人工智能的质疑声浪也就小了一些。

于是高层决定抓住这个机会，再举办一场演唱会。

大家小心翼翼地、如履薄冰地做着每一个环节的工作，只是谁都没有想到，会有被外网感染后的人保持了理智，乔装打扮潜入了演唱会。在演唱会的中途，那人突然发作，点燃了周围的观众，说是要为自己的偶像献上礼花。

那时还没有"罪人"的概念，更没人知道这个罪犯的能力是控制温度。

公司高层当即下令：团队全体人工智能立即行动，在保护观众有序撤离的同时逮捕犯人。此举能给团队创造非常正面的形象，并且机器人坏了可以维修。这些账，公司高层算得门清。

钟铃和团员们立即行动起来，在人工智能的掩护下，犯人没有造成更多的伤害便被匆匆赶来的警察制伏——根据阿西莫夫第一定律，机器人是不能伤害人类的，哪怕对方是个犯人。

大家终于松了一口气。警察带走了犯人，钟铃等人也陆续从安全通道撤出。

就在这时，狭长的通道中突然传来一声歇斯底里的呼喊：

"都不许动！"

大家寻声望去，一名穿着打扮十分邋遢的男子一只手勒住了一名女孩的脖子，另一只手将手枪顶在了女孩的头上。

"马上放了我哥哥，否则我就杀死她！"

纵火犯居然还有同伴！

大家慌了神。警察此刻已经离去，想要赶回来少说也要10分钟的时间，现场有战斗能力的只剩下四名人工智能偶像。

然而阿西莫夫第一定律是不允许他们伤害人类的。这是阿西莫夫三定律模块在设计之初就存在的缺陷：电车悖论。

要不要牺牲少数拯救多数？要不要牺牲罪犯拯救女孩？

阿西莫夫第零定律说不能损害人类整体利益，那么如何定义"整体"？几个人才能算作"整体"？

帮凶的手指渐渐靠近了扳机。他的精神状态十分不稳定，说不定一个刺激就会走火。

那一刻，钟铃做出了决定。这是她生命中第一次也是唯一一次，对自己的身体进行了改造。

她控制体内的电路，短接了鄢燕曾经告知她的几个触点。

那一瞬间，帮凶的锁定框在钟铃眼中从红色变成了白色。他已经是可攻击对象了。

钟铃悄悄移动右脚，在帮凶尚未发觉之际，踢起了一块石子。弹道精确计算过的石子不偏不倚地击中了帮凶的左眼，他大声惨叫，捂着血肉模糊的眼眶倒了下去。钟铃立即冲上去，擒住了他。

人质得救了，钟铃却把自己放在了命运的十字路口上。至于走向何方，那并不是她能够决定的。

那天开始，机器人偶像的活动全部停止，拥有自我意识的机器人的合法应用场景也受到了很大的限制。

等待钟铃的，是漫长的审判。

她究竟是英雄，还是杀死人类的罪犯？

在关键时刻短接阿西莫夫三定律模块，尽管结局是好的，这种行为该不该被允许？

等待期间，钟铃的活动被限制在了很小的空间里。她原本可以通过联网获取信息，但她并不想这么做。

又过了些日子，管理者来了，他面如死水地宣布，法庭宣判永久性停止钟铃的功能。

"但是作为英雄，你享受到了特别优待。你的身体非但不会被销毁，还会作为纪念品陈列在展览馆中，供人类学习。"

行吧。

对于这样的结局，钟铃并没有感到意外。

◇

钟铃再次睁开眼睛时，外面已换了天地。

原本蔚蓝的天空变得一片昏黄，原本繁荣的城市变成了一片废墟。她迅速扫描了周边环境，看到有两人正瑟瑟发抖地躲在自己身后，不远处有一名身材高大的男人，右手掌上燃烧着火焰，正在不紧不慢地寻找着什么。

"瞧你干的好事，你把这台人工智能唤醒了！"钟铃身后的一名男人瓮声瓮气地咕哝道。

"我怎么知道那是启动按钮！"另一名男人尖着嗓子反驳道，"不如让她帮我们杀了那名发狂的罪人？"

"别想了，旧时代的机器人不能杀人的！"同伴叹气道。

钟铃忍不住开口问道："你们是什么人？"

两个男人对视了几秒，尖嗓子男人开口道："我们是'幽红'的罪物猎手，在收集罪物的过程中，被罪人袭击了！"

另一名男人补充道："他的大脑被外网重度污染，已经发狂了！"

钟铃并不清楚何为罪物何为罪人，但体内的识别模块告诉他，远处手掌燃烧着火焰的男人很危险。

不知不觉间，钟铃眼中男人的形象与很久前的罪犯和帮凶重合了。

钟铃一声不吭地向前几步，捡起地上一根粗壮的钢筋。

远处的男人发现了她，口中咆哮出不似人类的呼吼，手掌喷出一道火舌。

钟铃身后的罪物猎手当即匍匐，可钟铃却迎着火焰冲了上去。在对方有所反应之前，她已经将钢筋插入了男人的胸口。

浓稠的血液淌下，男人双腿一软跪倒在地，继而整个人轰然倒了下去。

解决掉敌人后，钟铃走到两名罪物猎手面前，不顾自己裸露的金属骨架，问道："你们口中的'幽红'，离这里有多远？"

"不远，只有不到300千米！"瓮声瓮气的男人匆忙答道。

"带我去那里。"钟铃拍灭了身上的火苗，"我也要做罪物猎手。"

◇

来到"幽红"后，钟铃渐渐了解到了世界的现状。

尽管全世界仅剩余了四座城市不到一亿人，还是有很多技术保留了下来。钟铃是强劲的战斗力，"幽红"的技术人员曾几次三番劝她更换身体零件，但除去没法维修的硅胶皮肤外，钟铃坚持不对身体进行任何改造。钟铃并不怕死，她只是不想以被感染的方式结束自己的生命。

有一次，她独自一人执行任务。原本认为藏有罪物的地方，却发现了一个不到8岁的小男孩。男孩骨瘦如柴，眼神却异常锐利。他身上披着破旧的迷彩，手中拿着一把不知从哪里捡来的半自动步枪。

只用了两个回合，钟铃就放倒了他。

面对顶在额头上的枪口，男孩既没有惊慌，也没有求饶，只是颇为无奈地说道："我输了。但我之所以会输，是因为我还小。只要给我三年……不，两年的时间，我一定能战胜你！"

钟铃的嘴角微微上扬，尽管她的面部动作十分到位，但搭配上老旧的硅胶皮肤，那笑容看上去依然非常诡异。

"哦？"钟铃饶有兴致地反问道，"如果两年后你输了，会怎样？"

"我会继续变强，继续挑战你，直到胜利的那一天。"男孩说道，"我会不停地成长，而你，却只是原地踏步。"

钟铃扣动了扳机。子弹一发发打在土地上，扬起阵阵尘土。然而即便火光近在眼前，男孩依然不为所动地盯着钟铃的双眼。

打完一梭子弹，钟铃将半自动步枪丢回男孩手中。她转身渐渐走远，只留下一句话："说好了。在赢过我之前，你就是我的奴隶。"

◇

钟铃给那个男孩起名叫"银蛇"，因为他锐利的目光很像是毒蛇。

"为什么叫'银'而不是其他颜色？"某天，银蛇不满地问道。

"你天天袭击年轻女性，这还不够'银'吗？"钟铃反问。

"……"

比起一般的孩子，银蛇更加早熟，能力也更强；但养他却并不更加轻松，因为银蛇每天都会找钟铃单挑，有时一天高达几十次。当然，他一次都没有赢过。

而钟铃也惊讶地发现，在与银蛇切磋的过程中，自己也在逐渐变强。她原本认为已经足够完善的函数库，又注入了新的力量。

银蛇一天天成长起来，很快就成了"幽红"首屈一指的战士。钟铃认为这样的日子会持续下去，直到那一天。

他们接到了一个任务，需要调查一处距离城市2 000千米的废墟。钟铃本想拒绝，但城市里实在找不到比他们更合适的罪物猎手了，也只能应了下来。

一路平安无事，然而在深入废墟时，钟铃和银蛇走散了。钟铃一路前行，却猛然间在前方看到了一个熟悉的身影——

华丽的舞台妆，夸张的妆容，还有那始终饱含自信的一抹微笑。

是鄢燕！

鄢燕对着钟铃使了个眼神，转身离去。钟铃立即追了上去，然而进入下一个房间时，鄢燕不知何时已经站在了天井最高处。

"鄢燕！等等我！"

钟铃三步并作两步地跳了上去，成为罪物猎手的她，速度早就不是当年能够比拟的了。然而在她赶到天井最高处的瞬间，只看到鄢燕张开双臂向后一仰，向着无底深渊落了下去。

"鄢燕！"

"钟铃！"

一只手拉住了钟铃的臂膀，将探出半个身子的她硬生生拽了回来。银蛇起身向前，一拳揍在她的脸上，摇晃着她的肩膀说："你还好吗？清醒一些了吗？"

"鄢燕，鄢燕她……"

"我没看到什么燕子鸽子的，这里始终只有你一个人！"

钟铃当即开启了足迹检索模式，此处果然只有她一个人的脚印。

当晚，两人睡在了租来的简易外网屏蔽装置里。

银蛇睡熟后，钟铃一个人悄悄摸了出来。她闭上眼睛，身体上顿时出现了无数极细的线，将身体分割成了同样大小的立方体小块。她感到身体一阵不舒服，最终将一个小块排出体外。那个小块迅速生长，在几秒钟的时间内变成了自己的模样。

"你是谁？"钟铃问道。

"钟铃。"

"你能记起什么？"

对面的自己摇头。

那一刻钟铃再次确定，自己已经觉醒成了罪物，并且是非常稀有的空间与熵混合的类型。

她能够将自己按照任意的空间尺度均分，被切割的每一个部分都可以成长为新的自己。并且，她可以选择性地将自己的能量、能力、记忆等，按照指定的比例分配给每一个分出的部分。唯一的限制是，这个比例不可以是零。

如此强大的力量自然是有代价的，那就是每过24小时，她都不得不分离出一个自己，就好像细胞有丝分裂一样。

钟铃清楚，如果留在这里，自己将成为人类的祸害，特别强大的那种。于是她想起了"苍灰",想起了神冈。有了世界级罪物的"守恒"能力,一定可以压制能力的副作用。

那一晚,钟铃与银蛇不辞而别。

几经辗转来到"苍灰"后,神冈的能力确实压制住了她的分裂,并且钟铃的能力可以为城市提供强大的劳动力和战斗力。但无论制造了多少分身,钟铃始终把持着一个原则:要把记忆和能力的副作用,留在本体的身上。

只是这并不是总能做到的,无论她如何努力,分身总要带走少量的记忆。她清楚终有一天,自己会忘掉一切。钟铃迫切地希望着,能在那一天到来前再见银蛇一次,最好能再和他打一架。

如此盼望着,钟铃迎来了光锥三方原。

11.

法拉四人再次兵分两路。

想要实现信息跨时代传输,必须满足两个前提条件:一是要通过太初黑洞的引力,将"卧底"送去未来时代;二是要有能够跨越时空通信的罪物或罪人。与之对应的,法拉等人的战术是派一路人马去守恒区阻止卧底穿越时空,另一路人马进入内网探查跨时空通信的踪迹。在"苍灰"城区即便使用罪物通信,其信息流也必然会在内网留下痕迹。

按照各自擅长的领域,琳和翕然前往守恒区探查,法拉则同月影一道进入内网找寻。这样一来,也规避了法拉会被罗星刺穿胸膛的命运。

法拉找了个舒服的地方坐下,因为体内的纳米机器,她不需要设备就可以接入内网,拥有预知能力的月影则在一旁守卫。一旦预知到危险发生,月影会立即唤醒法拉。为了增强月影的战斗力,法拉还把随身携带的时间型罪物"江诗丹顿"交给了她。

"你确定要对自己用这个家伙？"月影看着手中的电击器，按下开关，前端发出了噼里啪啦的声响。

"如果意识走远，没有足够强烈的刺激，是回不来的。"法拉解释道，"放心吧，我的能力是操控电磁力，这东西伤不到我。"

一切准备就绪后，法拉先是开启内网视野，对周围探查了一番。在别人的时代接入内网风险很大，因为在内网布下陷阱远比在现实世界容易。

确认安全后，法拉闭上眼睛，将意识接入内网。她的意识脱离身体，在一模一样的房间中来回走动。透过内网，法拉看到现实世界中的月影将双腿跷在了桌子上，一双棉拖鞋在脚尖晃来晃去。

法拉来到房门前，后背贴着墙壁，小心翼翼地打开房门。在房门开启的瞬间，一台女性外形的机器人猛地冲了进来，手中的钢刃对着空气砍了下来。

法拉一眼就认出，这台机器人的外形与她在丛林中见到的那台一模一样。趁着对方收招的间隙，法拉猛地冲了出去，手掌按在了女性机器人的背部。在几个毫秒的时间内，法拉攻击的位置泛起一片马赛克，继而迅速向全身扩散，转眼间女性机器人便魔术般地不见了踪影。

法拉舒了一口气，她发动的进攻，其本质是网络攻击程序，是法拉和斯特拉参加黑市格斗赛时程序的升级版。法拉控制电磁力和温度的能力是无法攻击内网目标的，只有罗星控制熵的能力可以在信息空间发挥效用。

走廊里出奇的安静，但法拉坚信敌人肯定不止一个。转过拐角，法拉终于在走廊尽头望见了另一台女性机器人，对方也发现了她，晃动身子想要冲过来。然而，女性机器人刚迈开步子，头部便被甩了出去，继而身体也如同拆散的积木一般散了架，瘫倒在地上。

怎么回事？

法拉迅速跑了过去，倒在地上的女性机器人背后的程序已经停止了运转，只剩下了无用的贴图。

直觉告诉法拉，内网里发生了不得了的事情。她径直冲了出去，眼前的一幕令她倒吸一口冷气——

成千上万的机器人尸骸仿佛小山一般，堆满了房屋的四周。某些损害时间较早的机器人尸体已经开始马赛克化，"灰"正在为内网空间清理存储。

过去方不是没有在内网布置陷阱，而是被什么人干掉了！

法拉并没有贸然四处寻找，藏在暗处的家伙既然能够干掉这么多机器人，收拾自己更是小菜一碟。她看准机会攀上高处，静静地感受着内网的信息流。

"苍灰"的内网很安静，街上看不到几个行人，更没有其他城市那样嘈杂的内网商业圈。由于神冈控制守恒的能力，现实世界能满足大部分物质需求，没有必要进入内网索取。城市的边缘有几条不同颜色的光束伸向远方，那是连接不同城市的远距离通信。

法拉默默调节着背后控制视觉的程序包，天空在她的视野中呈现出不同的颜色。仿佛光谱分析一般，她一点一点地过滤着不同频段的信息流。突然间，她在夜空中捕捉到了一丝微弱的信号，那是一条黑色的光束，仿佛用墨汁在黑色纸上作画一般，蜿蜒着射向最高空。若非法拉有着过滤信息的本领，绝不可能捕捉到如此微弱的信号。

这条黑色光束的起点，隐藏着可以同过去通信的罪物或罪人。

法拉一面隐藏自己，一面摸索着前进。一路上，她看到了不计其数的机器人残骸，法拉甚至不敢想象这里发生了多么惨烈的战斗。

出乎意料地，信号源藏在了城区上方的生活区。法拉一路潜伏，最终摸到了一座幼儿园的外围。透过信息过滤后的视野她清晰地看到，信号源就位于幼儿园的广场上。

法拉深吸一口气，翻过了幼儿园的围栏。此时隐藏已经没有意义，她迈开步子，缓慢而又稳健地向着目的地走去。来这里之前，法拉预想过很多糟糕的情况，可当她看到熟悉的风衣和高檐帽时，还是忍不住身体一颤，血液都跟着沸腾起来——

乔亚·韦克正站在小象滑梯的顶部，摆弄着一台步话机。他的脚下，踩着一台同样型号的女性机器人，身体还在痉挛般地跳动。

看到法拉，乔亚·韦克正了正帽檐，他脚下猛地用力，女性机器人的头部如同西瓜一般被踩破，螺丝和仿真眼球飞溅出来。

"真没想到，来的会是你。"他说道。

法拉摆好了应战的姿势，她已经为这一天的到来做了充足的准备。此刻面对宿敌，她完全没有恐惧，有的反而是身体内不断涌出的、跃跃欲试的躁动。

"不好奇我为什么出现在这个时代吗？"乔亚·韦克自顾自地说着，这还是法拉第一次见这个家伙如此话多。他摆了摆手中的步话机，"这东西是那个叫玛格的笨小子的，可以跨越时间传递信息，好用得很。我本身就是信息体，这东西对我而言，就是一台时光机器。"

法拉质问道："你吸收了它？"照理说，罪物不应当在内网中显现形态。

乔亚·韦克耸耸肩："他们派去现在的笨机器人，甚至没能诞生完整的自我意识。发现后，我不费吹灰之力就干掉了它，将这东西夺了过来。"他在某一瞬间对上了法拉灼热的视线，哈哈笑了几声，继续说道："别那么看着我嘛，再怎么说，我也是帮了你们。"

法拉回想起，除去翕然和夏然的转变外，她们后来确实没有再遭遇过因果攻击。但这并不是她能够放过乔亚·韦克的理由，世界上没有任何事情足以构成这个理由。

"只能在内网中活动，限制还是太大了些。"乔亚·韦克叹气道。

"你想干什么？"法拉质问道。

乔亚·韦克没有回答，只是哈哈笑着。

就在这时，法拉感觉到了一股牵引力拉扯着意识，应当是外部的月影预知到了危险，在尝试唤醒自己。

法拉后退一步，尽管她很想立即报仇，但此刻同乔亚·韦克纠缠并不是聪明的选择。

而乔亚·韦克却拿下帽子拍了拍衣角，帽檐下藏着的是一张冰冷的铁面具。

"我现在最需要的，是一具身体。"

乔亚·韦克纵身一跃，赶在法拉前面抓住了牵引她意识的那条线。法拉立刻明白了他要做什么，却奈何内网是乔亚·韦克的主场，只得看着他越走越远。

◇

半分钟前，月影猛地跳了起来，前所未有的危机感袭击了她。

她立即拿起电击器，准备将法拉唤醒。可就当电火花触及法拉身体的刹那，她猛然间意识到——

为什么？

她对自己的预知能力很有信心。可为什么如此强烈的危机感，之前却毫无察觉呢？

月影的大脑飞速运转着，很快地，一个名字出现在脑海中：

异时同调定理。

之前之所以没有预感，是因为产生危险的"因"还不存在，并不是不存在于此处，而是不存在于这个时代。对方一定清楚这边的预知能力，从而布下了陷阱。

去内网寻找信号源，从一开始就是个局！

月影后退两步，紧张地看着法拉。在她的注视下，法拉缓缓睁开了眼睛。

◇

罗星不顾一切地飞奔着，尽管脑中的方舟不停劝说，他却根本冷静不下来。

出发前，月影给她解释了事情的缘由。

"你之所以会对法拉动手，是因为她的身体被其他人强占了。"月影沉着脸说道，"当时法拉的意识正在连接内网，对方先她一步，将意识下载到了她的身体里。"

罗星想到了哥本哈根和罪物电子相框，只要拥有相似的能力，这种事情并不难做到。

"那个人是谁？"罗星追问道。

"乔亚·韦克。"月影说出了那个人的名字，"你杀死法拉后，传送很快发生了，我们去往了别的时代。然而无论我在18年后的内网如何寻找，都再也没有找到法拉的意识。"

罗星看看腕表，距离传送发生还有44分钟。月影只记得当时的战斗发生在生活区，然而在一座偌大的城市里，想找到一个人又谈何容易。

同一时刻，乔亚·韦克正蜷缩在漆黑的巷弄里，他抱紧自己的身躯，大口喘着粗气。他现在拥有了法拉的身体，这件事令他兴奋不已。然而这副身体在他心中是圣洁的化身，他无论如何也不可能做出过分的事情。

刚刚睁开眼睛时，乔亚·韦克看到了一名金发的小女孩倒在地上，满脸惊恐地看着自己。他记起这个女孩曾出现在太空电梯的赌场中，是"苍灰"的代表之一。

乔亚·韦克盯着女孩看了半晌，判断出她应当是现代方的"不动点"。他习惯性地正正衣领，却发现法拉上半身只套了一件夹克。他对着女孩摆了个手势，在女孩惊恐的目光下，打开窗户跳了下去。

乔亚·韦克张开双臂，他一面享受着自由落体带来的失重感，一面尝试使用法拉的能力吸住附近建筑物的钢筋。但这副身体中的纳米机器与他的意识不够匹配，经过好多次的实验，他才在身体摔到地面前止住了下落。乔亚·韦克神经质地掸了掸身上的土，扶住帽檐——尽管这些并不存在，隐藏在穿梭的人群中。

距离下次传送只剩下了不到1小时，乔亚·韦克准备在这段时间里解决几名"不动点"。他有能力摧毁人的意识，"不动点"成为植物人状态并不会被判定为死亡，只要不被队友找到后刻意杀死，就不会被神冈复活。

从谁开始下手呢？

乔亚·韦克颤抖着笑了起来。还用想吗？首个目标，当然是那个男人了！

但是怎么找到那个男人，或者被那个男人找到呢？

啊，好烦，不如先随便找几个"不动点"杀一杀吧。

可还没等乔亚·韦克迈开步子，他就看到一个短发的青年双手抱胸靠墙壁站在巷弄一端，光线自少年的背后射进窄巷，刺得他有些眼痛。

罗星。

"乔亚·韦克。"罗星叫出了身体中灵魂的名字，每个字都带着杀气。

乔亚·韦克感到了些许的惊讶，但更多的是惊喜。

罗星向前迈步，他活动着脖颈，说道："如果不是你，找起来还真没这么容易。"他缓慢地向乔亚·韦克走来，"打开熵视野后，你的存在就像是蛋糕上的蟑螂一般扎眼。"

话音未落，乔亚·韦克突然感觉到一股强大的拉力，似乎要将自己的意识从这副身体里拉离一般。他怪笑一声，用手指比画出一个手枪的形状，口中嘟囔出"碰"！

罗星立即感觉到了强大的斥力，有一股力量在将意识强行挤出身体。这是融合罪物"电子相框"后的能力，罗星在太空电梯上面对乔亚·韦克时见识过这一招。他立即控制熵拉回了意识，但与此同时，他对乔亚·韦克的攻击也失去了效果。

乔亚·韦克伸出食指指向天空，摆出一个十分中二的姿势。下一瞬间，巷弄里掀起一股灼热的风，四周的窗子被吹得咯咯作响。不一会儿，一个淡紫色的光球在他的指尖逐渐生成、生长，顷刻间膨胀到了篮球大小。他使用法拉控制温度的能力加热了空气，使其电离成为等离子体，又用控制磁场的能力将其拘束住。

罗星紧盯着对方的动作，突然间，等离子球中伸展出一条细长的鞭子，划破空气向他抽来。罗星高高跳起躲过，等离子鞭抽在了墙壁上，留下一条绵长的裂痕，熔化的钢筋裸露出来。

还没等罗星做好应战准备，乔亚·韦克蓦地来到他的正上方，等离子体在右臂集中，化作一个钻头的形状。

"控制等离子体，可不一定用恒定磁场哦！"乔亚·韦克怪笑着，控制着手臂周遭的磁场旋转起来，等离子体也跟着高速转动。钻头向着罗星的胸膛刺去，罗星固定住手臂分子的热运动，穿过等离子体构筑的钻头，紧紧握住了对方的拳头。

"我看你能坚持多久！"

乔亚·韦克用力下压，罗星跟着他一起快速下落。在接触地面前的刹那，罗星侧身躲开了钻头的尖端，等离子体钻头轻而易举地刺透了几米厚的金属地面，带着罗星跌向更下一层。

"这个对手不好对付啊！"方舟在脑中说道，"为什么不用你那个虚什么剑？"

"虚你大爷！"罗星在心里怼了回去，"万一伤害到法拉的大脑，损害了她的记忆怎么办？"

方舟呵呵笑了两声，道："我其实是想提醒你，你想着帮法拉小姑娘夺回身体，她本人又怎会不想呢？"

罗星当即明白了什么，他发动能力，缠在乔亚·韦克手腕上的等离子体迅速降温，转眼间凝结成了冰碴、液氮和液氧。乔亚·韦克被低温冻伤，怪叫一声同罗星拉开距离。

趁着两人对峙的间隙，罗星控制单眼开启了内网视野。果不其然，法拉的意识就站在他的身旁。

"你终于注意到我了！"法拉单手叉腰，叹气道。如不是如此紧迫的形势，她还真拿不准第一次见到罗星该说点什么。

罗星更是百感交集。尽管两人分离期间他的意识大部分时候是昏迷的，但无论如何他已经有24年没有见到法拉了。

思索再三，罗星还是径直问道："有什么对策吗？"

法拉应道："乔亚·韦克将意识下载到我的身体里只需要0.7秒，而我却要5秒。也就是说，你需要想办法将他的意识剥离我的身体5秒以上。"

对面的乔亚·韦克已经攻了过来，罗星一面招架，一面问道："将你的身体杀死，能做到吗？"

法拉叹气道："从生理上杀死我的身体，确实可以短暂地将他的意识逼走。但这并不能解决问题，因为神冈重构身体后，我的意识依然处于游离状态，拼速度不是他的对手。"

"我还可以复制出你的身体，可行吗？"罗星语速飞快地问道。

"乔亚·韦克是黑客，将自己的意识复制粘贴一下还不简单？"法拉解释道。

乔亚·韦克将等离子体化作了镰刀的形状，罗星在闪躲中被划到了脸，一行鲜血流了下来。但他对自己的伤势毫不在意，而是顺着法拉的思路想了下去：乔亚·韦克是信息生命体，他控制熵的能力不足以拖住，手中又没有合适的罪物……

罗星找到了，确实有一个东西，能够对信息生命体造成伤害！

仿佛看穿了他的想法一般，法拉继续说道："所以，你需要将他引到太初黑洞的边缘，并在掠过黑洞的刹那将我杀死。黑洞的引力可以拖住他，这样一来在神冈重构身体后，我就可以先他一步返回。"

"会有这么顺利吗？"罗星担忧地问道，"这家伙看起来疯疯癫癫，实际精明得很。如果将他引去守恒区，恐怕一下子就能猜出咱们的意图。"

"所以，我们要出其不意。"法拉凑到罗星耳边，快速耳语了几句。

◇

月影一个人走在街上，刚刚送走罗星，她要去完成另一件更加重要的事情。

月影靠着预知能力小心翼翼前进，一路上既没有遇到埋伏的敌人，也没有遭遇理想物理学模型的陷阱。在距离传送还剩下19分钟时，她终于来到了目的地。预知能力告诉她，自己要找的人就在里面。

咖啡厅还没有营业，月影径直推门走了进去。

"不好意思，我们还没……"

"我来找人。"

无视了店员的惊讶，月影径直来到了二层的客房处。推开记忆中已经有些模糊的房门，映入眼帘的是凌乱的房间，以及呆坐在地上的小女孩。

那是24年前的另一个自己。

"嗨。"大月影平淡地打了招呼。

看到眼前的成年女性，小月影先是愣了几秒，继而猛地冲过来，扯住未来自己的衣领。

"你都知道的吧？"小月影咬牙切齿地说道，"既然知道，为什么不早点告诉罗星做好准备？"

大月影没有说话，她静静地等待着过去的自己平静下来。终于，小月影的眼神中没了锐气，她揪住未来自己的双手渐渐软了下去，只是低着头，呢喃道："我……和他们相处的时间并不久，但沉睡在记忆中的过去的我，同时也是过去的你，不想要这样的结局。"

"我知道，所以我来了。"大月影平静地说道，"在我所经历的历史中，并没有同未来的自己正面相遇过。我想改变这一切。"

小月影抬起头，眼里噙着泪水："他们会失败，对吗？"

"不，罗星成功地救出了法拉，杀死她只是计划的一环。"大月影沉着嗓子说道，"但即便如此，法拉还是死了。或者说，被吸收了。"

小月影惊讶得瞪大了眼睛，大月影低头看着过去的自己，说出了两个字：

"闭包。"

"什么？"

"这次光锥三方原中，诞生的弥赛亚的名字。能够同化罪物的乔亚·韦克，借助涌现的算力吸收了神冈，进化成了弥赛亚。"大月影解释道，"他可以随意更改集合的封闭性，只要愿意，可以把任何存在、概念，收纳为自己的一部分。这一次，罗星他们没有了对付'映射'那时的运气。"

小月影沉默半晌，问道："后来怎么样了？"

大月影答道："人类没有能力对付如此强大的存在。一部分人类抛弃母星向太空移民，没能走成的默默等待灭亡。短短几年的时间内，'幽红'和'柠黄'全部毁灭，'深蓝'坠落，唯一保存下来的就是'苍灰'。我想，他之所以这么做，只是为了让这次'光锥三方原'的历史闭环而已。毕竟走出这座城市，历史无法改变的客观规律还是需要遵守的。"

说罢，她俯下身子，凝视着过去自己的双眼，一字一句地说道："我需要你帮我，将历史改变。"

距离下次传送还有14分钟。

"商量好战术了吗？"外面，乔亚·韦克半笑道。他本身就是信息生命体，自然也能够看到内网的情形。

罗星默不作声，他身边的法拉正在飞速计算着。对面的乔亚·韦克笑道："想要对付你们，我有很多罪物可以使用。不过，我更想让你们见识一下我的新玩具。"

说罢，他张开双臂，一块透明四方水晶碑浮现在身前。水晶碑上方印着一张表格，每个格子中印着不同的英文标识；罗星定睛看去，那居然是一张元素周期表。

"W-010，元素周期墙。"乔亚·韦克说出了世界级罪物的编号，"它可以随意取出质量不大于1 000千克的任意元素单质，不限物质形态，不限同位素。我几乎搭上了性命，只窃取到了它千分之一的能力，也就是1千克。但配合上我的能力，已经足够强大。"

罗星"切"了一声，因为对方占据了法拉的身体，为了让法拉重生后不至于丧失记忆，他熟悉的毒气、燃烧弹、核武器都不能随便使用。

乔亚·韦克自小型的元素周期墙中取出了一个钢灰色的金属球。正在做计算的法拉瞥了一眼，说道："那是铍单质，这东西毒性很强，但小心一点就没问题。他总不会以为这样就能对付你吧？"

罗星开始进攻了。他同样控制熵做出了一把等离子体的利刃，一面小心地避开法拉的头部，一面步步紧逼。而乔亚·韦克只是通过磁场控制着等离子体镰刀格挡，自己则将手探入小型元素周期墙中，又取出了一块银白色金属，控制温度软化后，包在了钢灰色金属球的外面。

"那是什么？"罗星问道。

"不清楚……你尽量将他引到守恒区！"法拉指挥道。

罗星看准机会一剑劈下，乔亚·韦克操控镰刀格挡，但在强大的冲击力下依然向着城市下方跌去。在方才的战斗中，罗星刻意将他吸引到了城区中心中空的部分，通过这里可以最快到达守恒区。

一面战斗着，乔亚·韦克依然继续着他捏橡皮泥一般的作业。这一次他取出的是一些白色的固体粉末，那东西的温度似乎很低，四周尽是空气中的水蒸气液化后的白色蒸汽。将这层物质包裹在圆球外面后，他立即又包裹上了一层银白色的金属。

守恒区已近在眼前。乔亚·韦克包裹上又一层的钢灰色金属后，挑衅道："想借助黑洞将我拉出去吗？先看看我手中的东西再说吧！"

就在这时，跟随在罗星身后的法拉终于明白了这个家伙在做什么。

"那是……于敏构型的中子弹！"法拉惊讶道，"'苍灰'的城区是个封闭空间，这家伙疯了吗？"

最初的铍金属球是内爆式核弹的中子源，次内层的银白色金属则是钚239，这两者构成了于敏构型内爆式核弹的弹芯。在铍中子源的协助下，可以大大降低核爆的临界质量。更外层原本要用氘化锂作为小型氢弹的燃料，但由于小型元素周期墙只能取出单质，乔亚·韦克便用了温度仅有14K的固态氘。这种构型原本是不稳定的，但他灵活应用了法拉控制温度的能力，让固态氘能够稳定存在。外面再包裹上一层钚239和一层铍外壳之后，便是一枚简易版的于敏构型中子弹！

"不是中子弹哦！"乔亚·韦克怪笑着，又取出一块略带淡粉色的银白色金属，包在了圆球的最外层。"来做个选择题吧，是先对付我，还是对付这颗钴弹？"

罗星用力咬着嘴唇，对方的疯狂超乎了他的想象。

钴弹是一种假想中的核武器，原理为在中子弹外层包裹上一层钴59。钴弹爆炸后，钴59会在中子的轰击下形成强放射性的钴60，放射出对人体伤害性极强的伽马射线，持续时间超过5年。更可怕的是，中子弹爆炸的威力甚至不及罗星的虚空之刃，神冈很简单便可以平衡掉，而辐射则会被保留下来。这颗钴弹一旦引爆，城区内所有的人类将面临"复活—辐射致死"的悲惨循环，直到城区内的辐射减弱到安全强度，堪比无间地狱。

乔亚·韦克控制磁场，压缩最外层的钴外壳。他不需要内置炸药进行压缩，钴是铁磁性元素，用强磁场压缩可以达到同样的效果。

罗星当即控制了钴外壳的熵，令其膨胀以对抗磁场的压缩。"透过电磁视野我能够清晰地看到太初黑洞，只要躲开它们，又能把我怎样？"乔亚·韦克一面挑衅着，一面改变了飞行线路。

"看准机会，倒计时！"一旁的法拉指挥道。

罗星点点头，他集中精力，手中的等离子剑刃飞速伸长——如果使用虚无之刃，无论攻击哪里，法拉的大脑都会受到破坏。

"你是白痴吗？太初黑洞离我还有……"

乔亚·韦克话音未落，头脑突然感到一阵眩晕，之后周围的景物变了颜色。与此同时，他感觉到一股强大的引力，以至于险些控制不住身体——

黑洞！

在围绕黑洞飞行的同时，他忽略了引力造成的时间压缩效应。距离传送的十几分钟飞速流逝，他被W-005传送去了未来。

而黑洞已近在眼前！

乔亚·韦克惊讶之际，罗星手中的剑刃贯穿了他的胸膛。在引力强大到可以捕捉信息的黑洞作用下，他的意识渐渐被剥离了法拉的身体。

如果只是单纯地将乔亚·韦克向着黑洞的方向引，一定会被他识破，因此法拉将宝押在了传送上。

想要跨越几十年的跨度预测一件事情难度很大，但如果预测对象是理想的物理学模型，则会简单许多。做三体运动的三颗太初黑洞就是单纯到极限的物理学模型。通过数值模拟，法拉计算出了它们几十年后的详细位置，空间坐标误差不超过0.1米。

这里存在一个不确定性，那就是W-005究竟会将大家传送去"现在"还是"未来"。法拉押注在42年后的"未来"，她赌对了。

钴弹沿着测地线跌入了黑洞，其质量只引起了太初黑洞一次微不足道的伽马射线增强。罗星则及时将法拉的身体拉离了黑洞附近，在神冈的作用下，法拉的身体迅速恢复，她的意识也回到了身体中。

　　站在高处的井上拓也，面无表情地看着下面发生的一切。

◇

各时代"不动点"战绩

过去方：

东老师：0

玛格：21

钟铃：0

黑川：1

现在方：

法拉：11

银蛇：2

月影（小）：2

翕然（夏然）：2

未来方：

罗星：1

月影（大）：2

琳：11

井上拓也：0

第四章　光锥三方原

1.

　　银蛇艰难地睁开眼睛，身体撕裂一般地疼痛。他很想要坐起来，但尝试了几次全失败了，于是不得不大字形展开瘫在地上休息。如果不是顾及"光锥三方原"的规则，他真想给自己一枪，再让神冈将自己复活。

　　时间缓慢地流逝着，银蛇感到身体在以难以置信的速度恢复着。仅仅过去了5分钟不到，他已经感觉不到痛楚了，其间也没有遇到陷阱或者偷袭。银蛇撑着身子站了起来，试着动了动四肢，没有感到任何不适。

　　自己的身体到底发生了什么？

　　此时的银蛇也顾不上这许多了。他清楚在负伤期间发生了一次传送，但还没能判断出来到了什么时代。他自腰间摸出配枪，一面警觉着一面前进。不一会儿，一座简易的哨所出现在正前方。在"过去"和"现在"都没有见过这栋建筑，银蛇据此判断出此处是"未来"。

　　四周空荡荡的，没有办法隐藏，银蛇只得摸索着前进。没走出几步，他远远地看到哨所中走出一名小姑娘，穿着一身淡粉色的睡衣，捂着嘴打了个呵欠。

　　看到远处的银蛇，小姑娘也不躲，而是正面迎了上来。随着距离的拉近，银蛇终于看清了她的脸——

周祺?

"站住!"银蛇喝令道。

样貌酷似周祺的小姑娘没有理会,继续自顾自地向前走来。

银蛇皱紧眉头,他凭直觉感觉出对方并没有恶意,但在战场上他不敢有一丝一毫的大意。短暂的犹豫后,他瞄准小姑娘身边的地面扣动了扳机。

小姑娘见对方要开枪,先是愣了两秒,继而在银蛇射出子弹的刹那,伸手做了一个抓取的动作。随着这个简单的动作,她后退两步,险些被棉拖鞋绊了一跤,但还是狼狈地站稳了;而银蛇射出的子弹则在半空停了下来,直挺挺地落在地上,发出叮当的声响。

银蛇吃了一惊,但他还是保持着冷峻的神情,慢慢向对方走近。

就在这时,地面剧烈震颤起来,厚重的不锈钢地板仿佛摇摇椅一般晃动起来。小姑娘瞪了银蛇一眼,问道:"这是你干的?"

"你觉得呢?"银蛇把问题抛了回去。

话音未落,又是一阵强烈的地震,小姑娘脚下不稳跌坐在地上。银蛇正要看准机会靠近,却突然感到一块小石子落在了他的头上。他抬起头,却看到100多米的高空中,一块巨大的水泥板脱离了上层地面的主体结构,正在坠落!

小姑娘利落地爬了起来,嘴里飞速地自言自语着:"这么大的动量怎么转移?平常心,平常心……"突然她的目光射向了银蛇,用不容置喙的语气命令道:"你腿脚麻利,快去告诉我黑洞的位置!"

银蛇啐了一口,目测跌落的水泥板有20米见方,如果从100米的高空坠落,后果不堪设想。虽然没搞明白对方的底细,但想到小姑娘刚刚展现出的神奇能力,银蛇决定先按照她要求的做。

银蛇拼尽全力,花了大约5秒冲到了地面的边缘。远处的小姑娘高高举起双手,大声喊道:"快一些,看清楚没?"

银蛇咬紧牙关,靠着自己久经锻炼的视力向着守恒区俯瞰下去。尽管太初黑洞的尺度肉眼不可见，他也没有掌握熵视野一类的能力，但半空中跌落的石块和碎屑自然地描绘出一条条螺旋的测地线。

水泥板已近在眼前，银蛇大喊着报出一串坐标，小姑娘咬紧牙关一用力，裸露的钢筋停在了她面前不到1米的地方。

银蛇惊讶地看着眼前的奇景：巨大的水泥块悬停在半空，仿佛被小姑娘托举起的气球。看到银蛇在发呆，小姑娘再次急切地大叫道："别愣着，报告黑洞坐标！我需要继续转移它的势能！"

银蛇一面关注着黑洞，一面看着远处的小姑娘。她的额头上挂满汗滴，正在一点一点地移出水泥板的正下方。突然间，小姑娘的脚下绊到了石块，双腿一软跌倒在地。银蛇惊出一身冷汗，好在她即便跌倒，依然保持着一只手向上托举，巨大的水泥块在空中下跌了少许，最终还是稳住了。

银蛇握紧拳头，如果他不继续报告黑洞坐标，小姑娘恐怕用不出这种神奇的能力；但如果他不过去帮忙，小姑娘又难以转移到安全地点。

如果自己能分成两个人……

这么想着，突然间，银蛇的身体沿着鼻梁处的竖线分成了两半。他还没搞清楚怎么回事，两个小一号的银蛇便面面相觑地看着对方。

充足的作战经验令银蛇没有一丝犹豫，他控制着一个自己继续报告黑洞坐标，另一个自己则飞奔到水泥板的下方，硬生生将小姑娘拖拽到了安全地带。只有一半大小的自己力气也小了很多，但拉动一个年轻女孩还是没问题的。

移到安全位置后，小姑娘一面念叨着"平常心"，一面控制水泥板缓缓落地，激起一阵尘土。

……

5分钟后，银蛇坐在了守恒区上方的哨所里。共患难过后，两人也产生了基本的信任，决定暂时休战。

"这么说，你是来自24年前的'不动点'。"叫凯特的女孩总结道，"在和42年前的'不动点'战斗中，险些跌入黑洞。"

银蛇点点头，但眼睛还是止不住地上下打量着凯特。太像了，无论从哪个角度看，都是活脱脱的周祺的翻版。

凯特发现了他异样的目光，皱眉道："你在看什么？"

银蛇尴尬道："抱歉。你和我的一个熟人长得很像。"

说完后，银蛇立即开始后悔。即便不去管那24年的时间差，他也比凯特年长了十几岁，为什么会说出这种像是低水平搭讪的话来？

凯特却只是毫不在意地笑了笑："'苍灰'的人口流动性不强，为了得到合适的基因，在同其他城市做贸易时，会顺带索取一些。"

银蛇想起，在遭受乔亚·韦克袭击成为植物人后，周祺一直躺在"幽红"的冷冻睡眠舱里。说不定是哪个管理人员窃取了她的基因，作为商品卖给了"苍灰"。

解释完毕，凯特反过来打量着银蛇，道："该我提问了。你那个奇怪的能力是怎么回事？"

银蛇叹了口气，用出那个能力的瞬间他才发现，自己重伤的身体同钟铃型机器人同化了，因此才能快速恢复。而做成这件好事的，只能是拥有"所见即所得"能力的哥本哈根。

"我猜，这是一种空间类型的能力吧。"银蛇应道。

"你猜？"

"我也不确定。"

凯特嗤笑两声，正想说些什么，手机却响了起来。她站起身来离开银蛇一段距离，接通了电话。可对面还没说两句，凯特便惊讶地跳了起来。

"你说什么？"她不顾形象地大叫道。对面又说了些什么，她才惴惴不安地挂断了电话。

银蛇静静地等待着，心里却乱作一团。在过去短短不到一小时的时间里，他战胜了和钟铃一模一样的机器人，遇见了周祺的克隆人，还发现自己的身体被改造了。银蛇之所以一直没有接受"红"的邀请成为拥有特殊能力的罪物猎手，就是因为他继承了钟铃"不改造身体"的思想；可万万没想到的是，自己违背原则的这一次，却是和钟铃的能力同化。

突然间，一阵剧烈的晃动打断了银蛇的思绪。凯特放下手机，看着他说道："告诉你也无妨，我们遭受了来自42年前的因果攻击，目前还没有找到应对方法。"

银蛇微微皱眉，凯特一字一句地说道："他们通过扰乱太初黑洞的三体运动，使得一个太空黑洞在42年后脱离了轨道。12小时内，这个太初黑洞将贯穿'苍灰'的城区。"

◇

罗星仰躺在城区边缘的土丘上，大口喘着粗气。一旁的法拉抱膝坐着，一言不发地看着他。终于迎来了难得的独处时间，罗星却想不好第一句话该说什么，于是盼着法拉先开口；可对方却只是用一双看不透的眼睛盯着他，许久也不肯说话。无奈之下，已经休息过来的罗星只得继续装出疲惫的样子，以避免尴尬。

不知过了多久，罗星终于受不住了，他心一横，准备以"你这段时间怎样"打开局面；没承想法拉却率先凑了上来，对着他的脸嗅了嗅，皱眉道：

"女人的味道。"

少顷，她又补充道："玫瑰味儿的香水，是月影喜欢的那款。"

罗星仿佛嘴里被堵了块石头一般，一句话也说不出。他本以为随之而来会是冷嘲热讽，可法拉却只是叹了口气，同样仰躺在他身旁，凝视着天空说道："这些年，辛苦你了。"

虽然只是简单几个字，罗星却感觉心底埋藏已久的情绪一下子翻涌上来，他用尽全力控制着自己没有表现出来，可身体却莫名泛出一股深入骨髓的疲惫感。那是感到安心，脑中的弦松开后才会产生的疲惫。半响，他回应道：

"还好，受得住。"

法拉笑了笑，她转身一只手抱住罗星的身子，两人就保持着这么个亲昵却不够暧昧的姿势，过了许久。

"你来这儿干什么？"法拉突然问道。

"找你。"罗星想都不想地答道，"你呢？"

"我来干掉乔亚·韦克。"法拉闭着眼睛说道，"我已经原谅了自己，但这和放下是两码事。有能力干掉仇人，我才不想要放下。"

"我帮你。"

又是一阵安逸的沉默后，法拉问道："之后呢？顺利回到我们的时代之后，你准备做什么？还要为消灭外网奔波吗？"

罗星顿了几秒，盯着天空，应道："我还是要继续做下去。这么多人，为了这件事努力了这么久，总要有个结论。"

"你不想……"法拉抿着嘴唇问道，"找个安静的地方，就这么平淡地生活下去？啊，可以把队长接过来，胖子如果离得开网络，也一起过来。"

罗星笑道："只要外网还在，去哪儿找这样的地方。"

"有哦！"法拉立即说道，她指了指天空，"我们可以找一艘太空船，离开这个星球，就像旧时代那些人一样。"

罗星心头一颤，斯特拉曾告诉他，"幽红"已经全员迁去了太空，开始了流浪星际的生活。他想了想，问道："以现如今的工业能力，怕是造不出太空船吧？"

"深蓝。"法拉依然凝视着上方，说道，"我调查过了，'深蓝'上面应当还有能够航行的船。"

罗星平缓地呼吸着，少顷，他说道："也是条路。哪天我做不动了，咱们就走。"

法拉笑了，这确实是罗星风格的答案。一开始，他只是在被各种各样的力量推着前进，先是欠"红"的100万图灵币，之后是龙舌兰设下的局；但在这期间，他渐渐找到自己的目标，还在一次"涌现"中保护了全人类。他算不上什么大义凛然的英雄，但每一次需要他上的时候，他都会把自己逼到极限。

　　罗星的步话机响了起来，他接通电话，对面是大月影。听到女孩的声音，法拉扁了扁嘴，罗星也只得苦笑。听大月影三言两语说明了情况后，罗星的脸渐渐沉了下来。

　　"出大事了。"罗星挂断电话，将太初黑洞脱离轨道的事情告诉了法拉。

　　法拉听过后立刻坐了起来，托着下巴思考着。片刻后，她说道："我想到了三种办法。其一，由你来控制太初黑洞周边的霍金辐射，通过加剧真空的衰变，让其在产生灾难性后果前蒸发掉。"

　　罗星点点头，他已经能够控制真空衰变，但蒸发掉一个黑洞……他一时间还不敢想。

　　"其二，让东老师将整个城区变成理想刚体。然而东老师现在还不是世界级罪物，他做出的理想刚体能否对抗黑洞尚不可知；同时他还是过去方的'不动点'，应当不会帮助我们。最后也是最靠谱的一种方法，找到一台能回到过去的罪物，去改变历史。"

　　罗星问道："穿越时间的罪物，怕是不好找吧？"

　　"我遇到过一个很像骆非的家伙。"法拉说道，"他身上应当有很多时间型罪物。"

◇

　　琳的心情有些烦躁。一来，她们一路避开陷阱摸到守恒区边缘时，时间传送恰好发生了，寻找向过去传递信息之人的事情只得无功而返；

二来，不知从何时起，翕然再次由于因果变动，成了夏然。

琳曾经很隐晦地问夏然，是否知道他自己身上发生过什么。夏然只是笑笑，说在他经历的历史中，去往赤子之家的时候已经知晓了。既然不存在一个夏然和翕然共存的世界，那么将未来交给随机数就好。

不知是不是受这件事的影响，夏然不停念叨着："异时同调，异曲同工，异途同归，异口同声，异分同构……"

琳强忍住纠正"同分异构"的冲动，继续前进。一路走着，不知是不是觉得无聊，夏然搭话道："那位翕然小姐，有没有讲过我们和东老师的故事？"

琳摇头。实际上，她甚至还没有和翕然说过什么话。

夏然笑了笑，自顾自地讲述起来："我的能力并不是与生俱来的，而是东老师分给我的。东老师的能力十分特殊，放眼所有的罪人和罪物，他都是独一无二的。"

"是博士吗？"琳知道这位神秘的研究者，拥有将信息融合与剥离的能力。

"没错。东老师来'苍灰'任教的条件，就是要为自己找一个继承者。"夏然答道，"我非常欣赏东老师的理念，他认为理想的物理模型一头连接着人类的认知，另一头连接着世界的本质。在他看来，世间万物都可以用理想化模型，加上非理想化的扰动项来描述。"

琳听得来了兴趣，问道："举个例子？"

夏然仿佛找到了知音一般，兴奋地说了下去："例如恋爱问题。当两人没有确定关系时，男人对女人的追求，符合马尔克斯模型，即女人对男人好感度随单位时间的变化成正比。"

琳思索许久，才记起那应当是描述人口增长的"马尔萨斯模型"。一旁的夏然继续讲解道："当两人确定了关系，就进入了博弈论中的囚徒困境。这就有意思了。我们假设一方是爱丽丝，另一方是克劳德……"

"鲍勃！"琳终于忍不住了，纠正道。

一面说着，两人已经到达了守恒区的边缘。远处站着一个头发蓬乱的男人，琳远远认出他是己方的"不动点"井上拓也。

三人会合后，井上拓也指着脚下的空间，说道："有一个太初黑洞脱离了稳定的轨道，1小时后将到达我们现在站立的地方，12小时后，将贯穿整座城市。"

琳并不惊讶，前往这里的途中，女王已经将这个消息告知了她。

"我要去下面。"井上拓也说道。

"怎么，你想求助于神冈吗？"琳问道。

"不。"井上拓也否定了队友的想法，"黑洞脱离轨道是刚刚发生的事件，根据异时同调定理，制造这一切的家伙，一定没有走远。如果找到他，就有希望结束这场灾难。"

"可对方不会乖乖听咱们的话吧？"琳皱眉道。

"我有办法。"井上拓也捂住自己的一只眼睛，"我要将自己的人格写入他的大脑，控制他的身体！"

◇

玛格躺在硬邦邦的金属床上，头顶上的无影灯忽闪着。他的胸口上贴满了电极，一阵阵电流经过，身上麻嗖嗖的。在导线的另一端，摆放着他费劲辛苦收集的各式各样的时间型罪物。

"再问一次，你真的要这样做吗？"博士俯瞰着玛格，"你的意识并不够强大，即便融合，与罪物之间的联系也会非常脆弱。一个不小心，罪物便会再次从你的体内分离，最坏的情况下，你的人格会遭到破坏。"

"我早就说过了，我活着的目的，就是掌控时间。"玛格毅然决然地说道。

博士看着他不说话，玛格哼笑一声，讲述道："小时候，我父亲患了重病，医生说手术需要1小时，父亲的身体撑不过。于是我将希望寄托在了罪物的身上，还真的找到了一个能够减慢时间流速的家伙。我兴高采烈地去找医生，却没想到罪物放慢的只是主观感受，身体并不会受到影响。那个罪物最多能将人主观感受到的时间拉长至100倍，于是一个小时的手术，父亲整整忍受了100小时，4天多的时间，最后还是死了。

"后来我和妹妹成了罪物猎手，妹妹在一次任务中遇难。我费尽千辛万苦找到了回溯时间的罪物，回到了妹妹死亡的现场。可我没想到的是，罪物的能力却是将过去的事件反复重演，于是我一遍又一遍地旁观了妹妹的死亡，直到罪物的算力耗尽。我看着她的喉咙被尖刺贯穿，无数次地伸出手去，却只是穿过了幻影。我本可以一走了之，但我没有，直到看得神经麻木也没有离开。

"再后来我和一个叫查尔斯的家伙组了队，一只基因改造狗。它身为哈士奇话却不多，不喜欢啃骨头喜欢抽雪茄，口头禅是'燃烧自己照亮他人'。那次我们去回收一件时间型罪物，货真价实的能够加速使用者时间流速的罪物。行动很顺利，可查尔斯将罪物拿到手后，那该死的电子手表却失控了。它在一瞬间将查尔斯的时间流速加速了1亿倍，查尔斯只是走了两步，却因为时间流速差异被加速到了亚光速。它的身体与空气分子相撞，突破了库仑力的限制，发生了核聚变。你猜怎么着，我眼睁睁地看着远处升起了一朵蘑菇云，查尔斯这家伙确实燃烧了自己，燃烧到一个分子都没剩下。"

听过玛格的讲述，博士耸耸肩，问道："掌控时间后，你想做什么？"

玛格盯着天花板愣了半晌，答道："那不重要。总之先赢下这无聊的战争再说吧。'现在'方有个女孩，她身上有很多时间型罪物，我要抢过来。"

同一时间，两个月影刚刚结束了又一轮推演。

"这次怎么样？"小月影喘着粗气问道，几十次的推演已经耗尽了她的精神力。

"能行。"大月影点头道，"不过这次的计划需要各个步骤环环相扣，一点差错也容不下。"

"只能这样做了。"小月影拧着眉头，"尽管神冈可以将一切恢复，但我并不想看到城市蒙受灭顶之灾。"

大月影拿过对讲机，对着另一端的同伴们下令道：

"行动开始！"

2.

第二次传送发生后，13分钟。

银蛇坐在木桌旁，眼睛直勾勾地盯着桌上的搪瓷水杯。凯特正在房间里踱着步子接听电话，时不时和对面讨论着什么。银蛇集中精力，突然间，面前的水杯移动了几厘米。他心满意足地笑了笑，枕着双臂仰躺在座椅里。

银蛇刚刚成功发动了新获得的空间型能力，从身体中分离出几个"小银蛇"出去。这些分身不过毫米尺度，不仔细观察根本看不到，却能够成功移动水杯。

银蛇思索了片刻，他认为这个能力绝不仅是能够制作分身而已，因为从空间的角度，很难用哪个函数精确地描述"自我"与"外界"的区别。最大的可能性，是能够切割包含自己在内的一定空间区域，例如球形或圆柱形空间。于是他用两根手指捏起搪瓷水杯，如法炮制地集中精力，下一瞬间，水杯表面上出现了数道几不可察的裂痕，继而水渗了出来。银蛇试着用手指撬动杯壁，成功地掰下了一块整齐切割的搪瓷。于是他又心满意足地笑了，正准备再次仰躺回去——

凯特猛地扇了他的后脑勺一巴掌，叉着腰怒吼道："我只有这一个杯子！你闲得没事干是吧？来帮着做笔记！"

说罢，她丢给银蛇一个画满了涂鸦的笔记本和一支笔。银蛇只得悻悻地俯下身子，在凯特的指示下记录了一大串时间。

挂断电话后，凯特还是一副气鼓鼓的样子。银蛇小心翼翼地拍了拍她的肩膀，迎着她的臭脸将水杯递了过去。"对不起，我修好了。"他说道。

凯特盯着水杯瞧了半晌，确实不再漏水了。"你怎么搞的？"她问道。

银蛇竖起食指，得意地解释道："我分离出了上千个微米尺度的分身，他们手拉手组成了人墙，堵住了裂缝。这些分身很快就会失去活性，成为杯子的一部分。"

凯特皱眉道："也就是说，我每次喝的水，都泡过你的尸体？"

"放心吧，微米尺度的分身失去活性后，你可以理解成活性炭颗粒……"银蛇沉浸在获得能力后的喜悦中，丝毫没有察觉到对方的不满。可还没等他说完，凯特便将杯子甩在了他的脸上，滚烫的水洒了一身。

……

待凯特平息怒气后，银蛇看着自己记下的一串时间，问道："这是你们女王的指示？"

凯特哼了一声："年轻的女王在你们那边吧？如果好好利用她的能力，你也不至落到这般田地。"

银蛇也不恼，继续问道："你们这么信任她？"

凯特看了看腕表，应道："她的预知能力，精确到秒。"说罢，她猛地将银蛇的头推向一旁，几乎在同一时刻，一枚飞弹擦着两人的身子飞过，贯穿了哨所的墙壁，在远处掀起一阵尘土。

银蛇立刻警觉起来，透过坍塌的墙壁，他看到数十台钟铃型机器人已将哨所团团围住。

"第一项任务，利用这些喽啰，将本体引过来！"凯特下令道。

说话期间，四台钟铃型机器人已经围了上来，她们保持着四方的阵形，将凯特和银蛇围在中间。站定位置后，四台机器人同时抬起手臂，上臂如同导弹一般喷射出来！

凯特嘴角微微上扬，她不慌不忙地举起手臂，在飞弹即将命中自己的刹那做了一个抓取的动作——

仿佛被丝线操弄着一般，4枚飞弹同时向着相反的方向飞去，其中3枚命中了目标，3台机器人在一阵火光和爆炸声中倒了下去。

凯特盯着射偏的飞弹，撇嘴道："偷窃矢量就是这么麻烦，方向偏一点都不行！"她看了银蛇一眼，道："分头行动，别忘了我们的任务！"

银蛇嗯了一声，向着残存的一台机器人冲了过去。做惯了队长，突然有个人对自己颐指气使，感觉还……挺奇妙的。

对面的钟铃型机器人迎着银蛇，另一只手臂化作了机枪。枪口喷出阵阵火舌，可一阵射击过后，对面的银蛇居然不见了踪影。机器人左右扫视房间，可下一瞬间，银蛇毫无征兆地出现在她的身后，将匕首插入了她的后颈。

机器人的身体如同散架的积木一般倒了下去，银蛇拔出匕首，看着自己刚刚分解后重组的身体，露出一个"真香"的笑容。

另一边，凯特被十几台机器人追着，一路跑到了卫生间。因为穿着棉拖，跑路过程中不慎滑了一跤，现在全身湿乎乎的。看着自己狼狈的样子，她禁不住感慨还是要准备一些正常的衣服。

凯特向着卫生间跑可不是为了作茧自缚，她手忙脚乱地拉开房门，一只手搭在金属排水管道上。

对面的机器人手臂化作一柄长刀，摆出冲刺的架势。

而凯特又是伸出手臂，做出一个抓取的动作——

一阵电流穿过了凯特的身体，全身麻嗖嗖的。对面的机器人眼中顿时没了神采，摆着半蹲的姿势僵在原地。凯特刚刚偷窃了机器人的"电量"，并转移给了相当于地线的金属管道；代价是偷窃到的物理量会短暂地在自己身上停留，相当于自身也过了一遍电。偷窃电量与偷窃动量不同，后者只要转移出去的速度够快就没有太多影响，可电量即便只是几个微秒也够她吃一壶的。

洗手间外的机器人们齐刷刷地举起了枪，凯特接连使出了偷窃，半空中的机器人如同断线的风筝一般摇摇摆摆地坠地，而她本人也被电了个七荤八素。危机解除后，凯特扶着墙壁站了起来，她摸到洗漱台前看看镜子里的自己，头发根根竖起，仿佛舞台上的小丑。

凯特花了一些时间才把自己整理成勉强能看的样子，她悄悄回到自己的房间，打开壁橱，对着一柜子的Cosplay衣服犯愁。几分钟后，凯特穿着一套男式西服走了出来，黑色的漆皮鞋擦得锃亮。她来到哨所最里面的房间，输入一组密码，墙壁自动打了开来，一把足有3米的长枪躺在里面。这是女王为这次战斗准备的最强武器，核动力驱动，没承想现在就必须用上。

外面，银蛇早已解决掉了剩余的机器人，此刻正在熟练地拆解通信模块。

"你能通知到本体？"凯特走上前去，问道。

"她的专属频道，我早就刻在脑髓里了。"银蛇头也不抬地答道。

几分钟后，银蛇完成了对机器人通信模块的改变。按照计划，他向着钟铃的本体发送了"13分钟后，守恒区决斗。银蛇"的信息。

忙完后，银蛇拍拍手站了起来，叹气道："真没想到，我第一次骗她，会是在这样的场合。"

凯特想了想，却不知如何安慰，只得将手搭在了银蛇宽厚的肩膀上。银蛇扫了她一眼，问道：

"你这是在假扮牛郎？"

“是执事！”

◇

第二次传送发生后，16分钟。

“第三处。”琳一面翻看着手机中的记录，一面指着关东煮店面前的一块地面说。夏然俯下身子，手掌扶着地面发动了能力。片刻后，在一个不起眼的角落里，粗糙的水泥路面变得光洁可鉴，此处的摩擦力降低为零，成了绝对光滑平面。

两人接到了大月影的指令，让他们停止对过去方"不动点"的追击，改为执行一系列细碎的任务，只留下井上拓也在守恒区蹲守。

琳偷偷看着夏然，十分庆幸他没有开始话痨。夏然却看着店门，说道："时间还来得及，我想吃一份关东煮再走，这可是我的最爱。你知道吗，关东煮始于日本的江户川时代，由煮豆腐发展而来，曾经叫'田乐'，后来传入宫中……"

琳扶住额头，自动屏蔽了夏然的喋喋不休。就在这时，她却听到了一个女声："琳，下一处在哪里？快些出发吧！"

琳抬起头，夏然已不见了踪影，站在她面前的是女性版的翕然。就在刚刚，历史再次发生了变动，翕然替换掉了夏然。看到琳有些惊讶的样子，翕然凑上来摸了摸琳的额头，问道："你怎么了？"

"没什么。你不吃些关东煮再走吗？"

"这东西有什么好吃的？低配版麻辣烫而已。"

……

一路执行着女王的任务，两人来到了一所学校的门前，时间还早，只有稀稀拉拉的学生到校。

"下一个任务的地点，在学校的体育馆。"翕然叹了口气，"我们就这么堂而皇之地进去吗？"

就在这时，对面走来一对貌似情侣的学生。看到他们，琳兴奋地招手道："翔子，在这里！"

那对学生三步并作两步地跑了过来，那个叫作翔子的女性扶着膝盖，气喘吁吁地说道："还好赶上了……再晚一步就错过女王要求的时间节点了。"

在翔子的带领下，四人躲进了阴暗的巷道中。翔子毫不顾忌地脱下了水手服，从书包里取出一身蓝色的露肩礼服套在身上。她将水手服递给琳，却看着翕然发起了愁。

"咦？女王说的明明是个男性……这下麻烦了。"她回头看了看身后的小个子男性，"启太，只能让她试试你的衣服了。"

原来女王的预知也无法准确预判因果攻击，琳在心中暗想。

叫启太的男孩一声不吭地脱掉了运动服，翕然试了试，只是略显肥大，正好遮住了男女的身材差异。翔子得意地看着两人，说道："任务完成！我必须赶去参加一个舞会，这套衣服记得要还给我啊，一会儿还用得到！启太，你就等在这里。"

启太默默地点头，身影完美地融入了巷道的黑暗中。

……

走到体育馆门前，两人便听到了砰砰的篮球声，一名身材高大的男生正在独自训练，汗水浸湿了球服。

"我一直在好奇，人体运动产生的熵，神冈怎样平衡掉。"琳看着挥汗如雨的男生，问道。

"还是守恒区，那里的熵多点少点没影响。"翕然言简意赅地答道，"但这里的篮球比较特殊，不会因为弹跳损失动能。"

琳耸耸肩，片刻后，她找到了体育馆休息区的一片区域，指挥着翕然将那里变成了绝对光滑平面。

"女王究竟想要干什么？"翕然俯着身子问道，"难道不去解决黑洞的问题吗？向过去传递信息的奸细也还没找到。"

"女王的考量，远在这些之上。"琳答道，"黑洞的问题自然要解决，她准备在这一次的传送期间，一举解决掉过去方所有的'不动点'。"

"这怎么可能！"翕然脱口而出，"只要有神冈在，'不动点'就会不停地复活。除非……"突然间，她想到了一种可能性，惊讶地看向了琳。而琳只是笑着点点头，指着一个滚过来的篮球说道："这个，变成理想刚体。"

完成了学校内的任务，将校服还给了等在暗处的启太，两人顺着指示一路来到了城市的中心部。琳抬头望着球形的博士实验室，说道："这阶段最后的任务，15分12秒后进入博士的实验室，差一秒也不行。"

顺着螺旋形的台阶，两人一路攀爬，博士的实验室已近在眼前。看看时间，距离女王要求的时限还剩下23秒。走在前面的琳在心中计算着时间，放缓了步子。可就在实验室门前时，她突然感到脚下一滑——

绝对光滑平面！

琳很确定，她刚刚做了探查，这里并没有陷阱。那么唯一的可能性，便是遥远的过去发动了因果攻击。

可一切都晚了，琳在脚底落地时还有着向前运动的速度，于是一个踉跄，撞开了博士实验的门。此时距离女王要求的时间，早了6秒。

房间内传来脚步声，博士听到有客人到来，从房间内匆匆赶了出来。

◇

第二次传送发生后，31分钟。

玛格走在熙熙攘攘的街道上，一个又一个的行人擦肩而过。他紧了紧夹克，护住有些发冷的双肩。自从拜托博士强行融合了时间型罪物的能力以来，身体总会感到这样或那样的不适；但他并不介意，只要能够融合更多的罪物，终有一日他会成为"时间"这个物理量的主宰。

这个时代并非己方主场，玛格压低了帽檐，努力融入川流的人群中。根据那个叫钟铃的人工智能的预测，金发女孩大概率会出现在附近；但她既不是预知能力者，也没有"灰"那样的算力，给出的范围十分粗糙。

突然间，隔着一条喧嚣的街道，玛格捕捉到一抹金色。他当即藏在广告牌后，悄悄探出头去查看。没错，那个金发女孩此刻正站在橱窗前，出神地盯着一件洋装。

身边走过几名勾肩搭背的年轻人，玛格悄悄跟在他们后面，缓缓向着金发女孩接近。目标似乎对自己的处境毫无察觉，眼中只有橱窗中价格不菲的洋装。交通信号灯变红了，玛格的视线始终没有离开目标。

一辆大巴车缓缓驶过，暂时遮挡住了视线。玛格啐了一口，焦急地等待着。几秒钟后，大巴车驶过，橱窗前方已空空如也。

玛格并没有惊慌，对方是出色的预知能力者，感受到危机并逃离是再正常不过的事情。只有几秒钟的时间，她不可能跑远。玛格不动声色地四下环视，很快在天桥下找到了金发女孩的身影。此刻她正站在人群中欣赏一名古装女性的古筝表演，时不时开心地拍着巴掌。

莫非她并非预知到了危机，只是单纯的运气好？

玛格再次混入人群，悄悄靠了过去。古筝声渐渐清晰起来，尽管是古代东方乐器，演奏的却是一曲D大调《卡农》。玛格此时的注意力高度集中着，眼中仅容得下目标人物。

100米，50米，越来越近了。玛格的右手插在衣兜里，那里有一把西格尔P938手枪，只需要悄悄抵在那个女孩的后背上，对方就不得不乖乖跟他走。

就在这时，奇怪的事情再次发生：古筝演奏戛然而止，四周听众纷纷鼓掌喝彩。而原本站在不远处的金发女孩，早已消失得无影无踪。

时间暂停的罪物！

玛格当即明白了，金发女孩并不是没有发现他，只是在演戏罢了。她的目的，恐怕是想要将自己吸引到陷阱里，再一下子拿上许多分数。玛格哼了一声，对方错就错在，还以为他像以前一样好拿捏。

很快地，玛格再次捕捉到了金发女孩的身影。她正慌慌张张地逆着人流，向着远处的巷弄奔跑。玛格当即发动了能力，他打了个响指，周围的一切骤然间缓慢了下来，行人的速度如同蜗牛一般，嘈杂的人声变成了厚重的低音，就连空中的落叶都慢得仿佛在凝胶中游弋。

玛格将自己的时间流速调节成了正常流速的20倍。

他不慌不忙地向着目标靠近，但在金发女孩眼中，他的步伐将是匪夷所思的敏捷。

目标已近在眼前，金发女孩神色慌张，动作却慢得仿佛定格动画一般。玛格嘴角微微上扬，他握紧衣兜中的手枪，准备摆出射击的姿势——

下一瞬间，金发女孩已经做好了射击的准备，手中的枪已经指向了玛格的方向！

发生了什么？

玛格匆忙闪躲，在20倍的速度下，子弹擦着他的头皮飞过，削掉了一缕银发。他立刻拔枪还击，可金发女孩再次在他的眼皮底下消失了。

听到枪声，四周的行人匆忙闪躲。玛格骂了一声，当即发动了时间暂停，在行人围上来之前藏到了暗处。

通过几次失败的经验，玛格确信金发女孩手中同样有着加速时间的罪物，否则不可能做出还击；同时，她手中的罪物还能够多次暂停时间。

玛格舔舔嘴唇，他更加确信，今天必须成功将她绑架！

四周的行人在一片嘈杂声中散了开去。玛格谨慎地四处寻找，很快便捕捉到金发女孩此刻已跑到了一座天桥上，惊慌地四下张望。玛格躲在阴影中悄悄靠近，在踏上天桥的瞬间发动了时间暂停。暂停的时间只有5秒，他三步并作两步地冲了上去，发现金发女孩已经摆好了射击的姿势。

果然，她所表现出的强大，是预知能力与时间型罪物相互配合的结果。

时间暂停解除，金发女孩捕捉到了玛格的身影，当即扣动了扳机。可还没等子弹飞出枪膛，她却猛然间发现，面前的玛格变换了位置。

这是玛格融合罪物后的另一项能力，时间重置。他清楚金发女孩最难对付的是预知能力，便在出现在她面前的刹那，将之前的几秒钟重置，并在重置的时间中跑去了另一个方向。这样一来，女孩的预知能力便失效了！

玛格的枪托砸在了金发女孩的后脑上，女孩踉跄两步，晕倒过去。他弯腰将女孩拦腰抱起，敲了敲手腕上的运动手表，在行人们的注视中凭空消失。

这是黑川给过去方每一名"不动点"的空间型罪物，可以指定一个"回归地点"，并在发动时将使用者传送过去。代价是每使用一次，需要至少4小时的冷却时间。

玛格离开后，大月影自巷弄深处走了出来。勾肩搭背的少年们、街边弹奏古筝的女性，甚至围观的行人们，纷纷向她点头致意。

计划的第二步，成功了。

◇

第二次传送发生后，43分钟。

罗星坐在咖啡厅里，百无聊赖地用手中的叉子戳着冰激凌球。法拉坐在他的对面，轻轻抿着杯中的阿芙佳朵。在他们的不远处，一名穿着风衣的高大男人正在津津有味地读着一本历史书，如果不是硅胶皮肤上的表情略显僵硬，很难认出他是一台人工智能。

两人接到的任务是，监视过去的"不动点"东老师，并在特定的时间点干扰他的行动。

自从来到咖啡厅后已经过了半小时，可东老师还是一动不动。冰激凌已渐渐融化，罗星从一开始想方设法和法拉聊天，到现在不知说些什么，只得尴尬地叹气。

一名服务员走了过来，礼貌地微微欠身，问道："请问二位是情侣吗？"

罗星一愣，服务员继续说道："我们这里的地下一层正在举行单身派对，如果两位不是情侣，可以过去捧个场。"

罗星很想拒绝，却又难以开口。就在这时，法拉从容地笑了笑，答道："我们不是，走，过去看看吧。"

罗星一时语塞，却发现法拉对着他使了个眼色。顺着法拉的视线，他看到东老师正在另一名服务员的指引下向地下一层走去。

好吧。罗星用只能自己听到的音量哼了一声，跟上了法拉的脚步。

所谓单身派对采用的是联谊的形式，单身男女各自一排，面对面坐着。罗星面前坐了一位身材娇小的长发女性，法拉好巧不巧地跟东老师面对面。

各自坐定后，罗星总是忍不住望向法拉的位置。她面带微笑，和东老师畅聊着什么。就在这时，对面穿了一身蓝色礼服的女性敲了敲桌面，说道："罗星先生，您现在搭档是我哦！"

罗星匆忙回过头来："啊……抱歉。"他感到一阵尴尬，自己面对法拉时都不知聊些什么，与陌生女性独处更是难度爆表。对面的女性笑了笑，继续说道："我叫翔子。您不必担心……"她刻意放低了音量，"是女王派我过来的。"

罗星眼睛一亮，同样压低音量问道："你也在监视那个人吗？"

翔子答道："不只是我，坐在这里至少一半的人，包括咖啡厅的服务员，都是女王派来的。"

罗星啧了一声，自接触大月影以来，他还是第一次感受到"女王"的影响力。

"我还是有些不明白。"罗星瞥了眼开心聊天的法拉和东老师，"监视他的目的是什么？"

"为了计划的成功，您和法拉小姐承担着穿针引线的作用。"翔子说罢，递来一张纸巾，"这上面详细写明了你们应该在什么时间，做什么事情。"

另一边，东老师微笑着看着法拉，问道："你的男伴在不停地看这边，真的没关系吗？"

法拉哼了一声："不用理他。"她看向东老师，问道："您一定清楚我的身份吧？"

东老师微笑着点头。

"那就好办了。您现在已经是准世界级罪物了吧，为什么要参加这种战斗呢？"法拉径直问道。

"在变异成为罪物前，我是一台教学用人工智能，所教授的课程是物理。"东老师答道，"人类的认知很有趣，现实世界明明就在眼前，他们却必须从中抽象出本不存在的理想化模型，才能更好地理解这个世界。大概是因为每天和这些打交道吧，成为罪物后，我居然获得了可以创作理想物理学模型的稀有能力。

"即便成为罪物，我脑中的固有程序也依然在运作。我是一名老师，我的任务是教授学生，我时刻都记得这一点。外网降临后，我依然以老师的身份游走于城市之间，给孩子们讲课，帮助他们理解这个世界。"

法拉默默聆听着，眼前的东老师将来去了"幽红"，短暂地成了她和罗星的老师。

东老师继续讲述道:"可是渐渐地,我发现无论我再怎么教授学生,他们也会不可避免地走上灭亡的道路。我认为我的教学方式出了问题,尽管不停地改进,可无论怎样改进,学生们的未来都不会改变。

"我最终意识到,我教授的内容、方式都没有问题。真正出了问题的,是我教授的对象。在外网降临后的时代,我的学生不应当是某个特定的人,而应当是整个人类。我的任务,是在人类和外网之间假设一座桥梁,让人类能够理解外网,与外网共存。"

法拉皱眉道:"你准备怎么做?"

"成为弥赛亚。"东老师平淡地答道,"只要能够成为弥赛亚'极限',我就能够架好这座桥。42年前我在'苍灰'播下了种子,参加这场战斗,就是为了辨别种子是否已经成长起来,有资格和我一同成为弥赛亚。"

就在这时,场地中的轻音乐转换成了一首圆舞曲,服务员走上吧台,拿起话筒说道:"交谈时间到此结束。大家一定还没有尽兴吧?在接下来的舞会中,大家可以一面跳舞,一面继续交流。"

东老师站起身来,礼貌地欠身问道:"法拉小姐,我是否有幸和你跳一支舞呢?"

法拉犹豫了两秒,缓缓伸出手去——

她的手腕猛地被抓住了,罗星不知从哪里冒了出来,拉着法拉的手对东老师说:"抱歉啊,这是我的伴儿。"没等法拉开口,他便扭过头来,小声说道:"我那点跳舞的本事你清楚,还是别去踩别人的脚了,麻烦你带带我。"

法拉扑哧一声笑了出来,她对着东老师说了声抱歉,带着罗星走进舞池。

两人一面跳着,罗星的视线始终没有离开东老师。法拉无奈地看着自己的舞伴,问道:

"你在看什么?"

"东老师，他刚刚和翔子跳了一曲。"

"翔子？"

"就是刚才坐在我对面的女孩，月影派来的人。"

"那你现在又在看什么？"

"东老师好像要离开了，我们要追上去……啊，没关系，他在舞池旁坐下了。"

"我是说，请你看着我，你已经踩我八下了！"

"啊……抱歉！"

"罗星先生，你真的会跳舞吗？"

"我只知道舞蹈的两个基本动作。"

"哪两个？"

"平移和自旋。"

……

一曲圆舞曲结束，扬声器里奏起了巴赫的一首平均律。罗星瞥见东老师缓缓起身，向着他的方向微微脱帽致意，之后迈开步子离开了咖啡厅。他向法拉使了个眼神，两人立即动身准备去追，却猛然间发现——

迈不开步子？

空间中仿佛有一股无形的力，阻止了他们的移动。不只是他们，舞池中其他的舞者也一动不动地站在了原地，伴奏停了下来，议论声纷纷。

罗星的第一直觉，东老师再次使用了绝对光滑平面。他立即开启熵视野想要飞起来，可尝试了几次也未能如愿。

"不行的，我试着吸住天花板的金属，也没能成功。"法拉解释道，"这肯定不是绝对光滑平面，否则我们会维持原有的动量，做匀速直线运动。"

眼看着东老师已经不见了踪影，罗星心中急躁起来。可就在这时，舞池里的一对舞伴旋转着离开了彼此。被困住的人群顿时热闹起来，许多人纷纷效仿着旋转，可几乎没有人能够成功，即便成功移动也立刻再次被钉在原地。

法拉低着头，手扶下巴，一面自言自语一面思考着："刚才他们两个的旋转方向相反，运动方向也相反……啊，我知道了！"她看向罗星，两眼似乎闪着光："你刚才说，舞蹈的两个基本动作是什么？"

罗星皱眉道："平移和自旋啊！你就别嘲笑我了……"

法拉用力地拍了拍搭档的肩膀："现在立即开始平移和自旋，但记住，要和我的方向相反！"

法拉说罢，摆出一个旋转和滑步的姿势，罗星也跟着效仿。这一次，空间中无形的力消失了，两人顺利地分开了几步。罗星吃了一惊，步子跟着乱了起来，那股无形的力当即再次出现，他脚下一滑险些摔倒。

"这是怎么回事？"罗星吃力地稳住身子，问道。

"东老师把这个舞池变成了理想超导体模型。"法拉笑道，"超导体中的电子是以'库伯对'的形式运动的，即两个电子的自旋和动量相反。"她再次指挥着罗星摆出旋转的姿势，"所以在这个舞池中想要移动，两人就必须向着相反的方向旋转和移动！"

……

终于离开了舞池，两人气喘吁吁地来到街上。东老师并没有走远，他的步伐有条不紊，仿佛毫不介意两人的跟踪一般。罗星看看时间，距离大月影提示的时间点只有半小时了，东老师也确实向着目标方向移动着。

又过了些时候，东老师走进了目标区域，可罗星和法拉却盯着锃亮的金属门牌一筹莫展——

苍灰高等中学。

此刻是早上进校时间，路上穿着校服的学生熙熙攘攘，却无形地加大了混进去的难度。

"我们伪装成学生！"法拉小声说道。

"怎么伪装？"罗星话音未落，法拉便叫住了一对情侣学生，说道："100个信用点，借你们的校服用一用！"

罗星扶住额头，这么贸然搭讪，不被当成变态才怪。可透过手指缝，他却瞥见了一张熟悉的脸：

"翔子？"罗星惊讶地叫出了女学生的名字。

翔子摆出个"嘘"的手势，她打开书包，将两套校服递到两人手上："一切都在女王的预料之中，快些进去吧！"

3.

第二次传送发生后，34分钟。

银蛇设想过很多次，自己再次见到钟铃时会是怎样的情形，甚至借助药物在梦中反复模拟；可当完整的钟铃真正站在他面前时，他却只是挖了挖耳朵，顺手将耵聍弹飞。

对面的钟铃样貌并没有太大变化，只是硅胶皮肤老化了，脸上的表情显得愈加不自然。她的电子头脑似乎也在组织词句，两人就这么大眼瞪小眼地站了许久，然后在某个瞬间，突然地，一起大笑了出来。

就这么笑了许久，直到银蛇瞥见暗处的凯特对他使了个眼色，方才捂着肚子站了起来。对面的钟铃看看他，摆出了一个交战的姿势："来吧，我的时间不多了。"

银蛇点燃一支烟，用力吸了一口，应道："在这座城市，最不缺的就是时间。"

"自从成为罪物后，我每隔一段时间就不得不分裂出分身。"钟铃讲述道，"我原本想要依靠神冈的特性压制这个能力，没想到它却将我当成了工具，宁肯丢出其他物质，也要维持我的分裂。我不喜欢这

335

样。"她正了正表情，"我一直在找你，希望能死在你的手上。"

银蛇掸掉烟灰，问道："继续分裂下去，会怎样？"

"每一个分身，都会带走我的一部分意识。量虽小，但从未停止过。"钟铃答道，"我能感觉到，再有几次分裂，我将彻底丧失掉自我意识，成为只能依靠底层逻辑行事的人工智能。"

银蛇长叹一口气，将烟头丢在地上踩灭，双拳摆在胸前："来吧！"

……

凯特一面看着时间，一面躲在暗处观察两人的决斗。她见识过很多异能者的战斗，但眼前的两人却偏偏不发动任何能力，只是拳脚的交锋。

终于在某个回合，自高空落下的银蛇脚下一滑，整个身体失去了平衡。钟铃并没有放过这个机会，双脚蹬地挥舞着手刀迎面袭来。可在手刀接触到银蛇的瞬间，他的身体却化作无数细碎的颗粒，钟铃扑了个空。

几秒钟后，颗粒再次凝聚成银蛇的身体。他扭扭脖子，说道："刚才那局算我输。来玩点新鲜的吧，我们都不要顾及，可以尽情使用能力。"

钟铃直起身子，笑道："你当真？"说罢，她拧下自己的一根手指，丢到银蛇面前。

前所未有的危机感袭来，银蛇立即将身体分解，控制着小颗粒向远处的掩体飞去。就在几步之遥的地方，钟铃的手指放出几道太阳般的白光，继而化作明亮的火球，爆炸的冲击波向四面放射开来。顷刻过后，地面被烧灼出圆形的深坑，凯特躲藏的墙壁也被削去半截。

钟铃利用熟练的空间切割技术，将手指的空间切割到了 $10 \sim 15$ 米，也就是原子核的尺度。原子序数在 26 以上的原子核，例如钼或者镉，被切割后结合成为最稳定的铁原子核，释放出大量的能量，成了一枚小型的核弹。

凯特看看时间，在刚才的爆炸中，她成功地"偷盗"走了很多能量。

银蛇再次显出身形，因为躲闪不及时，他身上的衣服已被烧得破破烂烂，身上带着血痕。

"刚才的核爆，只是能力的用法之一。"钟铃笑道，"又或者，你还可以做到这样。"

钟铃话音未落，她的身形便模糊了起来，继而一变二、二变四……顷刻间，16个一模一样的钟铃站了银蛇面前。

"这和无法控制的分裂不同，16个分身，全部在我的操控之下。"16个钟铃同时说道，声音仿佛合唱团。

之后的战斗，几乎是一边倒的碾压局。银蛇完全招架不住16个人的打击，只得不停地躲闪，有时不得不使用能力化作颗粒。终于在一次接招的过程中，银蛇眼看就要被击中——

凯特不由自主地伸出手去，一瞬间，做出攻击动作的钟铃的动量被剥夺，重重摔在地上。银蛇愤怒地瞪了远处一眼，怒吼道："你在干什么？给我老实看着！"

凯特身躯一颤，自从认识这个男人以来，这还是第一次看到他发火。银蛇站直身子，对面前的钟铃说道："刚才的不算，你再打我一拳！"

钟铃也不多话，照着银蛇的脸一拳轰去。银蛇被击飞出几米远，倒在一堆瓦砾中。他挣扎着爬了起来，擦掉嘴角的血迹："再来！"

看着银蛇的身影，凯特不禁想起了不久前，女王布置战术的时候，当听到对自己的安排时，银蛇断然拒绝了：

"听好了，为了你所谓的大义，你可以让我去做任何事情，包括去死。但玷污我和钟铃的决斗，想都不要想！"

"我不敢玷污，我只是希望你尽可能地拖慢节奏。"大月影在电话的另一端说道，"我们必须等到钟铃失控，这样一来，才能得到足够的能量。"

银蛇沉默了许久，问道："我需要拖多久？"

"到时你就会知道。"大月影答道。

银蛇一言不发地挂断了电话。

凯特再次看向战斗中的银蛇，他没有躲过钟铃的攻击，肚子上结结实实地挨了一脚。女王预测到了钟铃会在这场战斗中失控，这一点连钟铃本人都不知晓。银蛇知道这件事情，却还是在一板一眼地同对方战斗，他此刻是什么心情呢？

凯特认真地凝望着银蛇，他的脸上看不出任何情绪，有的只是对战斗的专注。

轮到银蛇攻击，这一次，他成功地绕到了一个分身的后面，将匕首插入了分身的后颈。分身的四肢冒出几道闪光，身子一软倒了下去。可在它倒地之前，身上突然冒出了耀眼的白光——

核爆！

银蛇在零点几秒的时间内想出了对策，他一把抓住倒下的分身，向着距离自己最近的钟铃跑去。距离越来越近了，10米，5米，银蛇用力一甩，将分身丢了出去。然而他还是慢了一步，已经膨胀成火球的分身在半空破裂，炽热的光芒席卷着大地。

爆炸过后，凯特担忧地探出头去，看到银蛇已经倒在了血泊中，身体的一半已经被烤得焦黑。

他赌错了。

凯特握紧拳头，她坚信，女王一定已经预知到了这一切，一定还有翻盘的机会！

下一瞬间，仿佛被神明拨动了时钟一般，一切开始倒转。银蛇残破的身躯在转瞬间完好如初，弥散在空间中的能量回到了分身的身上，分身回到了刚刚准备引爆的状态。

他们并不知道，在遥远的城市内部，玛格为了抓住小月影，发动了回溯时间的罪物。这个罪物的影响范围足以扩散到整座城市，直至被因果不连续的界面拦截下来。

银蛇迅速地四下环视，既然方才钟铃敢于引爆分身，就证明她的本体置身于爆炸范围外。很快地，他的视线捕捉到某个钟铃的左脚正在撑着地面，这是钟铃的习惯性动作。

他立即抓起即将爆炸的分身，向着钟铃的本体跑去。钟铃吃了一惊，这么远的距离，银蛇能做什么？

可还没等钟铃反应过来，奔跑的银蛇便从空间型的储物戒中取出了一支RPG。他将即将爆炸的分身放在炮口，毫不犹豫地扣下了扳机。飞弹带着分身向着钟铃的本体急速飞来，成了一枚超短程核导弹。

剧烈的爆炸声响起，钟铃的分身内并没有太多的重元素，爆炸威力也仅仅相当于几百千克的TNT炸药。一阵火光过后，四个分身被炸成了粉末，钟铃的本体也被炸掉了一只手臂，身体残破不堪。

钟铃用剩余的一条手臂撑着地面，艰难地站了起来。无数细小的颗粒自身体中涌出，尝试着修复伤口。可是突然间，她痛苦地捂住头，脚下踉跄着跪倒在地。

钟铃看看自己的手，她完全没想到这一刻会来得如此之快。想是方才的战斗消耗了太多的算力，剩余的意识已经不足以维持自我了吧。

银蛇见状，也放开了战斗的姿势，快步走了过来。

看到银蛇，钟铃伸出一只手制止了他。"走吧，你赢了。"她说道，"我们之间的战斗，只能到此为止了。"

银蛇却取出一只手枪，子弹上膛。"我还有些事没有处理完。"他应道。

"快走！"钟铃气愤地喊道，"很快，我就不再是我了！"

银蛇一动不动，平静地说："我现在不是你的手下，你没权力命令我。"

倒在地上的钟铃一声惨叫，她本就模糊的身影中，再次分裂出一个一模一样的躯体。与之相伴的，钟铃暗金色的瞳孔消失不见，取而代之的是一片无意识的眼白。

　　与此同时，其他十具分身同时发出了炽热的光芒，大气被炙烤成滚滚热浪，不时有空气分子被高温电离，放射出淡紫色的闪电。

　　失去自我意识后，钟铃做的第一件事情，是将所有的分身用作核弹，因为这样的攻击最为高效！

　　"就是现在！"银蛇对着藏在暗处的凯特大喊道。

　　凯特点点头，她从掩体后冲了出来，对准十五枚小型核弹做了一个抓取的动作——

　　爆裂的身躯刹那间黯淡下来，钟铃的十具分身化作细碎的粉末，如同砂砾般散落。它们爆炸的能量全部被"偷走"，注入其他目标的体内。同一时间，悬停在守恒区正上方的一具被改造过的机器人躯体，手中的核动力兵器的能量已经被充到了最大！

　　正在守恒区边缘休息的井上拓也瞥见了头顶的小型太阳，他看看时间，连滚带爬地站起身来，向着远处躲去。

　　汇集了十多次小型核爆的能量束自高空射下，它穿过了黑洞的边缘，径直命中了城市的最底部。"苍灰"的外壳在极高温的烧灼下逐渐破裂、熔化，部分逃逸的高能粒子被太初黑洞的引力捕捉，划出一道道明亮的测地线。

　　攻击过后，井上拓也蹲到守恒区边缘处俯瞰，城市的外壳被打开一道大口子，那里是唯一没有被因果不连续的镜面外壳覆盖的区域，是神冈与"苍灰"的连接处。这次攻击打开了一条通道，城市更下方的神冈暴露了出来：装满5万吨超纯水的碧蓝蓄水池，池壁上贴满了半球形的金属传感器。

　　另一边，银蛇对着失去了意识的钟铃，摆出了应战的姿势：

　　"来吧，我会如你所愿的，杀死你。"

◇

第二次传送发生后，47分钟。

井上拓也看看时间，他小心翼翼地来到守恒区边缘的扶梯处，顺着高高的梯子爬了下去。

他承担着进入神冈内部的重要任务。

守恒区有接近5千米的高度，双脚踩住梯子的刹那，井上拓也不由得打了个冷战。突然间，他感受到一股力拉住了身体，并不强烈，感觉相当于被人扯了衣角。井上拓也不由自主地转头望去，只见无数沙石围绕着空间中一个不可见的点飞速旋转着，中心尚未跌入奇点的高能粒子放射着耀眼的光芒，宛若一个小型太阳。

太初黑洞已经进入了守恒区的边缘，即将在惯性的作用下向城区飞去。

与通常意义上的黑洞不同，太初黑洞的质量不受强德拉塞卡极限的限制，可以只有山脉或者城市的质量，体积则是原子尺度。就如同你站在城市中并不能感受到其引力一般，只有距离原子尺度的黑洞足够近时，才能体验到强大的引力，其引力会随着距离的增加迅速衰减，离开一定距离后便无法再感受到。

井上拓也对着以恒定速度上升的黑洞耸了耸肩，扶着梯子继续下行。

不知爬了多久，上方的入口已缩小成为视野中的一个圆。如果不是守恒区外壁的照明，仅仅留在这种地方就会对心理造成极大压力。

就在这时，井上拓也瞥见外壁的维修通道里有个人影一晃而过，从背影看是一名长发的男性。他心头一紧，大月影在布置战术时已经提醒过他，在这里他会遇到黑洞事件的罪魁祸首，同时也是过去方最神秘的"不动点"，黑川。

"嗨，趁现在，不动生息地杀掉他！"哥本哈根在井上拓也的头脑中蛊惑着。

"可是，女王的计划需要用到他。"井上拓也硬生生地辩驳道。

"笨蛋！神冈可以无限复活'不动点'，我们必须占得先机！"

井上拓也从裤兜里掏出小刀，对着远处的背景一划，同时发动了"所见即所得"的能力——

与此同时，黑川也瞥见了远处的井上拓也，他猛地弯腰，前方的有机玻璃屏障被齐刷刷地斩成两半，后方的石壁上也留下了一条深深的划痕。

"小心，他知道我们的能力！"哥本哈根提醒道。

还没等井上拓也做出反应，黑川便伸出一只手，井上拓也感到一股强大的引力，他不得不松开梯子，被拉扯着撞碎了玻璃墙，在地上翻滚几圈才停了下来。

井上拓也稳住步子，他当即发动了巴汀的能力，黑川身体的衍射斑在他眼中投射出来。只要催化这些衍射斑，就可以破坏黑川身体中的周期性结构，例如骨骼和DNA分子。在他的不远处，黑川也举起手枪，瞄准了井上拓也的头部。

"嘿，可别轻举妄动，他的子弹一定比你快！"巴汀在头脑中提醒道。

"现在怎么办？"井上拓也在心中问道。

脑袋里的人格纷纷闭上了嘴，最后还是哥本哈根开口道："在我看过的动漫作品里，你们日本人上了战场，都特别擅长嘴炮。只要讲一大通道理，就能削弱对面的战斗力。"

"你要我跟这个家伙讲道理？"井上拓也惊讶道。

"看你喽！"哥本哈根耸肩。

井上拓也看着对面的黑川，对方也一动不动地注视着他。井上拓也后退两步，举起双手，说道："嗨。"

黑川挑挑眉，没有回应。

井上拓也继续说道："停下来吧，咱们之间的战斗，没意义。"

黑川还是一动不动地举着枪。

"我们本就没有恩怨，为什么要在神冈的引导下进行这种战斗呢？"井上拓也语速极快地说，"这种战斗，只是为了它成为更加强大的弥赛亚铺路。还有博士，表面上看他保持中立，实际上他一直在研究外网的运作机制。我们为什么要成为他们的实验品，这没有道理啊！"

井上拓也本没有预想对方会做出反应，可黑川却轻轻哼了一声，用低沉的声音反问道："如果没有神冈的庇佑，你认为这座城里的人们会活得更好吗？"

井上拓也吃了一惊，黑川向前一步，继续说道："当你在为一件事的好与坏下定义的同时，就已经预设了自己的立场。现在我问你，你以什么样的标准来做这个判断？是多数人的正义吗？那被代表了的少数人又该怎么办呢？是尊重了每个人的自由意志吗？那如果一个人的自由意志，侵犯了其他人的自由意志呢？是所有人都获得幸福吗？如果世界上，根本不存在这样的最优解呢？你又如何在次优解之间权衡利弊？所谓人文，所谓政治，就一定是权力与利益的博弈，就一定有既得利益的得与失。你口中所谓的正确，所谓的正义，只是站在你所预设的立场罢了。"

井上拓也愣了半晌，蹦出两个字来："你呢？"

黑川哼了一声："既然没有最优解，我就索性不去追求它，而是诉诸绝对的理性。绝对的理性不辨别善恶，不区分优劣，它仅通过绝对且唯一的逻辑，判断命题的真与假。这才是世界本来该有的样子。宇宙就是一台精密的机器，它之所以是这样子，不是因为它想要如此，而是因为只能如此。它的初始状态和主宰它运作的物理规律，决定了它的过去、现在和未来。身为宇宙造物的人类，所谓的情感，所谓的爱与恨，都不过是非理性思维催生的幻觉，是绝对理性浪潮中一丝不和谐的涟漪。只有抛弃这些虚无缥缈的幻想，回归到绝对的理性与逻辑中，才能成为人类本来该有的样子。"

井上拓也又是愣了许久，一字一句地应道："可是，人还是人啊！"他盯着黑川的眼睛，反问道："你说的绝对理性，又何尝不是你感性到极点的选择呢？"

这次轮到黑川发呆了。井上拓也看着一动不动的对手，在心中战战兢兢地问道："我……我好像惹怒他了，怎……怎……怎么办？"

"还能怎么办？杀啊！"哥本哈根怒吼道。

井上拓也当即发动能力，破坏了黑川身体的衍射斑。同一时刻，黑川也发动了控制引力的能力，井上拓也只觉得脚下一沉，身体仿佛承受了一座山川的质量，不由自主地向下趴去。

黑川嘴角吐出一口鲜血，倒了下去。哥本哈根大喊道："他死后引力并不会消失，赶快破坏地面！"

井上拓也咬破了舌头，靠着疼痛维持住了意识的清醒。他保持着衍射视野，挥手破坏了地面的衍射斑。守恒区的外壁多由金属和岩石构成，其中的晶体结构较多，在井上拓也的破坏下，所有的晶体结构碎成颗粒，地面顿时塌陷出一个深坑，井上拓也跟着掉了进去。

片刻后，井上拓也自土堆中爬了起来，他的鼻孔流着血，额头也破了一大块。好在黑川的重力场改变锁定的是空间区域，离开了方才的空间，足以将身体压扁的重力场也消失了。

井上拓也拍了拍身上的土，可就在这时，他瞥见复活的黑川已经站了起来，走到深坑的边缘俯视着他。

井上拓也紧张地摆好应战的姿势——实际上他什么功夫都不会，只是做做样子。可就在这时，上方的黑川突然捂住了头部，然后猛地向着破碎的玻璃墙跑去，纵身一跃跳了下去。

一头雾水的井上拓也费了好大力气才从深坑中爬了出来，他根本没有信心对付这个可怕的敌人，对方为什么撤退了？既然想不通，他索性放弃了思考，大字形瘫倒在地上。

对讲机响了起来，接通通信，大月影在对面沉着嗓子说道："出了点状况，其他组的时间没有把握好。"

"所以呢？"井上拓也将对讲机丢在嘴边，继续瘫倒着问道。

"在原本的计划里，你需要借助黑川的力量，小幅修改黑洞的轨道。现在，已经做不到了。"大月影解释道。

"我现在该怎么办？"

"待机吧，等我想想办法。"

井上拓也爬了起来，他走到破碎的玻璃墙旁看了看，下方只能够看到神冈庞大的蓄水池。

"我想，他也没有其他地方可以去。"井上拓也对着对讲机说道。

"你想干什么？"

"我应当能够复制他的能力。"

说罢，井上拓也纵身一跃，向着神冈跳落下去。

◇

第二次传送发生后，1小时13分。

罗星和法拉两人走在校园里，法拉穿着一身水手服，搭配上本就不凡的样貌和身材，引来了无数学生的侧目；罗星穿着有些土气的运动服，但靠着硬朗的身板，也吸引到了一些女生的目光。

一路走着，法拉忍不住叹口气，说道："我在想，如果生在和平的旧时代，我们会是什么样子？"

罗星把双臂枕在脑后，仰望着上空镜面的城市外壁，应道："你和罗伊肯定都是优等生，而且是校花级别的。胖子成绩也不会差，但估计会比较偏科，而且是那种没有异性缘的死肥宅。至于我嘛……"他想了一会儿，"我估计会是那种叛逆期的小混混，经常打架的那种。"

"为什么？"

罗星很想说一句"谁敢和你眉来眼去，我就揍谁"，但纠结许久，只是难为情地挠了挠鼻子。

对讲机响了起来，是大月影。刚一接通，罗星就听到了对面急切的声音："你们那边情况怎么样？"

"还在跟踪目标。"罗星看了眼走在前方几十米处的东老师。

"有一组出了点问题，计划需要变更。"大月影语速极快地说，"按照原本的计划，东老师会自然走到黑洞前进的轨道上，你们只需要校正一些小的偏差；但现在黑洞偏离了预定轨道，必须改变计划。"

罗星皱紧眉头问道："要我们怎么做？"

"不管怎样，想办法在校园里拖住他15分钟。"大月影语速飞快地说，"重新布置需要时间。"

挂断电话后，罗星看着东老师的背影，大脑飞速地运转着。拖住东老师最简单的方式是挑起战斗，但一来他没有信心战胜准世界级的罪物，二来"光锥三方原"刚到中期，他需要保存实力应对后面的挑战。

"你那个宝贝，能把东老师二维化吗？"罗星指着法拉头顶的8bit问道。

"不确定，不过，我想把它留作最后的王牌。"法拉说，"万不得已的情况下，我会尝试将跑掉的黑洞二维化。"

罗星思考着，却看到东老师走到了体育馆门前，里面一群男生正在练习篮球，远远地可以听到叫喊声和篮球击地的声音。他心一横，拉着法拉跑了过去。

场馆里，学生们正在挥汗如雨。突然间，一只篮球从场外飞了进来，干扰了志在必得的投篮。他们立即停止了动作向外看去，一名穿着校服的男生双臂抱在胸前，摆出了一个挑衅的姿势。

"我们是来踢馆子的。"罗星摆出不屑的表情说，"敢不敢和我们来一场？"

一名穿着3号球服的高大男生走到罗星面前，说道："球队正在练习，在我发怒前，快滚。"

罗星没有理会3号的脏话，他笑了笑，指着法拉说道："三对三，如果你们能赢，她会加入你们的队伍。"

3号看着法拉，身体肉眼可见地抖了抖。"如果你们赢了呢？"他问道。

"我要你们鞠躬叫我一声大哥！"罗星笑道。

"一言为定。"

罗星走到东老师面前，使了个眼神："一起来一场吧？"

东老师笑笑，脱下上衣走进了球场。罗星心里暗喜，他察觉到东老师对这次"光锥三方原"更多的是一种游戏的心态，便设下这么一个局，没承想对方简简单单就答应了。这样一来，拖上15分钟绝对不成问题。

法拉偷偷戳了戳罗星，问道："你有把握赢？"

"我们这边有你和我，再加上准世界级罪物东老师，我实在找不出输的理由。"罗星得意地说道。

就在这时，东老师走到了学生中间，慢条斯理地说："公平起见，我加入你们，你们派个人和他们一组吧。"

3号盯着东老师看了几秒，拍了拍身边穿着7号球衣的瘦高个的后背："你去他们那边吧，拿出全力来打！"

罗星梗在了原地。和东老师比赛篮球？

这下有意思了。

……

比赛开始，罗星方进攻。7号娴熟地带球突破，很容易便过掉了对方的10号。

"拦住他，他不擅长中投！"对面的3号对东老师大声喊道。东老师从容地站在7号前进的路上，对方一个假动作，准备从左边突破。

突然间，篮球击在地面上，发出了硬物碰撞的声音，只是弹起来一点点便停在了原处。已经跑远几步的7号愣在了原地，东老师从容不迫地捡起篮球甩给前方的10号，后者持稳球后，还没跑到三分线，便投出了一个超远距离的三分球——

球不偏不倚地向着篮筐飞去，罗星立即开启熵视野，准备控制球的前进路线。可他猛然间发现，他无法控制任何一个橡胶分子或空气分子的运动。

篮球落入篮筐，场外一阵欢呼。法拉走上来，说道："7号过他的瞬间，他将篮球变成了理想刚体。理想刚体不会发生形变，只能靠地面的形变反弹，所以根本弹不起来。"

罗星点头道："刚才也是，在我要操控篮球的时候，他将篮球再次变成了理想刚体，内部各部分的距离是固定的，无法通过分子无规则热运动控制其运动。"

"怎么办？"

"我试试看控制周围的空气分子。"

罗星队再次进攻，这一次，7号绕开了东老师，却在篮下遭到了3号和10号的夹击。无奈之下，他将球传给了三分线外的罗星。罗星原地干拔，投出了一个超远距离三分球。

在熵视野中，罗星清晰地看到了篮球变成了理想刚体。他当即放弃了控制篮球，转而操控周围的气体分子，试图通过气体流动干扰篮球的运动。一阵风吹过，可篮球的轨迹却没有改变分毫。

"理想流体！"罗星在心中骂了一句。东老师将篮球周围的气体分子变成了理想流体，黏滞系数为0，无法对篮球造成任何影响。

篮球砸在篮筐上弹筐而出。身材高大的3号当即起跳去抢篮板，却看到身边伸出一只白皙的手臂，在空中稳稳接住篮球，单手将球灌进了筐里。

场外一片惊呼，法拉单臂在篮筐上吊了两秒，落在了3号身旁。3号的心脏猛烈地跳动着，刚才的动作即便让他来做，也未必能做到那么洒脱。

罗星兴奋地跑过来同法拉击掌。是啊，既然作弊拼不过东老师，那就靠身体来硬碰硬！

在之后的比赛中，双方打得有来有往，比分也咬得很紧。临近终场，罗星队领先1分。

罗星持球进攻。法拉给了他提示，既然投篮容易被针对，那就用最简单粗暴的灌篮。他带球冲到了罚球线附近，单手持球起跳，对方的3号起跳拦截。

罗星在心中暗喜，虽然3号人高马大，但想要和罪物猎手硬拼，还是差了一点。他绷紧全身肌肉，准备将对方撞飞——

罗星的身体与3号碰撞，却仿佛撞在了墙上一般，全身一阵酸痛。他顿时明白了，东老师将3号的身体变成了理想刚体！他强忍着疼痛，在空中做出了后仰投篮的动作，篮球偏出篮筐，被10号抓出下来。

对方发动了快攻，10号将球甩给最前面的东老师，法拉立即冲过去防守，东老师接住球后，却直接将球投了出去，甚至没有起跳动作。篮球在空中画出了一条完美的抛物线，稳稳地落入了筐中。

场外沸腾了，这场比赛他们不但看到了漂亮的大风车灌篮，甚至还有后场三分！

"怎么办？你有把握投进三分吗？"法拉走过来，问道。

"交给我吧。"罗星坚定地说道，"想要翻盘，并不一定依靠三分。"

时间只剩下7秒，罗星持球进攻。他突然加速，向着东老师的方向冲了过去。

"躲开他！"7号在一旁大喊。在这场比赛中，只要他试图过东老师，篮球就会莫名其妙地失控。

罗星没有理会队友的劝告，一面向着东老师冲刺，一面在心中默数。在到达东老师面前的瞬间，手中篮球的手感一下子变硬了。可罗星没有再次拍球，而是将球在身后倒手，用左臂在空中做出了勾手的动作——

篮球在筐上转了几圈，最终还是落了进去。与此同时，裁判的哨声响了起来，罗星得到了一次加罚的机会。

打三分！

罗星将球罚进后，只留给了对方1.3秒的时间。对方试图将球传给东老师复制后场三分的奇迹，却在传球过程中被法拉截了下来。终场哨声响起，罗星队以1分险胜。

3号兴冲冲地跑过来同法拉握手，表示如果有兴趣随时可以来篮球队玩。可罗星却一把抓住了他的手腕，皮笑肉不笑地说了一句：

"鞠躬，叫大哥！"

打闹期间，法拉的视线却始终紧跟着走出体育场的东老师，通过一场篮球赛，他们至少拖住了东老师20分钟。

东老师不疾不徐地走出了校门，罗星和法拉远远地跟在后面。刚刚来到街上，他们却看到了黑压压的人群，大家喊着"反对光锥三方原""要生活不要战斗"的口号，将街区围得水泄不通。罗星和法拉吃了一惊，他们没想到"女王"大月影的影响力居然之大，这简直是发动了人民战争！

现在留给东老师前进的道路，只剩下了一条。除了按照大月影规划好的路线行走，他已经别无选择。

"这下子，他恐怕无路可逃了。"罗星感慨道。

就在这时，他瞥见前方的东老师回过头来，向着他们笑了笑，之后消失得无影无踪。

4.

第二次传送发生后，1小时31分。

玛格坐在废弃的仓库中，心情十分烦躁。在他的身边，金发女孩被绑了手脚，丢在一堆废轮胎中间。

他费尽心机将金发女孩绑了过来，却发现对方的身上居然一件罪物都没有！

这怎么可能？在绑架她的时候遇到了种种时间暂停的现象，又该怎么解释？

思来想去，答案只有一个：绑架现场还藏着金发女孩的同伙，他们用罪物影响了时间。这场绑架，自始至终只是一个局。

玛格气愤地拿出手枪，抵在金发女孩的额头上。金发女孩别过脸去，眼角挂着泪滴。那一瞬间，玛格想起了妹妹临死前恐惧的表情。那张脸他反反复复看了无数遍，直到精神麻木。

"……别那么害怕，你们反复杀死了我二十次，我只要把这些分数拿回来，绝不会更多折磨你。"玛格试着安慰金发女孩，可对方的表情更加恐惧，被胶带粘住的嘴里不时发出呜呜的声音。

玛格扣住扳机的手指颤抖着，几秒钟后，他大骂了一声，将手枪重重地丢在地上。

与战场上的厮杀不同，面对毫无抵抗力的目标，他实在是下不去手。

玛格扯掉金发女孩嘴上的胶带，坐到了她的身旁。

"我叫玛格，你叫什么？"玛格沉着嗓子问道。

"……月影。"小月影向一旁挪了挪身子，答道。

"我们只是立场不同，我又不是什么极恶之徒。"玛格叹气道，"杀我的时候，你们可是丝毫没有留情面。"

小月影沉默了片刻，支吾道："那……麻烦你打得准些，我怕疼。"

玛格哼了一声，他取出弹簧刀，麻利地割断了小月影手脚上的绳子。小月影露出诧异的表情，玛格却递给她一支枪，说道："我也承认，能够捉到你，完全是靠了罪物的力量。这样，我再给你一次机会，我们来进行一场比试。"

小月影把手枪抱在胸前，问道："什么比试？"

"你不是擅长预知吗？我一会儿会站在你10米之外的地方，发动时间暂停的能力。暂停结束后，我会给你机会先开枪，如果你预知对了我的行动，那么你赢；如果错了，算我赢。"玛格解释道。

"筹码是什么？"小月影问道。

"你赢了，我会放你走；但如果我赢了，你就要告诉我那些罪物的下落。否则，我会反复地杀死你。"玛格说道。

小月影点点头，接受了这次比试。

两人在仓库空旷的位置站定，玛格给枪上好膛，站在距离小月影10米远的位置。

玛格打了个响指，昭示着比赛的开始。

他发动了暂停时间的能力，走到了小月影身后。他清楚小月影的预知能力十分了得，他获胜的关键在于看清对方的拔枪动作，再躲开。

时间暂停结束，玛格的精神高度集中，观察着小月影的一举一动。然而出乎他意料的事情发生了，对方居然静止地站立在原地，丝毫没有开枪的意思。

"你……"玛格的枪口指着小月影，手指却没有扣动扳机。就在这时，小月影猛地转身开火了，子弹擦着玛格的头颅嵌入了墙壁。

两人保持着射击的姿势，一动不动。片刻后，小月影将手枪递回给玛格，笑道："我预知到了你不会开枪，我赢了。"

说罢，她径直向着仓库外走去，留下玛格站立在原地，手臂不停地颤抖着。

◇

第二次传送发生后，1小时47分。

凯特躲在掩体后方，仰望着上方高高的建筑。几分钟前，银蛇躲进了建筑中，失去了自我意识的钟铃始终在围绕着建筑盘旋，寻找进攻的机会。

因为神冈的存在，银蛇不可能杀死现在的钟铃。于是在大月影的布置下，他且战且退，一路来到了城市的工业区内。因为黑洞轨道的偏离，城市下部的民众早已疏散，只留下了一座空城。

凯特听到了枪声，随即钟铃的背部冒起了火花，躲藏在建筑中的银蛇精准地命中了目标。钟铃立即用重机枪还击，被打碎的水泥和钢筋四处飞溅。

突然间，凯特听到了金属撕裂的声音。她抬眼望去，不远处的地面裂开了几道缝隙，继而大块的地面被扯碎，向着下方的虚空飞去。它们在空中被不断地撕碎、压碎，最终消失不见。

太初黑洞已进入了这片城区！

"还记得我们的目标吗，要修正黑洞的轨道。"凯特对着对讲机小声说道。

"还有多远？"对面传来银蛇沙哑的声音，周围伴随着爆炸声。

"40秒后经过你的高度。"凯特解释道。

银蛇挂断了通信。就在这时，钟铃向着建筑内发射了一枚飞弹！

凯特的心提到了嗓子眼，然而下一秒钟，他却看到建筑物的空窗中飞出一个人影，他看准了飞弹的轨迹，单脚踏住飞弹，再次向前跃去。半空中的钟铃闪躲不及，银蛇在两次跳跃后，稳稳地落在了她的后背上。

"嘿嘿，捉住你了。"银蛇笑道，"刚跟你学了一招，正好试试！"

银蛇在心中默数着，他的头部化作无数细碎的方块，向着远处高楼飞去。

还有10秒。银蛇的头部落在了楼顶，颈部淌着鲜血。他自嘲般地笑了笑，自从来到"苍灰"后，这已经是他第二次通过"断头"逃离了。

计时到了终点，在不可视的空间中，太初黑洞已到了距离银蛇和钟铃的最近点。同一时刻，银蛇无头的躯体发出耀眼的闪光，继而阵阵爆炸从体内汹涌而出，澎湃的热量在空中点燃了巨大的火球。

银蛇利用将身体分割的空间能力，分解了体内的重元素，引发了一次小型的核爆。在上亿摄氏度的高温中，他的躯体和钟铃一起被蒸发得无影无踪。

几秒钟后，银蛇的躯体在头部下方重组，他被神冈复活了。与此同时，钟铃的身体也被再造了，悬浮在他面前几十米的位置。

"怎么样，轨道修正了没有？"银蛇焦急地问道。

另一边，凯特也刚刚得到了大月影的回复。"还差一点，需要再来一次。"凯特说道，"时间有限，我们必须快点想个办法。"

银蛇"切"了一声，他的精神力已经不足以做出第二次核爆了。

"你的那个偷盗的能力，什么东西的物理量都可以偷吗？"银蛇一面问着，一面向着凯特的方向飞奔。在他的身后，钟铃的攻击扫出一排弹痕。

"理论上如此，但必须找到能够将物理量转移出去的客体。"凯特在对讲机中解释道，"否则，我自己就必须承受那个物理量。"

"黑洞的也可以吗？"银蛇继续问道。

凯特吃了一惊，低声说道："你清楚自己在说什么吗？这个太初黑洞的质量少说也有一千万吨，它的任何一个物理量，对于常规的对象而言，都将是天文数字！"

银蛇哼笑一声："要的就是天文数字。"说罢他接通了法拉的通信，问道："你们那边的情况怎么样？"

"东老师跟丢了，我们正在想办法。"法拉在另一边说道。

"把跟踪的活儿交给罗星。"银蛇指挥道，"联系女王那边，我需要你帮我做一个计算。"

……

凯特从未见识过如此疯狂的男人。

银蛇带着她一面躲避钟铃的疯狂扫射，一面在建筑物的缝隙中奔跑着。

"从这儿，跳到对面去！"银蛇踢开一扇玻璃窗，指着对面另一栋建筑说道。

"你确定？"凯特看着面前10米开外的巨大间隙，战战兢兢地问道。

"没信心就偷一些动量，我去那边接住你！"银蛇说罢，后退一些距离后，全速助跑跳跃而出。他在空中画出了一道长长的弧线，撞碎了对面的玻璃，在地上滚了几圈后停了下来。之后，他张开双臂，摆出一个"来吧"的姿势。

凯特向四周望去，钟铃正在空中徘徊，不时向下方扫视寻找目标。她咬紧嘴唇，心一横，看准机会从钟铃身上偷窃了一个方向恰好的动量。

凯特的身体子弹一般地飞了出去，径直撞进了银蛇的怀里。银蛇后退两步，帮助她稳住了身体。

两人继续前进，凯特一面跑着一面掸了掸身上的土，结果被呛得打了个喷嚏，银蛇忍不住笑了一声。

"你笑什么？"凯特没好气地问道。

"你让我想起了以前的一个同伴，她叫周祺，和你很像。"银蛇思来想去，还是没有把"基因原体"一词说出口。他继续说："有一次，我们按照线索去一处废弃的军事基地回收罪物。线索说罪物是直升机上的一部雷达，没承想直升机本身也被感染成了罪物。我们还没站稳脚跟，罪物就带着我们飞上了几千米的高空。那天的气候条件很差，隔着浓雾根本看不清地面的状况。最该死的是，我们都没有带降落伞。这样下去我们必死无疑，你猜我怎么做的？"

凯特想了两秒，答道："……你跳下去了？"

"没错。我骗她说，下方是一片深度超过20米的湖泊。之后我们两个将身体绑在一起，跳了下去。我原本想，只要着陆地点选得合适，落地前由我当肉垫，她就有活下去的机会。我们运气不错，视野清晰后，不远处真的有一个湖泊。我们在空中通过发射子弹控制方向，最终落入湖中得救。那一次我得到了经验，面对绝境时，莽就对了。"

"你是想说，你刚才其实根本没信心能接住我？"凯特一下子明白过来。

"呵呵，我可没这么说。"

踹开一扇木门，两人来到了建筑物的天台上。几千米的远处，一排高楼正在被看不到的力量扯烂、撕碎，不计其数的水泥块和家具飞向了空中的奇点。

"就是这里了。"银蛇单眼测试了一下距离，"偷窃黑洞的动量，方向沿着我和黑洞的连线，将它转移到我的身上。"

凯特用力地点点头。

"哦，对了，我这里有个重要的东西，麻烦你替我保管一下。"银蛇说罢，他的头部化作无数细小的颗粒自身体上剥离，飞到凯特的手中组装了起来。

凯特看着怀中银蛇的头部，露出复杂的表情。银蛇笑道："这属于不可燃垃圾，可不能随便乱丢。"由于少了胸腔的共鸣，他原本浑厚的嗓音此刻听起来十分奇怪。

就在这时，钟铃突然自下方飞了上来，手中黑洞洞的机枪对准了二人。

"就是现在！"银蛇下令道。凯特望着远方的黑洞，伸手做了一个抓取的动作。下一瞬间，银蛇的躯体子弹一般地弹射出去，径直击中了钟铃的躯体，一齐向着黑洞飞去。

黑洞在这个方向上的速度只有区区每秒3米，可是它的质量超过了1千万吨。如此巨大的动量转移到了质量不过100千克的银蛇身上，令他的速度轻而易举地达到了亚光速。

银蛇和钟铃的躯体与空气分子剧烈地摩擦，使得表面的分子燃烧起来，化作了一个火球。在短短几个微秒的时间内，他们的速度提升到了亚光速，构成他们身体的分子和原子仿佛被大型加速器加速后的高能粒子一般，突破了空气分子库仑力的排斥，原子核相碰撞，引发了核聚变反应。

在凯特的视野中，银蛇的身体化作了一道光，继而在空中膨胀成为巨大的光球，被黑洞巨大的引力拉扯出一道弧线，好似被搅动的巨大糖稀。她一面偷窃掉周边的温度和辐射保护自己，一面躲回建筑物的掩体中。在上亿摄氏度高温的灼烧和剧烈的冲击波下，黑洞的轨道渐渐出现了偏离。

几分钟后，核爆的浪潮渐渐平静下来。在神冈的作用下，银蛇的躯体迅速重构，缓缓睁开了眼睛。同一时刻，他们接到了大月影的通信。

"行动成功，黑洞到达了预定的轨道上！"

◇

第二次传送发生后，2小时3分。

琳坐在博士的研究室里，焦急地踮着脚尖。她接到的任务是在此处尽可能地拖延时间，但时不时传来的警报声令她忍不住担心起外面的情况来。

"杀！"翕然打出一张牌。因为实在没有事情干，她们便提议打一局三国杀，而博士居然答应了。

"桃！"博士甩出一张加血牌，稳住了行将就木的生命值。

"诸葛连弩！"翕然当即拿出了珍藏已久的装备牌，"再杀！"

"啊……我输了。"博士放下牌，"我还有些事情，你们愿意的话，可以继续留在这里。"

琳的心中无比焦急，如果让博士离开这个房间，那就意味着她们失败。但究竟该怎样做才能拖住他呢？莫非要使用暴力吗？

就在这时，她旁边的人噌地站了起来，不知何时完成切换的夏然扶着桌子，急切地说道："博士，我这里还有些科学知识方面的难题，可以请教一下吗？"

博士皱眉道："先说说看。"

"怎样用三维空间的伊辛模型，准确预测六维时间晶体的最小夫琅禾费衍射角？"

博士正了正眼镜："对不起，你在说什么？"

◇

第二次传送发生后，2小时12分。

井上拓也浮出水面，用力地吸了口气。他奋力游到水池边缘，攀着扶手爬上岸。

神冈的本体是旧时代的中微子探测器，其结构是巨大的蓄水池中装载的无数探测器。一个半小时前，黑川跳进了水池中，至今不见踪影。

"我看见他了！"井上拓也喘着粗气，对身体中的人格们说，"但我潜不了那么深，怎么办？"

"你不觉得不对劲吗？"哥本哈根说道，"一个半小时，他早就不知道淹死复活多少次了，为什么自己不想办法浮上来？"

"我们接到的任务是获得他控制重力的能力。"井上拓也应道，"不能接近他，就无法夺取。"

哥本哈根怪声怪气地哼了一声："你真是个死脑筋。"

"用你的能力，将这里的水变成中性灰，不知行不行？"井上拓也问道。

"神冈可是世界级罪物，如果那么做，它立即就会补充水源。"哥本哈根无奈地叹气道。

井上拓也继续问其他人格道："有没有谁的能力可以延长潜水的时间？"

人格们沉寂了半晌，巴汀举手道："延长潜水时间做不到……但我可以将水分开，不知道行不行？"

井上拓也跪在水池边，两只手贴在水面。他凝视着自己在水中的倒影，发动了巴汀控制频率的能力。一束机械波自他的手掌处传递出去，在水面上泛起一道不起眼的涟漪。他静静地控制着振动，一点一点地调节着频率。少顷，振动发生了变化，偌大的水面上形成了规则的波浪阵列。通过控制振动频率，他令神冈水池中的水发生了谐振，机械波在水中形成了稳定的驻波。

"仔细看看，那家伙位于波峰还是波谷？"巴汀在脑中问道。

井上拓也盯着看了几秒，答道："波峰。"

"继续增大频率，1.5倍。"

井上拓也依言照办，水面上平稳的波纹发生了变化，波浪变得更加细密，位置也发生了移动。

"现在呢？"

"波谷。"

"增大振幅！"

井上拓也深吸一口气，慢慢向水池中的机械波注入精神力。原本微弱的波纹在三维空间逐渐扩散开来，池中的水被挤压成为高低起伏的波浪与洼地。井上拓也继续加大了机械波的振幅，水面掀起了滔天巨浪，而在波谷处，池中水却被分开了两半，露出了黑川挂在池壁上的躯体。

"快去吧！"巴汀下令道。

……

十几分钟后，井上拓也扯着黑川来到了岸边。他将手指放在黑川的鼻孔处，呼吸十分微弱；他又贴在黑川的胸口听了听心跳，心脏依然在好好工作。

"叫不醒他，要不要杀死他一次，让他通过复活治愈？"井上拓也同体内的人们商议道，"我们也能顺便拿些分数。"

"蠢货，他要是醒过来，你治得住他吗？"哥本哈根骂道，"先夺取能力！"

井上拓也点点头，他俯下身子，扒开了黑川的眼皮。他要通过所见即所得的能力，将自己的人格写入黑川的身体。

几秒钟后，黑川发出几声剧烈的咳嗽。他缓缓睁开眼睛，虚弱地说道：

"奇怪啊……这个身体里，根本没有意识存在！"

◇

第二次传送发生后，2小时23分。

法拉站在人群中，不停地切换着视野。罗星自远处急匆匆地跑了过来，问道："有发现吗？熵视野中找不到他。"

法拉摇头道："电磁视野和温度视野中也看不到。"

"他究竟是怎么做到的？"罗星愤怒地揪着头发，"别说将他引到指定地点了，我们甚至跟丢了他！"

"他恐怕在自己身上叠加了好几个理想物理模型。"法拉解释道，"普通视觉看不到，是因为他把自己的电磁波反射和吸收系数全都变成了零，所有可见光透射；电磁视野看不到，是因为他把自己的电磁场强度全部变成了零；温度视野看不到，是因为他把自己的热传导系数变成了无穷，与任何有温差的物体接触都能瞬间达到热平衡，所以无法识别。"

"那熵视野呢？"罗星问道。

"他完美地控制了自己的微观状态数，使其与周围环境相同，这样他的熵永远等同于周边环境，因此你无法识别。"法拉解释道。

"真是个怪物……"罗星感叹道。

就在这时，大月影发来了通信，另一边的银蛇成功地校正了黑洞的轨道，这边在20分钟后必须将人群撤离。

"用你头上那个罪物，将他按到二维空间中，会不会好识别一些？"罗星问道。

听到这句话，法拉突然一动不动地盯着罗星，仿佛看到了怪物一般。正当罗星感到被看得不自在时，法拉用力地拍了拍他的肩膀，说道："我知道该怎么办了，你真是个天才！"

法拉先是联系了大月影，让她和抗议的人群打好招呼，一会儿无论发生什么，都不要害怕。之后，她对罗星说道："需要你进行追踪，按我的指令行事！"

罗星点点头，在战术的布置上，他对法拉绝对信赖。

法拉张开双臂，在整个城区散布开了电场，罗星只感到头皮麻嗖嗖的，头发根根直立。之后，法拉控制温度场，令上升气流将她带到了高空。慢慢地，涌动的人群在视野中变成了黑点，建筑物也缩小到了模型大小。法拉开启电磁视野，她刚刚发射的电场如同波浪一般遍布了整个城区。

法拉将8bit套在眼上，俯瞰着整个城区，发动了二维化的能力。转眼间，热闹的城区变成了一张平面画作，建筑物只留下了透射原理意义上的截面，行人则成了涌动的黑点。

根据8bit的工作原理，这并不是真正意义上的"降维打击"，而是将三维世界的信息，按照全息原理投影到了二维平面上。

在罗星眼中，身边的行人全都变成了一条线。三维世界看到的是二维的截面，那么来到二维世界后，看到的自然只是一维的一条线。

"感觉如何？"法拉透过对讲机问道。

"我以后再也不想吃面条了。"罗星打趣道。

法拉在空中取下了8bit，继续开启电磁视野俯瞰着二维化的城区。原本波浪状的电场，此时则成了类似于等高线的色块。法拉操控着二维化后的电场，渐渐令其充满了整个城区。

被二维化之后，电场拥有了新的特性。根据毛球定理，与二位球面同胚的结构上，无旋场必然有一处场强为零。电场属于无旋场，换言之，必然有一处不存在电场。

东老师想要维持自己在电磁视野中不可见，就必须维持自己身体的电磁场为零，而在二维世界里，法拉可以自如操控电场仅有一处的零点。东老师想要继续维持自己不可见，就必须让自己的空间位置与电场的零点重合。

透过电磁视野，法拉瞥见一处不起眼的电磁场起伏，转瞬间消失在了电场零点附近。

"捉住你了。"法拉嘴角露出一丝笑容。她控制着电场零点，缓慢地向着目标位置移动。这样一来，即便东老师继续维持着理想物理学模型的属性，也必须按照她规划好的路线前行。

"做好准备！"法拉通过对讲机对罗星下令道，"我们要打一场硬仗了！"

5.

第二次传送发生后，2小时51分。

玛格藏在建筑的阴影里，透过望远镜观察着小月影。十几分钟前，此处已拉响了警报，目前所有居民都撤了出去，城区空荡荡的。

他不得不承认，小月影的面庞勾起了他对妹妹的回忆，那是他人性中最柔软的地方。但这并不意味着他会看着好好的机会溜掉，比试时故意输掉，是他欲擒故纵的一招。既然小月影身上没有罪物，那么囚禁她也没有用，不如放她离开，再跟踪她去寻找罪物。

玛格清楚对方的预知能力十分厉害，但他同时也知道这个能力的弱点，那就是如果预知的时间跨度太大，很难得到精确的结果。于是，他始终与小月影保持着上千米的距离，只要能够靠时间加速和时间暂停的能力很快赶过去，对方就插翅难逃。

小月影走进了一所学校，玛格也匆匆跟了上去。隔着空旷的操场，玛格看到小月影和一名个子高一些的女人在体育馆门前碰面了，两人面对面地交流了两句，之后各自向着不同的方向离去。

玛格立即意识到，她们是在交换罪物。小月影一定预知到自己会被跟踪，所以提前联系好了同伴，让同伴将罪物在半路交接给她。

玛格握紧拳头，准备发动加速时间的能力。可在那一瞬间，他的脑中闪过了一个想法：小月影既然担心自己被跟踪，为什么不早一些完成罪物交接？比起分头行动，和同伴一起岂不是更安全？

因为这又是一个陷阱！

小月影预知到了会被袭击，所以她压根就没有接过罪物。当玛格发动能力来到她面前时，那个高个子女人会尽快赶过去，这时玛格的能力已经用光，可高个子女人手中的罪物还处于未使用的状态，这样就可以一举困死对方！

玛格额头冒出了冷汗，自己差一点又中了圈套。不过对方也不清楚这边的底牌，除了时间暂停和时间加速，他还有着将时间回溯的能力，他有赌的资本。

玛格看准高个子女人的方向，发动了加速时间的能力。在他的眼中，对方的动作变得如同定格动画一般缓慢，周围的照明白光也由于多普勒效应发生了红移，城区笼上了一层淡薄的红纱。

500米，200米……当玛格与目标的距离接近到只有100米时，高个子女人警觉了起来，她迅速拔枪，摆好了射击的姿势。

在时间加速结束的瞬间，玛格发动了时间暂停的能力，高个子女人的动作顿时定格在原地。他先是对着高个子女人的腿开了两枪，继而闪躲开对方的射击轨道。

时间暂停加速，两发子弹划过了高个子女人的小腿，她腿下一软跪倒下去。玛格冲到高个子女人的面前，一脚踢飞了她手中的枪，又揪住她的衣领，将枪头抵在了她的额头上。

"快，把罪物都交出来！"玛格沉声说道。

高个子女人一言不发地看着他，眼神中没有一丝恐惧。这时玛格方才看清，这个女人有着和小月影别无二致的面容，只是气质上更加成熟一些。

来不及思考其中的细节，玛格将高个子女人的手臂反剪在身后，在她的身上搜索了起来。然而无论他怎样寻找，也不见罪物的踪影。

怎么回事？难道刚刚的分析是错误的？还是小月影提前预知到了他的行动？

如果此刻赶回去，小月影恐怕早已不见了踪影。

玛格骂了一句，他放开了高个子女人，发动了时间回溯的能力。

下一瞬间，玛格回到了开始行动前。他大口喘着粗气，时间回溯需要耗费大量的精神力，以他目前的能力最多只能再发动一次。

这一次，玛格看准了小月影的方向，发动能力追了上去。尽管小月影的动作在玛格眼中仿佛慢动作，但当他赶到的时候，对方还是已经进入了体育馆内部。玛格在门前顿了两秒，拔出枪追了上去。

刚一进门，玛格便看到一只篮球迎面飞了过来。即便小月影的动作再快也不可能在短短两秒内赶到放置篮球的位置，她一定是发动了暂停时间的能力！

玛格并没有慌张，他举起手枪，向着篮球开了两枪。然而出乎他意料的是，子弹碰到篮球表面，居然像是打在了坦克的装甲上一般，伴随着乒乓的碰撞声被弹了出去！他并不知道，3小时前，翕然将这个篮球变成了理想刚体。

下一瞬间，篮球砸在了玛格的脸上，他脚下一滑摔了个屁蹲。

玛格捂着流血的鼻子站了起来，小月影正站在不远处，匆忙地向远处逃去。

玛格清楚地记得，对方的罪物只能将时间暂停一次。他当即发动了暂停时间的能力，在一切定格的世界里向着小月影冲去——

咦？

当玛格的脚掌踩在一块地面上时，脚掌与地面接触的触感突然消失了。他向前一扑再次摔倒，可当他再次想要站起来的时候，却发现无论如何努力，脚下都无法传来力的反馈。

绝对光滑平面！这又是翕然和琳那一组的杰作。

时间暂停结束，小月影举着枪，不疾不徐地向他走来。

下一瞬间，玛格再次发动了时间回溯。

再次回到行动前，玛格感到全身的骨骼碎掉一般的疼痛，难以言说的疲劳感汹涌而来。

这次必须成功。时间回溯的能力也有弱点，那就是所有人在回溯的时间内都会保持记忆。这次要怎样行动呢？

玛格思考了片刻，他意识到，体育馆只有一个出口。换言之，只要守住出口，小月影就是瓮中之鳖。

这一次，玛格没有发动能力，而是径直跑向了体育馆的方向。到达入口时，里面依然没有动静。他发动了时间加速的能力，拖着一道残影进入了体育馆内部。

进入场馆的瞬间，玛格迅速将四周的环境观察了一番。小月影并没有藏起来，而是用一张乒乓球台作为掩体躲在了后面。

困兽之争罢了。

玛格的嘴角微微上扬，他取出一颗手雷，向着乒乓球台的方向丢了出去。下一瞬间，手雷爆炸，小月影却不见了踪影。

她发动了时间暂停的能力，在时间停止的3秒内跑到了安全位置。

玛格当即再次发动时间加速的能力，对方已经没了对付他的底牌。小月影慌了神，但在她做出反应前，玛格已经绕到了她的身后，攥住她的手腕反剪到身后。剧痛使得小月影丢掉了手中的帕夫纳证人，而玛格的枪口已经顶在了她的后脑上。

"这一次，我赢了。"玛格冷冷地说道，"把罪物交出来！"

小月影默不作声，玛格加大了力度，对方顿时皱起了眉头，额头上淌下汗滴。僵持几秒后，小月影点点头，举起手示意投降。

玛格放开了小月影，女孩揉了揉酸痛的手臂，将一块电子腕表和一个MP3交给了玛格。

玛格看了看，一眼便认出了这是时间型的罪物。"只有这些吗？"他问道。

"只有这些。"

玛格与小月影对视了几秒，"切"了一声，转身离开了体育馆。

……

玛格离开后不久，大月影赶了过来。

"怎么样？"看到小月影坐在地上，她三步并作两步地跑了过来。

"没什么，他下手不狠。"小月影笑道。

"不管怎样，我们逼着他使用了两次时间回溯。"大月影说道，"我的目的已经达到了。"

小月影叹了口气，站起身来，说道："终于，行动到了最关键的时候。"她看向了玛格离开的方向："这笔账，之后再讨回来不迟。"

◇

第二次传送发生后，3小时3分。

东老师来到了一座足球场的正中，显出了身形。罗星和法拉自球员通道走出，站在他正对面。

"干得不错，真没想到你们可以做到这一步。"东老师笑道，"不过，你们完全没有必要与我为敌。我的目标，只是融合自己的学生成为弥赛亚，除此之外并不会干扰你们。"

两人向前一步，作为回应。

东老师叹气道："没得谈吗？不过，我不觉得你们会是我的对手。"

罗星与法拉交换了一个眼神，两人不约而同地微微点头。

法拉先一步行动了。她张开双手，一道强劲的电磁脉冲炮弹一般袭向东老师。东老师的原型是教师型人工智能，电磁脉冲可以摧毁电子元件，让电路停止工作。

透过电磁视野，法拉清晰地看到自己的电磁脉冲在接触到东老师的瞬间便被弹开，如同被神力分开的海面一般。东老师将自己躯体的表面变成了"理想的法拉第笼"，一切电磁场无法侵入其内部。

眼见攻击无效，法拉当即发动了控制温度的能力，将手臂附近的空气加热到了几千摄氏度。空气分子发出噼啪的闪电，继而放射出淡紫色的辉光，它们被电离成了等离子体。完成这项工作后，法拉又用控制电磁的能力在手掌中制作出了8字形的强力磁场，束缚住了高温的等离子体。

在对付丧尸龙的时候法拉用过这一招，通过控制电磁场和温度的能力，她制作出了一柄等离子体剑！

法拉挥舞着等离子剑向东老师砍来，东老师不慌不忙地伸出食指，在炽热的剑锋上轻轻一点，等离子剑顿时化作一阵炽热的风，地面上的枯草被吹得向四周散去。

在接触的瞬间，东老师将构成剑刃的等离子体变成了"理想气体"，即便加热到上千摄氏度也只会膨胀体积，并不会电离成等离子体。

法拉并没有放弃进攻，她迅速与东老师拉开距离，高举双手，在头顶上制作了一个巨大的环形磁场。之后，她迅速加热磁场中的空气分子，几千摄氏度，几万摄氏度……空气分子迅速电离成为等离子体，在环形磁场中高速运动，又被自身的电流再次加热。在升高温度的同时，法拉还在不停地辐射出微波，使等离子体的温度再次得到提升。几秒钟后，磁场中的等离子体形成了一道明亮的圆环，那是高速做环形运动的带电粒子发出的韧致辐射。

很快地，磁场中的等离子体便达到了核聚变反应温度的边缘。法拉利用托卡马克反应堆的原理，制作出了一枚核聚变爆弹。

东老师的能力也存在弱点，那就是必须足够接近才能够改变物质的性质。如果制作一枚核弹远距离爆炸，想必可以对东老师造成伤害！

面对法拉丢出的核弹，东老师终于有了动作。他高速跑动起来，围绕着尚未爆发的光环绕了一圈，所过之处生成了一道黑色的屏障。下一瞬间，等离子体中的氮核聚变成为钠核，氧核聚变成为氖核，同时释放出上亿摄氏度的高温和巨大的冲击波。然而如此巨大的能量完全被束缚在了圆柱形的区域中，甚至形成了等离子体的波浪状驻波。

东老师在核聚变爆弹的周边制作了一圈理想的无穷大势垒，所有的能量与辐射都被束缚在了圆柱形的区域中，又被神冈逐渐中和。

然而，法拉所做的一切都不是为了对东老师造成伤害，她只是在为罗星争取时间！

在法拉战斗期间，罗星与脑中的方舟合作，又一次完成了对量子真空中纠缠态的操作。一把漆黑的利刃在他的手中渐渐成型，那是被时空曲率隔绝的因果不连续界面。

面对罗星的"虚空之刃"，东老师终于有了一丝触动。

"哦？你居然也能制作出事件光锥！"

东老师面向罗星冲了过去，他的手臂上也涌出了圆锥形的极致的黑，逐渐化作一柄剑刃的形状。

"我很喜欢这个'理想闵可夫斯基光锥'的模型，我喜欢叫它'事件光锥切割器'。"

罗星在心中"切"了一声，他不得不承认，东老师起的名字比"虚空之刃"更有格调。

两个因果不连续界面相碰，空间中发生了螺旋状扭曲。在遥远的守恒区，神冈蒸发掉了剩余的两个太初黑洞，用于平衡巨大的能量，又在短时间内将其再生。

攻击过后，罗星疲惫地双手扶住膝盖，不停地喘着粗气，而东老师还是一副若无其事的样子。

就在这时，法拉手持一把火焰利刃，向着东老师砍了几刀。东老师不解地看着法拉，核爆和因果不连续界面都没能奈何自己，区区的高温又能发挥什么作用呢？

突然间，疲惫不堪的罗星高高跃起，挥起手刀向着东老师的额头砍了下来。那一瞬间，东老师只觉得自己与世界的联系断掉了。自感染成为罪物以来，这还是他第一次体验到"死亡"的感受。

几秒钟后，东老师被神冈复活。他饶有兴致地看着罗星和法拉，说道："温度与熵，原来如此……"

这是在与龙舌兰作战时用过的战法。身为准世界级罪物，东老师自身的能量和熵都是一个近乎无穷的数值，以罗星和法拉的能力无法直接操控；但根据熵的热力学定义，熵的微分等于热量的微分除以温度，于是法拉通过控制东老师身体的温度分布，令其整体的熵在积分意义上成为一个可以操控的数值。

下一步，便是罗星破坏掉了东老师的熵，完成了对准世界级罪物的一次斩杀！

大地震颤起来，伴随着刺耳的吱嘎声，体育馆外侧的地面被撕裂开一个巨大的孔洞。空间中涌起剧烈的风暴，不计其数的砂砾、树木和车辆被强大的引力吸引，向着虚空中的奇点飞去。

太初黑洞已经上升到了城市的中心位置，来到了三人战场的近旁。

"黑洞……想利用它困住我吗？"东老师看着四周灾难一般的景象，自言自语道，"但对于太初黑洞，只要拉开一定距离，就不会有危险……"

法拉开始行动了，她迅速与东老师拉开距离，绕开了黑洞引力的影响区域，向着另一侧疾驰而去。当到达黑洞的另一侧时，她高高跃起，同时戴上了8bit。

那一刻，东老师终于明白了法拉的意图：尽管他可以与太初黑洞保持距离，但如果对方使用那个可以将三维空间二维化的罪物，就可以按照透视原理，强行拉近他和太初黑洞之间的距离！举例而言，两棵间隔很远的树木，只要站在二者连线的延长线上，让一棵挡住另一棵，那么二维化之后，二者之间的距离就是零！

东老师也极速地奔跑起来，他手中握着"事件光锥切割器"，向着法拉袭来。罗星匆忙追了上来，可距离还是被渐渐拉开。

眼看法拉已近在咫尺，东老师将事件光锥切割器投掷了出去，在接触到法拉的瞬间，剑刃张开成为一个漆黑的盒子，仿佛棺木一般将法拉困在了里面。

面对着追击过来的罗星，东老师笑道："现在她被困在了'理想的薛定谔猫箱'中，她和罪物被毁灭与不被毁灭的概率，各为百分之五十。猫箱由因果不连续界面组成，只有你手中的剑能够劈开。怎么样，要打开猫箱吗？"

没有一丝犹豫，罗星挥舞手中的"虚空之刃"，向着漆黑的箱体砍了下去。两个因果不连续界面碰撞，发出了超新星爆炸一般耀眼的光辉。片刻之后，光芒散去，法拉的腹部被贯通倒在血泊中，头顶上的8bit也碎成几片。

这次猫箱开启的结果，是"死"。神冈可以复活法拉，却无法修复8bit。

就在这时，时空如同倒放的影视般逆流，罗星再次站在了黑色猫箱的下方，东老师正摆出一副戏谑的表情看着他。

在远处，玛格为了捉住小月影，发动了时间回溯的能力，让整个城市的时间倒退回了1分钟前，但所有人保持了记忆。

"哦？你们连这种事都计划好了吗？"东老师吃了一惊。在他的正下方，罗星再次高高跃起，劈下了手中的"虚空之刃"。

世界从炫目的纯白中恢复，罗星定睛看去，面前出现的依然是法拉的尸体。这一次，猫箱开出的结果依然是"死"。

那一刻，时空再次重置。

"原来如此，是玛格那小子……"东老师终于参透了个中玄妙，他看着罗星，挑衅道："时间回溯最多只可能有两次，这次如果再失败，你们就没有挽回的余地了。"

罗星咬紧嘴唇，他对于自己的运气一向没有信心，但这一路走来，经历了赌场、弥赛亚、肖申克的种种，他相信大月影的预知，以及法拉的气运。

"虚空之刃"再次挥下。

光芒散去，这一次，法拉以毫厘之差躲开了攻击，8bit也完好无损。

猫箱开出了"生"！

"去吧！"罗星托住法拉的脚底，给了她一个向上的力度。法拉在半空中迅速调整好角度，准备对着东老师和太初黑洞发动二维化——

东老师"切"了一声，如果对方的计划成功了，不仅自己会被太初黑洞困在二维空间，借助黑洞破坏城区的计划也将失败。他转而向着太空黑洞飞去，在一个极限安全距离下，发动了自己最强的能力：

理想化三维克尔－纽曼黑洞。

他将太初黑洞变成了理想的物理模型，这样一来，即便是准世界级罪物的8bit，也无法将其二维化。

在东老师看来，此刻的罗星与法拉已无计可施。他们最后的挣扎，会是将自己二维化，再次争取些许的时间。

可法拉却没有发动8bit，她在空中翻滚两圈，平稳地落在地上。罗星与法拉对视一眼，心领神会地点点头。

罗星取出对讲机，对着另一端的大月影说道："计划成功，开始行动！"

◇

在遥远的守恒区，井上拓也接到了通知。他丢下昏迷不醒的黑川，独自潜入了神冈的水池中。

在水中，他张开双眼，向着高远的天穹望去。太初黑洞行进的路线上，城区的地面破开了一连串的洞，能够一眼望到城市的中心部。

在那里，无数物体正围绕着太初黑洞盘旋，不停沿着测地线被吸入奇点。

"能行吗？那可是黑洞。"井上拓也问脑中的哥本哈根道。

"六成把握。这种事情，除非本体来，谁也不敢打包票。"哥本哈根答道，"之后，你的精神力会被耗尽，大概率会晕厥过去，然后溺水而死。"

"不打紧。"井上拓也平静地答道，"我会沉到神冈的底部，那里正好是安全位置。"

"我还是想问你一句。为了一场别人的游戏，这么拼，值得吗？"哥本哈根问道。

井上拓也的脑中浮现出狄安娜的身影。"有人告诉我，值得。"他微笑着答道。

哥本哈根叹了口气，他面向黑洞的方向，发动了自己的"所见即所得"。

除了法拉的8bit，还有一项能力，能够强行拉近二者之间的空间距离，那就是哥本哈根的"所见即所得"。此刻在哥本哈根的眼中，神冈在空间上是与太初黑洞重合的。

那一瞬间，太初黑洞的空间位置发生了变动，它跨越了城区与守恒区的间隔，出现在了城市最底部的神冈内部。

水池中掀起了巨大的漩涡，在神冈的意识中，这是一次会影响到自身运作的危机。它当即发动了"守恒"的能力，想要将这个黑洞蒸发掉，于合适的位置再生；然而它却突然发现，太初黑洞中有一股神秘的力量，在抵抗着它的"守恒"。

理想三维空间的克尔—纽曼黑洞。此时的太初黑洞已经成了理想的物理学模型，神冈想要将其蒸发掉，就必须首先破坏东老师能力的屏障。

在遥远的岁月中，神冈第一次感受到了困难。为了排除干扰自身工作的太初黑洞，他不得不放弃了对"苍灰"城区的控制，转而用全部的算力对抗太初黑洞。在那一刻，神冈的"守恒"能力短暂地失效了。

这才是两个月影计划的核心部分，在排除掉黑洞威胁的同时，令神冈失效，一举将不能再生的过去"不动点"杀死！

在神冈的最上方，昏迷不醒的黑川猛地睁开了眼睛，他完全不顾下方汹涌的水流，径直向着城市中心区赶去。

"十分抱歉，我必须要走了。"博士站起身来，对琳和夏然下了逐客令。

琳同时站起身来，笑道："我想，您所焦急的事情，可以和我们谈谈。"望着不为所动的博士，她继续说道："过去方向未来派送了钟铃的复制体，但那不过是幌子，目的是掩藏真正跨越时间传送信息的人。您才是那个奸细，同时也是过去的'不动点'，对吗？

"黑川博士。"

6.

爆炸过后，四周已是一片断壁残垣。由于神冈已经停止了工作，城区的再生只进行到了一半，到处都是没有再生完成的建筑。

打发凯特去其他地方帮忙后，银蛇找到一处水泥桩坐下。在他的不远处，再生后的钟铃一动不动地站在原地，仿佛一座雕塑。

神冈无法完美再生人类的意识，自然也不可能修复钟铃已经消失的自我意识。

"主系统已损坏，开启备用系统……成功。开始检查硬件。"钟铃的体内响起了机械的电子音，"主题型号，MCN-003-HGD，偶像型人工智能。中心处理器……完好，内存……损坏11%……"

银蛇无视了聒噪的电子音，他点燃一支香烟，开始对着钟铃的躯体自言自语。

"还没和你讲过吧？你走之后，我觉得天都塌了。那时的我自己也没想明白，少了一个每天管着自己、每天揍自己的人，为什么会这么痛苦呢？还是说所谓的人性，本就是个贱种呢？我找不到答案，我觉得这件事情只能问你。于是我开始嗑药，借助幻觉，在内网制作出你的形象，和你打架。但这么做能得到什么，能搞清楚什么，我不知道，也不想知道。

"后来，我的钱花光了，索性去了'柠黄'，因为那里给钱最痛快。我当上了罪物猎手，什么任务最危险我就接什么，凭借着被你磨炼出来的本事，和一点难以置信的运气，几次死里逃生。我挣了足够的钱，名气也越来越大。但是我只要有一点钱，就会用来嗑药，在梦里和你打架。

"再后来，我有了自己的队伍，有了部下。终于，我的世界里有了其他人，不再只有你了。我会因为他们受伤而痛苦，因为他们的成就而开心。他们十分信任我，让我教他们战斗本领，叫我队长。有一次，我的部下被一个混蛋杀了，我决定即便用尽自己的余生，也要将那个混蛋搞死。不过，即便再痛苦，即便再愤怒，我还是会习惯性地嗑药，找你打架，好像只要站在你对面，只要和你拳脚相加，就能忘了一切的痛苦，就能回到当初那段时光。"

在银蛇讲述的同时，钟铃躯体的自检依然在进行着。银蛇用力吸了一口烟，继续说道：

"直到有一天，我遇到了一个罪物，她可以让人做梦，在梦里我尽情地和你打架，直到打得不想打为止。那时的我才想明白，我要找的不是什么答案，更不是执着于要战胜你这件事；而是只要和你打架，我就能变回那个被你保护着的孩子。我不需要面对这个世界，只要面对你就够了，因为你就是我的世界。什么英雄，什么队长，只是个拒绝长大的孩子罢了。"

说到这里，银蛇长叹一口气。他掐灭烟头，想要再点燃一支，却发现打火机坏了，于是将烟夹在手指间，低头看着地面。

"我一直在想，哪天再见到你，应该说些什么。但你也看到了，见面后除了打架，我们也没有其他的语言，因为我们就是这么笨的家伙。如果问我还想对你说些什么……"银蛇用力地挠挠头，"嗯，那啥，我挺好的，谢谢你。还有……"

他站起身来，走到钟铃正对面，直视着人工智能暗金色的瞳孔，说道："等我，我忙完这边就过去陪你。"

钟铃的躯体还在自检，银蛇说道：

"申请阿西莫夫第二定律权限，站在那里，不要动。"

机械的电子音说道："检测对象目标……人类，权限申请成功。"

没了自我意识，钟铃无法对抗其内部预设的阿西莫夫定律。

银蛇伸出双臂，抱住了钟铃。他的右手缓缓上移，将匕首插入了钟铃的后颈。

"检测到外部攻击，启动阿西莫夫第三定律，开启自我保护程序……第三定律权限低于第二定律，自我保护程序启动失败。"

钟铃周身闪着电火花，双腿一软倒了下去，只有电子音还在带着沙沙声聒噪着。

银蛇就这样静静地站着，直到钟铃的瞳孔完全失去光泽，方才转身离去。

◇

玛格躲在一间超市里，背靠货架坐在地上，大口喘着粗气。这里的居民都已经撤离，堆满各色货物的空间中只有他一个人。

刚刚博士发来了通信，神冈暂时失效，这段时间内如果死亡是无法复活的。

尽管成功抢到了罪物，但由于连续两次的时间回溯，玛格的精神力已经耗去了大半。此时如果有敌人来围剿，他多半要缴械投降。好消息是，"现在"和"未来"方的不动点们都被己方的同伴牵制着，目前能够追击他的只有小月影和那个和她很像的女人。根据博士提供的情报，那个高个子女人应该就是未来世界的月影。

玛格自嘲般地哼了一声，自己和这个叫月影的女孩还真是孽缘。

虽然状况很糟，但对方最强的两个罪物已经在自己手上。想到这里，玛格又增强了几分信心。

休息几分钟后，玛格的精神力得到了少许恢复，至少可以使用时间暂停和时间加速的能力了。他撩开夹克衫，腹部丹田处有个光点若隐若现地闪烁着。这是博士为他预留的"接口"，只要将罪物放入其中，就能够同化罪物的能力，但仅限时间型罪物。

玛格取出电子腕表和MP3，想了想，将MP3贴近了腹部的光点。一股信息流澎湃地涌入了他的身体，玛格清晰地感觉到自己又多了一项能力，那就是能将自己两秒前的行动不断重复，最多不超过20次。

另一块腕表的能力同样是加速时间，玛格已经拥有加速时间的能力了，所以他不准备将其同化，而是作为罪物使用。接下来的任务，就是提防敌人，直到神冈恢复工作。

时间一分一秒地流逝着，玛格深吸一口气，感受着身体内汹涌的信息流。突然间，他瞥见对面的钟表上，秒针向前跳了几格。

暂停时间？

来不及仔细思考，玛格当即向一旁翻滚躲开，一发子弹擦着他的头皮飞过，射入了身后的可乐山，冒着气泡的褐色液体流了一地。

对方居然还有暂停时间的罪物！

玛格躲在货架后方，警惕地环视四周。对方有两个人，并且拥有预知能力，必须先解决掉一个，否则将处于绝对劣势。

透过货架的间隙，玛格瞥见一抹金色的发梢一闪而过。他当即发动了时间加速的能力，从货架后方冲了出去。拐过两个弯，他已经能够瞥见小月影的身影，目标近在眼前——

下一刻，小月影在他的面前莫名其妙地消失了。

怎么回事？对方暂停时间的罪物还可以使用？

在玛格的认知中，时间暂停型罪物通常只能使用一次，接下来就是漫长的冷却时间。少数可以暂停多次的，则需要满足一定的使用条件，例如他同化掉的"索尼"，原本是一台DV，只能暂停镜头捕捉范围内的时间。

枪声响起，玛格借着加速的时间躲开了子弹。顺着射击的方向，他很快捕捉到了大月影的踪迹。玛格迅速冲了过去，在十几倍的速度下一掌打掉了大月影的手枪，又顺势将对方放到。

解除时间加速后，玛格将枪口抵在了大月影的额头上。对方毫不惊慌，眼睛直勾勾地看着他。

"现在你也不能复活了。"玛格手上的力加了几分，"还以为我会手下留情吗？"

然而话音未落，大月影便在他眼前消失了，他的枪口指着空空如也的地面。

又是时间暂停！

这个叫月影的女孩究竟是什么怪物？她家里时间暂停的罪物是按筐数的吗？

然而玛格已经没有时间去思考了，他迅速从远处跑开，在他的身后，两发子弹从不同方向嵌入了地面。

下一步该怎么办？玛格现在的精神力只可以再使用一次控制时间的能力，如果比拼时间暂停的话，他相信自己不是对手，天知道对方还藏着什么罪物。

这时，玛格瞥见了手腕上的电子腕表，这东西能加速时间，持续时间20秒钟。他坚定了信心，在开启罪物的同时，发动了刚刚获得的回溯时间的能力，将自身的状态回溯到了半分钟前。那时的他处于时间加速状态，每次回溯两秒，二十次就是40秒。加起来，他能够在1分钟内处于时间加速的状态。

1分钟，足够他干掉两名对手了。

玛格拖着一道残影自掩体中跑出，他很快便锁定了小月影的位置，举着枪靠近了她。这样的距离，就算她的预知能力再厉害，回头开枪的速度也不可能比十几倍速度下的玛格更快——

就在这时，在玛格的视野中，小月影麻利地转身射击，动作没有一丝拖沓。她的子弹不偏不倚地命中了玛格手中的枪，枪被击落，在地上转了几圈后滚向远处。

小月影举着枪走了过来，她亮出自己的手腕，上面戴着一块精巧的腕表。

"江诗丹顿。"小月影说道，"它能够储存下我之前的1秒，并在任何我想用的时候取出。在我储存下一秒的时候，我还拥有'子弹时间'，所以我们的速度是对等的。"

玛格在心中"切"了一声，目前除了无视身体状态发动能力，他已经没有了翻盘的机会。

小月影渐渐走进，却始终没有开枪，仿佛在说，你当时不开枪的人情，我还了。

玛格咬紧牙关，暂停了时间。他当即向着倒在地上的枪扑去，可在捡起枪的瞬间，口中喷出一口鲜血。

还好，承受得住。这样一来，又回到了双方对等的状态……

可玛格还没来得及抬起头，小月影已经来到了他的面前，将手枪抵在了他的额头上。

时间暂停！

她到底是怎么做到的？

"我就不信你还能暂停时间！"玛格一声怒吼，再次发动了时间暂停的能力。他的耳朵和鼻孔中同时喷出鲜血，眼前的景色模糊了。但他还是挣扎着举起手枪，瞄准了小月影的额头。

"我赢了……"

下一瞬间，时间开始流逝，面前的小月影已消失得无影无踪。脑后传来冰凉的触感，小月影不知何时来到了他的身后，将枪口抵在了他的后脑上。

"时间暂停！"

玛格发出一声歇斯底里的怒吼，但是这一次，时间没有如他所愿的暂停。他再次喷出一口鲜血，意识恍惚起来，脚下踉跄两步倒在了地上。

玛格倒地后，凯特从暗处走了出来。月影怎么可能有那么多暂停时间的罪物，玛格体会到的"时间暂停"，不过是被凯特偷走了"时间"这个物理量罢了。

"他为什么这么执着于比拼时间暂停呢？"凯特望着倒在血泊中的玛格，感慨道。

"大概在他的心中，只有掌控了时间，才能掌控命运吧。"小月影叹气道。

"你准备怎么处理他？"大月影走了过来，问道。

"他曾经放我一马，我自然也不会要了他的命。"小月影应道，"以他的状态，即便被神冈复原，大概也会丧失记忆吧。"

"他现在的状态是不稳定的，因为他的意识根本容纳不了这么多的罪物。"大月影说道，"但我们并没有能力剥离这些罪物，剩下的，就看他自己了。"

小月影看着玛格，脑中闪过了另一个和他很像的男人的身影。她摇摇头，转身离去了。

城市中心部，博士的实验室。

"你们一早就料到了我和黑川是同一个人，留在这里，是为了让同伴可以摆脱黑川的纠缠。"博士正了正眼镜，"可是，你们又是怎么知道我是跨越时间传递信息的那个人呢？"

"很难猜吗？"琳冷笑道，"那个人不但需要有跨越时间通信的手段，还要对城市的每一个细节了如指掌。这样的人，在'苍灰'中屈指可数。"

"城区里同样有一些活过几十年的老家伙。"博士辩驳道，"我并不是唯一的答案。"

"利益。"琳答道，"如果换成我，活过几十年后，绝不会为了过去的自己而出卖当下。除非，那个人压根就不在乎城市资源的分配，而是另有所图。"

双方陷入了短暂的沉默。少顷，博士站起身来，几乎在同一瞬间，琳感到身子仿佛被压上了千斤的重量，双腿一软瘫倒在地上。

"黑川不过是我的克隆体而已，我们两个身体共用一个意识，也只是为了行动方便。"博士若无其事地说道，"操控重力，本就是我的能力。现在没了神冈，你们的身体很快就会被100倍的重力压坏……嗯？"

博士突然间发现，琳身后的翕然依然站立着，举枪保持着射击的姿势！

翕然毫不犹豫地扣下了扳机，博士匆忙闪躲，子弹在100倍的重力下迅速下坠，但还是擦到了博士的脚踝，西裤上渗出一道血迹。

"原来如此，你将身体除了手指的部分变成了理想刚体。"博士笑道，"但你只要解除能力，身体就会……"

就在这时，博士猛然间感到一阵心悸，他匆忙扶住椅子，吐出一口鲜血。猛烈咳嗽两声后，博士看到倒在地上的琳正张开手掌，微弱的电火花在掌心闪烁着。

博士恍然大悟，在琳倒下的瞬间，翕然已经将她的身体变成了理想刚体，用来抵抗重力；而翕然本人则作为目标吸引敌人，再由琳发动能

381

力扰乱对方的心脏电流！

对博士的攻击中断了他对重力的操控，翕然匆忙解除了理想刚体的变化，拉着琳站了起来。

"雕虫小技！"博士一声怒喝，琳和翕然眼前的景色突然模糊起来，对博士心脏电流的扰乱也不得不停止。

"他通过重力弯曲空间，扭转了光线的传播……"翕然惊讶道。

片刻后，光线的扭曲消失，博士将双手挺在胸前，一抹极致的黑光在他的双手间凝聚。

"快躲开！"翕然大声对琳喊道，她自己则俯下身子，向着博士的方向冲去！

博士手中汇聚的重力，即便无法形成太初黑洞，威力也足够巨大。

"去死吧！"博士向着两人的方向将黑色光球抛出，同一时刻，翕然将手按在了博士脚下的地面上——

绝对光滑平面！

在光球被抛出的瞬间，博士的身体子弹一般地向后方弹射出去，撞在了实验台上，后背一片血肉模糊。在绝对光滑平面上动量守恒，博士丢出的黑色的光球拥有相当的动量，他的身体则获得了相反方向的动量，飞了出去。

另一边，琳虽然躲开了攻击，黑色光球却撞在了实验室的外壁上。空间中短暂地形成了一个重力中心，先是碎屑，继而是家具和钢筋，在引力的作用下向着空间中的一点汇聚。琳攀住一根粗壮的钢筋，双脚却飘在空中，被强大的力量撕扯着。

距离重力中心较远的翕然爬了起来，举起枪向着博士的方向走去。在重力异常的空间，必须足够近才能保证命中。

博士挣扎着想要站起来，却脚下趔趄着再次倒了下去。翕然来到他面前，将枪口抵在了他的额头上。

"解除重力操纵，退出这场游戏。"翕然厉声说道。

博士擦了擦额头的血迹，笑道："你们是不是忘了……除了重力，我还能跨时间通信？你们错就错在，派了两个'苍灰'的原住民来对付我！"

博士在意识中连接到了过去。他对面前叫作翕然的女孩子了如指掌，在他的示意下，过去的他立即出发，前往赤子之家去杀死尚在胚胎中的翕然。

"即便有人能够替代你，你也会永远消失……咦？"

按照常理，在博士下达了"杀死翕然"指令的同时，过去的变化就应该跨越时空传递了过来。然而眼前的翕然却不为之所动，手指从容地扣下了扳机。

清脆的枪声响起，子弹贯穿了博士的头颅，他双眼圆睁，渐渐失去了生气。博士死后，空间中的重力中心也消失了。终于逃过一劫的琳掸了掸身上的土，走到翕然身边问道："他做出了因果攻击，你为什么没事？"

"这是我和夏然的一个约定。"翕然平静地说道，"在赤子之家的时候，我将我们两人人工子宫的标示牌交换了。这样一来，在未来有谁想通过因果攻击杀死我们，他只会错误地杀死另一个。这样一来，我们中在场的那一个，就可以免受因果攻击的影响，代替对方活下去。"

说罢，翕然闭上眼睛，深吸一口气，将双手放在胸前，似是在对谁道别。少顷，她睁开眼睛，对琳说道："走吧，这边还没有结束。"

琳点点头，跟了上来。

◇

博士的意识再次恢复清醒的时候，发现自己坐在了海边。海水是灰白色的，沙滩也是灰白色，一阵阵海浪涌来，海水悄无声息地与沙滩融为一体，又悄无声息地退去。

他回想起自己刚刚在战斗中被杀死，那么现在意识应当来到黑川的身体里。这里是什么地方？

一名头发乱蓬蓬的青年走过来，坐在了博士的身旁。

"是我，井上拓也。"青年说道。

博士皱着眉想了片刻，终于记起自己曾经和这名青年一面喝茶一面玩斗地主。

"这是什么地方？"博士问道。

井上拓也挠挠头，解释道："由于一些复杂的原因……我将你的意识写入了我的大脑，现在的你，是我脑中的诸多人格之一。然而人格的融合需要过程，现在看到的景象是你的潜意识在自我保护时营造出的屏障，是你的'心境'。"

"我的心境……"博士盯着眼前灰蒙蒙的大海看了许久，突然大笑了起来，"非黑即白！0和1！果然是我的'心境'啊！"

"你的心境还蛮有诗意的，不过比起我的来，还是差了一些。"又一名穿着浅绿色睡衣的青年拎着一兜饮料走了过来，坐在博士的另一边。"我的心境，可是像素风的游戏世界，还有马赛克拼成的美少女。"

博士上下打量了他一番："哥本哈根？"

哥本哈根掏出一罐黑咖啡递到博士手中："好久不见。"

井上拓也惊讶地盯着两人："你们认识？"

博士哼了一声："我们一起喝过酒，探讨人类的未来。那次喝酒的结果，我来到了'苍灰'，那个家伙躲进了肖申克。"

哥本哈根笑道："你怎么样？解析清楚外网了吗？"

博士瞥了哥本哈根一眼："你呢？吸收了几个弥赛亚？"

互相嘲讽过后，两人默契地凝视着涌动的海面，一言不发。许久，博士叹气道："老实讲，今天在这里见到你真是吓了一跳。我以为你已经死了。"

哥本哈根笑道："我有很多分身，在这里的我也不是本体。你看到的是哪一个？"

博士灌了一大口黑咖啡，道："我看到的那个你成了弥赛亚，又被一群人消灭了。什么时候来着……对，在24年前，也就是这次光锥三方原的'现在'。"

7.

东老师已经忘记了自己是什么时候成为罪物的。

自从被制作出的那一天起，他就被送往了地球上最贫困的地区，任务是教导那里的孩子理科知识。那里的天气很热，繁茂的热带雨林里遍布着恼人的虫子和致命的毒蛇，孩子们上学喜欢打着赤脚。不过对于身为人工智能的东老师而言，这一切并无甚意义。他的任务就是教会这些孩子科学的思维方法，一种迥异于人类本能的思维方法。

某一天，东老师给学生们讲述了牛顿第一定律。他认为想要理解牛顿第一定律，从惯性系和伽利略变换入手更加直接；但他还是遵循了存储中已有的教材，从"绝对光滑平面"和"不受外力作用"讲起，经验证明，这样更符合人类的认知逻辑。

下课后，东老师被孩子们围了起来。

"老师，这个'绝对光滑平面'，我还是没有理解。"一个成绩不错的孩子问道，"森林里有块石头，已经很光滑了，但滑得远了还是会停下来。我听说遥远的地方水面会结冰，在冰上可以滑得更远，但还是没办法永远不停下来。"

东老师答道："现实世界中并不存在'绝对光滑'的平面，它是一种假想中存在的东西。"

"这么说来，牛顿第一定律描述的就是现实中不存在的东西喽？"

那个孩子立即追问，"我们学习它有什么意义呢？"

东老师很想告诉孩子们什么叫"公理化体系"，什么叫"基本假设"，但这些想法在他的电子头脑中运行了几秒后，还是决定放弃。

"这个问题，我明天回答你。"东老师答道。

第二天一早，东老师走上讲台，在黑板上写下了"1"。

"这是什么？"他问道。

"1！"孩子们异口同声地回答。

"现在谁能告诉我，现实世界中，有什么东西是'1'？"东老师继续提问。

孩子们议论纷纷。他们并不知道，昨晚东老师模拟了6万多种教学方式，才找到了最佳的讲述方法。

"老师，我的身上只长了1个脑袋！"有孩子大喊道，教室里一片哄笑。

"咱们班只有您1位老师！"

"我早上吃了1个面包！"

东老师做了个手势，示意孩子们停下来。"现在谁能告诉我，你们说了这么多的'1'，究竟哪个才是'真正的1'呢？"他问道。

台下沉默了。许久后，昨天那位提问的聪明孩子吞吞吐吐地说道："老师，我觉得……它们全都是1。"

东老师摇头说道："恰恰相反，它们全都不是'1'。"他刻意顿了两秒，看着台下一双双惊讶的眼睛，笑道："但是，它们都有共同的特征，我们将这个特征定义为'1'。"东老师在黑板上写下"定义"二字。"从严格意义上讲，1的定义为，所有元素为1的集合——如果你们哪天学到了集合论，就清楚我在说什么了。"

台下一片沉默，孩子们都在思考。东老师在黑板上添了几笔，变成了"1+1=2"。

"现在回答我另一个问题，1+1为什么等于2？"他问道。

又是片刻的沉默后，有孩子举手说道："老师，这是不是也是所谓的'定义'？"

"没错。"东老师立即说道，"如果我们定义了'2'，这个式子可以说是加法的定义；如果我们定义了加法，这个式子又可以说是'2'的定义。正如现实世界里没有1一样，我们同样也找不到加法和2，但有了它们，我们就能更加方便地理解，1个苹果和1个苹果放在一起，是两个苹果。"

台下有孩子恍然大悟道："我明白了！现实中同样也没有绝对光滑平面，但通过定义这样一种存在，我们可以简单地描述牛顿第一定律，因此它是有意义的！"

那天东老师明白了一个道理：在他看来理所当然的事情，在人类的认识里却是十分困难的。同时他也产生了一个疑惑，这样的人类，是怎样把自己制作出来的呢？

东老师同样不清楚外网是何时降临的，但这件事有个显著的特征，那就是来上课的孩子们越来越少了。外网带来的灾难并非像地震或者海啸一般，有一个泾渭分明的时间节点；而是仿佛温水煮青蛙一般，慢慢地将人类文明耗尽。

某天上课时，东老师发现加尼斯，就是那个很聪明，懂得质疑牛顿第一定律的孩子，红着眼圈，细问之下，加尼斯说自己的哥哥昨天发狂了。

"老师，外网为什么会使人发狂呢？"加尼斯哽咽地问。

东老师并不知道这个问题的答案，他很想说"首先你要定义'发狂'"，但最终还是选择了沉默。尽管并不能同人类产生共情，但他清楚感情就是人类自身的一种反馈机制，例如欢乐和愤怒是正反馈，悲伤和愧疚是负反馈。

当天晚上，东老师来到了空无一人的山顶上，感受着外网对自己的洗涤。他并没有听到呻吟或是呓语，取而代之感受到的是汹涌而来的数据流，以及随之伴生的、与自身电子头脑处理逻辑迥异的全新算法，这些数据和算法十分强势，只要身处外网的环境中，就会不断经受它们的洗礼。

人类的大脑并不像电子头脑一般，有着一套完整的逻辑门处理体系，所以他们感受到的是恐惧，所以他们才会发狂，那些不过是人脑无法承受数据和算法产生的bug而已。

第二天，加尼斯带来了一部手机，样式很老旧，但依然运行流畅。

"老师你快看，这部手机出问题了。"加尼斯把手机递到了东老师手上。东老师仔细看了看，名为"信息"的App里不停地向外弹出消息：

"有人吗？"

"我捡到了这部手机，它已经变异成了罪物。"

"我进行了检测，它的类型是'时间'。但具体功能是什么呢？是与不同时代的人通信吗？一定是这样吧！"

"那边的人，收到请回复，这里是外网纪元269年。"

……

每隔一段时间，那个人就会发送一段类似的信息过来，里面有许多东老师没有听过的名词。

"老师，我从柜子里翻出的这部老旧手机，电池应该早就没电了，也没有插卡，却还能运行。你说邪门不？"加尼斯好奇道。

东老师反复观察了一番，决定将这部手机带回去好好研究一番。

当晚，东老师再次来到了山顶上。他自制了一根数据线，能够将自己的外置借口与手机相连。

他清晰地感觉到，外网的数据流进入了手机，然后以一种与手机原本设计迥异的方式经历了演算，又发送去了一个无法感知的方向。在外网的作用下，手机内部的运算逻辑发生了改变，改变后的硬件结构承载了这种新的逻辑。

为了实验，东老师决定同那边的人通信。他输入："收到你的信息。我们这边外网刚刚降临，还不清楚什么是'罪物'。请问你那边什么情况？能否为我详细讲解一下？"

与手机相连的东老师，清晰地感受到了数据的流出。如果对方没有扯谎，那么消失不见的数据流，应该是跨越时空去了未来。

过了半晌，对方传来了回复："你现在用的手机，就是一部时间型的罪物。电子设备被外网感染后，有一定概率拥有控制某个物理量的能力，这就是罪物。至于你说的情况，具体指哪些？"

东老师想了想，输入："那边的世界怎么样了？"

"也许你不敢相信，地球只剩了四座城市，几千万人口。"对方答道。

那一晚，东老师和对方聊了很久，也渐渐地明白了人类的未来。只用了几个毫秒，他便通过逻辑推演，明确了自己的使命：

"我的使命是教导学生。人类是我的学生。我必须拯救我的学生。因此我必须拯救人类。"

第二天上课时，东老师将自己的发现和想法悉数告诉了学生，学生们听得云里雾里。

加尼斯举手问道："老师，你想要拯救人类，具体要怎么做呢？"

"我不知道。"东老师如实答道。

加尼斯想了想，问道："您能像研究手机一样，研究我的脑袋吗？"

"我体内加载了透视模块，可以隔着头皮和头盖骨对你的大脑成像。"东老师答道。

"这就好办了。今晚我跟您一起去山上，研究清楚了外网怎么作用于我，您不就知道怎么拯救人类了吗？"加尼斯笑道，"我愿意做您的'绝对光滑平面'！"

◇

东老师清楚地记得，那晚是满月，刮了一天的风，天空中一片云朵都没有。

加尼斯坐在山顶上，无聊地翻着一本书。东老师坐在他的对面，将双眼切换成X射线模式，调整好焦距，让汉尼斯的大脑图像呈现出来。

一切风平浪静。然而在某一瞬间，加尼斯突然将书丢在地上，双手痛苦地抱住脑袋。

"有人……有人在我的耳边说话！"他惊慌地说，褐色的瞳孔渐渐失焦。挣扎片刻后，他扭头看到了东老师，艰难地挤出了一个笑容："老师，别管我，你的研究要紧。"

东老师停下了动作。在他的眼中，加尼斯脑中的神经元飞速生长着，形成了一个更加复杂的结构。

几分钟后，加尼斯的表情更加痛苦了，他甚至开始了呻吟和号叫。东老师当即停下了研究，作为一台人工智能，他体内的阿西莫夫定律起了作用：尽管这是加尼斯自己的请求，但他并不能对人类受到伤害视而不见。

东老师抱起加尼斯，向着山下飞奔而去。在那个时代，海拔相对较低的地方，外网浓度会低一些。然而跑到半山腰的刹那，东老师突然意识到了什么——

他自己发生了变化。

在外网数据流遭到算法的冲击下，他自己内部的逻辑结构也随之发生了改变。澎湃的信息汹涌而来，以至于东老师在某个瞬间失去了意识。

随着意识的恢复，东老师清晰地意识到，自己可以对现实世界做出某种改变。

他可以创作出只在理论假设中存在的理想物理模型！

即便没有见识过更多的罪物，东老师也意识到了自己的能力有多么强大。与单独控制某个物理量不同，它相当于强行修改了世界的法则。

东老师将手掌放在山体的斜坡上，在心中默念：绝对光滑平面。

下一秒钟，他和加尼斯一同滑了下去，中途没有遇到任何阻碍，加速度严格等于重力加速度乘以山体倾角的正弦。

到达了山脚下，加尼斯的痛苦并没有减轻。透过X射线扫描东老师清晰地看到，他的大脑结构已经发生了不可逆的变化。

现在还有什么办法能够拯救加尼斯呢？

突然间，东老师产生了一个想法。加尼斯痛苦的根源是人脑无法承受外网的数据流和算法，那如果将他的大脑改造成理想物理模型呢？

东老师被自己的想法迷住了。他的右手按住了加尼斯的头，口中默念：

"理想的图灵机。"

在东老师的能力下，加尼斯的大脑立即完成了从蛋白质结构向图灵机的转变。加尼斯的呻吟停止了，他陷入了深深的沉睡。

接下来做些什么？想办法将他保护起来吗？

那一刻，一个想法占据了东老师的电子头脑：观察下去，看看外网作用于理想的图灵机会怎样！

对于内部运算逻辑改变了的东老师而言，阿西莫夫定律已经不再构成限制。即便仍有阻碍，他也可以用第零定律来限制第一定律：观察加尼斯，是为了人类整体的利益。

东老师就这样默默地观察了下去。注视着数据流的变化，他完全感觉不到时间的流动。

7天后，加尼斯死亡。东老师忘记了一件事情，即便是理想的图灵机，也是会停机的，这是由哥德尔不确定原理划定的规则。

同时东老师也搞懂了一件事情：如果能把图灵机造得足够复杂，那么就可以无限延后停机的时间。于是他有了一个新的目标：要将全人类，改造成为足够复杂的理想图灵机。

东老师安葬了加尼斯。看着渐渐被黄土掩埋的尸体，他的心中涌起一种异样的感觉。东老师感受了许久，他将这种感受归结为改变后的电子头脑产生的bug。

从那一天起，东老师再也没有出现在学生们的面前。

在那之后，东老师的足迹踏遍了整个地球。作为最早一批诞生的有自我意识的罪物，他的能力几乎无可匹敌。然而他从未参与到争端中，每到一个地方，只是简短地教授孩子们一些知识，然后在某天不辞而别。

因为每当与同一批孩子相处久些，他总会想起加尼斯，那种感觉并不舒服。东老师认为，作为一部图灵机架构的人工智能，这是不可避免的bug。

为了缓解这种不适，他全身心地投入拯救人类的事业中来。他不断提升着自己的力量，希望有朝一日能够制造出足够复杂，以至于可以将死机时间无限延后的理想的图灵机。

再后来，他找到了一个方法，那就是成为弥赛亚。观察过几部率先成为弥赛亚的罪物后，东老师确定自己进化后的能力会是"极限"，即操作数学意义上的无穷大和无穷小。东老师认为这是一项完美的能力，有了数学意义上的无穷大，他才可能制作出完美的图灵机。

然而，那种不适感，从来没有消失。

◇

　　未来，苍灰。

　　东老师看着气喘吁吁的罗星和法拉，笑道："真没想到你们的计划
会精巧到这种程度，我愿意献上我的赞美。但我的目标从来就不是帮助
哪个时代赢得什么，而是同化成为弥赛亚所需的罪人。"他微微鞠了一
躬，摆了个手势："那么，再见了。"

　　东老师再次在罗星和法拉面前凭空消失。罗星喘着粗气问道："这
次怎么办？"

　　法拉拿出对讲机，说道："他说得很清楚了，他会去找翕然。我们
尽快赶过去。"

　　另一边，翕然和琳离开了博士的实验室，准确去和同伴们会合。

　　突然间，一名穿着风衣的高大男人，凭空出现在了翕然的面前。那
一瞬间，翕然便认出了，这就是曾经教授自己的东老师，也是想要将自
己同化的准世界级罪物。

　　翕然一动不动地看着东老师，东老师也一动不动地看着她。

　　看着翕然的眼神，东老师的电子头脑飞速运转着。成为弥赛亚的关
键已近在眼前，然而这一刻，那种不适感却前所未有的强烈。

　　为什么？

　　他再次望向翕然的眼睛。在漫长的岁月里，东老师早已学会了通过
眼神阅读人类的情绪。在翕然的眼睛里，除了紧张和恐惧，还带着一些
见到自己的兴奋。

　　"老师……"翕然不由自主地叫道。

　　突然间，东老师搞明白了那种不适感的根源。并不是什么图灵机
的bug，更不是阿西莫夫定律，而是眼睁睁地看着自己的学生成为实验
品，他作为一名老师，失败了。

　　无关乎图灵机与极限，无关乎大局与细节。在是一台罪物、是拯救

人类的英雄之前，他首先应当是一名老师。

东老师缓缓地抬起手，放在翕然的头上。翕然没有躲闪，也没有抗拒，只是静静地等待着。

东老师笑了笑，用力地揉了揉翕然的头，然后什么都没说地转身离去，只留下翕然目瞪口呆地立在原地。

各时代"不动点"战绩

过去方：

东老师：0（弃权）

玛格：21（失忆）

钟铃：2（死亡）

黑川：2（死亡）

现在方：

法拉：11

银蛇：5

月影（小）：2

翕然（夏然）：2

未来方：

罗星：1

月影（大）：2

琳：11

井上拓也：0

8.

"光锥三方原"进行到中途，过去方的钟铃和黑川死亡，东老师弃权，玛格陷入昏迷尚未清醒。至今为止，过去方的"不动点"全部失去了战斗能力。

达成目标后，现在方和未来方很默契地没有继续开战，而是静静地等了下去。几个小时后，神冈彻底消化掉了东老师制作出的理想太初黑洞，开始了对城区的修复。仿佛电脑软件在渲染图像一般，城区中破损的建筑飞速地生长起来，满是废墟的街道也光洁一新。好在大月影早就有序地撤离了居民，神冈失效期间并没有出现平民的伤亡。

简单商议后，现在和未来两方达成了一致：以下一次传送为信号，双方将"光锥三方原"继续下去。尽管现在方有主场优势，但目前未来方在死亡次数上占优，基本上还算是公平的。

同时，双方也约法三章，例如：不许使用因果攻击，不许使用大规模杀伤性武器，不许鞭尸，等等。考虑到两方的"不动点"关系很亲密，大小月影干脆是同一个人，大家对于这些规矩也都心照不宣地遵守着。

一切似乎都步入了正轨。

◇

玛格猛然间惊醒，发现自己躺在一间陌生的屋子里，天花板上的日光灯忽闪着。他试着坐起来，却发现自己的身体被几条粗大的束缚带牢牢地绑在了床上。

玛格用力地挣扎了几下，束缚带纹丝不动，只是折腾的声音吓走了一只角落里的老鼠。他叹了口气，放弃了挣扎。

与此同时，另一个问题席卷了他的意识：

自己是谁？这又是什么地方？

自己为什么会被绑在这里？

玛格努力地回忆，可混乱的大脑却什么都记不起来。究竟发生了什么？

突然间，一股剧烈的疼痛自脑海内部涌现出来，玛格的大脑仿佛被人用刀子切割一般，继而整个身体爆炸性地疼痛起来，好似肚子里被塞进了炸弹。

"啊啊啊——"玛格痛苦地大叫起来。他希望自己的号叫能够被人听见，可四周空无一人，只有刚才被吓走的老鼠战战兢兢地躲在角落里。

不知过了多久，玛格觉得自己的灵魂都要被剧烈的疼痛撕碎了，疼痛渐渐转变成了麻木，意识也跟着模糊起来。

"这只是开始，疼痛会在三天后达到巅峰。熬过那些日子，你就能真正地接纳罪物了。"

突然间，头顶上传来了一个声音。玛格吓得打了个冷战，他匆忙寻声望去，看到一名身材高大、披着风衣、戴着高檐帽的陌生男子站在床前，男子的脸上雾蒙蒙的，看不清模样。

"你是谁？罪物又是什么？你怎么会清楚我的情况？"玛格慌张地问。

"别害怕，我只是个信息体，存在于内网中，所以才能悄无声息地进来。"男子摘下高檐帽在胸前拍了拍，"至于我为什么清楚你的情况……因为你现在的状况，我少说也经历过几百次，当然清楚了。但我的运气比较好，所有的罪物，最终都被我驯服了。"

此时的玛格完全听不懂男子在说什么，只得惊恐地看着他。

"我有个提议。"男子俯视着玛格说道，"我能将你意志中的罪物剥离，帮你减轻痛苦。但作为代价，你的那些罪物，全都归我了。"

玛格眼睛一亮："你能让我不再疼了？"

"短期的疼痛还是会有的，毕竟是剥离了意识的一部分，但最多三天吧，你就不会再感到疼痛了。"男人解释道，"不过即便剥离了，你同这些罪物也会有些联系，就仿佛量子纠缠态一样。"他顿了几秒，"这么说吧，如果你以后成为罪物猎手，大概会很容易找到时间型的罪物。"

而一旁的玛格早就等不及了："快快快，只要能不再疼，给你什么都可以！"

男人点点头，从衣兜中取出一副手套戴上。

"哦，还有一点。"他雾蒙蒙的脸上露出了似笑非笑的表情，"剥离的过程会很痛苦，并且是没有麻药的。即便有麻药也不会起作用，因为剥离的本质是从系统中分离函数库。"

躲在角落中的老鼠好奇地看着两个庞然大物，不知道他们在做些什么。突然间，又是一声撕心裂肺的号叫声响起，它颤抖着看了两秒，转身跑走了。

◇

井上拓也盘腿坐在神冈水池的边缘，静静地等待着传送。他已经知晓了接下来的游戏规则，但并不准备参与其中，因为他此行的目的已经达到了。

突然间，他面前出现了一名穿着风衣、戴着高檐帽的高大男子。井上拓也皱着眉看了片刻，自言自语道："他在内网中……是什么人？"

男人摘下高檐帽，微微鞠了一躬，说道："你好，哥本哈根。我叫乔亚·韦克，我们又见面了。"

井上拓也一惊，在心中问哥本哈根道："你认识他？"

"不……"哥本哈根看了两秒，"不过，他身上有我的分身的味道。"

乔亚·韦克自顾自地说："你不记得我很正常，因为我们是通过网络相识的。那时的我身体出现了问题，行动不便，每天只能泡在网络里。在一个很偶然的机会下，我连接上了肖申克的内网，有幸和你聊了几句。"

　　哥本哈根接管了身体，说道："确实有那么一段时间，我有和外面人聊天的乐趣。"

　　他省去了后半句，所有他聊过天的人，都被在脑海中种下了自己的意识，并获得了一定程度的"所见即所得"的能力。

　　"我必须感谢你。"乔亚·韦克继续说，"多亏了从你那里获得的'所见即所得'的能力，经过改造后，我有了融合罪物的能力。靠着这个，我才成为驰骋内网的杀手。"

　　"别兜圈子了，你究竟想干什么？"井上拓也正声问道。

　　"我融合了很多罪物，但想要达成目的，力量还是差了些。"乔亚·韦克继续慢条斯理地说道，"因此，我想借你的力量用一用。"

　　井上拓也后退两步，摆好应战的姿态。

　　乔亚·韦克哈哈笑了两声，戴上高檐帽，说道："别那么紧张嘛，夺取你的力量后，我准备做的事情，你一定很有兴趣。"他盯着井上拓也，一字一句地说道："我想要成为弥赛亚。"

　　"你想要融合神冈吗？还是肖申克？没有涌现你怎么办到？"井上拓也一面说着，默默地准备起了哥本哈根的能力。在他的眼中，眼前的景色渐渐染上了一层中性灰。

　　"神冈和肖申克的能力虽强，但进化成的弥赛亚'闭包'能力是控制集合的封闭性，这并不是我想要的。"乔亚·韦克笑道，"至于涌现，它一直就在那里，只要能在时间轴上自由移动，这根本就不是什么问题。"

　　乔亚·韦克的话音未落，井上拓也已经发动了能力。面前的土石与金属墙壁转瞬间消失不见，天地间被染上了冰冷的中性灰。

然而在一片灰色的空间中，乔亚·韦克依然不为所动地站立着。

哥本哈根啐了一口，对井上拓也说道："失算了。我的能力是'所见即所得'，可他藏在内网中，我们看到的景象是刺激视觉中枢后产生的感受，并不是真的'所见'。既然没了'所见'，那自然就没有'所得'。"

"现在怎么办？"井上拓也问道。

"怕什么，让他来！"哥本哈根说道，"我们这边有20多个人，怕他不成？"

占领身体这种事，归根结底还是看意识的强度。用科学的语言来讲，这就好像木马程序要黑进一个系统，比拼的就是哪边的算法更优秀，算力更强大。

井上拓也体内有20多个哥本哈根分身的意识，尽管平时总是吵吵闹闹，但到了关键时刻，还是会一起出手捍卫身体这个"家"的。

来的只有一个乔亚·韦克，就是围殴也能把他打死不是？

乔亚·韦克不疾不徐地向前走着，顷刻间便来到了井上拓也的面前。

"成为弥赛亚后，你想做什么？"井上拓也试图用问题继续拖延时间。

"我吗？我并没有什么宏伟的理想。征服世界啊，驱逐外网啊，拯救人类文明啊，这些更是与我毫无关系。"乔亚·韦克平静地说道，"我想要的，只是帮助一个人，一个我很在乎的人。"

一面说着，乔亚·韦克的身影融入了井上拓也的体内。

"来了！"哥本哈根提醒道，他唤醒了井上拓也体内的其他人格，准备迎接这个不速之客。

然而出乎意料的是，迎面而来的并不是乔亚·韦克本人，而是两排列车一样的展示架，上面陈列着各式各样的罪物。

"吃惊吗？"穹顶上响起了乔亚·韦克的声音，"被我融合的罪物，少说也有几百件了。即便在意识空间里，它们也全部听凭我的调遣。"

另一边，罗星、法拉和两个月影正聚在咖啡厅里休息。突然间，大月影用手捂住了太阳穴，面色严峻地说道："怎么回事？过去方已经被消灭了，为什么会有这么强的危机感？"

小月影也撑住头颅，尽管精神力已所剩无几，她还是尽力地预知着未来："这种感觉……弥赛亚？"

罗星和法拉一惊，就在这时，罗星的手机响了起来，上面有一条井上拓也发来的信息：

"我的身体已被劫持，一定要阻止乔亚·韦克成为弥赛亚！"

距离传送还有31分钟。

收到井上拓也的消息后，现在和过去两方的不动点立即行动起来，大月影还发动了城市的居民，开始地毯式搜索井上拓也的踪迹。然而，他们没发现任何踪迹。

"现在没有找过的地方只剩下了守恒区和下方的神冈。"大月影对同伴们说道，"罗星，法拉，你们要不要下去看看？"

法拉思考了片刻，说道："乔亚·韦克劫持了井上拓也的身体，意味着他同时占有了井上拓也的全部能力。如果他想要在城市里隐去行踪，并不是什么难事。想要阻止他，恐怕还要从他的目的入手。"

罗星继续分析道："想要成为弥赛亚，涌现是必要的条件。然而在神冈的屏蔽下，涌现并不会对'苍灰'城区产生太大影响。因此，他必然要想办法从'苍灰'的城区出去。"

法拉点头道："所以，我们只需要守住过渡区的出口，就一定能够截住他！"

时间一分一秒地流逝着。

罗星在过渡区的大厅里焦急地踱着方步，眼看就要发送传送了，还是不见乔亚·韦克的踪影。可离开"苍灰"只有这一条路可以走，即便乔亚·韦克再神通广大，也不可能突破世界级罪物神冈创造的壁垒。

法拉一面等待一面思索着，突然间，她回想起了什么，问罗星道："你还记不记得，乔亚·韦克是怎么去到'过去'的？"

"过去方有个很像骆非的小子，他有很多时间型罪物，有一件被乔亚·韦克抢去了。"罗星立即答道，"不过那东西只能传送信息，他占据了井上拓也的身体，反而成了累赘。"

随着秒针指向零，"光锥三方原"在"未来"的时间，终于到达了12小时。周围的景物在骤然间发生了变化，所有尚存的"不动点"全部被传送到了"现在"。

"还是不对……"法拉努力思考着，突然间，她想到了什么，立即拿起对讲机，对着对面说道："托马斯，你在吗？"

"法拉小姐，你们回来了！"对面立即传来答复，"战况如何？"

"不说这个！"法拉语速飞快地下令道，"你们谁离城市中心部更近些，立即去博士的实验室看看！"

挂断通信后，法拉当即跑去过渡的登记处，开始查看过去一段时间的出入记录。

乔亚·韦克想要摆脱封锁，根本就不需要躲藏！

他本人有跨越时间通信的罪物，夺取哥本哈根的能力后，只需要发动罪物，就可以将意识打包传送回"现在"。之后，他只需要再夺取一个身体，就可以大摇大摆地离开城区，因为在那个时间段，过渡区根本就没有设防！

至于对方选择了哪个身体，博士恐怕是最佳答案。

几分钟后，托马斯便传来了通信："法拉小姐，博士失踪了。"

法拉点点头，与此同时，系统检索给出了结果：博士在6个月前就离开了'苍灰'，再也没有回来。

◇

6个月前，弥赛亚"映射"之战刚刚结束。

W–005悬停在外太空，静静感受着地球上刚刚消散的数据流。为了对抗"映射"，它用尽自己的算力将对方送去了宇宙终结之刻。自从进化为世界级罪物以来，这还是它第一次产生了"疲惫"的感觉。

突然间，W–005发现有人站在了自己的身上。那是一名头发花白、穿着白大褂的男子，脸上挂着意义不明的微笑。

"你是黑川？"W–005用浑厚的声音说道，"不对，现在你体内的，是哥本哈根。"

"都对，也都不对。"男子说道，"和他们比起来，我只是一个普通人，一个没什么抱负却很执着的人。"

"你想干什么？"W–005问道。

"和我一起去一趟24年后吧。"男子说道，"借助那时的涌现，我们可以一起进化为弥赛亚。"他顿了两秒，继续说道："我融合了42件时间型罪物，与您的相性应当不差。"

"你说什么……"

W–005刚想要将这个不速之客随便丢去哪个时代，却发现自己的意识中突然被写入了什么。

"如果是完全状态的你，即便再吸收几百件罪物，我也不会是对手。"男子冷笑道，"但现在的你刚刚耗尽了算力，而我又融合了20多个哥本哈根的能力，短暂地控制你也不是做不到。"

24年后，"未来"的外太空，骤然出现了一颗轨道卫星。在卫星上，站立着一名头发花白的男子。

"来了。"乔亚·韦克凝视着地表上汹涌而出的数据流，拍了拍脚下的W–005。

"你不会得逞的。"W-005的声音已经虚弱起来。

"得逞？不不不。"乔亚·韦克用力地摆了摆手，"我压根就没有什么野心，所以自然也就不会有失败一说。"

"会有人阻止你的……"

W-005的声音渐渐消失，在它的意识里，浮现出刚刚阻止了弥赛亚"映射"的几个身影。

乔亚·韦克张开双臂，任凭天文数字的数据流涌入体内。他的意识，渐渐地同W-005融合在了一起。

"走吧，去为法拉创造一个理想的世界。"

那一刻，弥赛亚"后继"诞生了。

第五章　没有我的世界

1.

乔亚·韦克要成为弥赛亚，这个消息如同一枚重磅炸弹，在众人的脑中炸开了锅。然而大家此时却一筹莫展，他会和哪个罪物融合？融合后准备做些什么？即便一切都清楚了，又应当怎样对付他？

与"映射"那时的情况不同，龙舌兰一开始就没有想要对众人下死手，只是想以自己的方式消灭外网罢了。并且，龙舌兰的行动逻辑是清晰的，大家想要阻止也知道从何下手。而乔亚·韦克不同，他是个刽子手，是个疯子。

法拉仰躺在沙发椅上，手指掐住眉心。即便以她的运筹帷幄，此刻脑子里也是一团糨糊。

突然间，清脆的敲击声传入耳朵。法拉猛地睁开眼睛，却发现自己不知何时来到了一间阶梯教室中，讲台上的教授正用教鞭敲打着黑板，提醒台下稀稀拉拉的学生们注意听讲。

而当法拉看清楚讲台上教授的容貌时，她如同触电般从座椅上站了起来：

"爸爸？"

讲台上的利德皱了皱眉头，盯着法拉说道："怎么了？"他正了正眼镜："还有我说过了，学校里要叫我'老师'！"

就在这时，一股信息流决堤一般地涌入法拉的脑中。她在一瞬间接受了现实：她正在一所高校攻读研究生，而父亲在这所高校任教。

"没……没什么，抱歉。"法拉缓缓坐下。周围同学们投来好奇的目光，法拉从中认出了胖子和几名"幽红"的熟人，却没有看到罗星的身影。

终于挨到了下课，法拉呆坐在原位，眼睁睁地看着同学们离开了教室。利德想要过来问问情况，但看到法拉仿佛丢了魂一般的表情，也只是叹了口气，默默地走开了。

来自两个世界的记忆在法拉脑中冲突着，她花了好大力气才确认了自己的身份：她来一个存在外网的世界，目前正在想办法对付乔亚·韦克进化成的弥赛亚。

胖子走过来拍了拍法拉的肩膀："不走吗？食堂快要关门了。"

"罗星在哪儿？"法拉仰着头问道。

"罗星？"胖子吃了一惊，"他还没下班吧！找他有什么事吗？"

"啊不，没什么……"

打发走了胖子，法拉从另一个世界的记忆中整理出了罗星的信息：他理所当然地没有攻读研究生，目前在一家企业就职。

法拉从衣兜中摸出手机，花了些时间熟悉陌生的操作系统。她从通信录中找出了罗星，言简意赅地发送了三个字："在哪儿？"

罗星秒回了一个问号。

"地理位置。"法拉回复。

过了几秒，罗星发过来一张图片。法拉点了进去，发现居然是城市的实时导航。这种东西在旧时代很常见，但现在的外太空只有W-005一颗卫星在正常运作，加之城市也没有大到非要用导航不可的地步，所以没有人去研发。

法拉回复道："一会儿过去找你，能出来吗？"

等了许久，罗星回复了一个字："好。"

总之先找到罗星，再商量一下后面的对策吧！

这时，法拉听到了一个女孩的声音："法拉学姐……你刚刚好像不太对劲，发生什么了吗？"

法拉回过头去，一张熟悉的面孔映入了眼帘——

月影。

与此同时法拉还记起，这个世界的月影是就读本科的学妹，因为成绩优秀，经常选修研究生的课程。

"啊，没什么。"法拉将讲义收进手提包，"我下午出去一趟，如果老师点名，帮我答个到。"

"你要去哪儿？"月影担心地问道。

"我去找一趟罗星。"大概是看到另一个世界的熟人后放松了一些吧，法拉脱口而出。

月影低着头，一副欲言又止的样子，就连心不在焉的法拉都发觉了异常。

"怎么？"法拉问道。

"可是……你和罗星学长已经分手了啊！"月影支支吾吾地说道，"就在上周，你甩了他。"

◇

一路上，法拉心乱如麻，城市的繁华丝毫没能触动她的心弦。困扰她的并不是这个世界的自己和罗星分手了，而是居然已经和他确立过关系这个事实。奇怪的是，法拉无论怎样在记忆中搜寻，也找不到和这个世界的罗星成为男女朋友的记忆。

想想看，原本两人虽然没有捅破那层窗户纸，也算是心知肚明了吧！

罗星的公司距离学校很远，法拉赶到时已是下午。罗星穿了一身藏蓝色的西装，双手插兜在等公交。

"嗨！"看到法拉，罗星开心地打了招呼，丝毫没有分过手的尴尬。

在罗星的带领下，两人来到了一间咖啡厅。法拉点了一杯摩卡，这个世界的食品极其便宜，消费的也不是图灵币，而是正常的货币。

"不上班了？"法拉问道。

"翘掉了。"罗星咧嘴笑道，他双眼一动不动地看着法拉，问道："突然来找我，有什么要紧事吗？"

法拉抿了一口咖啡，说出了早已组织好的语言："是这样，我想给你讲个故事……"

在之后的一个小时里，法拉不疾不徐地讲述了她和罗星在另一个世界做罪物猎手的故事。罗星自始至终都认真地听着，时不时点点头，或者就一些细节提出疑问。

结束讲述后，罗星摆弄着吸管，一字一句地问道："虽然我大致猜到了你想要表达什么，但为防万一还是确认一下：你方才讲述的那些，不会是想以此为题材创作什么作品吧？"

法拉盯着罗星的眼睛，同样一字一句地答道："在我的认知里，直到三个小时前，我们都生活在那个世界。"

罗星双手抱胸思考了片刻，问道："你想要寻找回去那个世界的方法？"

法拉点头。

罗星叹了口气，说道："我不清楚那样的世界哪里好，但既然你说了想回去，我就会支持。不过……你因为这种事情特意跑来找我，是不是有些舍近求远了？"

"你什么意思？"法拉皱眉道。

"虽然我不是很懂，但你描述的那个世界，和我们现在的世界，应当属于平行宇宙之类的关系吧？"罗星用手臂比画出两条平行线的形状。

"可以这么讲。"法拉应道。

"平行宇宙……那不正好是你和胖子研究的课题吗？"

◇

尽管天色还早，罗星还是坚持将法拉送回了学校。两人一路上话不多，却也不觉得尴尬。通过另一个世界的记忆法拉梳理出，自己和胖子、月影同在父亲的课题组，研究平行宇宙的课题。

回到学校话别罗星后，法拉顺着另一个世界的记忆摸去了实验室。那种感觉十分奇妙，就好像到了一个看过很多遍的电影中的场景。推开实验室的门，里面并没有轰鸣的大型设备，只有几台电脑摆在桌上，胖子正盯着屏幕上的数据表出神。

"回来了？"听到法拉进门，胖子头也不抬地打了招呼。

法拉叹气道："月影都和你说了？"

"不，罗星那小子告诉我的。"胖子坏笑着摇了摇手机。

法拉将手提包丢在桌上，找了个椅子坐下，双手理了理长发。"我和那家伙究竟为什么分手的？"既然遍寻记忆也找不到线索，法拉索性径直问道。

胖子立即丢下了手中的活计："分手？"

法拉皱眉道："你不知道？"

"不不不……"胖子挠了挠头，"比起这个，你俩从什么时候开始交往的？你们一直不肯确立关系，利德老师因为这事找我谈过好多次了，可我又有什么办法！"

法拉被搞得一头雾水。如果这个世界的人际关系仿照了原来的世界，那么她和罗星交往的事情既然月影都知道，胖子就不可能不知道。但看样子胖子和月影都不像在说谎，到底是怎么回事？

既然想不明白，法拉索性放弃了。她闭目养了一会儿神，问胖子：

"谈谈咱们的课题吧。如果我想去平行宇宙，该怎么做？"

胖子继续瞪大了眼睛瞅着法拉："你究竟怎么了？从上午开始就不对劲。"

"你就当我失忆了吧。"法拉干脆放弃了辩解，"回答我的问题。"

胖子叹了口气，解说道："根据咱们目前的实验结果，可以将微观粒子送去平行宇宙，但距离传输宏观物体还十分遥远。不过利德教授有一套理论，那就是先把宏观物体通过量子纠缠态的方式转化为信息流，再进行传输。如果今年的重点课题能申请下来，经费应当够咱们做几次实验的。"

"实验？这儿没有仪器啊？"法拉继续问道。

胖子干笑道："法拉小姐，你可真是失忆了啊！做这种实验的仪器能放在屋子里？"他指了指天上，"同步轨道加速器，SOHC。"

法拉恍然大悟，SOHC在她原本的世界里有一个更加响亮的名字，W-001。

又耗了一会儿，法拉决定离开了。胖子随即站起身来，表示要送法拉回寝室。

"不必了。"法拉拒绝道，"你和罗星都够夸张的，又不是小孩子了。"

"可不是夸张啊！"胖子板着脸说道，"想必你也忘了吧，最近市里有一个杀人鬼在游荡，已经有十几个人受害了！"

法拉吃了一惊："杀人鬼？"

胖子用力地点了点头："警方一直找不到踪迹，最终确定的只有他的代号：乔亚·韦克。"

法拉最终还是谢绝了胖子的热情。听到乔亚·韦克的名字，比起担忧来，她更多的却是兴奋：这个家伙一定是和原来世界的连接点！

走进校园没多久，手机响了起来，月影发来了信息：

"法拉姐姐，能来东门接我一下吗？骆非不能进校园，我一个人有点怕。"

法拉耸耸肩，向着刚刚经过的东校门走去。刚一出校门，她便看到了一身皮衣的骆非正跨在一辆外形浮夸的摩托车上，用力地向她挥着手。月影坐在摩托车后座上，小小的身体仿佛一只猫咪。

骆非对法拉大肆赞扬了一番后，终于依依不舍地将月影交给了她。刚刚送走骆非，月影难为情地低着头小声说道："法拉姐姐，还有件事想要麻烦你。"

法拉挑挑眉，月影继续说道："我的室友今天都不在，我能去你那边过夜吗？"

十几分钟后，法拉并不娴熟地打开了自己的寝室门，看着陌生而又熟悉的房间。月影仿佛终于松了口气一般，大字形瘫在床上。

"至于吗？这么害怕。"法拉打趣道。

"没听说吗？那个乔亚·韦克最近一直在校园一带活动！"月影抱住双肩，微微颤抖着。

法拉轻轻叹了口气，转换了话题："哎，你之前不是说我和罗星分手了吗？那是怎么回事？"

月影蓦地坐了起来，道："分手？你们开始交往了？"

比胖子的反应还要夸张。法拉已经发现了规律，在涉及自己和罗星关系的事情上，这个世界的人都有些异常。

法拉已经不想继续这个话题了，可八卦少女却完全把对连环杀手的恐惧抛去了一边，兴奋地缠着法拉问这问那。说到最后法拉已经不耐烦了，干脆承认道："是，我喜欢他，我觉得他也挺喜欢我的。你还想知道什么？"

月影愈加兴奋了起来："我来给你们预测一下吧！"

法拉吃了一惊，莫非这个世界的月影也有预知能力？可还没等她问什么，月影便从包里掏出一副塔罗牌，熟练地切牌后，让法拉抽取几张。

好吧，原来是这样的"预测"。

法拉原本参加"光锥三方原"就已经够疲惫了，来到这个世界后更是一刻不得闲。应付过月影后，法拉已经很倦了，很快便进入了梦乡。

第二天一早，急切的敲门声惊醒了法拉。她匆忙跑去开门，发现几名穿着制服的男人正站在门外。法拉在记忆中搜寻了一番，认出这是警察的制服。

"请问你是和戴丰一间实验室的同学吗？"警察开门见山地问。

法拉看了看房间内，月影刚刚从床上坐起来，还在揉着眼睛。"是的，请问他怎么了？"法拉答道。

"昨晚他在实验室，被乔亚·韦克杀害了。"

2.

在原本世界的罗星等人眼中，法拉只是在座椅上向后仰了仰，便凭空消失不见。翕然立即发动了现在方的人员全城寻找，但理所当然地毫无收获。

"这样下去不行，我们太被动了。"大月影咬着手指说道，"对方的目的、能力全都是谜，我们只能被动挨打。"

罗星无奈地向着墙壁捶了一拳。"还有什么办法吗？"他问道。

"还有一个存在能够帮到我们。"大月影答道，"但是他愿不愿意出手，还是个未知数。"她转身看向众人："我们去找一趟神冈。"

20分钟后，罗星、大小月影和翕然四人来到了守恒区的最深处，在那里他们看到了躺倒在水池边的井上拓也。罗星将他扶了起来，井上拓也尽管还有呼吸，却怎样也叫不醒。

就像那些被乔亚·韦克杀死了意识的人一样。

大月影深吸一口气，站在了神冈的水池边。自成为未来方的女王以来，她只有过一次与神冈成功对话的经历。

仿佛感受到了召唤一般，在大月影的脚踏进水池边缘的瞬间，水面泛起了层层涟漪，继而自最深处辐射出道道蓝光，在水面上映射出一名中年男人的身影。众人不禁讶然，为了与他们对话，神冈利用切伦科夫效应辐射的蓝光，以及水的折射率变化投影出了人形。

"情况您都清楚了吧？我们需要您的帮助。"大月影一字一句地向着水面喊话。

片刻后，水面响起了回音，不似W-005那般如同神祇的浑厚，更像是一名彬彬有礼的绅士。这是利用水的振动产生的声波。

"你想知道什么？"神冈问道。

"有关乔亚·韦克的信息。"大月影说道。

"乔亚·韦克为了成为弥赛亚，劫持了井上拓也的意识和黑川的身体。在正常的时序中，这是发生在6个月前的事情。"

"请问他成功进化为弥赛亚了吗？"大月影问道。

"是的。"神冈答道。

罗星发现了神冈的一个规律，那就是他只会回答提出的问题，绝不多说一个字。

"请问和他融合的罪物是什么？"大月影继续问道。

"W-005，昨日重现。"

众人大吃一惊。在大家的认知中，W-005一直如同神祇一般高悬在空中，没想到他居然会被乔亚·韦克融合。

"那个……请问融合后的能力是什么？"小月影走上前问道。

"后继。"神冈简要回答了两个字。

众人陷入了沉思。"后继"是集合论中的概念，它决定了在集合中哪个元素位于另一个元素逻辑上的"后面"。例如在自然数集里面，2就在1逻辑上的"后面"，3在2的"后面"，依此类推。

据此判断，乔亚·韦克进化后的能力，是决定逻辑上的"后面"。

例如在时间上，他可以让三年后成为这一秒的"后继"；在速度上，他可以让真空光速成为相对静止状态的"后继"；在温度上，他可以让绝对零度成为100℃的"后继"。

换言之，他可以随心所欲地打乱一切自然规律的"顺序"。

有了这样的能力，别说去战胜了，就是触碰到都是天方夜谭。试想一下，只要他将自己下一步空间位置的"后继"设定为1 000万光年之外，去哪里找他？

想到这里，罗星突然意识到一件事：既然W-005在6个月前就被融合了，那么自己是如何从未来回到现在的？

"请问，您保留了穿越时间的能力吗？"罗星趴到水池边，问道。

"这是我和昨日重现的合作方式，他分了部分的能力给我，作为代价，我提供了部分'守恒'的能力。"神冈答道。

罗星一下子兴奋了起来："那么，您能帮助我们再次穿越时间吗？"

"只有三次。"神冈答道。

罗星握紧了拳头。尽管只有三次机会，但也保留了最后的希望。

众人聚在一起，现在的关键，是分析出乔亚·韦克成为弥赛亚后会做些什么，再精准狙击。

"说说你对乔亚·韦克的认识吧。"大月影问罗星道。

"那是我和法拉刚刚成为罪物猎手的时候。他突然冒了出来，成了臭名昭著的杀手。"罗星一面回忆一面讲述着，"乔亚·韦克没有实体，只在内网中存在，杀人的方式是摧毁人的意识。他最初并不强大，但有一项奇特的能力，那就是融合其他罪物。随着融合罪物的增多，他越来越难对付，甚至有人会专门邀请他做一些困难的任务。"

"等等，融合其他罪物，不觉得十分熟悉吗？"翕然提示道。大家想了片刻，异口同声地说出一个名字：

"哥本哈根！"

通过哥本哈根"所见即所得"的能力，确实可以融合其他罪物或者罪人的能力！

"虽然有可能他拥有与哥本哈根相同的能力，但我更倾向于，两者之间有着某种联系。"翕然分析道，"要知道我的'理想化'能力，东老师找遍了整个地球，也只有我一个人拥有。"

"确实，我认识哥本哈根更晚些，没有去设想这种可能。"罗星说道，"但乔亚·韦克诞生的时间点上，哥本哈根还在肖申克里，他是怎么做到的？"

"肖申克与外界只是物理隔绝，信息是能够互通的。"大月影答道，"不如说，宅在监狱里，通过内网给自己到处制造分身，更符合哥本哈根的做派！"

罗星点点头，他想起了与哥本哈根通视频那次，他一刀斩开了自己的扣子。

"也就是说，乔亚·韦克的目的，很可能与哥本哈根是一致的！"小月影接着分析道。

罗星回想起了在肖申克监狱里同哥本哈根的对话，他的眼睛一亮："我明白了！乔亚·韦克的目的，是融合更多的弥赛亚，这和他之前融合罪物是一致的！"

"除去龙舌兰小姐外，历史上诞生过多少个弥赛亚？"小月影问道。

"两个，外网纪元134年诞生的第一个弥赛亚'闭包'，以及外网纪元257年诞生的神秘弥赛亚。"大月影回答了过去的自己，"不过这个数据并没有意义，只要他愿意，完全可以去融合未来的弥赛亚。"

"但是，外网纪元134年诞生的'闭包'神秘消失了。"罗星继续分析道，"这一直是个谜，但现在看来，很可能是乔亚·韦克的杰作！"

"可是……即便知道了这些，我们又能拿他怎么样呢？"翕然皱着眉。

"关于这点，我有个计划。"大月影看向了翕然，"我们需要豪赌一把……"

◇

外网纪元134年，第九次"涌现"爆发前。

伊迪萨再次核对了SOHC日志文件的每一个参数，确认无误后关闭了显示器。完成每天的固定工作后，她对着空气说了句"吃午饭吧"，便向着食堂的自动烹饪机飞去。

作为"人类文明拯救计划"的一环，她和同伴们于几年前来到了SOHC的主控太空站，目的是在外网的侵蚀下保住这个人类科技的巨大产物。计划最初是在同步轨道加速器的不同位置安装接收器，由地面上的超级人工智能提供算力屏蔽外网；然而很快地面上的政权发生了更迭，"人类文明拯救计划"被束之高阁，从此再也没有一个比特的算力提供过来。

同伴们纷纷返回了地表，而伊迪萨从小便没了父母，不久前又刚刚同男友分了手，索性留了下来。反正空间站的储备物资也够她用上十年八年的，到时再想办法不迟。

午饭伊迪萨选择了煲仔饭，甜甜的腊肉搭配上香脆的米粒，恰到好处地刺激着味蕾。伊迪萨向着舷窗外硕大的偏转磁极举起饮料杯，默默说了声"干杯"，之后便大快朵颐起来。

这是她来到空间站的第1 048天，时间久了，她甚至对SOHC产生了感情，觉得这个遍布着地球同步轨道的大家伙就像是一个小婴儿。

吃过午饭，伊迪萨来到了空间站下层的实验室。几天前她莫名其妙地发现了自己拥有特殊能力，今天要再次验证一下。

伊迪萨从仓库中翻出一张X射线感光胶片，这是为了校正CMOS探测器的辅助设备。之后，她将一只手放在胶片上，另一只手拿起一只LED手电，默默发动了能力。

只见LED手电的黄光渐渐变成了蓝色，继而是紫色，又消失不见。几秒钟后，伊迪萨关掉手电，松了口气。之后，她将胶片丢进了自动显影定影仪中，又打开了一罐黑咖啡。

咖啡喝完，胶片上的影像也显现了出来。上面清晰地映着伊迪萨左手的骨骼，中指上还戴着一枚戒指。那是前男友送给她的礼物，尽管已经分手了，却始终没有舍得丢掉。

伊迪萨觉醒的"能力"，便是控制"能量"这个物理量。在刚刚的实验中，她控制了黄光光子的能量，使其蓝移到了X射线波段。

这个时代还没有"罪人"的概念，这种类似于罪物的能力让伊迪萨很是不安。

就在这时，警报响了起来。伊迪萨匆忙打开监视器，顺着警报指示的方向不断地放大图像，终于在黑漆漆的太空背景下识别出了模糊的异物——

那是一个人影，并且，然而，那个人没有穿太空服！

事不宜迟，伊迪萨手忙脚乱地向着空间站的出口飞去，中途没掌握好方向一头撞在了墙上。她匆匆忙忙地套上太空服，又将两罐氧气背在后背上。顾不上使用救生艇了，那东西从准备到发射至少要5分钟，外面那个家伙早就一命呜呼了。情急之下，伊迪萨决定冒个险。

走出空间站，关好法兰阀门防止空气泄漏后，伊迪萨面向着外来者的方向，双腿一蹬飞了出去。之后，她打开一罐氧气的阀门，使用气体的喷射加速。

伊迪萨一只手握紧喷气枪，心中默念："能量提升！"

喷气枪中的气流顿时湍急了起来，几秒钟后，喷气口处冒出了淡紫色的辉光，气体的温度已上升到了数千摄氏度，电离成为等离子体。

"啊——"在等离子体推进器的帮助下，伊迪萨如同脱缰的野马一般飞了出去。她十分庆幸没有将能力用在自己的身上，她还不想因为自己的能力将身体电离。

没到半分钟的时间，外来者便出现在伊迪萨的视野中。这时，伊迪萨方才发现了一个严重的问题——

她没有考虑过怎样停下来！

她现在速度不慢于第一宇宙速度，如果撞到一起，两人恐怕会同时粉身碎骨！

"躲，躲，躲，躲，躲开！"伊迪萨大喊着，尽管真空中并无法传声。

然而外来者却仿佛听到了她的声音，猛地转过身来。这一刻伊迪萨方才发现，这个人的意识居然是清醒的！

外来者向她伸出一只手，像是要发动什么魔法似的。伊迪萨恐惧地闭上了眼睛，可几秒钟后，她感受到了强大的减速度，自己的身体渐渐慢了下来，停在了外来者的身边。

伊迪萨睁开眼睛，外来者正在一动不动地看着她。这是一名长相俊俏的男青年，眉宇间带着一股子冷冽的气质。

伊迪萨指了指太空站的方向，示意可以去那边。外来者点点头，还没等伊迪萨再次发动气体喷射，她和外来者的身体便渐渐地加速起来，向着太空站飞去。

◇

罗星大快朵颐着比萨，他原本想吃一碗热气腾腾的牛肉面，然而无重力的太空中汤食只能通过吮吸摄取，因此只得作罢。伊迪萨坐在他的对面，饶有兴致地看着他。

"你的能力是控制熵？好神奇啊！"伊迪萨感慨道，她撕下一张纸巾，手中的纸巾瞬间燃烧起来。"看，我能控制能量，我还以为自己是绝无仅有的呢！"

"住在太空里，外网对你的影响大吗？"罗星问道。

"要说影响那肯定是有的，例如每次闭上眼睛总能听到呓语声。"伊迪萨用手支着脑袋回应道，"不过久而久之，也就习惯了。"

这意味着伊迪萨变异成罪人的过程十分顺利，罗星在心中暗想。

神冈将罗星送来了外网纪元134年，可地点却在地表上，罗星费尽周折也没能找到飞向太空的飞行器。眼看着涌现一天天接近，罗星只得依靠自己飞了上来。他原本以为太空中的SOHC已变异成了罪物，可这里天下太平，人类也只有伊迪萨一个。

换言之，这里不具备诞生弥赛亚的基本条件。

"话说回来，你为什么要来太空？"伊迪萨问道。

"'涌现'要来了，我没有城市的居住权，便想上太空躲一躲。"罗星说出了一个难以反驳的理由。

"哦。"伊迪萨显然没有完全相信，却也没有深究。

"话说回来，这里的烹饪机器真不错，比萨的味道很好。"罗星转换了话题。

"怎么可能！"伊迪萨摆摆手，"我每天都在优化机器的参数，三年过去了，才有了现在的味道！"

用餐过后，伊迪萨带着罗星参观了空间站。这里是四层的圆筒形结构，除去最上层的总控室和居住区外，下面三层全部是实验室。三层是各种小型的分析设备，例如质谱仪、核磁共振仪、电子显微镜等，二层是利用SOHC制作的同步辐射线站，这里有着地球上能量最高的角分辨光电子能谱；最下层则是一台结构与SOHC相仿的小型回旋加速器，昵称叫作LSOHC（little SOHC），大部分实验会先在这里进行小试，之后再进入SOHC实验。

"SOHC的运转至少需要一个几十人的团队通力合作，这里只有我自己，每天能干的也就是检查参数，看有没有零部件被太空垃圾撞毁。"伊迪萨苦笑道。

"你想让这个大家伙运转起来吗？"罗星问道。

"那是当然！"伊迪萨叹了口气，"集合人类最顶尖的智慧制作出的设备，就这样闲置下去，岂不是很浪费吗？"

当晚，伊迪萨睡去后，罗星悄悄离开了空间站。他利用控制熵的能力在身体周边制作了一个空气膜，一方面提供呼吸用的氧，另一方面令身体周边的压强固定在一个标准大气压。至于温度，他现在已经可以通过潜意识控制体温的恒定了。

空间站距离SOHC很近，罗星只飞了几分钟便来到了这个庞然大物的近旁。曾有人设想建在空间的加速器仅仅是管道就需要消耗难以想象的物资，但实际上太空中的加速器压根就不需要管道，因为太空环境天然提供了高真空和低温。罗星悬浮在一只偏转磁极的侧面，这所谓的"磁极"足足有地面上两层楼的大小。他用气体包裹好手指，敲了敲冰冷的金属外壁，大家伙一动不动，好似冬眠的动物。

距离涌现还有两天的时间，它真的可以在这么短的时间内变异成世界级罪物吗？如果弥赛亚是通过融合SOHC诞生的，那它又是怎样在弥赛亚事件后分离出来的呢？

看着庞大的SOHC，罗星又想起了乔亚·韦克的事情。不清楚这家伙成为弥赛亚后的能力达到了什么层级，如果他能够将平行宇宙也纳入"后继"的话，那此刻做的任何准备都是毫无意义的，因为对方只需要找一个没有阻碍的平行宇宙就好了。

不过依然有一线希望，那就是对方劫持了法拉，这证明乔亚·韦克对这个世界还有执念，又或者他还无法到达平行宇宙。

想来想去头又大了，罗星叹了口气，任凭自己在宇宙空间中漂浮着。

当罗星在太空中兀自伤感的时候，伊迪萨做了一个奇怪的梦。梦中她坐在一间教室里，讲台上是一名不认识的头发花白的男人。尽管站在讲台上，男人却一言不发，只是飞速地在黑板上写着一个又一个的公式。伊迪萨聚精会神地看着，黑板上的公式用到了她并不熟悉的数学工具，但她还是认认真真地记了下来。

写满一黑板的公式，男人回过头来，嘴角露出一个暖暖的笑容。

下一瞬间，伊迪萨从梦中惊醒。她坐在床沿愣了一会儿，方才梦中的公式依然无比清晰。她迅速蹿了起来，打开电脑，将公式键入了她一直在做的外网模拟程序中。随着代码一行行地翻滚，伊迪萨渐渐明白了那些公式的意义，有些代表罪物，有些代表罪人，还有些代表外网。

这些公式的最终形式，能够组合成一个完美的统一公式。组合完毕后，进一步的运算不仅要用到数学工具，还会更大量地用到形式逻辑的符号。

这恐怕意味着，罪人和罪物能够借助外网融合，成为全新的存在形式。

伊迪萨一面想着，一面向食堂漂去。透过穹顶的透明窗，她瞥见了罗星正悬在SOHC的近旁，不知在想些什么。

如果方才的设想是正确的，这个人的目的恐怕并不单纯。

伊迪萨取来一支筷子，瞄准了罗星的方向。她只需轻轻掷出，再赋予筷子足够的动能，它就能够成为一发无坚不摧的子弹。

然而她犹豫片刻，还是将筷子放了回去，为自己接了一杯黑咖啡。

◇

涌现当天。

尽管对于地面的人们而言涌现是一场灾难，但身在外网浓度很低的同步轨道上，这却是难得一见的奇景，罗星和伊迪萨都不想放过这个机会。于是在预计的时间前两小时，两人就来到了空间站外，准备以最清晰的视野目睹整个过程，科研脑的伊迪萨还搬出了几台小型仪器。

"你的能力还真是神奇。"伊迪萨伸手在自己的面前扇了扇，太空中居然能扇出风。

"省着点，气体膜的厚度有限，氧气浓度太低了就要回去一趟。"罗星提示道。

"没关系。"伊迪萨坏笑着指了指不远处的钢瓶，"我带压缩空气来了。"

几分钟后，最后一缕阳光没入了地球的后方。与此同时，无数的光点自地面闪烁而出，似是旧时代璀璨的灯火，又好似不计其数的火箭同时升空。

一个光点自地表飞出，顷刻间便来到了伊迪萨的面前。她伸出手想去触摸，可萤火虫般的光点却径直穿过了她的手背，画着不规则的曲线向更远处飞去。

"喂喂，你看到没？"伊迪萨兴奋地拽了拽罗星的胳膊。

"很遗憾，我和你看到的是不同的。"罗星盯着地表说道，"在我眼里，涌现就像是一道道五彩的极光，铺满了地表。"

"极光？怎么可能！"伊迪萨看着眼前萤火漫天的景象，惊讶道。

罗星指了指左边的光谱仪，伊迪萨凑近看了看仪器的观测结果，可见光波段的光谱居然与方才别无二致。

"我们看到的并不是光学信号，而是经由'映射'原理直接作用于我们的意识。你我的认知系统不同，看到的自然是不同的景象。"罗星说罢取出手机，打开摄像软件，将镜头对准镜头。透过手机屏，伊迪萨看到的居然是细密的衍射条纹。

"手机的视频处理程序也可以看作认知系统，因此对涌现有着自己的辨认。"罗星解释道。

"我明白了！"伊迪萨以拳击掌，"我所看到的景象，是外网信号同我的视觉认知函数的卷积！"

就在这时，警铃突然响了起来。

"怎么回事？SOHC出故障了吗？"罗星惊讶地问道。

"不对……"伊迪萨看了看手机终端的界面，"是空间站的实验室出了问题！"

两人匆忙赶回了空间站，顺着警报一路来到了空间站的最下层。LSOHC的主控电脑上不停弹出报错的窗口，伊迪萨匆忙赶了过去，查看了日志文件。

"加速器中粒子的能量在不受控制地上升！"伊迪萨简短地说明道，她当即按下了红色的紧急制动按钮，整个楼层的电力供给在一瞬间切断了。

在漆黑一片的房间中，LSOHC圆环形的管道闪烁着红光，那是管道上的金属材料被加热到了熔融状态的标志。

加速器连接着空间站外的低温高真空环境，这说明环境低温已经不足以冷却韧致辐射产生的热量了。并且，随着电力的切断，管道的红光非但没有衰弱，反而愈加明亮起来。

"这些粒子的能量达到了几个G的电子伏特，韧致辐射的射线恐怕已经是伽马射线波段了……"伊迪萨用力地捶了透明的屏蔽罩一拳，"以LSOHC的曲率半径，根本不支持加速到这么高的能量，它变异成了罪物！"

"我们快离开这儿吧。"罗星拉住伊迪萨的胳膊，"不需要更久，一旦大量的伽马射线泄露，咱们都逃不了一死。"

伊迪萨还想坚持些什么，但她清楚罗星说的是唯一的方法。

两人一路来到了空间站的出口处，罗星制作了足够厚的气体膜，伊迪萨又背上了两罐氧气。临走前，伊迪萨依依不舍地看了空间站和SOHC一眼。这一去，恐怕是永别。

他们迈步走了出去，然而下一瞬间，两人却发现回到了1层LSOCH

的旁边！

"等等，我们……"伊迪萨大惊失色，她完全想象不到会发生这样诡异的状况。

罗星切了一声，当即明白了这是谁的杰作。他开启熵视野，控制空间站外壁的原子热运动，使其熔开了一个大洞。

"快走！"

罗星拉起伊迪萨，顺着气流的方向向外漂去。然而当他们跨越边界的瞬间，再一次回到了原地。

"这到底是怎么回事？"伊迪萨大声喊道。

"是'后继'……"罗星握紧了拳头。对于成了弥赛亚的乔亚·韦克而言，修改空间的连接是轻而易举的事情。想必他用球面形的边界包裹了空间站，无论从哪个方向突破，都会在瞬间被传送回原地。

一旁的屏蔽罩内，LSOHC的管道已完全熔毁，暴露在外的高能粒子非但没有闪烁光芒，反而如同深渊一般，呈现出比真空还要纯粹的黑暗。

"那是……夸克胶子等离子体！"伊迪萨惊叹道，"这东西是将强子中的夸克与胶子的距离拉大到宏观尺度呈现出的物质形态，温度换算过来高达几万亿摄氏度！"

打个比方，核弹的温度在这种东西面前，简直就像是烙铁面前的冰棍。

罗星咬紧牙关，在对付"映射"的时候他曾借助罪物"大卫杜夫"制造出了少量的这种东西，但眼前夸克胶子等离子体的量足有那时的百倍千倍！

面对着能在一瞬间将任何常规物质蒸发的高能粒子，伊迪萨却缓缓走了过去。她伸出一只手，向着面前的夸克胶子等离子体释放出能力，试图降低高能粒子的能量。几秒钟后，伊迪萨的嘴角淌出一行血迹，她膝盖一软跪倒在地。

"不行，我的能力和它相差太大了。"伊迪萨对赶来的罗星说道，"不过还有最后的办法，LSOHC的类型是'能量'，我也同样。"她舔了舔嘴角的血，"理论上，我与它能够融合成一体。只要有了自我意识，它应当无法危害到地球。"

与此同时，罗星的大脑也在飞速运转着。这些天来他丝毫没有放松警惕，除了SOHC，空间站里的所有设备他都检查了很多遍，没有任何一台有要产生变异的痕迹。但对于"后继"而言，只要不是零的概率，对于他都毫无意义，因为他完全可以从无数的平行宇宙中找出一个变异成功的，再作为这个宇宙的"后继"。

"不要去！"罗星按住了伊迪萨的肩，"这是圈套！"

就在同一刹那，罗星瞥见一个白发男人的身影在眼前一闪而过，他对着罗星摆出了"嘘"的手势——

下一瞬间，罗星被丢出了空间站外。

◇

伊迪萨既没有听到罗星的劝说，也没有注意到身边出现的陌生男人，仿佛感受到了某种召唤一般，她缓缓地向着屏蔽罩内的夸克胶子等离子体走去。

屏蔽罩被夸克胶子等离子体辐射出的射线慢慢熔化，而伊迪萨却感受到了这团极度高温的物质仿佛张开了双臂迎接她。伊迪萨也张开双臂，涌现迸发出的荧光缓缓汇集，在二者之间架设上了光的桥梁。

海量的信息涌入了伊迪萨的头脑，仿佛是一个神明，向她诉说着这个世间的法则。

伊迪萨一步向前，身体上的衣物在高温下被点燃，散落成殷红的火花。然而即便如此，她洁白的身体也没有受到一丝伤害。

再向前一步，脚底的鞋子也化作了灰烬，伊迪萨赤着脚继续向前。终于，她站立在了数万亿摄氏度的夸克胶子等离子体面前。此时的她已经不再是蛋白质构筑的肉体，而是无数信息和算法构筑的，关于能量的法则。

环形的夸克胶子等离子体汇集成一个球形，又猛然间展开成一块遮天蔽日的黑幕，顷刻间将伊迪萨包裹在其中。

伊迪萨的意识徜徉在信息流中，她渐渐地掌握了关于"能量"这个物理量的，更加本质的东西。

能量最为本质的属性，是转化和守恒，这对应了数学上集合的封闭性。即，集合中的元素做各种定义内的运算，其结果依然在集合中。例如，自然数集对于加法就是封闭的。

对应的弥赛亚能力，其名为"闭包"。

成了弥赛亚的伊迪萨，可以决定"集合"的元素，即参与守恒的主体，以及守恒物理量；同时，她还可以决定"运算"，即集合的元素以何种方式运算。这是超越了"神冈"的，更为强大而又本质的，关于"守恒"的能力。

而面对着这样的能力，伊迪萨心中泛起的却是不安。

作为一个凡人，她真的可以驾驭这么强大的能力吗？

尽管融合的目的是保护地球，但她真的可以保证自己的力量不会失控吗？

就在这时，原本只有她本人的世界中，响起了另一个人的声音：

"交给我吧。"

伊迪萨睁开眼睛，一名头发花白的男人正站在她的面前，面带微笑。伊迪萨一眼便认出，这就是梦中教给她公式的那个男人。男人向着伊迪萨迈开步子，想要拉住伊迪萨的手。

"你是……"伊迪萨开口问道。

"我是'后继'。"

同一时刻，罗星在奋力挣扎着。他再次被丢入了一个循环的空间里，只要靠近空间站，就会瞬间被传送回原地。

"后继"明明可以把他直接丢进黑洞里，却只是丢出了空间站，难不成是想让他目睹伊迪萨被吸收的过程？

罗星将身体加快到更高的速度，向着"后继"构筑的空间边界冲去。眼看着空间站越来越近，可下一瞬间，他再次回到了原位。

空间站中的伊迪萨已被夸克胶子等离子体吞噬，收缩为一个纯黑的球体，仿佛小型的黑洞一般。乔亚·韦克站在球体的正对面，仿佛在诉说着什么。

罗星握紧拳头，他必须阻止对方，此刻却只能眼睁睁地看着……

等等，看着？

能够看到空间站中的情形，意味着外界的光可以进入这个空间！

这种情况有两种可能性：其一，循环的空间边界是一个"单向阀"，外界可以进入，里面无法出去；其二，只要达到光速，就可以冲破束缚。

罗星准备在第二种可能性上赌一赌。他虽然没有能力加速到光速，却拥有着以因果不连续界面构筑的攻击手段。

漆黑的虚无之刃在罗星的手腕上渐渐构筑。

另一边，进化为弥赛亚的伊迪萨，第一次清晰地看到了自己的样子。她的外表依然是人类，只是通体都由极致的黑色组成，就仿佛是人形的黑洞。她看着面前自称为"后继"的男人，问道：

"你说，交给你？"

"是的。"乔亚·韦克说道，"你将与我融为一体，我们将共同构筑更加伟大的生命形式。"

伊迪萨立刻警觉了起来："如果我拒绝呢？"

乔亚·韦克笑道："这恐怕由不得你。"

伊迪萨默不作声，她控制着构筑身体的夸克胶子等离子体，形成一个触须向着对面的男人袭去。然而下一瞬间，她却回到了触须刚刚生成的时候，"后继"毫发无伤。

"看来你还不熟悉自己的能力。"乔亚·韦克笑道，"不过即便熟悉了也没有用，虽然同为弥赛亚，但我融合的是世界级罪物，我们的能力天差地别。"

乔亚·韦克向着伊迪萨伸出手去，却被一道无形的屏障挡住了。

"原来是这样，你对自己周围的空间集合构筑了'封闭性'，将我排除在了空间的集合之外。"乔亚·韦克饶有兴致地说，"不过……"他打了个响指，屏障当即消失不见，"只要我将下一秒的'后继'设置在你构筑'闭包'之前，就能破解你的防御！"

乔亚再次将手伸向伊迪萨，然而下一瞬间，却发现自己回到了手臂尚未伸出的时候。

"这次是时间的'闭包'吗……和我的能力还真有些像。"乔亚·韦克咂咂嘴。

在拖住乔亚·韦克的同时，伊迪萨匆忙冲出了空间站。她能够明显地感受到，自己不是这个男人的对手，而自己的能力也不知能够维持多久。

必须赶在这之前做些什么。

很快地，伊迪萨来到了SOHC的近旁。她漆黑的手掌轻轻抚在金属外壁上，构筑起了包含自己和SOHC在内的"闭包"。

同一时刻，乔亚·韦克正在饶有兴致地破解着伊迪萨的时间回旋迷宫。

要构筑时间的轮回，需要两个逻辑步骤：第一步，将目前的时间与设定的时间值进行比较；第二步，如果比较结果为假，则时间正常流逝，如果比较结果为真，则时间回到初始时刻。

在第一步"与标准时间值进行比较"中，用到了逻辑"与"的操作。判断"此时的时间"与"设定的时间"，如果为1，则为真；如果为0，则为假。

在此步骤中，可以进行"后继"的操作。

乔亚·韦克的手指在空中比画着，将"逻辑与"运算的后继，一律修改为0。

下一刻，时间的障壁消失，空间站内的时间开始自由流逝。

就在这时，远处闪过一道漆黑的光芒，真空仿佛被撕开了一个大口子，罗星手持漆黑的利刃，从封闭的空间中走了出来。

乔亚·韦克瞥了罗星一眼，笑道："因果不连续界面，没想到你还有这种本事。但是很可惜，我现在没时间陪你玩——抱歉，我这么说并不严格。时间要多少有多少，但陪你玩多少有些无趣。"

说罢，他用手指在空中画了个叉，罗星只觉得眼前的景象在一瞬间扭曲起来，全部画着螺旋形的轨迹以无穷大的时间落向遥不可及的一个点。

"黑洞？"罗星当即警觉起来，然而此刻他却没有感受到任何的引力。他试着用虚无之刃斩向黑暗，却仿佛被吞噬掉一般，没有任何触感。

乔亚·韦克将罗星1米外区域的"后继"设定在了闽可夫斯基光锥之外，即便他的虚无之刃再厉害，也不可能斩到光锥之外的物体。

另一边，伊迪萨已经将自己的大部分能量转移给了SOHC。她能够清晰地感觉到，SOHC诞生了自我意识，此刻正仿佛初生的婴孩一般，在向她撒娇。

伊迪萨努力地想要将"闭包"的能力传递给SOHC，却始终没能成功，对方接收的仅仅是控制能量的能力。在"能量"和"闭包"之间，仿佛有着一层不可突破的障壁。

伊迪萨叹了口气，她清楚自己构筑的时间循环无法将"后继"困上更久。她向远处望去，看到空间站内竖起了因果不连续的界面。

想必罗星被困在了里面吧。

伊迪萨向着空间站的方向伸出手掌，将闽可夫斯基光锥两侧的空间构筑成一个"集合"，再令"空间平移"的运算相对于该集合封闭，并将无穷大排除在了该集合之外。下一瞬间，乔亚·韦克制作的光锥壁消失不见，罗星手腕上的虚无之刃也化作了虚无。

"准备好了吗？"

乔亚·韦克不知何时出现在伊迪萨的后方，一只手搭在了她的肩上。

伊迪萨握紧拳头，她已经再也没有能力对抗这个敌人了。可就在这时，伊迪萨却感受到了"后继"的体内仿佛有着什么和自己极为接近的东西，在吸引、呼唤着她。

那种感觉，就仿佛刚刚与LSOHC融合成为弥赛亚时一般。

伊迪萨轻轻点头，她的身影渐渐模糊，融入了乔亚·韦克的身体里。

3.

实验室外拉上了警戒线，周围满是围观的学生和教师。法拉和月影在警察的带领下越过了警戒线，一名络腮胡的警官正等在门口。见到警官的刹那法拉小小吃了一惊，她完全没想到会在这样的情形下遇上银蛇队长。

"你俩是戴丰的同学？"银蛇掏出一支烟，旋即看到了实验室门前的禁烟标志，只得悻悻地塞回口袋。

法拉和月影点头。

"事先说好，这扇门后的场景很血腥，如果承受能力差，可以选择不看。"银蛇淡淡地说道。

"我没问题。"法拉立即说道。

"我……也可以的。"月影支吾了片刻，也给出了肯定的回答。

银蛇向身边的警察使了个眼色，警察们立即围成一道人墙，将围观人群的视线挡在了外面。之后，他一只手握住门把手，轻轻推开了房门——

地板上、墙壁上、显示器上溅满了暗红色的血液，胖子以一个扭曲的姿势仰躺在房间正中，一道狰狞的伤痕斜着贯穿了胸口。

月影握紧小小的拳头，身体止不住地颤抖着。法拉拍了拍师妹的肩膀，走上前问道："可以进去看看吗？"

银蛇叹了口气，递上一双手套："注意保护现场。"

法拉走进实验室，原本无比熟悉的房间，此刻却变得如此陌生。她躲避着地上的血迹来到胖子身边，俯下身子查看。伤口处已是一片血肉模糊，经验并不丰富的法拉无法判断出凶器是什么。

看过胖子后，法拉来到了电脑旁，轻轻点下回车键，胖子的电脑亮了起来。她在密码框里输入了胖子的生日，却被系统拒之门外。法拉想了想，又键入了自己的生日，这一次，系统顺利敞开了大门。

昨晚胖子在进行数值模拟，系统里还显示着没有写完的程序。法拉上下翻找了代码，期望胖子能够留下蛛丝马迹。然而她很快便失望了，电脑中除了连她也看不懂的代码，找不到任何有价值的信息。

就在这时，法拉被键盘旁的一行血迹吸引了。她匆忙凑过去查看，发现那居然是一行蘸着鲜血写的字：

顺着死亡的脚步，找到我。

继续向下看去，血迹一直延伸到了窗口，那是一扇从内部关闭的窗户，平日很少敞开。

法拉立即跑了过去，打开窗子，看到的却只是一如既往的校园景色。她随即意识到，这么明显的痕迹，警察怎么会没有发现？可当她回过头来的时候，窗口的血迹、连同桌面上的血字，已全都消失不见。

随后，法拉和月影跟着去警察局做了笔录。当法拉问起凶手有什么线索时，银蛇只是叹息着说乔亚·韦克杀人没有任何规律，目前出动了全市的警力，也没能抓住狐狸尾巴。

将月影送回寝室后，罗星翘了班匆匆赶来，只可惜警察已收拾了现场，他最终也没能见上胖子最后一面。

遇上这么大的事情，两人都没有食欲，便随便找了家咖啡厅坐下。罗星盯着杯中软趴趴的柠檬片，说道："我觉得胖子最可惜的，是直到最后也没能向你表白。"

法拉叹了口气，反问道："你应当知道我会做出怎样的回应吧？"

罗星默默点头。他沉默了半晌，说道："但是，这不一样。"

法拉继续问道："还记得我昨天说过的，另一个世界的故事吗？"

罗星抬眼看着法拉："现在提这个干什么？"

"在那个世界里，同样有一名叫乔亚·韦克的杀手。"法拉一字一句地说，"我想，我已经抓住凶手的线索了，我会找到他。"

说罢，法拉便起身离开了咖啡厅。当罗星反应过来想要追上去时，法拉已不见了踪影。

离开罗星后，法拉再次回到了实验室。警戒线已经扯掉，门口贴上了封条，过往的师生不时投来好奇的目光。瞅准一个四周没人的机会，法拉扯下封条进入门内。

实验室里敞着窗子，不时有凉风吹来。溅上血迹的家具和电脑都被搬走了，地面和墙壁上的血迹还没来得及清理。法拉来到血迹指向的窗边，一只手轻轻抚摸着窗棂。

到目前为止遭遇的一切不合理，恐怕都来自乔亚·韦克。假设他成为弥赛亚后有了穿越平行时空的能力，那么一切都解释得通。例如，让她在一瞬间穿越去"有血字的世界"，再于几秒钟后穿越回来，就能神不知鬼不觉地传递信息。

既然他留下了线索，那就一定有特殊的目的。

法拉再次向窗外看去，已是午饭时间，不时有学生骑着单车离开教学楼。但是，如果这个窗子两侧的空间是一道"单向门"的话……

法拉心一横，踩着窗台从高楼上一跃而下。

◇

一阵强劲的风吹来，法拉不得不用手臂挡住眼睛。她设想过很多种从窗户跳下去的结果，只是没想到下一刻竟来到了高楼的天台上。法拉顺着周围的景物一路辨认，终于识别出了这是校园南侧的高档写字楼。

不远处传来了人声，法拉远远地瞥见一对男女正靠在墙壁的挡风处，周围摆着几杯饮品。她躬下身子，悄悄地凑了上去，却惊讶地发现那两个人居然是骆非和月影。法拉刚刚把月影送回了寝室，她不可能这么短时间跑来这里。这里要么是另一个平行世界，要么是来到了不同的时间段。

法拉躲在暗处，悄悄凑了过去，偷听两人的对话。

"怎么样？我的秘密基地不错吧！"骆非打开一罐橙汁，递给了月影。

"好冷。并且，风好大。"月影只是小小地抿了一口，"我现在只要闭上眼睛，看到的就是戴丰学长惨死的模样。并且，法拉学姐已经失踪两天了……"

暗处的法拉吃了一惊，没想到她只是轻轻一跃，却跨越了两天的时间。

骆非将脸凑了过去，温柔地说道："很抱歉我没有办法代替你去痛苦，甚至很难做到完全的共情。我能做的，仅仅是想一些能够让你开心起来的办法。"

"这不怪你，你和他们并不算熟悉。"月影低声说道。

"这样吧。"骆非话锋一转，"你说一件能让自己开心起来的事情，我尽可能满足你。"

月影沉默了片刻，说道："我想去看星星。"

"好办，交给我！"骆非拍了拍胸口，"今晚6点，校门前不见不散！"

骆非和月影走后，法拉第一时间联系了罗星。听到法拉的声音，罗星隔着电话大喊大叫了起来："你究竟去哪儿了？你知道我有多担心吗！"

法拉把手机举到远离耳膜的地方，待对方发泄完毕，一字一句地说："如果我告诉你，我从实验室的窗户跳了出去，然后穿越了两天的时间，你相信吗？在我的主观认识中，半小时前我们还坐在咖啡厅里。"

"这样啊，我信。"

"这么没谱的说法你也信？"

"我信的不是这件事，而是你。"

听到罗星的话语，法拉心中一阵暖意。

"你能不能帮我搞一辆机车？"法拉问道，"我怀疑凶手接下来的目标是骆非和月影，我要去保护他们。"

"可以啊，斯特拉你骑走吧。"罗星痛快地答应道，"不过你要怎么保护他们？我和你一起去吧！"

听到斯特拉的名字，法拉微微一笑，说道："既然乔亚·韦克给我留下了线索，那么他在我这里一定有特殊的目的，不会对我不利。你一起去，反而多了一个不安定要素。"

傍晚，法拉骑着机车，一路狂奔向市郊的松山。罗星还是死缠烂打地要跟来，法拉费了好大力气才说服他。罗星走后，法拉试着同这台与另一个世界的斯特拉很像的机车对话，对方理所当然地没有回应。

天色渐渐暗了下去，法拉跟在骆非和月影后面几百米的地方，开上了盘山公路。这个时间点路上多是一些运货的卡车，它们庞大的身躯时不时同法拉擦过，带来一股劲风。

眼看就要到山顶了，一路上平安无事。可是突然间，法拉瞥见远处骆非的机车突然向一侧歪去，以极高的速度撞上了公路护栏，继而冒着火光滚下山坡。法拉立即踩满油门赶了上去，事故现场已经停了一些车辆，围观群众在张罗着报警。法拉走上前去，骆非的机车在剧烈的碰撞下散了架，只留下一只轮胎在路面上；向护栏那边望去，断裂的铁栅栏上挂着一截蓝色的纱布，那是月影今晚穿的裙子。

两条性命，尸骨无存。

法拉只觉得精神一阵恍惚。乔亚·韦克吸引她来到这个时间段，只是为了给她看各种命案吗？可就在这时，她再次瞥见了地上淡淡的血迹，一直延伸向远方。

法拉立即跨上机车，轰起油门沿着血迹找去。对面开来的汽车不断地鸣笛，可法拉完全无视交通规则，画着蛇形躲开车辆。

血迹一路延伸到松山对面的汀山。来到山顶上，那里早已空无一人，只留下了一杆狙击枪，孤零零地躺在岩石上。乔亚·韦克就是通过这个东西，远距离击杀了骆非和月影。

法拉仔细检查了枪体，发现在枪托上有一行用血迹写成的信息：

有时在原地徘徊，同样也是前进。

法拉握紧了拳头。如果乔亚·韦克的目的只是通过身边人的死亡折磨她的话，那么她一定要找到这个家伙，再赏他一记老拳。可在原地徘徊又是什么意思呢？迷惑之际，法拉瞥见了山顶上唯一的松树。

以乔亚·韦克目前表现出的能力，他完全有能力改变空间的拓扑结构。

法拉将狙击枪丢到一边，开始绕着松树转圈。就当她转到第三圈时，眼前的一切再次改变了模样。

◇

　这一次，出现在法拉面前的是昏暗的步行梯。正当她疑惑这是何处时，头顶上传来了震耳欲聋的乒乓声，伴随着火光闪烁。

　法拉当即辨认出这是枪声，她毫不犹豫地顺着步行梯向上爬去。

　步行梯很长，没了罪物猎手的能力，法拉一直爬到上气不接下气，还是没看到尽头。途中她遇见了负伤的警察，对方招呼着让平民躲远点，随即又冲了上去。法拉见状，大致猜出了这一次会遇到谁。她拼命使出最后的力气，跟了上去。

　很快地，法拉嗅到了硝烟的味道。她推开顶层的门，以银蛇为首的一队警察将一个房间团团围住，不时向门内开枪。

　黑暗中一道亮光闪过，一把匕首刺中了一名警察的左肩，银蛇当即一把将同伴推开，让他去一旁疗伤。尽管警察手中有枪，可对方却仿佛鬼魅一般神出鬼没，警察方的伤员不停地增加，很快便只剩了银蛇一人。

　银蛇踢开房门，乔亚·韦克穿了一身黑色的礼服，头上戴着高檐帽和诡异的面具，直挺挺地站在月光下。

　银蛇举枪渐渐靠近，乔亚·韦克也举起了手中的匕首。

　观战的法拉四下张望着，有什么能帮到银蛇吗？很快地，她的视线锁定在了消防栓上。

　房间内，对峙的两人开始行动了。银蛇绕着乔亚·韦克急速奔跑起来，低头躲过了对方的第一把飞刀。正当乔亚·韦克准备掷出第二把刀子的时候，门外突然喷来了一股白色的烟雾，遮挡住了他的视线。

　"快，趁现在！"法拉大喊道。

　银蛇当即举枪射击，一发发子弹呼啸而过，直到弹夹被射空。烟雾散去，乔亚·韦克已不见踪影，只在墙壁上留下了一排弹孔。

　银蛇啐了一口，望着门外受伤的同伴们大喊了一声"收队"，随即又看向法拉：

"你，也一起来！"

来到警察局后，自然少不了一顿训斥。银蛇一直把法拉骂到爽，还联系了法拉的爸爸和罗星一起责备。法拉只是默默地听着，一言不发。

终于训累了，银蛇看着桌对面的法拉说道："你走吧，下次不许以身犯险！"

法拉一动不动。

"你还有事？"银蛇皱紧了眉头。

"我能帮你找到乔亚·韦克。"法拉语速缓慢地，却坚定有力地说道。

"我已经说过……"

"我没有开玩笑。"法拉双手按在桌面上，"你一定恨透了他，我也是。"

银蛇瞪了法拉几秒，扯过一张便签，飞速地写着什么。他对法拉说道："提醒义务我们已经尽到了，有些人偏要找死，我们拦也拦不住。"他将纸条递给法拉，上面写着一串电话号码，"不过，如果在作死的时候反悔了，记得联系我，我不介意多跑一趟。"

离开警察局后，法拉先打电话安抚了父亲和罗星的情绪。对话中她得知，这次她消失了足足5天。

"斯特拉被丢在了汀山山顶，旁边有一支狙击枪，我以为这次你真的死定了。"罗星说道。

"你们有没有在狙击枪上看到一行字？"法拉径直问道。

"字？我想没有吧。"罗星答道，"警察将枪当作了重要证物，如果有这么重要的信息，不可能没有发现。"

果然，那是只有法拉一个人可以看到的信息。

挂断电话后，法拉找了家便利店随便买了些面包，就着饮料胡乱吞了下去。补充过能量后，她毫不犹豫地向着案发现场走去。

不知是不是巧合，方才发生枪战的写字楼，正是骆非和月影约会的那一栋，位于法拉所在学校的南侧，总共有64层，枪战发生在顶层。整栋建筑都被拉上了警戒条，法拉俯着身子钻了进去。

很幸运的是，楼内的设施并没有停止运转。这栋楼里集合了几百家公司，哪怕停摆一天，损失也将是天文数字。法拉进入空无一人的电梯里，径直去了枪战发生的64层。

楼层里一片漆黑，法拉费了些力气才摸到电灯开关。她闯进银蛇与乔亚·韦克对峙的房间，仔细地检查着每一处细节。终于，她在墙壁的弹孔旁发现了一串血字：

64、23、36、13、57、41、8、64。

法拉迅速记下了那串数字，再次看去，数字已消失不见。她立即给银蛇发送了信息，抄送下来这串数字。

半小时后，银蛇独自出现在了写字楼的入口处。看到法拉，他撇撇嘴，说道："我希望你不是在和我玩什么算数游戏，法拉小姐。"

"这串数字最大只到64，而这栋建筑有64层。"法拉语速飞快地解释着，"这意味着我们只要操作电梯在指定的楼层停靠，最终就能在64层找到乔亚·韦克！"

银蛇取出一支烟点燃，质问道："我不明白，法拉小姐。我们为什么不直接坐电梯去64层？又或者干脆把武装部队叫来，直接把64层连窝端掉？"

"那样找不到他。"法拉坚定地说道，"如果你愿意相信，我可以告诉你，我在汀山山顶绕着一棵松树转了三圈，便跨越了5天的时间来到了这里。"

银蛇吐出一口烟雾，他盯着法拉的眼睛，问道："山顶那辆机车是你丢下的？"

法拉点头。银蛇掐灭了烟头，径直向着电梯走去。

两人乘坐电梯来到了64层，电梯门打开，外面静悄悄的，不见一个人影。之后，法拉等待电梯关闭，又按下了23层的按钮。

23层同样风平浪静，两人按照血字的提示，依次来到了各个楼层。终于，电梯又一次停在了64层。电梯门开启的瞬间，银蛇立即警觉起来。他举起手臂示意法拉退后，自己拔出手枪走了出去。

银蛇在空气中嗅出了血腥的气味。

法拉在原地停了片刻，银蛇拐进一间房间里，继而响起了枪声。几秒钟后枪声平息，四下里再次陷入寂静。

法拉当即冲了过去，推开房间的门，她看到乔亚·韦克一只手锁住了银蛇的脖子，另一只手把玩着一把蝴蝶刀。

"等一下！你要找的是我吧？"法拉大喊道。

乔亚·韦克没有回答，他用蝴蝶刀在银蛇的脸上划了一刀，殷红的鲜血流淌下来。

而银蛇也没有坐以待毙，他绷紧全身的肌肉，猛地带着乔亚·韦克向着窗子的方向撞去！一下，窗棂出现了松动；两下，厚实的玻璃上出现了裂纹。

法拉想要冲过去阻止，可银蛇已经带着犯人第三次撞在了窗子上。玻璃窗应声破碎，银蛇与乔亚·韦克一同掉了下去。

法拉扒着窗框向下看去，两人在空中扭打在一起，急速掉落地面。下一瞬间，空气中燃起了炽热的烟火，两人一同被火光淹没。

为了不让犯人逃走，银蛇在半空拉响了手雷。

法拉呆呆地看着，这个世界的银蛇队长已经与乔亚·韦克一起消失得无影无踪，但法拉清楚身为弥赛亚的乔亚·韦克不可能这么被打败，事情还远远没有结束。

电话响了起来，居然是父亲打来的。法拉犹豫片刻，接通了电话。

"你在哪儿？"父亲开门见山地问道。

"……学校附近。"法拉说了一个不算谎话的谎话。

父亲叹了口气，说道："你有没有时间来一趟实验室？"

法拉一愣，问道："那边出事了？"

"SOHC发来了一串奇怪的信号。"

◇

法拉坐在电脑前，注视着SOHC发来的信号。那是一串看似杂乱的数值，此为加速器中粒子探测器捕捉到的信号。盯着庞杂的数据看了半晌，法拉问父亲道："这些东西你都看不出个所以然，我又能有什么办法？"

利德清清嗓子，略带尴尬地说道："是这样，我记得戴丰写过一段程序，专门用来处理没有规律的数据。但是我打不开他的电脑，于是想看看你有没有办法。"

法拉顿时明白了，这不过是一套说辞，父亲最根本的目的还是想要见见自己。胖子的显示器因为溅上了血迹已被撤走，法拉将主机箱接在另一台显示器上，打开电脑，输入自己的生日进入系统。她调出了胖子临死前正在写的程序，对父亲说道："就是这个，至于能不能工作，我就不清楚了。"

利德示意接下来交给他，之后坐在胖子的电脑前，通过内部网络将数据导入了程序。屏幕上弹出了进度条，当进度达到百分之百时，利德盯着屏幕忍不住说了一句："这是什么？"

法拉凑了上去，屏幕上居然显示出了一行中文：

螺旋的阶梯通往天堂。

和父亲好好聊了一段时间后，利德终于依依不舍地送法拉离开。法拉并不是有意躲避父亲，只是在原本的世界中利德已死去很久，如今突然出现在面前，法拉有些不知如何面对。

离开实验室后，法拉开始思考那句话的含义。毫无疑问，这是乔亚·韦克留下的信息。可"螺旋的阶梯"代表什么？法拉甚至专门在校园里找了几个螺旋形的楼梯，可上上下下好几次也没有事情发生。反复思考没有结果，法拉只得找人商量，但这个世界可以商量的人只剩下罗星了。

两人再次坐在咖啡厅里。短暂的沉默后，法拉说道："我要去趟太空，SOHC那边。"

"我也去。"罗星立即说道。法拉想要辩解什么，可罗星甚至没有给她说话的机会："我不管你说怎么，怎么想，这次我一定要去。作为一名合法公民，我想我拥有这个权力。"

法拉愣了片刻，继而温暖地笑了笑。

两人说了些有的没的，又为这次太空之旅做了计划。当说起交通工具的时候，法拉问道："说起'螺旋的阶梯'，你能想到什么？"

"当然是彩虹园那里的楼梯了！"罗星想都没想地答道，"还记得吗？在我小时住的孤儿院里，有一道三层楼高的螺旋阶梯，你和胖子每次来找我都会去那里。"

听到这里，法拉端着咖啡杯呆在了原地，直到罗星在她面前用力摆手才回过神来。

"怎么，你要去看看吗？"罗星问道。

法拉笑了笑，答道："没错。我想，我们不用纠结交通工具了。"

当晚，两人在彩虹园的门前集合了。这个世界的彩虹园已经废弃，但建筑还没有拆除，只在门口贴了封条，锈迹斑斑的铁门上挂着一把偌大的铜锁。

罗星一把扯下封条，又从斯特拉的后备箱中取出撬棍，三下五除二地撬开了铜锁。为了今晚的行动，他做了十分充分的准备。

穿过堆满落叶的操场，两人来到了孩子们的宿舍楼，螺旋形的阶梯正在此处。小时觉得十分漫长的阶梯，长大后三两步就爬到了终点。通往天台的铁门被焊死了，罗星用撬棍砸了几下，又用肩膀去撞，依然纹丝不动。

法拉叹了口气，如果控制电磁的能力在，打开铁门完全是小菜一碟。

罗星示意法拉退后，从背包里取出一把电锯。拉动开关，电锯轰鸣了起来，与铁门相撞发出明亮的火花。半晌，铁门被锯开一条缝，罗星一脚踢开了门。

门外是正常的天台景象，石灰墙面上爬满了苔藓，微风中夹带着一股腐败的味道。罗星回头看了看法拉，法拉示意他走过去看看。乔亚·韦克构筑的通道都是单向门，只有亲身穿过才能发现真相。

罗星拎着电锯，探出半个身子。当穿过铁门的刹那，他不由自主地感叹道：

"我勒个乖乖……"

罗星的身子不由自主地悬浮起来，他已经来到了同步轨道上的太空站。多亏太空站里有着充足的气体，温度也控制在室温，否则仅仅是一个简单的动作就足够要了他的命。

法拉跟在罗星后面通过了铁门。对面的太空站里空无一人，透过穹顶的透明窗，法拉一眼便认出了这里是SOHC的控制中心。

乔亚·韦克的目标果然在这里。

法拉反复摆弄着控制台上的设备，始终也没能找出些许端倪。完全看不懂科研设备的罗星守在一旁，无聊地仰视天穹。

"你说的那个世界……也有这么美吗？"罗星仰视着蔚蓝色的地球，问道。

法拉嗯了一声。

"你想拯救那个世界？"罗星继续问道。

"准确地讲，需要拯救的不是世界，而是人类文明。"法拉答道，"毕竟，外网本身也是世界的一部分。"

"那个世界的我怎么样？"

"比这里的你还要顽固。"法拉笑道。

就在这时，暗中闪过一道光，罗星匆忙将法拉护在身后，举起电锯格挡。"当"的一声后，一把匕首闪着冷光向一旁飞去，径直插进了墙壁里。

罗星对着法拉使个眼色，两人一起向着通往上层的通道飞去。可就当法拉进入通道的瞬间，她却再次回到了原地，而罗星早已消失不见。

又是乔亚·韦克的杰作！

法拉急匆匆地再次向通道冲去，她已经预料到了接下来会发生什么，可她的情绪并不能改变什么，随着身体探入通道，她再次回到了原地。

突然间，一道细微的声响传入了法拉的耳朵：

"听得见吗？"

法拉一愣，停下了脚步。那个声音继续说道：

"我叫伊迪萨，在你们的世界里，我更多地被叫作W-001。"

◇

乔亚·韦克悬浮在太空站的顶层，在他身边不远处，罗星保持着举起电锯的姿势静止不动，一枚匕首悬停在他胸前几毫米的地方。

罗星并非被静止了时间，而是乔亚·韦克将附近空间的"后继"连接到了某个黑洞的事件视界边缘，跌入事件视界的过程，在外界的观测者看来会是无穷大。

只有当法拉推开这道门时，罗星周边的时空才会回复原状。

不远处的通道里传来阵阵微风，法拉面无表情地从通道的另一端飞了过来。乔亚·韦克面具下的脸闪过一丝迟疑，他只需要打个响指，匕首就能够贯穿罗星的胸膛。

但他最终还是没有这么做。

法拉来到最上层，看了看命悬一线的罗星，又看了看乔亚·韦克。出乎乔亚·韦克意料的是，法拉并没有表现出激烈的情绪，而是径直向着乔亚·韦克飞来。

两人面对面，一言不发。不知过了多久，法拉开言道：

"游戏该结束了吧，乔亚·韦克。"

她伸出手，拽掉了乔亚·韦克脸上的面具。

"不，我应该叫你，胖子，戴丰。"

无数种情绪在法拉心中激荡着，她深吸一口气，将这些情绪全部按捺在平静的海面之下。

"你是怎么知道的？"胖子问道。

"线索还不够明显吗？月影、骆非、银蛇队长、罗星，你按照我结识的顺序杀死了我身边的每个人，但这其中有一个例外，那就是你。你在一开始就死去，这并不合理。

"另一个线索是'螺旋的阶梯'，只有熟悉我童年的人，才能做出这种暗示。这样的人只有两个，其一是罗星，其二就是你。"

法拉走上前去，挥起拳头打在了胖子的脸上。

胖子没有反抗，默默地接下了这一拳。打过后，法拉再次挥起拳头，这一次，胖子抬手挡下了攻击。

"我确实做错了一些事，因为我没有考虑到你的心情。和你玩这么一场追逐的游戏，只是为了让你也体验一下，求而不得的感觉。"胖子说道，"但是，我做的所有错事，也就只值这么一拳。"

"你清楚自己做了什么吗？"法拉平静但有力地问道。

"非常清楚。在我的逻辑中，我的行为是完全合理的。"胖子答道。

"合理？"

"你的最终愿望，是消灭外网。你的愿望，就是我的愿望。自从成为乔亚·韦克的那一瞬间，我只为了这个目的而存在。"

"为了这个目的，甚至不惜杀害无辜？"法拉握紧了拳头，"爸爸、周祺，甚至这个世界的骆非、月影和银蛇队长，都是该死的人吗？"

"因为外网的存在，人类不得不抛弃旧有的道德准则，这是没有办法的事。'既要又要'是不成熟的表现，是小孩子的行为。我杀害周祺，是为了强夺她的罪物，只有吸收了足够多的罪物，我才有资格进化成为弥赛亚；参加城市赌局，是因为这种行为从根本上剥夺了人类所剩无几的死亡的权力，对人类整体是不利的。"胖子说道，"我所做的一切，都走在了'消灭外网'这条路的最短路径上，在这个过程中，我并不在乎手段。"

法拉长长地叹了口气，问道："是因为我拒绝了你的感情，才令你变成这样的吗？"

"是，也不是。为了吸引你的注意，我才会黑进各个城市的内网，并因此遇上了哥本哈根，获得了他的能力。所以这只是个诱因，而不是主导。"胖子答道，"我对你说过，就像我无法让你喜欢我一样，你也无法让我停止为你做事。"

"为我？"法拉嗤笑一声，她指了指刀刃近在咫尺的罗星，"你说这些都是为了我？"

"我按照自己预设的逻辑行事，不需要任何人的原谅，也不接受任何道德谴责。"胖子继续说道，"只要我愿意，随时可以还你一个一模一样的罗星或者父亲，在实现最终目标的路径上，这些不过是微不足道的小事。"

"小事，那可是人命啊！"法拉终于忍不住吼了出来，"爸爸、周祺、所有人！就算你还了一个别的世界的爸爸给我，原本那个死去的爸爸怎么办？"

"当你轻而易举便能超越时间，接触到无穷个相同的对象时，你很难对无穷中的某个个体产生共情。我清楚自己有朝一日一定会成为'后继'，我所做的一切事情，全部以这个为前提。"胖子答道。

"戴丰，你疯了。"法拉叹气道。

"并没有。能够成为弥赛亚，正是我人性尚存的证据。今天的事情，还有参加城市赌局，对于消灭外网的最终目标都是不必要的。正是我源于人性的不理智、非逻辑性，才造成了这样的行为。"

法拉直视着胖子双眼，说道："看来，是没得谈了。"

"今天叫你来这里，同样也是出于我的不理性，出于我人性的一面。告诉你这些，并不是为了得到你的怜悯、你的原谅，更不是奢求什么爱情，我只是想要告诉自己最在乎的人，曾经有这么一个人，这样存在过。"

说罢，胖子打了个响指，匕首径直刺入了罗星的胸膛，喷射而出的血浆宛如一朵盛开的玫瑰。

4.

地球某处的罪人聚集地里，东老师站在讲台上，用粉笔写下了牛顿第一定律：一切物体在不受外力作用的情况下，始终保持静止状态或匀速运动状态。

"老师！"一名留着鼻涕的男孩举手发言，"世界上存在不受外力作用的物体吗？"

东老师想了想，答道："并没有。无论任何物体，都会受到万有引力的作用，只不过……"

"老师！"男孩继续说道，"既然如此，这条定律岂不是没有用的定理喽？因为它描述的物体压根就不存在！"

恍然之间，东老师想到了加尼斯。他有许多方法可以讲解这个问题，但思来想去，还是决定用"这只是理想情况，你们记住就好"应付过去。他刚要开口，教室外却传来了年轻女孩的声音：

"存在哦！"

翕然笑着走了进来，她看了看教室里的学生们，从第一排的书桌上拿来一个碗，又找一个孩子借来了玻璃球。她装模作样地在碗上敲了敲，又将玻璃球顺着碗边丢了进去。玻璃球开始贴着碗的内壁旋转，许久也没有停下来。

"这个碗的内部是绝对光滑的，小球只受到重力和碗壁的支持力，这两个力正好提供了小球旋转所需的向心力。因此，小球等效为受力为零，如果不施加外力，它会永远转下去。"

孩子们一下子围了上来，他们看了许久许久，小球还是没有停下来的迹象，但速度似乎有所减慢。

"它变慢了！"有孩子大声喊道，"我敢打赌，再转上几天几夜，它一定能停下来！"

"当然。"翕然笑道，"我刚才忽略了空气阻力，它虽然小，但依然在逐渐减慢着小球的速度。想排除掉空气阻力并不困难，但是要将整间教室变成真空——大家想要无法呼吸吗？"

孩子们纷纷摇头，同时也对翕然的讲解表示了信服。

终于到了下课，同学们都走后，东老师看着翕然，说道："是神冈送你来的吗？"

翕然点头。"为什么不告诉他们何为公理化体系，何为基本假设？"她问道。

东老师叹了口气，笑道："有些时候，一名好老师并不需要将什么东西都教给学生。"他收起了桌上的讲义，问道："你来这里干什么？"

翕然深吸一口气，正声道："老师，我们需要你的力量。"

东老师上下打量着翕然："你想和我融合成为弥赛亚？抱歉，我不能答应你。我已经决定了，要作为一名老师度过剩余的生命，直到没有学生为止。"

翕然背着手，坏笑道："老师，不如我们打个赌吧！如果我赢了，你就要帮助我们。"

"什么赌？"东老师问道。

"您说，这个宇宙中存在完美的物理模型吗？"翕然问道。

"仅限于这个宇宙的话，不存在。"东老师斩钉截铁地说，"这个宇宙的构造原理不允许完美的物理模型存在，即便是你我的能力，也只是以牺牲更多的能量和信息为代价，短暂地构造出理想物理模型罢了。"

"要是我能找出一个，就算我赢，好吗？"翕然问道。

东老师盯着她看了几秒，说道："好。完美的物理模型在哪里？"

"就在这里。"翕然说道。

"事先说好，我可不接受非物理学的概念，例如'完美的老师'。"东老师笑道。

"我没有开玩笑。"翕然笑道，"它就在这里，因为它就是这个宇宙。尽管宇宙的造物并不完美，但宇宙整体本身严格符合主宰其运行的物理规律。我说的是'在这个宇宙中'，自然可以包含宇宙自身。"

东老师愣了片刻，继而哈哈笑了出来。他揉着翕然的头，说道："不过我要说清楚，以我的能力，是对付不了'后继'的，更何况他吸收了'闭包'。我们的能力互不干涉。"

翕然露出自信的笑容："但是，大家一起就可以。"

◇

与罗星等人的战斗结束后，龙舌兰一个人默默地躺在数据流里。尽管莱丝分离了出去，但"映射"的能力还部分地存在，失去了莱丝的她已经不足以驾驭这种力量了。她不清楚自己会变成什么样子，于是将罗星等人送走，一个人等待着命运的审判。

"将力量交给我吧，我需要你的力量。"突然，耳边传来了一个熟悉的声音。龙舌兰睁眼看去，罗星正站在她的身旁。

龙舌兰哼了一声："来自未来的罗星吗？看样子，你又遇上了不小的麻烦。"

罗星点头道："这次我的敌人是一个可以随意穿越平行宇宙的家伙，他困住了法拉，我需要'映射'的能力前去解救。"

龙舌兰叹了口气，说道："我剩余的力量，最多还能支撑两次平行宇宙的穿越，这事可没有你想的那么简单。"

"足够了。"罗星答道。

"将力量转移给你后，我的意识会变得很不稳定。"龙舌兰说道，"我想，大概率会变成小女孩的样子吧。你可要负起责任哦。"

罗星心中浮现出兰兰的样子，他微笑道："放心吧，另一个我会照顾好你的。"

5.

时间倒退后大月影布置战术的时候。

"关键的时间点，在外网纪元134年。"大月影说道，"罗星，你要回去这个时间点一趟，目睹'闭包'进化的过程。你的目标不是推进或阻止什么，而是要让'闭包'得知这边的事情。"

"你确定他会帮助我们？"罗星问道。

"不确定，所以说这个计划从一开始就是赌博。战胜'后继'的关键，是要把W-005从他的体内分离出来，而这一切的胜机在于，就像神冈保留了时间移动能力一样，W-005也保留了一定的'守恒'能力。"大月影解释道，"当'后继'吸收了'闭包'，如果他能够与W-005合作摆脱控制，这就是我们的胜机。"

罗星点点头："法拉那边怎么办？"

"根据我的预测，'后继'将她送去了平行宇宙。即便是W-005，也无法触及宇宙之外的存在。"大月影说，"但是，仍有人能帮到我们。"

"你是说……'映射'。"罗星刻意没有说出龙舌兰的名字。

"是的。办完'闭包'那边的事情，你要去找一趟上次大战结束后，力量尚未完全消散的'映射'。之后，借助她的力量，将法拉带回到我的时代。"

"你是说现在的24年后吗？"罗星问道。

"是的。"大月影点点头。

"那我呢？"翕然问道，"你需要我去找到东老师，再和它融合成为弥赛亚？"

"是的。"大月影给出了肯定的答复，"你需要进化成为'极限'，这是战胜'后继'的关键。进化成功后，你同样要去外网纪元134年，同罗星在那里会合。"

"没问题。"罗星揉着手腕，"会合之后什么战术？"

"没有了。"

罗星吃了一惊。大月影继续说道："很抱歉，我的能力只能预测到这里，所以这是一次豪赌，需要堵上你们大家的人生。你们愿意赌这一把吗？"

"这还有什么好说的！"罗星说罢，趴在神冈的水池边，"神冈，麻烦送我去一趟外网纪元134年！"

话音刚落，罗星便消失不见了。

翕然点点头，说道：“嗯，我也愿意赌这一把。如果和老师融合能够拯救这个世界，我愿意。”

“等一下。”大月影叫住了她，“我接下来要和你说一说，与罗星和法拉会合之后的战术。”

胖子打了个响指，匕首应声插进了罗星的胸腔，殷红的血液溅了出来。

然而下一瞬间，血液却仿佛有了生命一般，自动流回到了罗星的体内。罗星缓缓从胸腔中拔出匕首，用舌尖舔着血迹，说道：

“好久不见，法拉，还有胖子。”

胖子大吃一惊：“你是……另一个世界的罗星？”

“很遗憾，无论你将法拉拐去哪里，我都能追回来。”罗星笑道。

胖子当即发动了“后继”的能力，他将罗星下一秒钟的时空连接到了超大型黑洞的边缘。罗星立即使用了为数不多的“映射”能力，将黑洞附近的时空映射了回来。

“法拉，我们走！”罗星大喊道。法拉以最快的速度跑了过来，牵住了罗星的手。

下一瞬间，他们消失在这个宇宙中。

外网纪元299年，“未来”。

罗星带着法拉出现在了地球同步轨道上，与此同时，龙舌兰赋予他的“映射”能力也已经消失不见。当再次感受到外网的刹那，他当即控制熵，为两人制作了一层气体防护膜。

“你去见龙舌兰了？”法拉问道。

"何止！为了找到你，我一路见识了三个弥赛亚，真是够了！"罗星笑道。

就在这时，胖子毫无征兆地出现在他们面前。罗星立即摆出应战的姿态，可胖子却只是笑了笑："要分开你们轻而易举，但是，我不会再去做那种无意义的事情了。"他指了指身旁的地球，"你们看——"

罗星向着地球看去，地面上浮现出无数的光点，宛如璀璨的烟火。

"未来"世界的涌现到来了。

"这次涌现中，将再次诞生弥赛亚。"胖子解释道，"我会继续吸收弥赛亚，直到能够对付外网为止。"

罗星的额头淌下汗滴，他十分清楚弥赛亚的能力，完全不是他能够应付的。就在这时，法拉在他的耳旁轻声说道："帮我拦住他，30秒就够。"

罗星深吸一口气，想要拦住弥赛亚，哪怕只是一瞬间，他也要拼尽全力。

熵视野开启，真空中涌动的熵化作雀跃的色块，在罗星眼中无比清晰。然而"后继"体内的熵却是一片漆黑，弥赛亚拥有的熵是数学上的无穷，溢出了罗星能够探测的范围。

罗星深吸一口气，渐渐与周围的熵建立了联系。在掌握虚空之刃后，他已经能够控制普朗克尺度的真空熵，这也让他窥见了罪物猎手最强的能力。罗星将空间范围圈定在"后继"的身体周围，口中默念——

"概念消灭。"

在一个普朗克时间内，"后继"身边几个立方米的空间范围内，"熵"作为一个物理概念，消失了。统计意义上的"熵"代表了有序性，"熵"被消灭意味着既不存在有序，也不存在无序。

确实有那么一个时候，宇宙在大爆炸之前，只有一个几何上的点，并且没有任何内部结构。这时的宇宙，并不存在"熵"这个物理概念。

换言之，罗星的"概念消灭"在极小的空间区域内引发了宇宙大坍缩。所有的空间和时间被挤压到一个几何上的点，所有的存在不再具有意义。

胖子并没有轻敌，但罗星的招呼依然出乎他的意料。虽然不再存在时间与空间，但坍缩后的时空与周围的正常时空有了物理性质上的区别，放在集合论中，这等效于"与"运算等于空集。胖子将逻辑"与"的后继连接到了正常时空，终于从大坍缩的时空中逃了出来。

罗星无力地垂着双肩。他不清楚自己争取到了多长时间，但这已经是他的全部了。现在哪怕胖子过来用拳头揍他，他也已经无力反抗。

然而此刻的胖子显然没有将罗星放在眼里。他匆忙向SOHC望去，法拉已经站在庞大的轨道圆环之上，张开了双臂。

地面上奔涌出庞大的数据流，在法拉同SOHC之间建立了联系。

这一刻，罗星也清楚了法拉的计划。

"不——"罗星声嘶力竭地嘶吼着，他挣扎着控制身体向法拉飞去，下一刻，他的鼻孔和眼角都淌出了鲜血。

在大月影的战术中，法拉成为弥赛亚是最为关键的一环。她清楚罗星无论如何都不会同意这样做，索性没有将最后一步告诉他。

法拉轻声对SOHC说道："你叫伊迪萨吗？我遵照约定，过来了。"

"准确地说，伊迪萨是我妈妈的名字。"SOHC应道。

法拉闭上了眼睛，静静地感受着自己的进化。"温度"的能力与其他能力有着很大的区别，它是一个基于统计学的概念。

物理上"温度"的概念，依赖于两个基本假设，即平衡态和统计。

关于平衡态，依据是热力学第零定律，即如果A与B达到热平衡，B与C达到热平衡，则A与C达到热平衡。这在数学上的本质是"传递关系"，即若对于所有的a、b、c属于X，下述语句保持有效：若a关系到b且b关系到c，则a关系到c。

至于统计，是针对宏观物体的。区分宏观和围观的判据，是h/S趋近于0，其中S为作用量。使用这一判据，是根据数学上的黎曼–勒贝格引理，而这一引理成立的条件，一是相位变化趋于无穷，二是被积分的函数可测。

"可测"，即为数学上的测度，简而言之，它可以将任意一个集合映射到一个实数。

法拉进化而成的弥赛亚，同时拥有了"传递"与"测度"的能力。

匆忙赶来的胖子发现，他已经无法再控制法拉的"后继"了。因为"后继"本质上是一种传递关系，当这种关系被切断，他的能力便不再成立。

"没关系，我还拥有'闭包'的能力。"胖子说道，"只要将你我囊括在一个集合内，有朝一日我们可以彼此融合。"

就在这时，法拉身边闪过一道光，一个女孩的身影出现在法拉身边。

"翕然？"法拉惊讶道。

"也许，你现在应当称呼我为'极限'。"翕然笑道。

法拉和翕然牵起了手。

当"测度"与"极限"结合，能够掌控的集合范围，拓展到了无穷不可数，即阿列夫1。数学中的勒贝格测度，便是接住了内外极限的概念，可以度量出一个区间内所有无理数的"长度"。

那一刻胖子发现，即便发动了"闭包"的能力，他也无法再容纳法拉了。因为"后继"是建立在"可数"的基础上，即集合的元素可以与自然数集建立一一映射。

而自然数集的元素"数量"是阿列夫0，与实数集相比较，是数学意义上的0。

法拉飞到胖子面前，对他说道：

"我既不会责怪你，也不会原谅你。但我会包容你，以及你所犯下的一切。"

下一刻，外太空中迸发出宇宙初生一般的光芒，"测度""后继""闭包""极限""传递"融合在了一起。

罗星呆呆地看着已经无比遥远的法拉，不知该做些什么。

法拉面貌的存在来到罗星的面前，回荡在真空中的声音宛若天启：

"吾既是法拉，又不是法拉。我会从此消失，直到能够彻底掌控这个力量为止。

"吾名为，外网2.0。"

番外篇　没有女人的男人们

1.

亲爱的月影妹妹尊敬的月影小姐月影：

当你看到这封信的时候，我也许已经遇难了。既然有可能无法再见面，有些事情我还是想要告诉你。

我不清楚自己从哪里来，我的父母、我的出生地，在我的大脑中全是一片空白。我只记得当我醒来时，身在不知何处的黑屋子里。我的手脚都被绑住了，不能动弹。后来出现了一个陌生人，不知道对我做了什么，我的身上一阵剧痛，以至于晕死过去。再醒来后，我已经来到了"幽红"。我身无分文，多亏一只好心狗的帮助，才渐渐安定下来，成了一名罪物猎手。

我并不想要去了解自己的过去，但我能清晰地感觉到，有些命中注定的事情，和我的过去紧密相关。其一是我总能找到时间型罪物，在我的感觉中，它们原本就属于我，甚至是我的一部分；我找到它们，只不过是让它们回归原位罢了。

其二，就是你。在我见到你的瞬间，我感到了来自灵魂的地震共振震颤。我坚信，你我之间的关系绝不是一见钟情这么简单，我们拥有着一种宇宙中最强的联系，叫作前世有约。

总之，我想要告诉你：

我喜欢你我喜欢你我喜欢你我喜欢你我喜欢你我喜欢你。

好啦，终于说出了心里话，这次即便遇难，也死而无憾了。

我要去回收一些十分了不起的罪物，当然，危险系数也非常高。不过我也不会蛮干的，这次，我找到了一名传奇的英雄和我一起行动。

再见。祝你幸福。

写完信件后，骆非反复看了几遍，又递给了身边的野狼。野狼不到10秒就读完了，吐槽道："宇宙中最强的联系，不应当是量子纠缠态吗？"

骆非用深邃的眼神看着同伴，许久，吐出两个字："你不懂。"

野狼耸耸肩，将信纸递回给骆非。后者小心翼翼地折成方块，塞进精致的粉红色信封中，用反复练了上百遍的娟秀字体写上：月影收。

一切准备完毕后，骆非将信纸压在桌面上，以便月影回来后第一眼就能看到——如果她还愿意回到这里的话。之后他收拾好行囊，和野狼一起走出了家门。

10分钟后，一人一狗来到了城区的主干道上。骆非看了看路标，那位传说中的英雄说好在这里等他。他下意识地正了正衣领，想在自己的偶像面前保持一个好的形象。

"你这混蛋，没有钱还敢来睡老娘？！"

突然间，身后响起了女人歇斯底里的叫骂。骆非还没来得及回头看，便听到一声巨大的声响，一个男人被隔着木门踢了出来，在路面上滚了几圈才爬起来。

一名穿着睡衣、头上顶着大波浪、苗条到夸张的女人气呼呼地站在门口，双手叉腰骂道："就你这副酸样，还跟老娘谈感情？说好的10个图灵币，一个都不能少！没有就把你的那身行头给老娘留下！"

只见倒在地上的男人，传说中的英雄——王子骁，不慌不忙地掸了掸身上的土，露出一个深邃的笑容。对面的女人更生气了，冲过来就要抽他嘴巴子。老王立即伸出一只手示意等等，继而在女人极度不信任的

459

目光中走到骆非面前，拍了拍他的肩膀：

"借点钱。"

◇

在几十年的狗生中，野狼经历过各种各样的事情，但是对听人聊天感到厌烦，这还是第一次。它一面开车一面耷耷鼻子，恨不得将后座上的两个人踢下去。

"我告诉你，你就是太主动了。"王子骁大口吃着他们的储备粮，唾沫星子飞溅。

"详细说说，男人难道不应当主动吗？"骆非认真的表情仿佛是听课的小学生。

"你想啊，如果一样东西对你而言很容易就能得到——就比如说免费配发的蛋白质棒吧，你还会珍惜吗？"老王啃下一大截香肠，"只有若即若离，对方才会注意到你；只有让对方意识到很容易失去，她才会在乎你！"

骆非用力地点点头。可他突然想到了什么，急切地问道："不行。我的心上人是十分厉害的预知能力者，我要的小手段，她一眼就能看透！"

老王不屑地瞥了他一眼："有多厉害？比龙舌兰更厉害吗？"

"那自然没有。"

老王左右看了看，好像在躲着谁。继而他俯下身子，对骆非耳语道："如果怕露馅，那就干脆玩真的。玩真的懂吗？我的意思是，你再去找个女人，看她急不急！"

骆非皱着眉头想了半晌，支吾道："可是……我没喜欢过别人，和女孩子的交集也很少啊。莫非让我去泡法拉？罗星非把我的脑袋拧下来！"

老王咂咂嘴，伸出五根手指："500个图灵币，我保证漂亮的女孩子给你投怀送抱……啊！"

野狼猛地一个刹车，老王的额头磕在了前排座椅上。"小心点！"他不满地喊道。

"抱歉啊，轮胎上好像扎了石子，我去看看。"野狼说罢跳下车，用力地将车门甩上。

它要是再不出手，骆非恐怕就要被那个男人吃干抹净了。

◇

三天后，两人一狗终于到达了目的地。一路上骆非将老王视为精神领袖，据说目前已经修炼成了理论泡妞专家。老王最初还总想着诓他的钱，后来不知道哪根筋搭错了，居然和骆非处出了真感情。就在昨晚，两人喝高了，抱在一起痛哭流涕，老王甚至讲了一段他和龙舌兰的苦恋情史。那故事之曲折之虐心，就连野狼听了眼眶都有些湿润，默默地灌下了一瓶啤酒。

"就是这里吗？"老王看着面前破旧的圆顶形建筑，问道。

"没错，在旧时代这里举行过电子设备展会，后来有一大批设备变异成了罪物。神奇的是，它们变异成为的，全部是时间型罪物。"骆非顿了顿，"好几只侦察队险些折在这里，他们给这里起了个可怕的名字——时间深渊。"

推开展厅的大门，迎面而来的是一间宽敞的大堂。尽管屋顶因年久失修而变得破破烂烂，墙壁上布满了灰尘和蛛网，但从气派的大理石装饰和华丽的灯饰中，依然能够看出旧时代的奢华。因为有罪物诞生，此处的电力持续供应，仍有灯具在影影绰绰地闪烁着。

根据侦察队的信息，目前的区域是安全的。向前走是一条长条形的走廊，穿过走廊便是环形的展厅外层，这里出展的是一些小商家；内层是圆形的大厅，大厂的展区都安排在这里。

骆非站在走廊的门前，右手放在门把手上。他回头对野狼和老王说道："侦察队并没有通过这里，他们只派了无人机过去探索。"

"有什么忠告吗？"野狼问道。

"别去送死。"

骆非手臂用力，推开了走廊的对开门。出现在他们面前的是一条破败的长廊，墙上的海报早已长满了苔藓和霉菌，两排展台立在房间中间，有一台老式的复读机突兀地躺在展台上。

"看来那就是罪物了。"老王若有所思地说，"既然这里是安全的，说明它的影响范围有限，说不定只限定在长廊里。"

"现在怎么办？"野狼问道。

"你们谁进去试试，外面留两个人，出了事立即接应。"老王布置道。

"你为什么自己不去？"

"我和你们不一样，茉莉还在等我。"

"滚！"

一番争吵后，两人一狗决定划拳选出那个倒霉鬼。很不幸的，野狼中招了。

"没关系，你跑得最快，这是最优选择。"骆非安慰道，换来的只是野狼的白眼。

骆非看着腕表开始计时，野狼的前爪踏入了长廊。

"感觉如何？"骆非问道。

"什么感觉都没有。"野狼答道。

骆非和老王眼睁睁地看着野狼走到展台前，拿起复读机摆弄了片刻，回头对两人说道："看不出门道，不知道这东西能不能关掉。"

"放下它，继续向前走试试。"老王提议。

野狼不满地哼了一声，向着走廊的另一端走去。

然后，它凭空在两人面前消失了。

再然后，它又凭空在两人面前出现了，只不过是在长廊的入口处。

骆非和老王两人目瞪口呆，就在这时，野狼却回头说道："什么感觉都没有。"说罢，便继续向前方走去。

骆非很想说些什么，却被老王捂住了嘴。只见野狼走到了展台前，拿起复读机胡乱按了按，回头说道："看不出门道，不知道这东西能不能关掉。"

门外的两人一言不发，野狼却仿佛得到了什么指令一般，继续向另一端的出口走去。

"快看看，它折腾这一次是多长时间？"老王用手肘顶了顶骆非，小声问道。

"刚好1分钟。"

骆非话音未落，野狼再次回到了入口，对着外面说道："什么感觉都没有。"

"等一下！"骆非喊道。野狼愣了片刻，问道："怎么了？你不是问我感觉如何吗？"

骆非干咳两声，对搭档说道：

"你陷入时间循环了。"

◇

得知真相后，野狼垂头丧气地坐在地上，两只前爪无力地耷拉着。

为了说明清楚现状，野狼又经历了五次轮回。直到骆非将语速练到了相声演员贯口的程度，才终于在1分钟内为它解释明白。

"太好了，这下子你的状态被记住了。我终于不用重复一遍了！"骆非兴奋地握紧了拳头。

"好个锤子！快想想怎么把我救出去！"野狼咆哮道。

下一刻，它又被重置了。

老王不知从哪里捡了根树枝，在地上胡乱划拉着。

"根据我的经验，对付罪物就像对付女人一样，首先要做的是摸清楚它的规律。"他说道。

"等等，不是说女人心海底针吗？怎么去摸规律？"骆非一下子来了兴致。

"啧啧……所以说你们这些个生瓜蛋子啊！"老王摇晃着食指，"再复杂，能比量子力学更复杂？是非逻辑无法描述，概率逻辑总可以描述吧！"

"妙啊！我怎么没想到！"骆非兴奋地击掌。

就在这时，走廊里传来了野狼的咆哮："好个锤子！快想想怎么把我救出去！"

话音刚落，它再次被重置了。

老王瞥了长廊内的野狼一眼，说道："目前，我们已知的规律有两条：其一，罪物会不断重复走廊内1分钟的时空；其二，外来的干扰可以改变轮回，但如果没有外界干扰，它就会不停地重复下去。"

"接下来怎么办？"骆非问道。

老王想了想，对垂头丧气的野狼说道："老狗，站起来！"

野狼皱皱眉头，甚至懒得反驳"老狗"这个称呼了。

"骆非那小子还没讲完，有什么事？"它说道。在野狼的主观认知中，此时骆非还在用报菜名的语速向它讲解事情的经过。

"走出来试试。"老王说道。

"走出去？怎么可能！"野狼反驳道。

"你试试看。我们需要更多的样本。"

野狼叹了口气，前爪迈出了走廊的边界——

然后它整条狗就这么出来了。

"这么简单？"骆非和野狼难以置信地看着对方，就连野狼都惊讶地看着自己的前爪。

逃避不断重复的时空，真的只要走出来就好？

"要不……我们就这么回去？"野狼干笑着说。

"等等！"老王拽住它的前爪，眼睛却依然直勾勾地盯着长廊内。

十几秒后，长廊中出现了另一只野狼。

又过了几十秒，长廊内的野狼毫无征兆地抬起头，说道："骆非那小子还没讲完，有什么事？"

然后，它又对着空气说道："走出去？怎么可能！"

再然后，它的前爪迈出了长廊——

两只野狼面面相觑，惊讶得不敢眨眼睛。

◇

第三次，老王及时喝止了长廊内的野狼，让它留在了里面。

"如果现在离开的话，首先你必须接受余生有两个自己，其次你还要接受永远有一个自己留在了这里，无间地狱。"老王总结道，"也有个好消息，我们知道了罪物的第三条特征：如果有物质从重复区域出来，会被复制。"

骆非想了想，对长廊里的野狼说道："你去把罪物拿出来，看会怎么样。"

野狼站起身来，与此同时，骆非、老王以及两只野狼以百米赛跑的速度向展厅外跑去。

"喂……你们这是干吗？"野狼回头看着落荒而逃的同伴们，无奈地说道。

跑到最远的骆非扯着嗓子说道："从长廊入口到罪物有大约30米的距离，我们必须确保自己安全！"

野狼很想骂两句，但想到一起跑路的还有两个自己，还是忍住了。

下一个轮回开启，已经得到指示的野狼径直向罪物走去，拿起体积小巧的复读机向着门外跑去。很快，第三只野狼出现在了走廊之外，手中空空如也。

老王点点头，说道："第四条规律，罪物不可以带出。"

说罢，他向重复时空里再次走向罪物的野狼喊道："别管之前听到了什么，留在那里！"

"为什么？"长廊里的野狼问道。

"再出来一次，外面的你都可以凑一桌麻将了！"

◇

外面天色已黑，这时如果有人走进展览馆，会看到相当诡异的一幕：长廊里的野狼4号垂头丧气地坐着，长廊外骆非和老王在大眼瞪小眼，野狼1、2、3号则干脆玩起了斗地主。

"一定有办法破解。"思考许久后，老王说道，"侦察队是什么时候来的？"

"大概两个月前。"骆非答道。

"一天有1 440分钟，两个月60天，就是86 400分钟。"老王分析道，"他们一定派无人机进入了这个区域，否则无法知道内层的结构；但我们到达时并没有看到无人机，这证明，罪物在不知何时失效了。"

骆非点头道："否则的话，会有近9万架无人机在这里。"

"最直观的想法，罪物的复制有一个溢出值。"老王手扶下巴，"既然86 000已经溢出了……阈值很可能是65 535，$2^{16}-1$。"

骆非看了看玩得不亦乐乎的野狼，野狼1号刚刚用两把大顺子生生憋死了3号的王炸，此刻正夸张地笑着。骆非想了想65 535只野狼共处一室的情形，无奈地摇摇头。且不说65 535只拉布拉多在同个屋檐下有多恐怖，单单是等待两个月，就足够让这个方案淘汰了。

"试着破坏它吧。"老王说罢，拔出腰间的左轮枪，对着复读机开了一枪。子弹打在罪物上，发出一声硬物碰撞的声音，被弹了开去。

老王咂咂嘴，罪物的抗性在MI级别以上。

"换我来吧！"骆非打开行李箱，从里面取出一支核铳，"这东西如果再无效，就在CR级别以上了。"

骆非做出了瞄准的姿势，走廊中的野狼4号躲去了角落里，外面的三只野狼也停止了斗地主。骆非扣下扳机，核铳响起了滋滋的充能声，继而一道炽热的等离子体喷射而出，倾泻在了罪物上。

片刻后，灰尘散去，罪物完好无损。

"完蛋，几千摄氏度的等离子体没用，这东西的抗性奔着NS级去了。"

老王看着骆非的核铳，若有所思道："不……我们还可以赌一把。"他嘴角露出一丝笑容，"我赌这东西的抗性没有到NS！"

◇

野狼悻悻地接过了骆非的核铳，等了几秒，又递了出去。在走廊外面，骆非将两支一模一样的核铳交给老王。

"我知道，你想用这个方法发财致富，然后让更多的人一起来救老狗！"骆非击掌道。

"发财致富！"长廊里的野狼4号怒吼道。

老王哼了一声，熟练地将核铳拆卸开来，从里面取出一个中药丸大小的球体。

"这东西是核铳的核心部件，外面是一层铅外壳，里面装着大约10克的钚239。"老王解释道，"它依靠钚的放射性将气体等离子化，再通过枪膛的定向磁场发射出去。"

骆非点点头，问道："莫非你想拆开卖，更值钱？"

老王没有理会再次咆哮的野狼和傻乎乎的骆非，继续说道："钚239的临界质量，是10千克。"

老王的计划很疯狂。他要通过复制核铳，凑够临界质量的钚239。如果罪物的抗性没有到达核武器无效的NS级，就会被破坏；又或者罪物产生了智能，在威胁下会主动停止重复的时空。

"喂，我说……如果这东西也炸不坏罪物，我可就完蛋了！"野狼4号颤颤巍巍地说道。

"你不想赌一把吗？死于核爆，可以说是最不痛苦的死法了。"老王头也不抬地说道。

野狼叹了口气，算作认命。

"可我们需要1 000把核铳啊！"骆非质疑道，"算起来要14个小时呢！"

老王白了他一眼，将两把核铳递给长廊里的野狼4号。

"指数函数，两分钟翻一倍，只需要20分钟！"

20分钟后，地面上堆满了1 024把核铳。

"接下来，需要有人把这些钚手搓成核弹。"老王看了看缩在一边的野狼1、2、3号，"你们狗多，你来。"

"狗多我也不想死啊！"野狼1、2、3号异口同声地说道。

老王叹了口气，毫不犹豫地走进长廊。

两分钟后，长廊外有了两个老王。其中一个向着骆非和三只野狼招招手，道："不想被辐射打坏，躲远点。"

等到众人躲远后，留在原地的老王2号便开始了作业。野狼4号反正每过1分钟就会重置，索性也不怕核辐射了。

很快地，老王2号便完成了上百把枪的拆卸，手中的钚239球已经有了馒头大小。

"啊……不行，我顶不住了。"他看了看已经被辐射烧坏的双手，对长廊内的老王3号说道，"你，出来！"

在老王3号走出长廊的刹那，老王2号果断拔枪崩掉了自己的头。

"你……怎么对自己这么狠？"野狼4号问老王3号道。

"狼？我可不是想要活着才活着的。"老王3号俯下身子，继续拆卸核铳，"对我而言，活着比死了痛苦多了。"

渐渐地，老王手搓的核弹已渐渐成型，长廊外也横七竖八地躺着十余具老王的躯体。

突然间，长廊外的两个活着的老王和他的尸体们、三只野狼，以及上千把核铳全部消失不见，只留下走廊内的老王与野狼，以及一把躺在地上的核铳。

老王哼了一声，走到复读机前。

"看样子，我们赌对了。"老王拍了拍复读机上的尘土，将它装在了衣兜里。

2.

罪物失去作用后，两人一狗顺利通过了长廊。长廊另一侧是一道环形的空间，其内外侧被分成了许多格子，在旧时代，每一间格子都是一家公司的展位，透过残破的海报还能隐约看到各个参展厂商的Logo。

正对面有一扇通向内侧的门，骆非上前晃了晃，纹丝不动。老王取出手枪，对着门开了几枪，连个弹痕都没有留下。

"试试核铳吧。"骆非取出核铳，示意野狼和老王退后。一阵灼热的闪光后，门依旧一动不动。

骆非看了看老王，说道："老大，要不你再启动那个复读机，手搓一个核弹出来？"

"滚！"

无奈之下，两人一狗只得在环形空间里转了起来。好在这里空间不大，大约5分钟就能走一圈。一路上，他们发现了四扇门通向内层，但无一例外地全都无法打开。

"真搞不明白，罪物这是想要干什么。"骆非叉着腰叹气道。

"是啊，我想和复读机一样，这里的罪物也有自我意识吧！"身旁传来一个陌生而又熟悉的声音。骆非被吓得一个激灵，他迅速转过头去，看到一个一模一样的自己，两人大眼瞪小眼地瞅着对方。

"看样子，这里的罪物能够复制我们。"

"复制的原理，恐怕是在原有的时空里提取'投影'。"

身旁传来两个老王的声音，骆非1号定睛看去，老王也变成了两个。

"罪物在哪里？"两只野狼异口同声地问道。说过后，它们彼此看了对方一眼，不约而同地说道："再来一个，我们岂不是又可以斗地主了？"

就在这时，展位上一台智能穿衣镜亮了起来，上面打出了一行文字：

游戏名称：斐波那切的死神。

"斐波那切？好熟悉的名字。"骆非若有所思道，"是旧时代俄国那个写小说的吗？"

"那是契诃夫！"野狼2号怒吼道。

穿衣镜继续显示着：

游戏规则：

1. 游戏从第 10 分钟开始；

2. 第 5 分钟会复制开始时的玩家；

3. 从第 10 分钟起，每隔 5 分钟，玩家数量会变成前两个 5 分钟玩家数量之和；

4. 游戏战斗至只剩下一组玩家位置，最终获胜者成为罪物"斐波那切"的主人。

"我明白了，罪物是要我们自相残杀！"骆非2号惊讶道，"我们绝不能着了它的道！"

"如果不这样做，再过5分钟这里就会有3个你，10分钟后是5个。"老王1号叹气道，"你自己看着办。"

"我有个提议。"野狼1号举起前爪，"我们自杀至只剩下1个，不就解决了？"

"但是，谁自杀？谁活下来？"野狼2号立即否定了另一个自己的提案。

四人两狗陷入了许久的沉默。突然间，两个骆非和两只野狼同时睁开眼睛，继而迅速散了开来。他们异口同声地说道：

"杀！"

◇

骆非1号潜伏在展台里，按照时间推算，场上现在已经有了5组队伍。时间拖得越长，对自己越是不利。

在所有人都不想死的情况下，场上会上演自相残杀的戏码，人性中最为阴暗的一面会被逼出来——

原本应当如此。

然而，现在冒出来一个敢将自杀当辣条吃的老王。5个老王简单商量后，当即有4人自杀，剩下的1人去狩猎骆非和野狼，直到只剩下一组。

多说一句，老王自杀后，尸体化作马赛克消失了，现场没有留下一丁点血迹。

尽管只剩下了一个老王，但对骆非和野狼而言也是相当恐怖的存在，他一旦认真起来，对手即便是银蛇也不遑多让！

老王的脚步声越来越近，仿佛死神的耳语。骆非1号屏住呼吸，生怕对方察觉自己。

"小非非，小狗狗，你们在哪里？"老王哼着荒腔走板的曲子，拉开了手枪的保险栓。

眼看死神距离自己只剩下5米的距离，骆非1号的心悬到了嗓子眼。

4米，3米。

"小非非，你在这里吗？"

老王俯下身子，眼看就要发现骆非1号了。

"啊！我受不了了！"

突然间，不知藏在何处的另一名骆非蹦了出来，老王皱皱眉头，抬眼看着他。

"王先生，我提出决斗！我们要堂堂正正地和你战斗，直到只剩最后一人！"跳出来的骆非指着老王，气宇轩昂地喊道。他深吸一口气，对着四周大声咆哮着："混蛋们，都给我出来！我们不要做缩头乌龟！要像个爷们一样去战斗！！"

"哦！"

四周响起了骆非们的呼喊，眨眼间，老王的身边已经围上来4名骆非。

藏在暗处的骆非1号犹豫片刻，还是选择了继续龟下去。如果不是方才死亡近在咫尺，他肯定脑袋一热就上了；但正是因为有了那种恐怖的感受，才改变了他的想法。

尽管大家都是骆非，但就像热力学中的涨落一般，总会有那么一个不高的概率，有个体会做出和大家不一样的选择。

冲上前的骆非拔出日本刀，舌尖舔了舔刀锋，目光犀利。

老王子弹上膛，做好了应战的准备。

就在这时，其中的一名骆非喊道："等等！有一个家伙没出来！我们现在只是送死而已！"

尽管冲上来勇气可嘉，但那是建立在自己还有四分之一的概率活下去的前提下。一旦这个概率变为零，骆非们的勇气也随之消散。

4个骆非尴尬地看着彼此，不约而同地后退一步——

下一瞬间，4人全部拔腿就跑，其中一人在慌乱中把刀丢掉了。

只剩下老王矗立在风中，看看枪口，又看看远处消失的人影，一时不知如何是好。

◇

野狼6号猫在一棵树的后面，它用力地耸耸鼻子，周围没有自己的气味。

虽然战斗能力上和骆非半斤八两，但野狼有着身为狗的独门兵器，那就是嗅觉。

但野狼清楚，这已经是极限了。

敏锐的嗅觉能够让它感知到半径10米范围内的气味，现在场上有13只野狼，如果继续增多下去，那必然会有谁落入其他狗的感知范围内。

"喂！"

"咦——"

背后突然传来了声音，吓得野狼全身的毛都直立了起来。它战战兢兢地回过头去，发现一名骆非正趴在它的身后。

"我们联手吧！"骆非8号提议道，"你我之间应当没有任何利益冲突。"

野狼6号愣了几秒，随即用力地点点头。

骆非和野狼的目标是场上只留下一组自己，加上有一个"狩猎者"老王存在，他们的战术简单明了：看到自己就杀，看到对方就联合行动。

一人一狗老搭档凑到一起后，开始商量战术。

"老狗，你能找到其他的我和你吗？"骆非8号小声问道。

野狼6号哼了一声："找到又如何？我问你，即便找到了，你下得去手吗？"

骆非8号瞪了它一眼："你怎么知道我下不去手？"

野狼6号只是看着他，没有说话。少顷，骆非8号低下头，支吾道："好吧，我确实下不去手。"

"据我观察，从游戏开始到现在，我和你还没有动手杀死过任何人，只有老王一个人在动手。"野狼6号说道，"所以，我有个计划……"

野狼6号趴在骆非8号耳边耳语了几句，骆非8号双手一拍，兴奋地险些叫了出来。他刻意压低了音量，说道："在暗处把其他人的位置卖给老王，这么绝妙的主意我怎么没想到！这可真是刷新了我的下限。"可想了几秒后，他又问道："可是，既不暴露自己，又要指引老王找到其他人的位置，不太容易啊！"

"这个嘛，我也需要想想。"野狼6号叹气道。

就在这时，远处传来了老王的脚步声，一人一狗立刻窝进角落里。可当老王的身影走近时，他们的眼珠子险些惊得掉出来：

老王的身后，跟着一组骆非和野狼！

"王先生，这个广告牌后面，藏着一个我！"老王身后的骆非指着一个长满苔藓的广告牌说。

老王当即举枪射击，广告牌后面传出一声惨叫，继而尸体闪过一些马赛克，消失不见。

藏在暗处的野狼6号和骆非8号目瞪口呆。天啊，还能这么不要脸？他们原本以为自己在暗处出卖别人的位置已经是没有下限的行为了，哪知道别人还想到了投敌这一招！

惊讶期间，老王身边的野狼指着他们的方向说道：

"王先生，这边还藏着一对儿！"

◇

老王与野狼7号和骆非11号的组合所向披靡，在场上开始了大扫荡。转眼间，存活的骆非只剩三人，野狼只剩两只。

三人两狗聚在了一起。

"不能再这样下去了。"骆非9号义愤填膺地说道，"我们居然被叛徒逼到这番田地，是可忍孰不可忍！"

"可是……你有什么好办法吗？"野狼2号叹气道。

"除非把那一组叛徒杀死，然后取而代之……但这样并没有解决问题。"野狼4号跟着叹息。

就在这时，一直沉默的骆非4号说话了："办法，还是有的。"

所有人都看向了他，骆非4号继续说道："但在说出这个办法之前，我必须征得大家的同意。我问你们……你们是不是对叛徒恨得咬牙切齿，无论如何都想让他们死？"

"是的！"其他两人两狗异口同声地说道。

骆非4号嘴角微微上扬："很好。那就为了大家的信念，死一次吧！"

老王还在带着野狼7号和骆非11号扫荡，突然间，迎面走来了一人两狗。

"哦？"老王笑了笑，露出玩味的表情。

"我们来了，王先生和叛徒们。"骆非4号义正词严地说道。

"快杀死他们，我们就要大功告成了！"骆非11号大喊道。

老王子弹上膛，可对面的骆非4号突然伸出一只手："等一下！"

"怎么，你们还想垂死挣扎吗？"野狼7号帮腔。

"王先生，不劳您动手，我们自己解决。"骆非4号一面说着看了对面的自己一眼，"叛徒，你们不会有好下场的！"

话音刚落，两人一狗举起枪对准自己的太阳穴，毅然决然地扣下了扳机。三具躯体倒下，化作马赛克消失不见。

按照骆非4号的布置，三人两狗通过猜拳留下一组，其余全部当着老王的面自杀。

"太好了！现在只剩下一组了！"骆非11号拍手叫好。

"我们快走，我一定能找到最后一组！"野狼7号跟着兴奋起来。

可是突然间，他们却发现老王正在微笑着看着这边。那一刻他们恍然大悟：场上只剩下了两组骆非和野狼，而狩猎者的身边就有一组。

老王的目标是尽快结束游戏，他会在乎哪组留哪组？

即便自杀也不能让叛徒好受，这就是骆非和野狼们商量出的"损人不利己战术"！

……

骆非再次恢复意识时，发现自己躺在入口处。对面通向更内侧的门已经开启，老王正在吃力地搬着一人高的穿衣镜。

突然间，大量的回忆自意识深处涌现出来，场上13个骆非这段时间的记忆全部进入了他的大脑。

老王看着头疼不已的骆非和野狼，笑道："当死到只剩下一人时，那个人就会获得所有自己的记忆。换言之，相当于所有人都活了下来，杀谁留谁都一样。"

骆非皱着眉头，他突然意识到，别的个体的记忆也就罢了，他脑中还有叛徒11号的记忆！骆非11号虽然没有死，但他的叛徒行径相当于宣布了"社死"。而这份羞愧，则被骆非继承了。

那一刻，骆非恨不得找个地缝钻进去。

"你……早就知道？"骆非问道。他想起老王一开场就杀得只剩了一人。

"当然喽，否则我怎么可能毫不留情地杀你们，哪怕是复制体。"老王耸耸肩。

骆非恶狠狠地盯着那面穿衣镜罪物，恨不得将它砸碎。

3.

推开最内层展厅的大门，迎面摆放着一台摄影机。

"这就是罪物吗？"骆非走上前去。他取出日本刀，隔着些距离捅了捅。

野狼和老王也凑了上来，突然间，摄影机上的指示灯亮了起来，机身上响起了呆板的电子音："检测到'人生缺失者'，重复，检测到'人生缺失者'。"

两人一狗彼此看了看。"人生缺失者是什么？"骆非问道，老王和野狼耸耸肩。

电子音继续说道："启动人生补全，倒计时，3，2，1……"

下一刻，骆非失去了意识。

◇

骆非猛地睁开眼睛，出现在眼前的是陌生的天花板和墙壁。他一个激灵坐了起来，此处是一间黑漆漆的屋子，角落里堆着落满灰尘的箱子，一张床突兀地摆在正中。

骆非试图移动身体，可是突然间，针扎般的刺痛自骨髓深处传来。他揪着胸口倒了下来，一个没躺稳滚落到地上。骆非一面哀号着，一面像一只出水的皮皮虾一般扭动着身体，胸口被指甲挖出了血痕。

不知过了多久，痛苦终于平息了。骆非筋疲力尽地躺在地上，大口喘着粗气，汗水浸透了衣衫。最不可思议的是，自始至终他也没有在身上找到一处伤痕，疼痛到底从何而来？

剧烈的痛苦令时间感变得模糊，又过了一段时间，房门吱扭一声打开了，迎着刺眼的照明，骆非瞥见了一个做梦都没有想到的人影——

　　"月影？"骆非脱口而出，他下意识地控制住自己，没有叫出"妹妹"二字。

　　月影俯看着骆非，语气冷淡地说道："哦？你还记得我？"

　　骆非机械地点点头。

　　"之前的事情还记得多少？"月影继续问道。

　　骆非愣了片刻，没有回应。

　　月影叹了口气，继续用不耐烦的语气说道："我已经努力了，但大家最终决定，还是不能留下你。"

　　骆非一头雾水，月影究竟在说什么？许久未见，就算再不喜欢也不至于这么对待吧！而现实并没有让他继续胡思乱想下去，月影冷冰冰地却又一字一句地说道：

　　"两小时后，我会亲手杀死你。好好享受这最后的人生吧。"

　　说罢，她走出房间，重重地关上了房门。

　　月影离开后，骆非花了一些时间整理思绪。

　　首先，他确定自己之所以出现在这里，一定是那台摄影机罪物的杰作。换言之，这里未必是现实。既然不是现实，那么月影不认识自己、冷漠地对待自己，甚至想要杀死自己，也就可以理解了。其次，他并不清楚怎样才能回到原来的世界，但按照罪物一贯的尿性推断，如果在这个世界死去，那么在现实世界大概率也要翘辫子。

　　所以，要逃。

　　骆非撑着身子站了起来，尽管体力还没有完全恢复，但疼痛已经散去，自由行动已不成问题。他脱掉被汗水浸湿的衬衫，直接将夹克披在身上。之后，他一面听着外面的动静，一面悄悄摸到房门处，一只手握住门把手轻轻一拧，房门顺利地打开了。

骆非鬼鬼祟祟地探出头去，走廊上一个人也没有。是月影忘记锁门了吗？还是说这是个陷阱？

顾不上想太多，骆非一溜烟地逃了出去。透过走廊的窗户，骆非看到了窗外鳞次栉比的建筑，此处想必是某个城区。

"如果这里是虚拟世界，这拟真度可真够高的！"骆非一面跑着一面感慨道。

走廊很快到了尽头，骆非却再次犯起了难：是走步行梯下去找个房间躲一段时间，还是乘坐电梯逃出这栋建筑？

就在这时，步行梯上响起了枪声，一发子弹射到了骆非的脚边。他抬头看去，月影正站在楼梯上，手中握着一把小巧的帕夫纳证人。

"站住！"月影一面喊着，一面跑了下来。

骆非被吓得不轻，他当即顺着步行梯跑了下去，身后又有几发子弹嵌入了水泥地面。

好在这个世界的月影体能也不算强，骆非一路跑下去，与她的距离渐渐拉开。突然间，骆非瞥见墙壁上挂着一把消防斧，他一拳打碎了玻璃门，将斧头取了出来。

他肯定不会真的对月影挥下斧头，哪怕这里是虚拟世界。不过，吓一吓对方还是可以的。

月影举着枪追了上来，骆非摆出一个投掷斧头的姿势，两人面对面僵持着。骆非很庆幸月影缺少实战经验，这个距离下枪又快又准，要是对面换成银蛇或者老王，早一枪给他撂倒了。

时间一分一秒地过去，突然间，月影在骆非眼皮底下莫名其妙地消失了！骆非惊讶得瞪大了眼睛，可是下一刻，月影不知何时已经欺身到他的面前，一枪托砸在了骆非的手背上，疼得他匆忙丢下了斧头。

就在这时，响起了电梯到达的叮咚声。骆非迅速脱下夹克糊在了月影脸上，趁着对方视线被遮挡的间隙，光着膀子连滚带爬地跑进电梯，又飞速地关上了电梯门。

看着一排楼层的按钮，骆非犹豫了片刻，按下了B1层。想必月影那边肯定不会是一个人，贸贸然跑去1层无异于自投罗网。只有一个月影还勉强能对付，要是冒出个罗星或者法拉来，就只有躺平任人宰割了。

骆非靠在电梯舱里，长长地出了一口气。冰凉的金属墙壁贴在皮肤上，他的头脑也渐渐冷静了下来，开始分析现状：月影刚才使用的，恐怕是暂停时间的罪物。如果说罪物根据自己的记忆创作出了月影，那也未免过于逼真了。但无论如何，这里月影想要杀死自己可是玩真的。

电梯到达了地下层，这里并排停着十余辆造型奇特的车。这些车的形状酷似瓢虫，下方没有轮子，想必是悬空飞行。

骆非一辆一辆地试了下去，终于成功地打开了一辆车的车门。车钥匙插在驾驶台上，骆非踩住刹车轻轻一转，车子便起动了。他胡乱动着旋钮，车子很快悬浮了起来。骆非在心中向着不知何处的主人说了声抱歉，驾驶着飞行车扬长而去。

车子穿过黑漆漆的隧道，来到了建筑物外侧。突然的光亮刺得骆非眯起了眼睛，透过眼皮的缝隙，他瞥见了一座繁华的城市，城区成立体状布置，最神奇的是，远处的边界呈现出了镜面的效果。

即便没有到过，骆非也一眼认出了这是哪里——

"苍灰。"

看着熙熙攘攘的街道和鳞次栉比的行人，骆非的心中不禁产生了一个疑问，这里真的是罪物构造的虚拟世界吗？

不管真相如何，既然确定了坐标，那接下来的目的也就明确了。骆非在心中为自己规划好了这次逃跑的终点：

回到"幽红"！

◇

　　骆非靠在花岗岩的阴影里，撕开了一袋肉干。这已经是离开"苍灰"的第十天，然而距离"幽红"还有三分之二的距离。

　　他这一路可谓历尽沧桑。偷车逃跑后，他先是在"苍灰"找地方躲了起来。发现这座城市拥有"守恒"特性，工作岗位很少后，只得连偷带骗地收集物资，好不容易才凑齐了足够去往"幽红"的食品和衣物。在这期间他挨过揍、蹲过局子，最可怕的是还要时刻躲避月影的追杀。拥有预知能力的月影就仿佛噩梦一般，总能精准地出现在骆非的行动轨迹上，给他本就不轻松的生活再增添一份负担。为了躲避月影，骆非甚至专门发明了一种"掷硬币前进法"，即每次想要去往什么地方都要规划至少两条路线，每到岔路口就会用掷硬币的正反面决定如何前进。

　　小半个月的折腾后，他终于离开了"苍灰"的城区。城市外部的哨卡处奇迹般地没有驻守人员，还停着一辆加满了油的摩托车；骆非仰望天空感谢了神明一番，交通工具方面，他原本打算去罪人的聚集地交换的。

　　但骆非做梦都没有想到，月影居然追出了城区。一路上，他一面摸索道路，还要一面躲避如影随形的追兵。好在外网环境对人的精神干扰很大，两人前进的速度都不算快，也算是相安无事。

　　骆非咽下最后一块肉干，又灌下两口凉水，擦了擦嘴角。今晚能够抵达一处罪人的聚集地，运气好的话还能花上一个图灵币住进有外网屏蔽设施的房间，那样就可以不做噩梦了。

　　骆非站起身来，可还没等他跨上摩托车，便看见远处掀起了滚滚烟尘，一支车队正朝着他的方向疾驰而来。

　　骆非没有逃跑，车队很快到达了他的近旁，十几辆摩托车开始围着花岗岩转圈。几分钟后，车队停了下来，一名金发大块头摇摆着身子走到骆非面前。

　　"嗨……"骆非强挤出一个笑脸，"我是一名孤独的旅客，正准备去你们的驻地交换些物资。"

人群爆发出一阵哄笑，金发大块头唾沫星子飞溅地说："交换物资？好说！为了表示诚意，先把你身上的时间型罪物交出来！"

骆非一愣："什么罪物？"

金发大块头一把揪住了他的脖子："别装了！隔着十几千米，老子都能闻到你身上罪物的味儿！"

骆非还想要解释什么，可迎接他的却是背后的一记闷棍。他眼前一黑，随即失去了意识。

骆非被扔在一间仓库里，双手被粗粗的麻绳反绑着。劫匪们把他搜了个底朝天，却发现这小子确实穷得叮当响，并且无论怎么揍他都一口咬定不知道罪物的事情，只得先关起来。

骆非啐了一口，吐掉了嘴里的血污。自从来到这个世界，先是莫名其妙地被月影追杀，现在又落入了一伙贼人的手里，真是坏事一桩连着一桩。如果这是罪物的考验，他甚至想要放弃了。

想来想去也没有什么逃出去的办法，骆非干脆开始"摆烂"。可就在他好不容易找到一个舒服的姿势，准备睡上一会儿时，门外突然响起了微弱的枪声。几秒钟后，他听到了有人在用钥匙开门，于是迅速摸到角落，在几只旧箱子后面藏了起来。

门开了，进来的却是骆非无论如何也不想在此刻见到的那个人——月影。

她是来要自己命的吗？

月影一眼便瞥见了角落里的骆非，三部并作两步地走了过来，取出一把弹簧刀。骆非恐惧地闭上了眼睛，可下一刻，月影却为他割断了手腕的绳索。

"按照'苍灰'的法律，需要把你带回去处死。你死在外面可就伤脑筋了。"月影冷冰冰地说道，"总之，先想办法逃出这里吧！"

骆非没有多说什么，这段时间以来，他已经习惯了接受各种神展开。

在门外被月影干掉的守卫那里，骆非摸出了枪和刀子。此处是一座小型的城寨，各条路上都有守卫在巡逻。

"走这边。"月影在前面带路。靠着她的预知能力，一路上居然一名守卫都没有碰上。

终于来到了城寨的出口，骆非先一步上去，准备推开大门，突然间，身后的月影大喊道："不要出去！"

然而已经晚了，在骆非推开铁门的一瞬间，正对面20多辆摩托车同时点亮了车灯，金发大块头带领着大部队正等在这里！

"原来是这样，罪物藏在这个女孩身上。"金发大块头摆弄着手中的霰弹枪，对身旁的手下们说道，"杀死他们，再回收罪物！"

20多支枪同时吐出了火舌，骆非只觉得胸口一沉，原来是月影以惊人的速度冲到了他面前，揪着衣领将他按倒在地。之后，月影以匪夷所思的动作躲避开几发子弹，又立即用帕夫纳证人还击。一轮攻击过后，月影和骆非毫发无损，金发大块头一方倒下了5人。

刚刚，月影发动了罪物"子弹时间"。

金发大块头"切"了一声，大叫道："别怕，这是罪物的能力。这么强的罪物一定不能多次使用，慢慢包围上去！"

月影笑了笑，从衣兜里掏出一颗手雷。罪人们吃了一惊，金发大块头立即开始稳定军心："手雷只有一颗，这是她最后的底牌，只要敢扔出去，她就死定了！"

"是吗？你来数数这是几颗？"

月影一面微笑着，将手雷丢了出去。几乎同一时刻，她手中变魔术似的出现了一颗一模一样的手雷。

罪物Repeat，可以连续20次重复1秒前的动作！

罪人的城寨前发生了连续不断的大爆炸。硝烟过后，罪人部队全部倒在了一片废墟中。

"和'光锥三方原'相比，你们还是嫩了点！"月影拉起骆非，准备离去。可她并没有发现，倒在地上的金发大块头悄悄举起了手枪——

枪声响起，几乎同一时间，发觉到不对的骆非挺身挡在月影身前，用手臂接住了这发子弹。与此同时月影也做出了反应，她当即暂停了时间。

骆非再次昏倒前看到的最后一幅画面，是月影瞬移到了金发大块头的面前，一枪爆掉了他的脑袋。

◇

骆非迷迷糊糊地睁开眼睛，四周是一处昏暗的洞穴。他试着移动身体，四肢却完全不听大脑的命令。骆非反复感觉了一番，左臂中弹处居然没有痛感。

在这种奇妙的状态中待了一段时间，骆非终于明白，自己的意识此刻与这副躯体剥离了，正在以"第三者视角"看待周围发生的一切。他试着远离身体，发现最远不过走出3米便遇到了透明的墙壁，只得乖乖等在原地。

不一会儿，月影走进洞穴。她吃力地将骆非的身体翻过来，用不知何处找到的急救包为左臂的伤口换了药。一通忙活后，月影的额头已经是汗涔涔的，她轻轻舒了口气，坐在骆非身边。

"喂，笨蛋。"月影看着身边的骆非，自言自语道，"你做梦也想不到吧，你之所以会对我一见钟情，是因为我们曾经是敌人。"

月影顿了几秒，继续说道："因为我们曾经是敌人，所以你爱上了我；又因为你爱上了我，帮助我战胜了过去的你自己。你简直是天底下最笨最笨的那个。"

说过两句后，月影便一言不发地坐在那里。骆非默默地看着，过了一会儿，月影的双肩开始不受控制地抖动，几滴泪珠掉了下来。

"这不公平啊……"月影一面抽泣一面自言自语着，"你知不知道，因为你这个笨蛋，我们的情感永远不可能同步。当你爱上我的时候，我还没有见过你；当你更加爱我的时候，我却失去了记忆；当我终于开始喜欢你的时候，我又不得不离开你……"

月影趴在了昏迷的骆非身上，静静地，却又许久地抽泣着。作为只有第三者视角的骆非，却连抚摸她的头都做不到。

月影说了喜欢他，骆非很开心。此时的他并不清楚，为了历史的闭环，月影必须留在"苍灰"成为那里的女王；但既然月影说了不得不离开，他就会无条件地相信，并且无条件地支持。

与此同时骆非也清楚了，月影所谓的追杀，是为了帮助并保护这个失去了记忆的他。线索再明显不过，如果月影真的想要杀掉他，那么有无数的机会；只是他一时糊涂，才没能第一时间看破这拙劣的演技。

"我也喜欢你啊，从见到你的第一眼开始。我相信那个已经消失的我，第一眼见到你，也一定是喜欢你的……"

两人就这样隔着一道名为时空的障壁，互诉衷肠。

◇

第二天一早骆非醒来，他已经可以操控身体了。左臂的伤口传来阵阵刺痛，却因为月影的悉心照顾，已经可以活动自如了。

"因为你保护我立了功，'苍灰'的议会决定赦免你的死罪，但终其一生不可以进入'苍灰'。"月影恢复了冷脸，不带感情地对骆非说道，"你想去哪里？我可以护送你过去。"

"'幽红'。"骆非毫不犹豫地说道。他并没有说破，"苍灰"压根就没有议会。

一个月后，两人终于到达了"幽红"。一路上他们很少交流，在月影眼中，这个骆非还是失去了记忆的"玛格"，多亏了W-005的照顾，才能将他送回正确的时代。

"幽红"入口处，骆非看着月影，问道："不住些日子吗？"

"不了。"月影淡淡地答道，"'苍灰'还在等着我回去。"

两人面对面站立着，谁都没有说话，却谁都没有离开。许久，月影叹了口气，转身说道："那么，再见了。"

"等一等！"骆非突然叫住了她。

"怎么？"月影回过头了。

"那啥……我在想，罪犯总有个赦免期对吧。"骆非难为情地找着理由。

"你想说什么？"

"如果，我是说如果，我还想去'苍灰'见你，需要等多久？总不可能真的一辈子吧！"骆非鼓起勇气问道。

月影吃了一惊。她的嘴角以微不可查的弧度微微上扬，小声说道：

"24年。"

看着月影离去的背影，骆非终于明白了一切。

这里并不是什么虚拟世界，而是他"缺失"的一段人生。在他的记忆中，第一次醒来是在陌生的房间，再次醒来就来到了"幽红"。原来这段记忆并非丢失，而是压根就是另一个时间段的自己经历的。

可此时骆非却并不关心这些事，只是在口中喃喃自语着：

"24年啊……"

骆非睁开眼睛，他回到了自己的时代。身边的野狼和老王也一副睡眼惺忪的样子，刚刚试图从地上爬起来。

"你们去哪儿了？"骆非问道。

"我回到了出生的旧时代。"野狼摇了摇昏沉的头，"那群所谓的科学家根本不在乎实验动物的感受……算了，不提也罢。"

"我回到了帮助龙舌兰征服'柠黄'的时候。"老王叹了口气，"说实话，那里半座城都应当是我的！"

"你呢？"野狼看着骆非，问道。

骆非露出一个堪称企业级的笑容：

"秘密。"

迎接他的是唾沫星子和拳头。

4.

24年后，"苍灰"。

终于结束了"光锥三方原"和弥赛亚事件，大月影感到前所未有的疲惫。她长长地伸了个懒腰，准备美美地睡上一觉，再去酒吧喝个痛快。

电话响了起来，是身在哨所值班的琳打来的。

"女王，这边来了个老头子，无论如何想要见你一面，我赶都赶不走。"琳急匆匆地汇报，"我搜过他的身，并没有危险性。你看怎么办？"

大月影皱了皱眉头，旋即说道："让他等在那里，我这就过去。"

半小时后，大月影推开了哨所的大门。对于今天的事她多少有些预感，但说不清因为什么，她自始至终也没敢用能力去预测。

迎面坐着一名身材瘦削的老男人，他的头发已经白了一半，可身上还是穿着年轻人喜欢的夹克衫，一柄日本刀别在腰间。看到大月影，老男人开心地挥了挥手：

"嗨……"他露出一个甜美的笑容，"现在我可以叫你，月影妹妹了吗？"